CATHERINE COOKSON/DAS EINSAME GLÜCK

ERSTES BUCH
MARY • JARROW 1933

1

»Pa, Pa! Wart auf mich! He! Pa!«
Mary Walton kam aus der Biddle Street gerannt, bog in den schmalen Pfad zwischen den niederen Hecken ein und flog auf den Mann zu, der jetzt stehengeblieben war und auf sie wartete.
»He, bist du taub? Ich schrei schon die halbe Straße lang.«
»Wirklich, Kleines? Ich hab dich überhaupt nicht gehört, war wohl in Gedanken. Aber was tust du um diese Zeit hier? Ich dachte, du wärst schon daheim.«
»Ich mußte dableiben, sie hatte wieder eine von ihren Komiteegeschichten. Zehn waren da. Und diese Aufräumerei!«
»Aber warum bist du hierhergekommen?« Ihr Vater sah sie stirnrunzelnd an.
»Na ja, ich wollte zum Schrebergarten, dachte, du wärst schon dort. Du bist spät dran.«
»Mhm.« Er nickte, wobei er starr geradeaus blickte. »Ich war den ganzen Morgen drüben in Wallsend.«
»Nichts zu tun?« Ihr strahlendes Lächeln verschwand.
»Nein, Kleines. Als ob's da was zu tun gäbe! Ich muß verrückt gewesen sein, überhaupt hinzugehen, reine Verschwendung von gutem Geld für die Fähre.« Er schaute sie an und grinste. »Ich hätte beinah zurückschwimmen müssen.« Als sie ihn mit dem Ellbogen anstieß, lachte er und fuhr fort: »Tatsache. Weißt du, die waren wie eine Horde wildgewordener Köter.« Die Ausgelassenheit fiel von ihm ab, er schüttelte resigniert den Kopf und sagte: »Wie die Menschen sich verändern können. ›Wo seid ihr her?‹ haben sie uns gefragt. Wir waren ungefähr neun, die rüber sind. Es hieß, sie würden 'ne ganze Menge einstellen, deshalb glaubten wir, wir hätten 'ne Chance. Chance! Zum Teufel mit der Chance! Wir waren Dreck!« Wieder schüttelte er den Kopf. »Wie wir denen sagen, wir kommen aus Jarrow - geradeso, als hätten wir gesagt, wir kommen aus Rußland und wollen wieder eine Revolution anfangen.« Er biß die Zähne zusammen. »Die wollten uns vermöbeln. Und Billy Teale wollte auf sie los; wir hatten ziemlich Mühe, ihn wegzukriegen. Und ich kann dir flüstern, wir sind zu dieser Fähre hingewetzt, so schnell bin ich seit Wochen nicht mehr gerannt.«
Mary betrachtete das Profil ihres Vaters. Das Gesicht war scharf und dünn und sah grau aus. Seine Kappe hatte er seitwärts über die Augenbraue gezogen, der Mützenschirm zeigte nach unten, wodurch sein Gesicht einen drolligen Ausdruck bekam. Aber ihr Vater war kein Komiker. Er geriet nicht ihrem Großvater nach. Der ja, der war ein Komiker.

Sie machte sich Sorgen um ihren Vater. Er hatte so viele Schwierigkeiten. Nicht nur, daß er seit acht Jahren arbeitslos war; nicht nur, daß Ma mit ihm herumschimpfte, obwohl das, wie sie wußte, eine Menge damit zu tun hatte, wie er sich fühlt ... Da war irgend etwas Undefinierbares zwischen den beiden, das sie nicht so recht begreifen konnte. Alles trug dazu bei, daß er so aussah wie jetzt: wie ein Mann ohne Stolz. Und dieser Verlust schien ihn am meisten zu schmerzen. Sie war erst acht gewesen, als er zuletzt Arbeit gehabt hatte, aber sie konnte sich daran erinnern, wie er damals aussah. Er schien größer, obwohl er niemals wirklich groß war, nur einsachtundsechzig und dazu dünn, aber er hatte sich damals gerade gehalten, hatte seinen Kopf aufrecht getragen und sein Kinn emporgereckt, und seine Kappe hatte immer quer auf seinem Kopf gesessen.

Das winzige bißchen Glück, das sie den ganzen Weg von Mrs. Turner buchstäblich an sich gedrückt hatte und das sie ihm jetzt schenken wollte, schien klein, nichtig, unzulänglich angesichts dieses gebeugten Mannes - aber trotzdem war sie noch immer aufgeregt darüber.

Sie verließen den schmalen Pfad und gingen ins offene Land hinaus, das an die Stadt angrenzte. Rechts in weiter Ferne war etwas, was aussah wie ein Miniaturberg; aber es war nur ein Berg aus toter Schlacke von Palmers Werft. Sie gingen über unebenen Boden, liefen an Pfützen entlang, die gefüllt waren mit den Graupeln und dem Regen des Januar. Dann umrundeten sie einen Hügel, der auch nur ein mit Büscheln von grauem Gras getarnter Abfallhaufen war, und kamen zu den Schrebergärten. Irgendein Witzbold hatte die Schrebergärten als »den Fluchtweg aus Sedgefield« betitelt. Und der Vergleich war gut, denn manchen Mann hatte die Möglichkeit, ein Stückchen unbebautes Land umzugraben, vor dem Armenhaus bewahrt. Und manchem hatte es ein bißchen Auftrieb gegeben, wenn er frisches, selbstgeerntetes Gemüse zu Hause auf den Tisch legen konnte und so wenigstens auf diese Weise dazu beitragen konnte, seine Familie zu ernähren. Ehe sie die Schrebergärten betraten, hielt Mary ihren Vater an, wandte sich zu ihm und sagte lächelnd: »Du wirst nie erraten, was ich für dich habe.«

»Für mich? Nein; was ist es, Maus?«

Sie wühlte in ihrer Basttasche, zog zwischen einem Paar Schuhen und einer fleckigen Schürze ein kegelförmiges, aus einer Zeitung geformtes Tütchen heraus, gab es ihm und sagte: »Schau's an.« Alec Walton lächelte seine geliebte Tochter an, drehte das zusammengerollte Papier auseinander und blickte auf ein Häufchen von Zigarettenkippen.

Mit leuchtenden Augen schaute er auf und sagte nur ein Wort: »Stummel.«

Sie nickte ihm zu, ihr rundes Gesicht strahlte. »Es sind sechsundzwanzig, und sie sind gar nicht feucht. Schau!« Sie rollte einen davon mit dem Fingernagel zur Seite. »Das ist noch eine dreiviertel Zigarette. Und es ist goldener Tabak, kein Geißblatt.«

»Donnerwetter!« Er schüttelte verlegen den Kopf. »Die müssen ja ein Freudenfest gefeiert haben.«
»Allerdings, das haben sie; sie haben gequalmt wie die Schlote. Aber das ist noch nicht alles, schau.« Sie öffnete die Tasche noch einmal und hielt sie ihm hin. »Ein Paket mit Sandwiches ... Zunge.« Und dann zog sie noch ein Zeitungspapiertütchen hervor, schwenkte es hin und her und sagte: »Tee!«
»Den hat sie dir doch nicht etwa gegeben?«
»Na ja«, Mary warf den Kopf in die Höhe, »wohl kaum, oder? Sie gab mir die üblichen zwei Teelöffel voll, aber sie ließ mich im Eßzimmer fünf Minuten allein. Und weißt du, Pa, ich wurde von dieser Teebüchse angezogen ... genau wie ein Magnet hat sie mich angezogen.«
Mary lehnte sich an seinen Arm, ihre Augenbraue berührte seine Schulter, und beide schütteten sich aus vor Lachen. Als sie sich aufrichtete, sagte sie mit einiger Empörung: »Also, sie ist manchmal wirklich verdammt geizig! Zwei Teelöffel voll rauszurücken! Ich bin sicher, sie mißt jeden Tag nach, wieviel in der Teebüchse noch drin ist. Dabei kriegt sie mehr von mir, als das Geld wert ist, das sie mir zahlt.«
»Klar. Ich hab's dir ja gesagt, Kleines, die bestiehlt dich um zwei und 'ne halbe Stunde jede Woche. Ich hab's dir gesagt. Halbtags! Die hat keine Skrupel, wenn du mich fragst. Von neun bis zwei, halbtags!« Mary seufzte, und als sie weitergingen, sagte sie: »Aber ich hab noch immer eine halbe Stunde fürs Mittagessen, und das muß man ihr lassen, es ist immer ein gutes Essen. Doch manchmal bin ich ein bißchen sauer auf sie, denn weißt du, ich hab mit vier Pence die Stunde angefangen, Pa, und dabei bin ich noch immer.«
»Vermutlich bist du's auch dann noch, wenn du zwanzig bist. Aber nein, das werd ich zu verhindern wissen, daß du mit zwanzig noch immer dort bist. Acht Shilling in der Woche für alles, was du tust, Waschen und Bügeln und alles. Mensch, manche von denen ziehen einem wirklich das letzte Hemd aus, und dann wollen sie noch die Haut haben. Es macht mich ganz wild, wenn ich denke, daß du in Stellung bist. Du bist mehr wert als Mrs. Turners Mädchen. *Du* hättest auf die Sekundarschule gehen sollen, und Jimmy ...«
»Nein, Pa, sei nicht ungerecht. Jimmy hat Grips.«
»Grips!« Er blieb stehen und sah sie von der Seite an. »Du hast mehr Grips in deinem kleinen Finger als Jimmy in seinem ganzen Körper. Er ist mein Sohn und ein prima Kerl, aber was wahr ist, muß wahr bleiben. Er ist auf Biegen und Brechen in diese Schule geschickt worden. Und ich sag's noch einmal, wenn deine Mutter nicht all die Jahre auf ihn eingeredet hätte ...«
»O Pa, sei still. Sie hat's doch nur gut gemeint.«
Hatte sie das wirklich? Dieser Gedanke war Mary in letzter Zeit öfter gekommen. Aber sie hatte Angst vor solchen Gedanken. Es hatte Zeiten gegeben, noch gar nicht so lange her, da hatte sie gewünscht, ihre Mutter würde sterben. Das war damals, als Ma sie von der Schule genommen und

ihr den Job bei Mrs. Turner verschafft hatte. Und dann, als Jimmy in die Sekundarschule kam. An allem hatte die Mutter gespart, nur um ihm Kleidung kaufen zu können. Zu dieser Zeit hatte es ständig Krach im Haus gegeben, und sie erinnerte sich, wie der Vater geschrien hatte: »Du würdest auf den Strich gehen, damit er alles bekommt, was er will!« Vielleicht war ihr Pa ein bißchen eifersüchtig auf Jimmy?

Ungefähr um diese Zeit hatte die Mutter den Job bei Mr. Tollett bekommen. Sie arbeitete in seinem Geschäft an der Ecke der Straße, nachdem seine Frau gestorben war. Und seit damals war alles ein wenig besser geworden; zumindest in einer Beziehung - es war mehr zu essen im Haus, weil Mr. Tollett ihrer Mutter freitags immer einen Korb voller Lebensmittel zusätzlich zu ihrem Lohn mitgab. Aber Mary hatte den Eindruck, ihrem Vater gefiel es nicht, daß die Mutter für Mr. Tollett arbeitete. Vater nannte Mr. Tollett bei seinem Vornamen Ben, denn sie waren befreundet, als sie noch ganz junge Kerle waren. Das war, bevor Mr. Tolletts Vater es zu etwas brachte und die drei Kolonialwarenläden hatte.

Alec riß sie aus ihren Gedanken. »Schau dort.« Er deutete auf eine der Hütten aus altem Holz, Kisten und Wellblech in den trübseligen, mit Gemüsestrünken bestandenen Gartenvierecken.

»Die Tür ist offen, Großvater ist da.«

Mary nickte. Dann wandte sie sich ihm zu und sagte schnell: »Gib ihm jetzt bloß nicht die Hälfte von den Kippen; er steckt sie ja doch nur in seine Pfeife, und in einer Minute gehen sie in Rauch auf.« Sie lachte. »Du weißt, wie er ist. Ich habe drei Pence; die geb ich ihm, damit er sich Tabak …«

»Du tust nichts dergleichen. Es ist dein Kinoabend. Und außerdem, wenn du ihm die drei Pence gibst, weißt du ja, was passiert. Er wirft sie in die Luft, ob's Tabak oder Bier sein soll.« Sie kicherte. »Und plumps, es würde 'ne Viertelpinte Burton rauskommen.«

»Genau das.«

Sie lachte noch immer, als sie die Hütte betraten. Und da saß auf seinen Hinterbacken, heftig in ein Kohleöfchen pustend, Alecs Vater. Peter Walton war sechzig, sah aber aus wie siebzig - bis er sprach. Dann war seine Stimme so hell und fröhlich, daß man glauben konnte, sie gehöre einem jungen Mann. Einem lustigen jungen Mann überdies, denn er lachte praktisch bei jedem Satz, den er hervorbrachte, und wenn es ihm nicht gelang, seinen Humor durch den Inhalt seiner Worte mitzuteilen, machte er es mit seinem Dialekt, einer Mischung aus Irisch und Geordie.

»Ah, da seid ihr zwei ja!« Seine kleinen runden Augen funkelten aus ihren runzligen Höhlen heraus. »Hallo, Kinder.«

»Hallo, Großpa. Kriegst ihn nicht an?«

»Sei verdammt und fang Feuer! Das hab ich gesagt … Oh, Grundgütiger, schau!« Er jubelte wie ein kleiner Junge, als eine Flamme zwischen den

feuchten Kohlen emporzüngelte. »Der Trick funktioniert. Sei verdammt und fang Feuer, sag ich. Was hältst du davon?«
»Großpa, du machst nichts als Rauch, du wirst uns ersticken.« Mary hustete und wedelte mit den Händen.
»Es ist nur Kohleverschwendung, wir bleiben nicht«, sagte Alec. »Nebenbei, warst du heute morgen an der Kippe und hast meiner Mutter welche geholt? Sie hatte beinahe keine mehr.«
»Nein, ich war nicht heute morgen, ich war gestern abend. Ich hab einen Sack Schlacke gekriegt, sie bäckt. Zufrieden?«
Alec schniefte; dann blickte er ins Feuer und fragte verwundert: »Übrigens, was hat dich dazu gebracht, den anzumachen? Erwartest du eine Teegesellschaft?«
»Ähä, genau das. Schau.« Peter wirbelte auf dem schmutzigen Boden herum und deutete auf das Regal hinter sich, auf dem ein Päckchen Tee und eine kleine Büchse Kondensmilch standen.
»Ist bei dir der Wohlstand ausgebrochen?« Alec sah miß trauisch auf seinen Vater hinunter.
»Nicht, daß ich wüßte, mein Sohn.«
»Also, woher hast du das Zeug? Ich wette, meine Mutter hat's dir nicht gegeben.«
»Da hast du recht, das hat deine Mutter nicht. Sie ist ein geiziger alter Besen, deine Mutter, der geizigste alte Besen, der mir in meinem Leben untergekommen ist.«
»Oh, Großpa!« Mary lachte schallend. Ihr Großvater war schon ein Kauz. Wenn man ihn so reden hörte, könnte man meinen, er hasse ihre Grannie, dabei liebte er sie über alles. »Jaja, eine geizige alte Frau, deine Grannie.« Er nickte ihr zu. »Ehrlich. Hab erlebt, wie sie 'n Stück Gummiband an 'nen Penny band und ihn zu 'nem Shilling langzog. So ist deine Grannie.«
»Ein Glück für dich, wenn sie so was fertigbringt«, murmelte Alec verdrießlich.
Mary hätte ihm am liebsten einen Schubs gegeben und gesagt: »Großpa macht doch nur Spaß«, aber der Vater war an diesem Tag so niedergeschlagen. Die Geschichte drüben in Wallsend hatte ihn verletzt.
Wenn er doch nur Arbeit bekommen könnte, irgendeine Arbeit. All ihre Probleme wären gelöst. Selbst ihre Mutter wäre dann nett zu ihm. Oh, sie war sicher, ihre Mutter wäre nett zu ihm, wenn er nur einen Job bekommen würde.
»Geklaut?« Alec wog den Tee und die Milch in seiner Hand. Sein Vater wandte sich mit gespanntem Gesicht zu ihm um und sagte: »Was? Ich soll was geklaut haben? Da hört sich doch alles auf! Frag dich selbst, ob ich so was täte!«
»Mich brauch ich nicht zu fragen - hast du?«

»Heiliges Ehrenwort!« Peter bekreuzigte sich, in seinem Fall eine rein symbolische Handlung, ein Überbleibsel aus der Zeit seiner katholischen Großeltern.
»Ah«, Alec warf den Kopf zur Seite und wiederholte: »Heiliges Ehrenwort … Eines Tages werden sie dich kriegen und abschieben, denk an meine Worte.«
»Na ja, kannst recht haben, Junge. Das einzige, was ich hoffe, ist, daß sie mich auf einen schnellen Zug bringen.« Er wandte sich jetzt an Mary, legte seinen Kopf zur Seite und verschränkte die Arme, nahm die Stellung einer tratschenden Frau an und beugte sich vertraulich zu ihr: »Weißt du, Mäuschen, ich kann langsame Züge nicht ertragen. Geschwinde Frauen und langsame Züge, die kann ich nicht ausstehen.«
Mary bog sich vor Lachen, aber Alec sagte böse: »Genug mit deinem Gesabber. Hör endlich auf, den Narren zu spielen.«
»Ich hab ein paar Sandwiches dabei, Großpa«, sagte Mary jetzt ruhig. »Das wird ein richtiges Picknick.«
»Sandwiches, was? Laß sehen.«
Er warf einen Blick in das geöffnete Paket, sah die aufgebogenen Ecken des trockenen Brotes, hob eine Scheibe hoch und sagte: »Hui! Zunge! Meine Güte, gab's ein Bankett im freiherrlichen Haus?«
»Sie hatte eine Zusammenkunft.«
»Wofür diesmal?«
»Schuhe für Kinder.«
»Schuhe für Kinder! Wann tun die endlich mal was für alte Männer?«
»Ich frag sie morgen.«
»Tu das, und sag ihr, ich brauch Unterwäsche. Und deine Grannie möchte Schlüpfer …«
»Vater! Hör auf!«
Kichernd hörte Peter auf und beschäftigte sich damit, ins Feuer zu blasen, bis das Wasser in der Blechkanne blubberte. Dann mischte er den Tee in einer braunen Kanne mit abgebrochenem Schnabel. Als sie auf umgedrehten Kisten und einem Eimer saßen, die heiße, süße Flüssigkeit tranken und die Sandwiches aßen, unterbrach Peter die Stille.
»Weißt du, Alec, wo ich heute war?«
»Nein.«
Einen Augenblick starrten sie einander an, ehe Peter sagte: »Im Büro der Shields Gazette.«
»Im Büro der Shields Gazette! Den ganzen Weg hinunter? Du mußt verrückt sein.«
»Oh, ich bin nicht nach High Shields gegangen, nicht zum Hauptbüro. Ich war in dem an der Dock Bank.«
»Haben sie dich rausgeworfen?«

»Aye«, seine Augen zwinkerten, »so ungefähr.«
»Kein Wunder.« Alec wandte sich ab und sah durch die offene Tür hinaus in das bereits beginnende Zwielicht. »Du mußt wirklich übergeschnappt sein. Wer will heutzutage schon Reime; die kaufen doch nicht mal gute Sachen, ganz zu schweigen von Reimen, Mann ... Du hast wirklich nicht alle Tassen im Schrank.«
»Es sind keine Reime. Ich sag's dir noch mal, es sind keine Reime, es sind Gedichte. Und eines Tages wird sie jemand kaufen, das schwör ich dir.«
»Blödsinn!« erwiderte Alec wütend. Dann senkte er den Kopf, sein Gesicht war rot. »Weißt du was? Schämen muß man sich, du und ein Dichter! Du kennst nicht mal den Unterschied zwischen 'nem Doppelpunkt und 'nem Doppelfenster.«
»Vielleicht. Aber das tat Robbie Burns auch nicht.«
»Darum geht's nicht. Robbie Burns lebte in einem anderen Zeitalter, und er hatte was zu sagen.«
»Na, ich auch, Junge. Ich hab auch was zu sagen und so was. Hör dir das an.«
Er fuhr mit der Hand in die Innentasche seines formlosen Übermantels und zog ein Bündel Papiere heraus, aber Alex winkte ab und sagte: »Ich will nichts hören.«
»Oh, Pa! Pa!« flehte Mary und zupfte ihn sanft am Ärmel. Dann drehte sie sich zu ihrem Großvater um. »Nur zu, Großpa«, sagte sie, »nur zu.«
Peter, der ein Blatt Papier mit Eselsohren vor sich hielt, sagte: »Ich les schon, Mädchen, da braucht's mehr als meinen dickfelligen Sohn, um mich von was abzuhalten. Hört euch das an, es heißt ›Gegenwert‹.« Er reckte das Kinn empor, senkte die Augen und begann:

»Wir spielten Mamas und Papas
in jenen Jahren.
Mutters Schürze und Rock,
Vaters Hemd und alter Hut.
An der Ecke,
in der Nische des Kamins.
Wir spielten in Häusern,
und das Spiel hieß:
Geburt.
Unser Jimmy,
drei Jahre alt,
war das Kind,
frisch eingetroffen im Haus,
in der Kaminecke.
Er brüllte wie jedes neue Fleisch,

das Luft auf seiner Haut verspürt.
Aber er,
er brüllte nach Rahmbonbons,
die waren sein Lohn
für das Spiel des Kindes -
damals.

Heute steht er fröstelnd
vor dem Zimmer,
aus dem er hofft,
sein Erstgeborenes brüllen zu hören.
Kein Rahmbonbon heute,
kein Lohn, nur Schweiß
und dumpfes Wundern,
daß von der Schlange der Arbeitslosen,
von der Leere,
von den Lebensmittelmarken des Armenpflegers,
der Sackgasse,
dem Trinkgeld
der Mann irgendwo in ihm noch nicht ganz zugrunde gegangen;
daß er noch Kraft hat,
die zwei Shilling zu verdienen,
welche die Regierung erlaubt
für ein Kind.«

»So!« Peter nickte dem Rücken seines Sohnes und den tränenfeuchten, sanften Augen seiner Enkelin zu.
»Ich finde es wunderschön, Großpa.« Ihre Stimme kippte. Mary verbeugte sich vor Peter und sagte laut: »Pa, wirklich, ich finde es wunderschön, traurig, aber wunderschön.«
Ihr Vater drehte sich langsam um und sagte schwerfällig: »Gut, gut, es ist wunderschön.«
Seit Alec ein ganz kleiner Junge war, hatte er die Verse seines Vaters angehört. Es hätte ihm ja nichts ausgemacht, wenn es in der Familie geblieben wäre, aber sein Vater war überzeugt, ein Dichter zu sein, ein Dichter des Volkes; und wenn sich ihm die Gelegenheit bot, las er seine Werke laut vor. Sicher, seine Reime klangen gar nicht so schlecht, wenn er sie selbst vortrug; er hatte ein bißchen was von einem Schauspieler, wenn er in Fahrt kam, aber mit den Jahren fand Alec es immer peinlicher; die Leute lachten schon über ihn. Und er wollte nicht, daß man über seinen Vater lachte, denn im Grunde wußte er, daß sein Vater etwas hatte, etwas Seltenes. Aber zugleich spürte er, daß dieses Etwas ein Handicap war.

Selbst früher, als es noch Arbeit gab, schien der Vater nicht in der Lage zu sein, irgendeine Arbeit durchzuhalten. Alec vermutete, wenn sein Vater genausoviel Anstrengung auf den Broterwerb verwendet hätte wie auf seine Verse, seine Mutter hätte die Wirtschaftskrise schon seit vielen Jahren überstanden.

Aber jedenfalls hatte seine Mutter anderen Leuten eines voraus, sie hatte vor langer Zeit gelernt, wie sein Vater gerade gesagt hatte, einen Penny auf einen Shilling auszudehnen. Es gab Zeiten, da gestand sich Alec ein tiefes Gefühl für seinen Vater ein. Er gab ihm nicht den Namen Liebe, aber das war es; denn wer konnte anders als ihn lieben, diesen Mann, der sich trotz allem die Freude am Leben bewahrt hatte.

Alec sah zu Mary hinüber. Ihre Augen flehten ihn an, nett zu seinem Vater zu sein. In gewisser Weise glich sie Peter; in ihr war die gleiche Liebenswürdigkeit, und wie er konnte sie sich Freudenausbrüchen hingeben. Nur artete ihre Freude nicht in Gedichten aus, Gott sei Dank. Innerlich lächelte er, und seine Augen ruhten auf ihr. Was würde er mit seinem Leben anfangen, wenn er sie nicht hätte? Sie war sein einziger Trost, seine einzige Freude. Eines Tages würde sie heiraten, und was dann?

Er wollte zufrieden sein bis zu jenem Tag; er wollte sich an ihr freuen, solange er sie hatte. Aber sie wuchs so schnell heran; er bezweifelte, daß ihre Zeit miteinander lange sein würde. Sie wurde von Tag zu Tag hübscher; ihre Haut war wie Milch und Rosen und ihre Augen, die waren ganz ungewöhnlich. Sie waren von tiefem, klarem Grün, als würde man durch Wasser hinabsehen, und wenn sie sanft und feucht waren wie eben jetzt und beschattet von ihren langen Wimpern, rührten sie etwas tief in ihm an. Seine Liebe zu ihr war wie ein Schmerz; sein Herz zog sich zusammen, wenn er daran dachte, was ihr alles zustoßen könnte.

Sie war jetzt so groß wie er und wuchs noch immer. Eines nicht allzu fernen Tages würde sie ein langbeiniges Mädchen sein, ein atemberaubendes, langbeiniges Mädchen; und sie verdiente etwas Besseres als die Burschen der Umgebung. Denn wer war schon in dieser Umgebung? Auf ihrer Straßenseite gab es fünfzig Häuser, und aus all denen hatten nur drei Männer Vollzeitbeschäftigung. Die wenigen Burschen, die zur Arbeit gingen, waren Lehrlinge, und sobald sie fertig waren, verschwanden sie durch die Hintertür. Natürlich hielt sie das nicht vom Heiraten ab. Manche von ihnen heirateten noch in der Lehrzeit und hatten ein paar Kinder, noch bevor sie zwanzig waren.

Aber, bei Gott, das würde Mary nicht passieren; nicht, wenn er es verhindern konnte. Er wußte nicht, wie er es anstellen sollte, aber er würde sie wegholen von der Straße und von Mrs. Turner und ihren vier Pence die Stunde. Und wenn es nur in ein Geschäft war, in ein gutes Geschäft. Jedenfalls wäre das ein bißchen ein Prestige.

Er ging seit neuestem jeden Morgen in den Lesesaal des Instituts, um die Stellenangebote zu studieren; nicht für sich selbst, denn das war hoffnungslos, sie inserierten nicht für Arbeiter in den Zeitungen, sondern für Mary, denn wenn er nichts für sie machte, tat es niemand. Ihre Mutter bestimmt nicht. Ihr paßte die Situation so, wie sie war. Daß Mary am Nachmittag heimkam, den Tee zubereitete und dafür sorgte, daß alles bereitstand, wenn Master Jimmy nach Hause kam, dann bügelte und all die lästigen Arbeiten verrichtete, die sie selbst vernachlässigte, während sie Geld verdienen ging ... Geldverdienen! Ursprünglich sollten es zwei Stunden am Morgen und zwei Stunden nachmittags sein, aber jetzt trennte sie sich kaum noch von ›ihrem‹ Laden.

»Pa! Willst du noch 'nen Schluck Tee?«

»Nein, Mäuschen, danke. Schau, es wird allmählich dunkel.« Er blickte in das sinkende Licht hinaus. »Ich denke, wir brechen lieber auf.«

Er erhob sich von dem umgekippten Eimer, schlug seinem Vater die Faust auf die Schulter und sagte scherzhaft: »Komm schon, du preisgekrönter Poet!« Und darüber lachten sie alle.

Als sie das Feuer im Ofen löschten und ihre Sachen einpackten, sagte Peter: »Man weiß nie. Im Spaß ist schon viel Wahres gesagt worden. Warte du nur, noch ist nicht aller Tage Abend. Die Stadt wird sich wundern, wenn ich im T. P. erscheine und in Cassell's Wochenblatt. Aye, und in John O'London's.«

»Abendkleid oder Gesellschaftsanzug, Großpa?«

»Hört euch das an! Hört euch das an!« schrie Peter. Vater und Sohn sahen Mary an, in diesem Augenblick einig in ihrer Bewunderung für sie.

»He, du bist so messerscharf, du wirst dich noch mal selber schneiden!« sagte Peter liebevoll. »Für dich, mein Mädchen, der Punch!« Er nahm ihr Gesicht fest zwischen seine beiden Hände und wiederholte: »Abendkleid oder Gesellschaftsanzug? Ich sag dir, sie sind gut genug für den Punch. Ah, mein Liebes.«

Er beugte sich rasch nach vorn und küßte sie auf den Mundwinkel, und sie umarmte ihn einen Augenblick, bevor er sich von ihr abwandte, heftig blinzelnd und schreiend: »Wo zum Teufel hab ich das bloß hin!«

»Was, Großpa?«

»Meine Pfeife, meine Pfeife.«

»Immer die gleiche Leier«, murmelte Alec, trat zur Tür hinaus und ging den schmalen Pfad entlang, der sich zwischen abgeernteten Strünken von Rosenkohl und Weißkraut dahinwand.

In der Hütte drückte Mary drei Pence in die Hand ihres Großvaters; er hielt ihre Hand fest und flüsterte mit gesenktem Kopf: »Danke, mein Kind. Danke. Ich zahl's dir zurück, bestimmt. Irgendwie werd ich's dir eines Tages zurückzahlen.«

»Ich weiß, Großpa«, erwiderte sie leise. »Und denk dran«, jetzt berührte sie mit ihrer Nase beinahe die seine, »ich will Zinsen.« Lachend verließen sie die Hütte. Peter legte den Arm um Marys Taille und begann ~~mit~~ tiefer, melodischer Stimme zu singen:

»Ich liebe ein Mädchen,
ein schönes, schönes Mädchen,
so rein wie die Lilie im Tal,
so süß wie die Heide,
die schöne, purpurne Heide,
Mary, meine schottische Glockenblume.«

Die Stimme eines Mannes rief von irgendwoher aus den Schrebergärten: »Du bist gut bei Stimme heute, Peter.«
»War nie besser, Sam«, rief Peter zurück. »Nie besser. Kommt von diesem warmen Wetter.«
Sie lachten, während sich ihr Atem in der beißend kalten Luft zu Wolken formte.
Als sie Alec erreichten, gab Mary ihrem Vater die Basttasche und hakte sich bei den beiden unter. Lachend und über den unebenen Boden stolpernd, verließen sie die Schrebergärten.
Bei der Biddle Street blieben sie stehen. Peter, noch immer in Höchstform, rief: »Wir sind an den Scheideweg gekommen, meine Lieben.«
Mary nahm seinen Tonfall auf: »Lebwohl. Lebwohl; vielleicht sehen wir uns niemals wieder! Ronald Colman, toller Film, letzten Dienstag abend.«
»Ihr beide solltet euch mal im Kopf untersuchen lassen«, meinte Alec und packte Mary am Arm. »Komm jetzt, sonst machst du noch dem öffentlichen Ausrufer Konkurrenz.«
»Sekunde.« Mary steckte ihre Hand in die Tasche. - »Hier, Großpa.« Sie hielt dem alten Mann zwei Pfefferminzbonbons hin.
Er nahm sie und sagte: »Oh, Pfefferminz! Gutes Kind, ich liebe Pfefferminzbonbons. Aber weißt du ... wenn ich heimkomme und eins davon lutsche, geht deine Grannie wie'n Präriehund auf mich los. Sie wird schwören, daß ich einen gekippt hab. Und wo ich denn das Geld für'n Drink herhätte? Und sie hätte die Nase voll, daß ich immer blau wie 'ne Haubitze heimkäme, und sie haut jetzt ab mit Charlie Riddle.«
»Ach, hör endlich auf.«
Alec machte eine ungeduldige Kopfbewegung und zog Mary von seinem Vater weg.
»Tar-rah!« rief Peter.
»Tar-rah, Großpa«, rief Mary zurück. »Tar-rah!«
»Tar-rah, Wiedersehen und bis bald!« sagte Alec.

Ein paar Schritte weiter sah er Mary an, und sie sah ihn an und schlüpfte mit ihrer Hand wieder unter seinen Arm. Sie lachten beide, und Mary sagte leise: »Ich liebe ihn.«

»Nun, ich hoffe, du liebst ihn im Moment für uns beide«, erwiderte Alec, »er hat die drei Pence doch aus dir rausgelockt, oder?«

»O Pa! Was macht das schon? Drei Pence!«

Plötzlich fiel ihr ein, daß ihr Vater ziemlich sicher nicht einmal das hatte. Die paar Münzen, die ihm ihre Mutter aus der gekürzten Arbeitslosenunterstützung - gekürzt deshalb, weil jetzt zwei Familienmitglieder arbeiteten - zugestand, hatte er vermutlich heute morgen bei seiner Fahrt übers Wasser verbraucht. Sie wußte, er hatte sich ein wenig besser gefühlt, als weder sie noch ihre Mutter arbeiteten und er sechs Wochen lang siebenundzwanzig Shilling auf den Küchentisch legen konnte, als sei es sein Lohn. Wie dumm sie doch war! Ihm hätte sie die drei Pence geben sollen, nicht ihrem Großvater.

2

Cornice Street Nummer 95 bestand aus vier Zimmern, einer Spülküche, zwei Treppen und einem Waschraum im Hinterhof. Das Waschhaus und die einzige Wasserstelle, einen Wasserhahn im Hof, mußte man sich mit den Mietern des Nebenhauses teilen.

Alice Walton hielt ihr Haus für das am besten eingerichtete in der ganzen Straße, und damit hatte sie sogar recht. Als sie 1916 im Alter von siebzehn Jahren Alec heiratete, hatte er gerade seine Lehre in der Werft beendet und verdiente dank des Krieges genug Geld - im Jahr 1918 bereits dreimal so viel wie sein Vater vier Jahre zuvor. Von Anfang an hatte Alice gewußt, was sie vom Leben erwartete und war entschlossen, es auch zu bekommen. Diese Entschlossenheit hatte sie von einem möblierten Zimmer im obersten Stock der Church Bank zu zwei Räumen in der Hope Street und dann zu vier Zimmern in der Cornice Street gebracht.

Mary war vier und Jimmy zwei Jahre alt, als sie 1921 in der Cornice Street einzogen, und Alice hatte geplant, höchstens drei Jahre hierzubleiben. Bis dahin würde Mary ihr eigenes Zimmer haben wollen. Alice hatte nicht vor, noch mehr Kinder zu bekommen, das hatte sie Alec zu diesem Zeitpunkt klargemacht und ihm mitgeteilt, er müsse deswegen irgend etwas unternehmen. Weder wußte sie genau, was er ihrer Erwartung nach zu tun hatte, noch wußte er genau, was von ihm erwartet wurde, außer daß er etwas benützte. Jedenfalls - ob durch Zufall oder Planung - bekamen sie keine Kinder mehr. Das ermöglichte es Alice, sich um die Möblierung ihres Hauses zu kümmern. Bis 1923 hatte sie ein richtiges Vorderzimmer mit einer dreiteiligen Sitzgarnitur, einem Porzellanschrank, einem Bücherregal mit Glasfront und zwei kleinen Tischchen. Der Boden war nicht mit Linoleum bedeckt, sondern mit einem von Wand zu Wand reichenden grauen Kordteppich, eine große Anschaffung in jenen Tagen. Und im Wohnzimmer war sie die stolze Besitzerin eines Klapptisches, eines Sideboards, vier georgianischer Stühle, die sie aus zweiter Hand gekauft hatte und deren Wert sie nicht kannte, ihr hatte nur die Form gefallen, und zweier Lehnsessel, die einst ein Klubzimmer geschmückt hatten. In ihrem eigenen Schlafzimmer hatte sie eine vornehme Toilettengarnitur aus Atlasholz und ein hölzernes Doppelbett; Messing, das war nichts für sie. Fürs Kinderzimmer mußte sie sich jedoch mit zwei eisernen Bettgestellen begnügen. Alle ihre Vorhänge waren aus schwerer Nottingham-Spitze, und die gelben Jalousien waren mit dunkler Spitzenimitation eingefaßt.

Drei Jahre nach ihrem Einzug in der Cornice Street begann sie - wie geplant - sich nach einer neuen, größeren Wohnung umzusehen und entdeckte das ›Burggraben-Cottage‹. Weshalb man dieses Cottage mit sechs Zimmern, das auf einem halben Morgen Land im Außenbezirk der Stadt stand, so benannt hatte, war nicht ersichtlich, denn der ganze Grund darumherum war eben, keine Spur eines Schloßgrabens, weder naß noch trocken. Alice war auf ihren Spaziergängen mit den Kindern oft an diesem Cottage vorbeigekommen, und als sie es leerstehen sah, schlug sie Alec sofort einen Umzug vor.

»Wie hoch ist die Miete?« lautete seine erste Frage.

»Elf und sechs Pence.«

Beinahe doppelt soviel wie für das gegenwärtige Haus! War sie denn verrückt?

Verrückt oder nicht, sagte sie zu ihm, sie wollte dieses Haus haben. Sie hatte nicht vor, ihr ganzes Leben in einer miesen Straße wie der Cornice Street zu verbringen und in anderer Leute Spülküche zu schauen oder sich von anderen Leuten in die ihre schauen zu lassen.

Mehr noch, sie hatte es satt, neben einer Menge von Dummköpfen zu wohnen.

An diesem Punkt angekommen, hatte er ruhig geantwortet: »Ich habe Neuigkeiten für dich, nächste Woche machen wir Kurzarbeit.«

Das war der Anfang vom Ende ihres Traums vom ›Burggraben-Cottage‹. Es war auch der Beginn einer Veränderung ihres Charakters. Bis dahin hatten sich die unangenehmen Seiten ihres Wesens in dem ehrgeizigen Drang Luft gemacht, vorwärtszukommen, ein schöneres Haus zu haben als der Nachbar, besser angezogene Kinder, klügere Kinder zu haben als der Nachbar.

Alecs Rolle in ihren ehrgeizigen Plänen war die eines Lieferanten der erforderlichen Geldmittel. Als Alec arbeitslos wurde, sozusagen ›aus der Rolle fiel‹, steigerte sich Alices Gereiztheit zu Bitterkeit und Haß gegenüber ihrem Mann. Das bißchen Liebe, das sie für ihn empfunden hatte, konzentrierte sich jetzt nicht etwa auf ihr Erstgeborenes, ihre Tochter, sondern auf ihren

Sohn James. Er sollte für sie all das zustande bringen, was sein Vater nicht fertiggebracht hatte.
Alice sah zu ihrem Sohn, der auf der Ecke des hohen Kaminvorsatzes saß, die Knie bis zum Kinn hochgezogen, in ein schmuddeliges Comic-Heft vertieft, und sagte: »Leg das weg und mach mit deinen Schularbeiten weiter.«
»Was, Ma?«
»Du hast mich gehört. Leg diesen Mist weg und mach deine Hausaufgaben.«
»Aber, Ma, ich fang doch mit den Hausaufgaben nie vor dem Tee an.«
»Es gibt keinen Tee, bevor die zwei heimkommen. Ich wirtschafte nicht zweimal herum. Was glaubt die eigentlich, was sie sich erlauben kann? Beinahe fünf Uhr, und um zwei hat sie Schluß. Je mehr man in diesem Haus tut, desto mehr wird man ausgenützt ... Hast du gehört?« Ihre Stimme wurde schrill. »Leg das weg und mach deine Hausaufgaben!«
Jimmy erhob sich vom Kaminvorsatz, faltete das Comic-Heft zusammen und wollte es gerade in seine Tasche stecken, als es ihm aus der Hand gerissen wurde.
»Wie oft muß ich dir noch sagen, daß du deine Taschen nicht mit Sachen vollstopfen sollst!«, brüllte Alice ihn an. »Es beult sie ganz aus. Deine Kleider kosten mich weiß Gott viel genug. Zieh deine Jacke aus und häng sie auf. Ich hab es satt, das immer wieder zu sagen.«
Dann seufzte sie tief und sagte müde: »Ach Junge, es ist doch nur zu deinem Besten. Begreifst du das nicht?«
Sie beugte sich zu ihm hinunter, und er antwortete mürrisch: »Aye, Ma.«
Bei diesen Worten schloß sie die Augen, faltete die Hände und preßte sie an die Brust, dann sagte sie: »Aye, Ma. Aye, Ma! Was nützt dir die Sekundarschule, wenn du diesen ordinären Straßenjargon nicht ablegen kannst! Aye, Ma. Kannst du nicht mal lernen, ja zu sagen?« Der Junge stand mit gesenktem Kopf da und starrte auf seine Füße, und als sie ihn zu dem kleinen Tisch in der Zimmerecke hinschubste, hörte man, wie sich die untere Treppentür öffnete. Alice hob das Kinn.
»Sie sind da«, sagte sie, marschierte durchs Zimmer und riß die Küchentür auf. Böse starrte sie Mary an, die vor Alec heraufkam, und fragte: »Könntest du mir verraten, wo du dich herumgetrieben hast, Fräulein?«
»War bei Pa.« Mary nahm ihren Hut ab und zog den Mantel aus. »Ich ... ich hab ihn getroffen und bin mit ihm zu den Schrebergärten gegangen.«
»Zu den Schrebergärten gegangen!«
Alice wich ins Zimmer zurück und deutete mit der ausgestreckten Hand auf den zum Tee gedeckten Tisch. »Das, Madame, hättest du tun sollen! Du hast um drei hierzusein. Da liegt ein Berg Bügelwäsche; seit drei Tagen liegt er da, und ...« sie wandte ihr Gesicht in die Richtung ihres Ehemannes, sah ihn aber nicht an, als sie schloß, »kein Tropfen Wasser heroben. Und auch keine Kohlen. Soll ich etwa alles allein machen?«

Alec antwortete nicht. In der Spülküche nahm er Kappe und Mantel ab, hängte beides an die Rückseite der Treppentür, ging zum Tisch unter dem kleinen Fenster, auf dem eine Blechschüssel und ein Wasserkrug aus Emaille standen, goß etwas Wasser in die Schüssel, wusch seine Hände, fuhr sich mit dem Rücken seiner sauberen Hand über den Mund, strich sich dann mit der feuchten Hand übers Haar, ging in die Küche und nahm schweigend seinen Platz am Tisch ein. Der Tisch war für einen Nachmittagstee mitten unter der Woche recht üppig gedeckt. Da waren ein mächtiger Laib frischen Brotes, ein großer Margarinewürfel in einer Glasschale, in einer anderen Glasschale Pflaumenmarmelade und auf einem Teller einige dünne Scheiben hellbrauner Pastete mit gelbem Fettrand.

Tee wurde eingeschenkt, die Mahlzeit verlief einige Minuten in Schweigen. Dann, als sei ihr vorheriges Gezeter nicht unterbrochen worden, rief Alice aus: »Dreimal täglich, jeden Tag in der Woche muß ich fortgehen, und keiner von euch …«

Das Klirren von Alecs Tasse auf der Untertasse erschreckte sie alle. Der Tee schwappte auf das saubere Tischtuch, Alec sprang auf und schrie: »Niemand zwingt dich, dreimal täglich auszugehen! Es ist dein eigener verdammter Wille. Du brichst dir ja den Hals, um wegzukommen.«

Er rannte aus dem Zimmer, schlug die Tür hinter sich zu, und Alice, nur einen Augenblick lang durch seinen Ausbruch verblüfft, schrie ihm nach: »Keine Veranlassung, wegzugehen, sagst du? Keine Veranlassung, fortzugehen? Schöne Aussichten für alle in diesem Haus, wenn ich nicht fortginge! Nackte Beine und leere Bäuche wären das für euch alle! … Und du«, sie wandte sich an Mary, die sich vom Tisch erhob, »was glaubst du, wo du hingehen kannst?«

»Bloß ins Zimmer.« Marys Stimme klang flach.

»Du bleibst sitzen und ißt fertig.«

»Ich will keinen Tee.«

»Du tust, was ich dir sage.«

Alice stieß ihre Tochter heftig auf den harten Stuhl zurück; der plötzliche Schmerz ließ Mary nach Luft schnappen.

»Und wenn du fertig bist, kannst du dich an die Bügelwäsche machen, mein gnädiges Fräulein.«

Mary hob ihr entrüstetes Gesicht zu ihrer Mutter empor. »Es ist Dienstag; ich geh dienstags ins Kino, das weißt du.«

»Nun, dann wirst du heute abend halt nicht gehen.«

»Doch!«

Alice richtete sich auf, sah ihre Tochter böse an und sagte mit sehr leiser Stimme: »Du willst dich mir widersetzen?«

»Es ist doch der einzige Abend in der Woche, an dem ich ausgehe. Es kostet nur drei Pence, das weißt du.«

»Nun, dies ist mal ein Abend, drei Pence oder sechs Pence oder gar nichts, an dem du nicht gehst.«
Alice ging hinüber ins Schlafzimmer, packte ihren Mantel, kam wieder in die Küche zurück, warf einen Blick auf die bedrückt am Tisch sitzenden Gestalten und verabschiedete sich mit den Worten: »Ihr wißt, was ihr zu tun habt. Du die Bügelwäsche und du deine Hausaufgaben.«
Dann herrschte Stille in der Küche. Bruder und Schwester sahen einander nicht an, sondern starrten minutenlang in ihre Teller, ehe sie, wie auf Kommando, gemeinsam zu essen anfingen.
Plötzlich prasselten Regentropfen gegen das Fenster. Mary ging eilig in die Spülküche und kam ebenso schnell wieder zurück.
»Er ist ohne Mantel fortgegangen, er wird tropfnaß.«
»Soll ich ihn suchen und ihm sagen, daß sie weg ist?«
»Ja, geh. Geh zuerst die Ellison Street hinauf. Vielleicht steht er in einem Ladeneingang. Und dann die Ormond Street hinunter.«
»Okay. «
»Hier, zieh deinen alten Regenmantel an, sonst wirst du auch noch pitschnaß. Und es ist eiskalt draußen.«
Der Junge war dankbar für die Fürsorge seiner Schwester. Er wußte nicht, wieso, denn für die Freundlichkeiten seiner Mutter empfand er keine Dankbarkeit. Er hatte das gleiche angenehme Gefühl, wenn sein Pa ein freundliches Wort zu ihm sagte. Er wußte, daß der Vater Mary lieber mochte als ihn, aber das machte ihm nichts aus, nicht wirklich, denn er mochte Mary. Trotzdem würde er sich besserfühlen, wenn der Vater mehr Notiz von ihm nähme; er hielt nämlich eine Menge von ihm, ganz gleich, was seine Mutter sagte. Es war nicht Vaters Schuld, daß er arbeitslos war, auch wenn Ma so tat, als sei es seine Schuld. In seiner Klasse waren nur vier Jungen, deren Väter richtig arbeiten konnten. Die Väter von zwei anderen machten Kurzarbeit, den meisten aber ging es wie seinem Pa; also warum führte sich Ma dann so auf?
Er fand Alec im Eingang eines verbarrikadierten Ladens, eines Ladens, der zugrunde gegangen war, als die Werft schließen mußte. Er trat aus dem Regen in den Eingang, stellte sich neben seinen Vater, blinzelte zu ihm hoch und sagte: »Sie ist weg, Pa.«
»Wer ist sie? Die Mutter von der Katz?«
Das war eine Angewohnheit, aus der Jimmy nicht ganz schlau wurde. Leise sagte er: »Meine Ma ist weg.«
»Schon besser. Bringen sie dir in dieser Schule eigentlich keine Manieren bei?«
Darauf antwortete Jimmy nicht, sondern sagte:
»Mary fragt, ob du mitkommen willst, sie hält die Teekanne warm. « Das letzte war ein bißchen eigene Erfindung, aber er fühlte sich innerlich wohl, weil er daran gedacht hatte.

Alec sah auf den Jungen hinunter, legte ihm dann die Hand auf die Schulter, und als er den fadenscheinigen Regenmantel spürte, sagte er: »Du hättest nicht rauskommen sollen, du bist durch und durch naß.«
»Dann sitzen wir ja im gleichen Boot.« Der Junge lächelte zu ihm auf, und jetzt lächelte Alec zurück und kniff ihn ins Ohr, dann traten sie hinaus in den strömenden Regen.

Es war sieben Uhr, als Grandma McAlister kam. Mabel McAlister war nur eine ältere Ausgabe ihrer Tochter. Sie hatte das gleiche schmale Gesicht, die gleiche spitze Nase und den gleichen kleinen Schmollmund, der gar nicht zu den scharfen Zügen paßte. Ihr Haar war von fahlem Braun, spärlich und fein, und lugte in Strähnen unter ihrem blauen Filzhut hervor. Aber das Gesicht zeigte noch immer den Schatten einstiger Schönheit. Sie war dreiundsechzig Jahre alt, und mit vierunddreißig hatte sie vermutlich ebenso ausgesehen wie Alice jetzt, und ebenso wie Alice hatte sie nicht erkannt, daß ihr Bemühen um gutes Aussehen durch den Ausdruck der Verdrießlichkeit zerstört wurde.
Grandma McAlister sah ihren Schwiegersohn an, der im Sessel neben dem glühenden Ofen saß, und fragte in anklagendem Ton: »Ist sie noch nicht zurück?«
»Nein.«
Alec erhob sich langsam. »Sie ist 'n bißchen spät dran, aber sie müßte jede Minute kommen. Willst du dich nicht setzen? Soll ich dir einen Schluck Tee machen?«
»Nein, nein, danke. Hab erst bei mir getrunken.«
Sie sank in einen Sessel, streckte langsam zuerst das eine Bein aus, dann das andere, als müsse sich ein Krampf lösen, stellte dann ihre Füße nebeneinander und faltete die Hände im Schoß.
Sie sprach weder mit Mary, die auf dem Küchentisch bügelte, noch mit Jimmy, der über seinen Schularbeiten saß, sondern wandte sich wieder an Alec.
»Nichts zu tun, Alec?«
»Nein, nichts zu tun.«
»Ted Bainbridge, du weißt, mein Nachbar, der ist letzte Woche in Wallsend eingestellt worden.«
»Wie schön für ihn. Wir waren heute morgen drüben; man hätte uns fast rausgeschmissen, nicht eingestellt.«
»Du solltest eben nicht hinübergehen, um eine Störung zu verursachen.«
»Wer sagt, wir sind hin, um zu stören?« Alec erhob seine Stimme. »Wir sind hin, um nach Arbeit zu fragen. Man hat uns gesagt, da sei was zu machen. Störung! Was meinst du damit?«
»Na, schau doch, was letztes Jahr drüben in North Shields passiert ist. Es heißt, daß es Burschen von hier waren, die rübergegangen sind und die Leute aufgestachelt haben.«

Alec schüttelte langsam den Kopf. »Die brauchen nicht aufgestachelt zu werden. Ihre Schlangen von Arbeitslosen sind genauso lang wie unsere. Was du meinst, war die Demonstration. Sie demonstrierten gegen …«
»Demonstration! Wäre besser, sie würden ihre Energie dazu verwenden, sich Arbeit zu suchen.«
»Oh, du lieber Gott!« Alec sprach die Worte wie ein Gebet aus. Konnte man Alice dafür verantwortlich machen, daß sie so war, wie sie war, nachdem sie von der, die dort saß, aufgezogen wurde? Wenn es auf dieser Welt jemals einen Dummkopf gegeben hatte, dann war sie das.
»Bleibt lange weg.« Mabel McAlister sah sich im Zimmer um, ihre Augen blieben an Mary hängen, und sie sagte: »Deine Ma bleibt lang aus. Geh und schau nach, was sie aufhält.«
Mary antwortete nicht, warf aber ihrem Vater einen fragenden Blick zu, und als er ihr beinahe unmerklich zunickte, stellte sie das flache Bügeleisen auf den Herd und sagte zu ihm: »Würdest du für mich den Bügelstahl aus dem Feuer nehmen, Pa?«
Dann verließ sie den Raum und ging in ihr Schlafzimmer, nahm ihren Arbeitsmantel, knöpfte ihn bis zum Hals zu, band sich einen Schal fest um den Kopf und ging zur Vordertür hinaus, um ihre Großmutter nicht noch einmal anschauen zu müssen. Sie konnte sie nicht ausstehen.
Das Haus der Waltons lag am oberen Ende der Straße, und am unteren Ende lag Mr. Tolletts Laden, in dem Alice arbeitete.
Mr. Tollett war ein netter Mann, überlegte Mary, irgendwie anders. Er hatte das Geschäft erst vor vier Jahren, nach dem Tod seines Vaters, übernommen. Sein Vater und seine Mutter waren kurz hintereinander gestorben; manche Leute sagten, aus Kummer, weil sie ihre beiden anderen Geschäfte wegen zu hoher Schulden hatten schließen müssen.
Bald darauf heiratete Mr. Tollett ein Mädchen aus Newcastle, von Jesmond, dem Nobelviertel.
Man sagte, sie habe kaum mit jemand aus der Umgebung gesprochen. Mary konnte sich nur erinnern, sie ein- oder zweimal gesehen zu haben, denn sie zeigte sich niemals im Laden. Sie war nicht unansehnlich, aber etwas eingebildet. Im letzten Jahr war sie gestorben und hatte ein Baby hinterlassen, erst ein Jahr alt. Seither arbeitete Alice für Mr. Tollett. Anfangs kümmerte sie sich nur um das Baby, das Haus und die Mahlzeiten. Aber jetzt half sie auch im Laden. Sie ging dreimal täglich hin, sogar samstags.
Auf halbem Weg die Straße hinunter führte ein Seitengäßchen zur Crowdon Road. Auf dem Bürgersteig gegenüber dem Seitengäßchen stand eine Straßenlampe, um die herum immer eine Menge Kinder spielten. Aber heute abend, bei dem heftigen Regen, waren keine Kinder da.
Als Mary sich der Laterne näherte, machte sie zwei undeutliche Gestalten aus, die im Schutz einer zugigen Toreinfahrt standen, und als sie sie erkann-

te, begann ihr Herz ein wenig schneller zu schlagen. Es waren Hughie Amesden und Paul Connelly.

Wie immer war es Paul Connelly, der sie ansprach. »Hallo, Mary«, sagte er. Sie blieb zögernd stehen, mitten auf dem Bürgersteig im Lichtkreis der Lampe. »Hallo«, sagte sie.

»Gehst du irgendwohin?«

»Bloß zum Laden.« Sie schaute Paul an, als sie ihm antwortete, aber sie sah nur Hughie. Sie brauchte Hughie nicht anzusehen, um ihn zu sehen. Sie sah ihn in der Nacht so deutlich, daß sie sich fast einbildete, er säße an ihrem Bett und spräche mit ihr. Aber die Vorstellung, daß er mit ihr sprach, war ebenso unmöglich wie die, daß er an ihrem Bett saß, denn er redete niemals mit ihr. Er hatte einmal »Hallo« gesagt, aber das war die einzige Unterhaltung zwischen ihnen gewesen, und sie kannte ihn, seit sie zehn war. Er sah so gut aus, daß es ihr sogar weh tat, nur seine Haut anzusehen. Sein Gesicht war lang und blaß, seine Augen tiefliegend und dunkel, aber sein Haar war blond und wellig. Zu all diesen Vorzügen kam noch Hughies Größe. Er war der größte Junge in allen Straßen der Umgebung, er mußte jetzt einsachtzig sein und war erst siebzehn.

Mary hatte nie den Tag vergessen, an dem sie erkannte, daß sie ihn liebte. Es war im letzten Sommer, an einem Sonntag abend. Mrs. Turner hatte ihr ein Kleid gegeben. Sie hatte es geändert und fühlte, daß sie hübsch darin aussah. Deshalb war sie am Abend zur Kirche gegangen, denn in der Kirche konnten einen mehr Menschen sehen. Wenn man später herauskam, standen sie herum und schauten einen an. Und sie wollte, daß die Leute ihr neues Kleid sahen, denn so eines hatte sie noch nie gehabt. Sie hatte darum kämpfen müssen, es behalten zu dürfen, denn ihre Mutter wollte es haben - ihre Mutter nahm die meisten Sachen, die Mrs. Turner ihr gab; ihre Mutter liebte es, sich aufzuputzen. Das Kleid war von einem matten Gelb, nicht aufgedonnert. Sie wußte nicht, aus welchem Material es bestand, aber es fühlte sich an wie feine Wolle. Es hatte einen viereckigen Halsausschnitt und einen weiten Rock. Sie besaß das Kleid nicht mehr; ihre Mutter hatte es verbrannt. Sie hatte es ins Feuer geworfen, als sie Streit hatten.

Aber an jenem Sonntag abend standen Paul Connelly und Hughie Amesden am Ende der Straße. Sie erblickte die beiden sofort, als sie aus der Kirche kam, denn Hughie Amesden überragte immer alle anderen, und sie erinnerte sich, daß sie auf die beiden zugegangen war. Und dann passierte das Allerseltsamste. Es war wunderschön und erschreckend zugleich. Sie sah Hughie Amesden langsam in einem weißen Licht entschwinden; nichts war von ihm übrig, nur weißes Licht; es löschte sogar Paul Connelly aus.

Und das zweite Seltsame war, daß sie sich nicht erinnern konnte, an den beiden vorübergegangen zu sein. Sie war eine ganze Straße weiter, als sie wieder zu sich kam, und sie dachte: Wo ist er hin? Sie hatte sich umgedreht, und da standen sie am anderen Straßenende, und sie hatte nicht gemerkt, daß sie an ihnen vorübergegangen war. Sie war mit der Hand an der Kehle stehengeblieben, hatte geschluckt und gehustet, und eine Frau hatte besorgt gefragt: »Alles in Ordnung, Schätzchen?« Sie hatte ihren Arm genommen und hinzugefügt: »Aber du zitterst ja, Mädchen. Du hast 'ne Sommergrippe.«

Sie hatte der Frau zugenickt und war weitergegangen. Und plötzlich wußte sie, daß sie in Hughie Amesden verliebt war, daß sie ihn schon die ganze Zeit geliebt hatte, seit sie mit zehn Jahren in die Nachbarschaft gezogen war. Doch er hatte nie, nie mit ihr gesprochen, nur das eine Mal, als sie in der Schlange vor dem Kino standen.

Er war gekommen und hatte sich neben sie gestellt und »Hallo« gesagt, und sie hatte »Hallo« geantwortet; und dann war er zu den sechs Pennies gegangen, und sie zu den drei Pennies.

Paul Connelly dagegen wollte immer mit ihr reden. Aber sie konnte Paul Connelly nicht ausstehen. Sie konnte nicht begreifen, weshalb Hughie Amesden und Paul Freunde waren, denn Paul war nur halb so groß; sie sahen aus wie Pat und Patachon.

Jetzt hob sie ihre regennassen Wimpern und sah den Adonis an, und er sah sie an, und da senkte sie den Kopf und murmelte: »Ich muß weiter. Ich hol meine Ma ab.«

Keiner von ihnen gab irgendeinen Kommentar zu dieser Erklärung. Mary drehte sich linkisch um und rannte die Straße hinunter. Sie zitterte; sie zitterte immer, wenn sie Hughie Amesden sah.

Kein Mensch war da, als sie zum Laden kam. Sie preßte ihr Gesicht ans Fenster und sah, daß der Laden leer war, ein seltener Zustand, denn Mr. Tollett verkaufte praktisch alles. Von halb acht Uhr morgens bis acht Uhr abends war eigentlich immer jemand da, der etwas haben wollte.

Der Laden lag an einer Ecke, ein Fenster ging auf die Cornice Street, das andere auf die Benbow Street, eine kleine Gasse, die mit der Crowdon Road verbunden war. Die Hintertür zu diesem Haus war in der Benbow Street und führte auf einen mit Kartons aller Formen und Größen vollgestopften Hof. Hinter dem Laden befanden sich zwei Räume, die als Vorratsräume benutzt wurden. In dem Hauptraum lagerte Mr. Tollett seine Butterfässer und Käselaibe und Mehlsäcke, und von der Decke hingen Schinkenseiten herab. Den anderen Raum benützte er für die Aufbewahrung von weiteren Lebensmitteln und Gemüse. Die Tür, die vom Hinterhof in den ersten Raum führte, hatte in der oberen Hälfte eine Glasscheibe. Neben dieser Tür war eine zweite, die in ein früher separates Haus führte. Dessen unterer Teil war in eine Garage umgewandelt worden, doch das Obergeschoß mit vier Zimmern war mit den über dem Laden gelegenen Räumen zu einer Wohnung verbunden worden. Alles in allem war es ein prächtiger Ort. Sie war erst einmal oben gewesen und hatte nur einen kurzen Blick ins Wohnzimmer werfen können, war aber von dessen Größe überwältigt gewesen. Mr. Tollett hatte zwei Räume zu einem verbunden; es war wirklich wunderschön. Ihre Mutter hatte sie schnell wieder hinausgescheucht, weil - wie sie sagte - Mr. Tollett nicht die ganze Straße hier drinnen haben wollte. Am liebsten hätte Mary ihrer Mutter gesagt, sie sei nicht die Straße, sondern ihre Tochter, mit einer Nachricht von ihrem Pa.

Als Mary auf die Tür zuging, die ins Haus führte, sah sie die Umrisse einer Gestalt, die sich hinter der regenverschmierten Scheibe bewegte. Das war ihre Ma. Vielleicht half sie, Ordnung zu machen. Als sie ihre Hand auf die Klinke legte, geriet ihr Gesicht dichter an die Scheibe, und jetzt konnte sie nicht nur ihre Mutter, sondern auch Mr. Tollett erkennen, und sie sah, daß sie miteinander redeten.

Der Raum war hell erleuchtet, aber das regennasse Glas verzerrte die Gesichtszüge ihrer Mutter, und zuerst dachte sie, sie sähe deshalb so anders aus. Mary spähte angestrengt durchs Fenster. Ihre Mutter sah wirklich anders aus, und das kam nicht durch das nasse Glas. Sie hatte ihre Mutter noch nie so gesehen. Sie blickte in Mr. Tolletts Gesicht, und ihr Ausdruck war sanft und flehend. Sie sah jung aus. Mary bemerkte, daß sie sich dauernd die Lippen befeuchtete. Sie sah, wie Mr. Tollett den Kopf neigte, während ihre Mutter weitersprach. Wegen des Windes und des peitschenden Regens konnte sie nicht hören, was sie sagte. Aber jetzt sah sie, wie Mr. Tollett etwas von einem Stuhl aufhob. Es war der Mantel ihrer Mutter. Sie zog ihn an; jetzt hielt sie den Kopf gesenkt ...

Plötzlich kam Mr. Tollett auf die Tür zu. Mary sprang zurück und fiel über die an der Wand aufgestapelten Kartons. Wäre nicht der Wind gewesen, sie hätten das Poltern hören müssen. Mary preßte sich mit dem Rücken an eine defekte Regenrinne; das Wasser pladderte über ihr Gesicht und machte sie fast blind, aber sie wagte nicht, die Hand zu heben. Mr. Tollett und ihre Mutter waren jetzt im Hof.

Mary bog den Kopf zur Seite, weg von dem Wasserstrahl, und konnte jetzt Mr. Tollett und ihre Mutter im Lichtstreifen sehen, der aus dem Eingang fiel. Mr. Tollett hatte seine Hand an der äußeren Tür, und er sagte: »Nicht, daß ich undankbar wäre, Alice, denk das nicht, aber ... aber es wäre nicht recht. Alec ist ein guter Mann; ich kenne ihn seit Jahren, er ist ein guter Mann.«

Die Stimme ihrer Mutter drang jetzt an ihr Ohr, dünn und böse: »Ein guter Mann! Du hast keine Ahnung. Er braucht mich nicht, und ich brauche ihn nicht; zwischen uns ist seit Jahren nichts mehr. Ich sag dir, Ben ...« Sie verstummte, als habe ihr jemand die Hand auf den Mund gelegt.

Mr. Tollett öffnete die Hoftür, und Mary sah, wie ihre Mutter langsam hinaus auf die Straße trat. Sie sah, wie Mr. Tollett den Riegel vorschob, einen Augenblick regungslos stehenblieb und sich dann umdrehte. Sie glaubte, ihn »Allmächtiger!« murmeln zu hören, war aber nicht sicher. Aus Angst, entdeckt zu werden, blieb sie, wo sie war, bis durch die Wand schwach das Klingeln der Ladenglocke zu hören war. Sie ließ ein paar Minuten verstreichen, dann bahnte sie sich ihren Weg zur Tür in der Mauer, zog den Riegel zurück und trat hinaus auf die Straße. Seltsamerweise dachte sie nicht an ihre Mutter und an Mr. Tollett, sondern an ihren Pa, und sie wiederholte immer wieder im Geist, »O Pa. Pa.« Sie hatte schon fast das Haus erreicht, als sie plötzlich erkannte, daß ihre Mutter Mr. Tollett haben wollte. Sie hatte sich ihm ja richtig angeboten! Verschwommen erinnerte sich Mary, daß die Mutter Mr. Tollett ungefähr genauso lange kannte wie Pa. Dann war Mr. Tollett fortgegangen, hatte im Süden bei einer Tante gelebt und in einer Autofabrik gearbeitet - oder hatte irgendwas mit Autos zu tun, es war alles sehr verschwommen.

Sie konnte sich nur daran erinnem, daß Pa mit dem Großvater darüber gesprochen und gesagt hatte: »Er wird den Laden nicht übernehmen; er konnte die Läden nie ausstehen, deshalb ist er fortgegangen.«

Seit ihr Vater arbeitslos war, war er niemals mehr glücklich gewesen, aber seine Niedergeschlagenheit schien sich in diesem letzten Jahr vertieft zu haben, seit Alice für Mr. Tollett arbeitete. Das mußte der Grund sein. Er wußte, daß Alice Mr. Tollett haben wollte.

Mary zitterte, wie sie in Gegenwart von Hughie, ihrer ersten Liebe, zitterte, aber jetzt litt sie, da es um die Ehre ihrer ständigen Liebe, ihres Pa, ging, körperlichen Schmerz, der an Qual grenzte. Ihr Pa mußte sich schrecklich, schrecklich fühlen; er liebte die Mutter doch. Er mußte sie geliebt haben - oder nicht? -, um sie zu heiraten. Und er mußte sie noch immer lieben, denn sonst wäre er nicht so tief getroffen.

Sie haßte ihre Mutter. Jetzt tat es ihr nicht leid, daß sie manchmal wünschte, sie wäre tot. Gern würde sie jetzt hineingehen und sagen: »Ich hab dich bei Mr. Tollett beobachtet. Du bist gemein, genau das, du bist niederträchtig und gemein.« Und wie sollte sie in Zukunft, wenn ihre Mutter auf sie losging, der Versuchung widerstehen, sich gegen sie zu stellen und ihr zu sagen, daß sie über ihre Umtriebe Bescheid wisse. Aber das durfte sie nicht, das konnte sie ihrem Vater nicht antun.

Als sie das Haus betrat, fuhr Alice sie an: »Mich suchen gegangen, was? Es ist eine schnurgerade Straße von hier bis zum Laden; hast du dich vielleicht unsichtbar gemacht? Ich hab dich jedenfalls nicht gesehen.« Dann packte sie Mary am Arm und schrie: »Wenn du in diesem Gäßchen warst, Fräulein, wenn du da was getrieben hast, ich zieh dir die Haut ab ...«

Aber sie beendete den Satz nicht, denn ihre Tochter spuckte sie an. »Halt den Mund, du!«

Mit weit aufgerissenen Augen starrten sie einander an. Alec, Jimmy und Grandma McAlister hatten fassungslos die Szene betrachtet. Jetzt würde Alice die Hand heben und ihre Tochter zusammenschlagen. Aber Alice holte

nur tief Atem, wandte sich ab, ging auf die Eisenpfanne auf dem Ofen los, stieß sie in die glühenden Kohlen, als wolle sie sie zerschmettern.
Langsam zog Mary ihre nassen Sachen aus und ging an der Mutter vorbei ins Schlafzimmer. Dort blieb sie am Fuß ihres Bettes stehen, packte das Eisengestell und schwang sich rückwärts hinüber und wieder zurück. Ihre Mutter wußte, daß sie wußte. Nun, vielleicht bekam sie jetzt Angst und wurde wieder vernünftig. Und eines war sicher: Sie würde nie mehr die Hand gegen sie erheben.
Komisch, wie sich die Dinge entwickelten.

3

Es hatte eine Woche lang heftig geschneit, getaut, gefroren und wieder geschneit. Dann hatte in der Nacht ein Graupelregen, gefolgt von Frost, die Stadt in eine Schlittschuhbahn verwandelt, wie Alec es nannte.
Er wartete an der Ecke von Hurworth Place auf Mary. Nicht, daß er Angst hatte, sie könnte Schwierigkeiten mit dem Heimweg haben; sie liebte nichts mehr als eine gute Rutschbahn - darin war sie noch immer ein Kind -, er wartete auf sie, weil er ein paar Neuigkeiten hatte, die ihre Zukunft betrafen.
Als sie auf ihn zukam, rief sie aus: »Pa! Was machst du denn hier? Mann, siehst du ausgefroren aus. Irgendwas los?«
»Nein, nein, nichts ist los. Ich hab bloß 'n paar Neuigkeiten für dich. Komm mit zu Grannie. Ich sag's dir nicht hier, da frieren einem ja die Lungen ab.«
»Geschieht dir recht; du hättest nicht herumstehen sollen. Hätte das nicht Zeit gehabt?« Sie faßte ihn am Arm, und als sie seinen fadenscheinigen Übermantel fühlte, preßte sie sich fester an ihn und sagte: »Vielleicht bekommst du einen neuen Mantel, zumindest einen gebrauchten, den von Mr. Turner. Sie hat seine Garderobe aussortiert und gesagt, er sei reif für einen neuen. Er hat schon zwei, und sie sind beide gut, aber wenn er einen neuen bekommt, kann es sein, daß sie mir Nummer drei gibt. Sie ist nicht übel, obgleich sie mit dem Tee knausert.«
Mary drückte seinen Arm, er wandte den Kopf und lachte sie an:
»Na schön, sag ihr, sie soll sich beeilen, sonst bin ich ganz steif.«
»Wo warst du heute?« fragte sie.
»Shields.«
»Den ganzen Weg in dem Wetter?« Sie machte eine Pause.
»Irgendeine Arbeit?«
»Huh!« Er lachte leise. »Machst du Witze?«
»Warum warst du denn dort? Hast du die Straßenbahn genommen?«
»Nein, mir war nach einem Spaziergang zumute.«
»Ein Spaziergang nach Shields bei dem Wetter! Wie weit bist du gegangen?«

»Zum Marktplatz, zu Crofton. Hör jetzt«, er bohrte ihr seinen Ellbogen in die Seite. »Ich sag nichts mehr, bis wir im Haus sind, die Kälte zerschneidet mir die Kehle.«

Als sie die Hintertür von Bingley Street Nummer 7 aufstießen, wandte sich Grandma Mary Walton vom Tisch ab, wo sie ihre Hände in einer irdenen Schüssel voll Mehl hatte, und rief mit hoher, aufgeregter Stimme: »Also! Schau, schau, was der Wind da hereingeblasen hat! Kommt rein. Kommt rein und macht die Tür zu, sonst hab ich kein Haar mehr an den Beinen.«

Sie knallten die Tür zu und traten lachend ein.

Mary hatte es schon oft bemerkt - das Alter schien von Alec abzufallen, wenn er in seinem eigenen Zuhause war, im Haus seiner Jugend, bei seinen Eltern. Er war sechsunddreißig, das war nicht wirklich alt, doch er erschien ihr alt, außer jetzt, als er in die Hände blasend neben seiner Mutter stand und fragte: »Was machst du da? Teekuchen?«

»Nein, nichts so Tolles. Brot. Aber wenn ihr lange genug bleibt, säble ich euch ein bißchen alten Kuchen ab.«

»Wir bleiben lange genug, nicht wahr, Mary?«

»Klar. Aber wo ist Großpa?«

»Horch!« Die Großmutter richtete ihren Blick auf die Wand.

»Da hast du die Antwort.«

Sie sahen beide hin und horchten, und sie hörten ein Schnauben, gefolgt von einem tiefen, rasselnden Schnarchen.

»Geh und weck ihn auf.« Sie nickte Mary zu.

»Ach, laß ihn noch ein bißchen schlafen«, sagte Mary und wandte sich zu ihrem Vater. »Na, mach schon, heraus damit. Was ist das, womit du mich überraschen willst?«

Alec zog seinen Übermantel aus, holte eine Zeitung aus der Innentasche, breitete sie auf dem Tisch aus, deutete auf eine mit Bleistift umrandete Anzeige und sagte: »Lies das.«

Mary las: »Junge weibliche Mitarbeiterin für Kleiderabteilung gesucht. Gute Aussichten. Anfragen bei Crofton, King Street, Süd Shields.«

Ohne sich wieder aufzurichten, wandte sie ihm ihr Gesicht zu und verdrehte die Augen. »Aber Pa! Ich hätte keine Chance, da sind Millionen hinterher. Crofton! Das ist ein großes Geschäft, keine Klitsche.«

»Ich weiß, ich weiß, ich habe Croftons Geschäft gesehen«, nickte er fröhlich. »Und mehr noch, ich war heute morgen drin. Schau, was ich gekauft habe.«

Er zog aus seiner Jackentasche ein erschreckend weißes Knäuel Band.

»Band?« sagten Grandma Walton und Mary wie aus einem Mund. »Aye, Band.«

»Wozu gehst du hin und kaufst Band?« fragte ihn jetzt seine Mutter, und ihr kleines, glänzendes rundes Gesicht drückte Verblüffung aus. »Nicht, um mir's durch die Unterhosen zu ziehen, Ma.«

»Oh, hör bloß auf. Du bist genauso schlimm wie dein Vater mit deinem vulgären Gerede.«
»Vulgäres Gerede!« Alec schüttelte lachend den Kopf, dann sagte er: »Na, wenn ihr's unbedingt wissen wollt, will ich euch nicht auf die Folter spannen. Die Sache ist so. Kann sich irgend jemand von euch an Jenny Broadbent erinnern?«
»Natürlich kann ich mich an Jenny Broadbent erinnern«, erwiderte seine Mutter. »Sie arbeitete ...«
»Genau, sie arbeitete früher bei Crofton. Dann ist sie weggegangen, um zu heiraten. Er ist gestorben, und sie ist wieder zurückgekehrt zu Crofton. Jetzt bedient sie bei den Kurzwaren.« Er beugte sich zu Mary hinunter und sagte belehrend: »Dort verkauft man Bänder, weißt du.« Sie versetzte ihm einen Stoß, er lachte und fuhr fort: »Na, jedenfalls, als ich diese Anzeige sah, dachte ich an Jenny Broadbent und daß meine Ma einmal gut zu ihr war; mal sehen, ob sie sich daran erinnert.«
»Oh, du! Unser Alec!«
»Ja, ich, euer Alec. Also, euer Alec ging hin und sagte: ›Hallo, Jenny, kann ich 'ne Rolle Band haben?‹ Und sie antwortete eine Weile gar nicht, sah nur ein bißchen erschlagen aus und sagte dann: ›Ja, Sir‹, und als sie mir das Band rüberreichte, hab ich ihr die Zeitung hingelegt und auf das da gedeutet.« Er stupste die Zeitung mit dem Finger an. »Und ich sagte sotto voce -«, wieder wandte er sich an Mary, »das heißt mit verhaltener Stimme -, ob sie dir 'n bißchen unter die Arme greifen könnte, und sie hat gesagt, ja, das könnte sie, und so mußt du also morgen früh um halb zehn dort sein.«
»Pa! Ich bei Crofton! Aber ... aber es ist ein langer Weg, und ich muß die Straßenbahn bezahlen. Wie ist das Gehalt?«
»Nach dem Gehalt hab ich nicht gefragt, aber weniger als das, was du jetzt kriegst, kann's ja um Gottes willen nicht sein. Und dein Fahrgeld muß sowieso zusätzlich dabei rausspringen. Aber es ist ein Anfang ... etwas Besseres.«
»Ja, ja«, strahlte sie und sah ihre Grannie an. »Wäre nett, bei Crofton zu arbeiten, in einem großen Laden, was? ... Zu denken, daß ich einen Job bei Crofton bekomme!«
»Noch hast du ihn nicht, Mädchen.«
»Jetzt sei aber still, Ma. Jenny Broadbent ist so gut wie ihr Wort, wenn ich mich recht erinnere.«
»An was erinnerst du dich recht?« Peter Walton kam ins Zimmer und rieb sich den Schlaf aus den Augen.
»Ich krieg vielleicht einen Job, Großpa, in Shields, bei Crofton.«
»Aha!« Peter setzte sich. »Was ist denn los? Kommt, erzählt es mir.« Sie erzählten es ihm, und als sie geendet hatten, pflichtete er seinem Sohn bei. »Wäre schon großartig, Kleines«, sagte er, »wenn du 'n richtigen Start ins

Leben kriegen könntest, etwas Feineres, nicht Dienstmädchen. Allerdings, der da hat es nicht viel geschadet.« Er deutete mit seinem Daumen auf seine Frau. »Sie haben ihr beigebracht, zu backen und ihre Hände zu gebrauchen, aber viel hat sie ja schließlich nicht im Oberstübchen.«

»Für dich reicht's!« Mary Walton drohte ihm mit dem Teigklumpen. »Du kannst deinen Sternen danken, daß die Dinge so sind, wie sie sind, und ich gelernt hab, nichts zu verschwenden, sonst hättest du jetzt was im Gesicht.«

»Na, mach schon, daß du ihn in den Ofen bringst und quatsch nicht so viel. Hast du ein paar Rosinen, um meinem schlauen Mädchen einen Weihnachtskuchen zu backen?« Er gab Mary einen liebevollen Stoß in die Rippen.

»Und ich könnte 'nen Schluck Tee vertragen. Hast du keinen Tee mitgehen lassen, Kleines?«

»Oh, Großpa!«

Als Mary ihm einen Klaps versetzen wollte, legte er seine Arme um sie und sagte: »Komm schon, setz dich auf mein Knie, schmusen wir ein bißchen. Die anderen beachten wir gar nicht.«

Und so saßen sie, Peter preßte sein stoppeliges Gesicht gegen Marys Schulter, Mary legte ihr Kinn auf sein spärliches, unordentliches Haar, beide wiegten einander hin und her - da sprang die Hintertür auf und Jimmy stolperte herein.

Einen Augenblick stand der Junge keuchend da, alle starrten ihn an.

»Ich … ich hab euch überall gesucht«, stieß er hervor. »War bei den Schrebergärten und überall. Ma … Ma hat sich den Fuß verletzt.«

»Den Fuß verletzt? Schlimm?«

Jimmy nickte seinem Vater zu. »Scheint so. Sie mußten sie von der Straße rauftragen. Sie hat Zeter und Mordio geschrien.«

»Wann ist das passiert?«

»Gerade … schon vor einer Weile. Man hat mich nach dir geschickt. Ich wußte nicht, wo ich suchen sollte.«

Er holte stockend Luft.

Alec zog sich den Mantel an, Mary hatte den ihren bereits zugeknöpft und band sich einen Schal um den Kopf.

»Ich komme mit euch«, sagte Peter.

»Nein, nein, Pa«, wehrte Alec ab. »Du landest auf deinem Hintern, ehe du auch nur das Ende der Straße erreicht hast. Wir haben ‘ne Menge Zeit gebraucht, um herzukommen. Ich geb dir Bescheid. Kommt.«

Hastig gingen die drei hinaus und Mary fragte sich, woran es lag, daß die angenehmen Dinge niemals lange dauerten …

Das Haus schien voller Nachbarn zu sein, obwohl nur vier da waren: Mr. und Mrs. Ryder vom letzten Haus und Mrs. Weir und ihre Schwiegertochter von Nummer 90.

»Was ist passiert?« Alec sah auf Alice hinunter, die mit einer Decke zugedeckt auf dem Bett lag, aber die einzige Antwort, die er von ihr bekam, war ein Stöhnen.
Es war Jack Ryder, der antwortete: »Ich weiß nicht, ob ich es richtig gemacht hab, Alec, aber ich hab nach dem Arzt geschickt. Meiner Meinung nach hat sie das Bein gebrochen. Sie ist einfach bewußtlos geworden, als wir sie rauf trugen, und hat geschrien, wenn wir sie bewegt haben. Die Straße ist eine Eisbahn, und die Bälger haben es mit ihrer Schlitterei noch schlimmer gemacht. Sie ist auf eine Rutschbahn getreten, haben sie mir gesagt.«
Alec nickte dem Mann zu. »Gut, du hast es schon richtig gemacht, Jack. Und danke.« Er nickte einem nach dem anderen im Zimmer zu; sie nickten zurück und gingen hinaus. Er folgte ihnen zum Treppenabsatz und sagte noch einmal: »Danke, danke.«
Im Zimmer stand Mary am Fußende des Bettes und sah ihre Mutter an. Alice öffnete die Augen, biß sich fest auf die Lippen und sagte: »Hierher!«
Mary trat näher und beugte sich über sie; Alice blickte ihr fest in die Augen und sagte: »Geh hinunter in den Laden. Sag Ben … Mr. Tollett, was geschehen ist. Sag ihm, daß du … daß du ihm aushilfst.«
Mary schaute ihre Mutter eine ganze Weile schweigend an und sagte dann ruhig: »Ja, Ma.«
Alice versuchte sich zu bewegen, wimmerte vor Schmerzen. Schweißperlen standen auf ihrer Stirn, und als Alec zum Bett zurückkam, sagte er: »Lieg still; beweg dich nicht.«
Alice beachtete ihn nicht, sondern sah Mary an, die noch immer keinen Blick von ihr wandte. »Geh«, drängte sie.
»Wohin?« Alec drehte sich zu Mary um, die sich anschickte, das Zimmer zu verlassen.
»Ma sagt, ich soll zu Mr. Tollett gehen und es ihm sagen und … und ihm aushelfen.«
Alec musterte sie prüfend, dann sah er Alice an. Aber Alice hielt ihre Augen geschlossen, und deshalb machte er keine Einwände. Mary ging hinaus.
Tief in Gedanken versunken suchte sie sich ihren Weg zwischen den Rutschbahnen hindurch. Sie hätte sich schreckliche Sorgen um ihre Mutter und um ihr Bein machen sollen, aber das einzige, was sie dachte, war: »Man könnte glauben, sie hat es absichtlich getan, man könnte es wirklich glauben.«
Mary hatte gewußt, was geschehen würde, noch bevor die Mutter ihr den Befehl erteilt hatte. Sie wollte nicht zu Mr. Tollett gehen. Nicht, daß sie irgend etwas gegen ihn gehabt hätte, sie hielt ihn sogar für einen netten Mann, einen freundlichen Mann, aber sie wollte einfach nicht bei Mr. Tollett arbeiten, sie wollte diesen Job bei Crofton bekommen. Und ihr Pa würde sie unterstützen, ja, das würde er tun. Im Laden waren vier Kunden, und Mr. Tollett war sehr beschäftigt. Sie stand an einer Seite des Raumes und beob-

achtete ihn. Sie konnte verstehen, weshalb ihre Mutter ihn mochte. Er sah gut aus.
Sie wußte, er war fünfunddreißig, nur ein Jahr jünger als Vater, aber er sah viel, viel jünger aus. Er hatte eine gebräunte Haut, dunkelbraune Augen und schwarzes Haar - sein Großvater war Italiener, der - so hieß es - mit einem Handkarren herumgezogen war und Eis verkaufte.
Mr. Tollett hatte ein nettes Lächeln. Und er brachte sogar Mrs. Foggerty zum Lachen.
»Versalzen?« sagte er. »Ich hab in meinem ganzen Leben noch kein Stückchen versalzenen Schinken verkauft. Salzig vielleicht, aber nicht versalzen.«
»Ach, hören Sie doch auf!«
Mrs. Foggerty stieß mit ihrem dicken Arm über den Ladentisch hinweg scherzhaft auf ihn ein. »Erzählen Sie mir nicht, ich wüßte nicht, wenn ein Schinken versalzen ist; er klebt an der Pfanne fest.«
»Sie wissen nicht, wie man ihn brät.«
»Eh, hat man je so was erlebt!« Mrs. Foggerty wandte sich um Unterstützung an die anderen drei Frauen; aber als alle lachten und eine von ihnen sagte: »Da könnte was dran sein«, verschwand das Grinsen aus Mrs. Foggertys Gesicht. Ihre bissige Antwort wurde jedoch vom Rufen eines Kindes verhindert. »Dada! Dada!«
»O je, o je, da haben wir's. Nur eine Minute, meine Damen.« Als er an der Theke entlangging, erblickte er Mary und begrüßte sie strahlend. Dann öffnete er die Tür des Vorratsraums und rief, auf einen kleinen Jungen hinabblickend: »Wie um alles in der Welt bist du hier heruntergekommen? Jetzt komm, sei ein lieber Junge und geh wieder hinauf. Alice wird gleich hier sein.«
»Mr. Tollett, meine Ma hat sich am Fuß verletzt, gebrochen, glaube ich. Sie schickt mich, um … damit ich mich in der Zwischenzeit um ihn kümmere. Soll ich ihn hinaufbringen?«
Er starrte sie über den Ladentisch hinweg an. »Alice hat sich den Fuß verletzt? Ach, du meine Güte. Wo?«
»Als sie nach Hause ging, rutschte sie auf einer Schlitterbahn aus.«
»Tüchtig versohlen sollte man das Pack«, mischte sich eine der Frauen ein. »Mir hätt's auch beinahe meine verdammten Füße weggerissen. Man sollte was unternehmen wegen diesen Gören, oder die faulen Luder die Straße rauf sollten vor ihren Häusern räumen.«
»Warum sie, wenn doch genügend Männer da sind?« sagte eine andere Frau böse. »Weiß Gott, sie haben ja wenig genug zu tun. Aber die Gehsteige räumen, das ist nicht drin. Ist ja unter der Würde von den Kerlen, einen Besen in die Hand zu nehmen. Die jungen sind die schlimmsten. Für Boxkämpfe oder ihre komischen Spiele, dafür finden sie immer 'nen Penny.«

Mary ging an Benjamin Tollett vorbei, beugte sich zu dem Kind hinab, nahm es auf den Arm, ging dann durch den Vorratsraum, auf den Hof hinaus, die Treppe hinauf und betrat eine andere Welt.
So wütend sie auch auf ihre Mutter war - sie war einfach überwältigt von dem, was sie sah. Alles glänzte. Sie stand in dem langen Raum, schaukelte das Kind in ihren Armen und sah sich um. Ein Fenster ging auf die Comice Street hinaus. Dicht an den Scheiben hing ein feiner Netzvorhang und zu beiden Seiten grüne Vorhänge aus Chenille. Am anderen Ende des Raumes befand sich an der Seitenwand noch ein Fenster, das hatte die gleichen Vorhänge. Eine mit Chintz bezogene dreiteilige Sitzgarnitur stand da, und der Kamin war sogar noch schöner als der bei Mrs. Turner, modern, sehr modern, ganz gedeckt mit einer Kaminplatte. Sie hatte noch nie etwas Derartiges gesehen. In den Nischen zu beiden Seiten des Kamins standen verglaste Regale mit Büchem und hübschem Porzellan; und in der entferntesten Ecke des Zimmers stand eine Vitrine. Der Deckel war offen, und als sie näher heranging, sah sie, daß es ein Grammophon war, ein elegantes Grammophon, Radiogramm genannt. Sie hatte solche schon in Inseraten gesehen.
»Tee. Ich will meinen Tee«, jammerte das Kind.
Mary stellte es auf den Boden und sagte: »O ja, Schatz; ich mach dir deinen Tee, komm.«
Sie ging wieder hinaus auf den Gang, öffnete die erste Tür und war verblüfft zu sehen, daß hier ein Eßzimmer war. Nicht so angeberisch wie das von Mrs. Turner, denn auf dem Sideboard standen nur zwei Silbergegenstände, aber es war sehr schön. Sie hätte nicht gedacht, daß Mr. Tollett Wert auf ein separates Eßzimmer legte; sie dachte, man aß nur in Bloom Crescent und Croft Terrace und ähnlichen Gegenden so.
Das Kind rannte ungeduldig den Gang entlang und stieß eine Tür auf, die den Blick auf die Küche freigab. Auch hier hingen Netzvorhänge an den Fensterscheiben, so daß die Leute von der anderen Straßenseite nicht hereinschauen konnten. Mary sah sich um. Da stand ein moderner Gasherd und neben der Speisekammer ein eigener Geschirrschrank. Aber das erstaunlichste von allem war der Klapptisch mit einem Kessel darunter, einem Waschkessel, der mit einer Gasleitung verbunden war. Mr. Tollett besaß einen Gas-Waschkessel, er brauchte nicht ins Waschhaus zu gehen! Sie nahm zwar an, daß man ohnehin nicht ins Waschhaus konnte, weil es voller Schachteln war. Aber all dieser Luxus überwältigte sie.
Das Kind, das an ihrem Rock zupfte und nun zu wimmern anfing, riß Mary aus ihren Träumen, und sie ging herum, um festzustellen, wo alles seinen Platz hatte. Als sie den Kleinen fragte, ob er Milch zu seinem Tee trank, antwortete er schlicht: »Nein, Tee ... Tee.«
Sie gab ihm sein Essen auf einem kleinen Tischchen unter dem Fenster. Es bestand aus schwachem Tee, Brot und Butter und Marmelade, einem

Stückchen Roulade und einer Schüssel mit Gelee und Eierrahmsoße, die sie im Speiseschrank gefunden hatte.
Als er fertig war, trottete er aus der Küche, den Gang entlang und in ein anderes Zimmer. Dort standen ein Bett in der Ecke, ein Laufgitter in der Mitte des Fußbodens, und darum verstreut lag mehr Spielzeug, als sie in ihrem ganzen Leben gesehen hatte.
»Spielen?« Fragend sah er zu ihr auf.
»Ja, ja, ich spiel mit dir«, antwortete sie. »Was willst du spielen?« - »Eisenbahn.« Er zog aus einer Kiste eine Lokomotive, Personenwagen, Güterwagen und Schienenstücke hervor, die er mit überraschender Behendigkeit auf dem Wachstuch zu einem Kreis zusammensteckte. Sie begriff, daß von ihr nichts anderes verlangt wurde, als dazusitzen und ihm zuzuschauen.
So fand Ben Tollett sie. Er stand unter der Tür, und sie merkten sekundenlang nichts von seiner Anwesenheit; dann sprang Mary auf und sagte fast entschuldigend: »Er wollte spielen.«
»Ja, ja.« Er nickte ihr zu. »Er will immer spielen. Aber sag mir, was ist mit deiner Mutter passiert?«
»Genau weiß ich es nicht.« Sie stand da und zupfte an ihren Fingernägeln und dachte die ganze Zeit an das, was zwischen ihm und ihrer Mutter war oder vielleicht doch nicht war, weil er ja nichts davon wissen wollte. »Sie haben nach dem Doktor geschickt, sie glauben, sie hat sich den Fuß gebrochen. Wir ... wir waren bei meiner Grannie, mein Pa und ich, und Jimmy hat uns geholt. Das ... das ist alles, was ich weiß.«
Ben schüttelte seufzend den Kopf. »Wir sitzen schön in der Klemme, nicht wahr?« Er lächelte, dann fragte er: »Glaubst du, du kannst ihn später zu Bett bringen? Ich werde früh schließen. Und dann muß ich mir überlegen, was ich tun soll.«
»Oh, ich kann mich um ihn kümmern.« Mary sah auf das Kind hinunter, das jetzt die Hand seines Vaters nahm und die ganze Versammlung von Lokomotiven und Lastwagen in eine entfernte Ecke des Zimmers kickte.
Ben lächelte verbissen und sagte: »Er braucht eine starke Hand.«
»Wird schon klappen. Um welche Zeit geht er zu Bett?«
»Sieben, wenn er will.«
»Können Sie ... können Sie mir sagen, was Sie zum Abendessen möchten?«
»Oh, irgend etwas. Das spielt keine Rolle, ich kann irgendwas Kaltes von unten nehmen.« Er warf den Kopf zurück. »Kümmere dich nicht darum, mach's dir nur bequem und paß auf ihn auf. Dafür wäre ich dankbar. In Ordnung?«
»In Ordnung, Mr. Tollett«, antwortete sie.
Er sah sie eine Weile schweigend an, dann drehte er sich lächelnd um und verließ das Zimmer. In diesem Augenblick sauste das Kind aus seiner Ecke heraus und schrie: »Dada! Dada!«

Aber Mary erwischte seine Hand und sagte: »Komm jetzt. Jetzt räumen wir das alles auf, ja? Wir räumen alles weg, und dann schauen wir uns deine Bilderbücher an.«
Der Zweijährige sah sie an. Noch nie zuvor hatte man ihm gesagt, er solle etwas aufräumen - Alice räumte hinter ihm her -, und um zu zeigen, daß er nichts davon hielt, gab er ihr einen Tritt gegen das Schienbein. Unwillkürlich reagierte sie so, als hätte Jimmy ihr einen Fußtritt versetzt. Sie gab ihm eine Ohrfeige. Es entstand eine kurze Stille im Raum; beide waren erschrocken. Das Kind konnte sich nicht erinnern, jemals geschlagen worden zu sein, und Mary fühlte, daß sie etwas Entsetzliches getan hatte; keine fünf Minuten allein mit dem Kind, und sie hatte es geschlagen. Aber als er laut zu heulen begann, nahm sie ihn nicht auf den Arm, sie sagte nur: »Also komm jetzt, sei ein guter Junge. Wir räumen zusammen auf.« Und zu ihrer Überraschung machte er, was sie ihm sagte. Nach dem Aufräumen setzte er sich auf den Fußboden, sah zu ihr hoch und stellte fest: »Ich mag dich nicht.«
Als wäre sie wieder ein Kind, das mit einem Spielkameraden stritt, beugte sie sich zu ihm hinunter und sagte: »Das ist gegenseitig. Ich mag dich auch nicht!«
Wieder entstand eine kurze Stille, aber jetzt wurde sie durch ihr Lachen unterbrochen. Sie setzte sich in einen niederen Sessel und lachte und lachte und merkte, daß sie nicht mehr aufhören konnte. Das Kind kam zu ihr, stellte sich neben sie, legte seine Hände auf ihre Knie und lachte mit ihr; und auf einmal entdeckte sie zu ihrer großen Verblüffung, daß sie nicht mehr lachte, sondern weinte und innerlich mit jedem Schluchzer keuchte: »Meine Ma! Meine Ma. Man könnte meinen, sie hat es absichtlich gemacht.«

Es war zehn Uhr abends, und sie stritten immer noch, zumindest Alice ließ nicht locker. Sie mochte Schmerzen haben, aber die lähmten ihre Zunge nicht. Zum tausendsten Mal wiederholte sie den gleichen Satz: »Wenn irgendeine aus dieser Straße in das Haus kommt, bring ich sie nie mehr raus. Glaubt bloß nicht, die würde den Job aufgeben, wenn ich wieder gesund bin. Vielleicht muß ich einen Monat liegen, sechs Wochen vielleicht. Ihr habt gehört, was der Arzt gesagt hat, mein Knöchel ist vollkommen gebrochen. Ich muß liegen, und wer wird uns erhalten, frage ich euch? Bis die dich wieder auf Arbeitslosenunterstützung setzen, können wir verhungern. Und der Junge, der muß auf der Schule bleiben. Das ist das Wichtigste. Und er muß anständig gekleidet sein, er wird nicht so enden wie du. « Sie warf Alec einen giftigen Blick zu. »Er wird einen guten Start ins Leben haben, und für diesen Start braucht er seinen Schulabschluß. Und wenn das das Letzte ist, was ich tu, er wird ihn bekommen.
Crofton! Was glaubst du denn, was du dort bekommst?« fuhr sie ihre Tochter an, die verdrossen an der Wand lehnte. »Zehn Shilling die Woche höchstens,

und allein der Bus nach Tyne Dock und von dort bis zum Marktplatz kostet dich schon acht Pence täglich. Mädchen, du bist verrückt. Aber du bist noch nicht halb so verrückt wie er. Der hat dir den Floh ins Ohr gesetzt. Ich hab doch gewußt, daß da was im Gange ist.« Finster schaute sie Alec an. »Na ja, das könnt ihr jetzt jedenfalls vergessen, bis ich wieder auf den Beinen bin, dann könnt ihr eure hochfliegenden Ideen weiterverfolgen. Aber in der Zwischenzeit, mein Fräuleinchen, wirst du dich ausnahmsweise mal morgens aus dem Bett erheben und um sieben im Laden unten sein und ihnen ihr Frühstück machen und nach dem Kind sehen. Du kannst Mrs. Turner sagen, daß du um zwölf Schluß machen mußt. Das gibt dir Zeit, mittags in den Laden zu gehen und ihnen bis um eins was zu essen zu machen. Du kannst das Essen am Tag vorher vorbereiten, schließlich hast du den ganzen Nachmittag und Abend Zeit, ich sag dir, was du zu tun hast.«
Alec hatte Alices Redestrom nicht unterbrochen, aber jetzt wandte er sich vom dunkler werdenden Fenster ab, trat ans Fußende des Bettes und sagte gepreßt: »Sie ist kein verdammter Karrengaul.«
»Keiner verlangt, daß sie den Karrengaul macht. Aber sie hat's bis jetzt zu leicht gehabt, und schließlich ist es nicht für immer. Ich bitte sie nur darum, für mich einzuspringen, bis ich wieder auf den Beinen bin.«
»Mrs. Weir würde es tun, sie hat es angeboten.« Seine Stimme war ruhig, klanglos.
»Mrs. Weir! Ha! Sie ist auch bloß eine von den Hexen hier in der Gegend, die nur drauf warten, in meine Fußstapfen zu treten. Die sind alle neidisch wie der Teufel, weil ich da unten arbeite, weil sie wissen, daß wir besser essen als sie alle, mehr haben als sie alle. Ah, du! Du kannst nicht weiter als bis zu deiner Nasenspitze sehen.« Sie machte eine weit ausholende Armbewegung und schleuderte ihn mit dieser Geste gewissermaßen von sich weg.
Er drehte sich um und ging in die Küche.
Nach einer Weile folgte ihm Mary schweigend. Als sie an ihrer Mutter vorüberging, wandte sie den Blick ab.
In der Küche stand Jimmy, einen Ausdruck von Angst und Besorgnis auf dem Gesicht, denn er fürchtete sich vor Streit. Alec blickte von einem zum anderen. Und aus der Tiefe seiner Brust entrangen sich ihm sein ganzes Elend und seine Bitterkeit.
»Es hätte ihr verdammter Hals sein sollen«, sagte er, »ja, wär's doch bloß ihr verdammter Hals gewesen.«

4

Die Sache spielte sich ein. Nach ein paar Tagen verschwand der verdrossene Ausdruck aus Marys Gesicht, und am Ende einer siebentägigen Arbeitswo-

che brachte sie das Pfund heim, das Mr. Tollett ihr gegeben hatte, und ihren verminderten Lohn von sechs Shilling von Mrs. Turner. Sie legte alles auf die Bettdecke und sagte zu ihrer Mutter: »Da! Sechsundzwanzig Shilling.« Als Alices Hand nach vorne schoß, um das Geld zu nehmen, schnappte sich Mary rasch die sechs Shilling, sah ihrer Mutter fest in die Augen und sagte: »Ich will mehr als einen Shilling Taschengeld.« - »Was?!«
»Du hast gehört, was ich gesagt hab, Ma. Ich will mehr als einen Shilling Taschengeld. Ich ... ich möchte mir ein paar Sachen zum Anziehen kaufen. Ich will fünf Shilling die Woche. Solang ich zwei Jobs mache, will ich fü...«
»Ich hau dir gleich eine ...!«
»Ma!« Mary trat einen Schritt vom Bett zurück. »Du bist nicht in der richtigen Situation, um zu handeln. Ich hab's dir gesagt, ich will fünf Shilling jede Woche, und wenn ich sie nicht bekomme, geh ich nicht wieder dorthin. Du kannst mich nicht zwingen, weißt du.« Sie streckte den Hals vor und fixierte ihre Mutter, die aussah, als stünde sie kurz vor einem Nervenzusammenbruch.
»Du kriegst keine fünf Shilling, und damit basta!«
»Nein, ich nehm sie mir, Ma. So!« Sie warf einen Shilling auf die Bettdecke zurück. »Ich nehm sie mir jede Woche, da kannst du sagen, was du willst. Ich hab keine Strümpfe, und meine Schuhe sind fast durch. Du kümmerst dich um Jimmys Sachen, aber nie um meine. Solange ich denken kann, hab ich nie was Neues gehabt. Nur gebrauchtes Zeug von Mrs. Turner oder davor vom Trödelmarkt. Ich kauf mir was Neues, Ma.«
»Hinaus!!!«
Mary ging in die Küche, sah ihren Pa verschmitzt an und flüsterte: »Ich hab's getan.«
»Und bist damit durchgekommen?«
»Bin damit durchgekommen.«
Sie lächelten einander an. Dann nahm Mary eine halbe Krone aus der Tasche und drückte sie ihm in die Hand. Aber er wies sie zurück und flüsterte: »Nein, nein!«
»Aber ja, doch; fifty-fifty.«
»Ach, Mädchen.«
Er streckte die Hand aus und berührte ihr Haar. Dann drehte er sich um und sah Jimmy an, der am Tisch saß und keinen Blick von ihnen wandte. Und auch Mary sah Jimmy an, steckte die Hand nochmals in die Tasche und gab ihm ein Sixpence-Stück. Aber er nahm es nicht, nicht gleich. Er sah von ihrer Hand hinauf in ihr Gesicht und fragte: »Für mich?«
»Na ja, für wen sonst? Nicht für Kaffee-Johnny oder Brücken-Tommy, denn die haben nichts für mich getan.«
Jimmy senkte den Kopf und legte die Hand fest über seinen Mund, um sein Lachen zu dämpfen. Aber er konnte es nicht unterdrücken, und als sie ihm

die Sixpence in die Hand schob, ertönte ein ärgerlicher Ruf aus dem Schlafzimmer.
»Du, Jimmy! Hörst du mich? Jimmy!«
Als Vater und Tochter allein waren, flüsterte Alec: »Du hast nichts übrigbehalten, Mädchen.«
»Keine Sorge, Pa.« Sie kniff die Augen zusammen. »Bin da an einer guten Sache; 's ist eine Goldmine oder wenigstens eine Silbermine. Schau.« Sie zog noch eine halbe Krone aus der Tasche. »Mr. Tollett gab sie mir für mich selbst. Er hat es ausdrücklich betont. Er hat gesagt: ›Hier, das ist für dich.‹«
Alec lächelte sie an. »Na, das war freundlich von ihm.«
Mary blickte ihm ins Gesicht, und der verschmitzte Ausdruck verschwand aus dem ihren.
»Er ist wirklich freundlich, Pa, er ist ein netter Mann.«
Sie schauten einander an, dann nickte er langsam. »Ja, Ben ist in Ordnung ... Gefällt es dir dort?«
»O ja, Pa. Es ist wunderschön. Es ist überhaupt nicht wie Arbeit. Wie das dort eingerichtet ist, das ist einfach großartig. Hast du's schon gesehen?«
»Nein, nein, ich hab's noch nicht gesehen, Mary. Wie ist es? Erzähl.« Also fing sie an zu erzählen, und er sah sie dabei an, aber er nahm nicht alles auf, was sie sagte. Es täte mir in der Seele leid, dachte er, wenn sie sich mit Hausarbeit zufriedengäbe; sie verdient etwas Besseres, etwas viel Besseres als das.

Es wurde zur Routine, daß Alice Mary darüber informierte, was sie Ben kochen sollte und wie sie es kochen sollte, und daß Mary pflichtschuldig zuhörte und gehorsam zu allem nickte. Dabei wußte sie, daß sie um halb eins keuchend die Treppe hinaufrennen würde, um das Mittagessen, das sie am Tag zuvor vorbereitet hatte, entweder aufzuwärmen oder fertig zu kochen. Ein Mittagessen nach ihrer eigenen Erfindung.
Sie redete mit dem Kind, alberte mit ihm herum, brachte es zum Lachen. Sie hatte all seinen Spielsachen neue Namen gegeben. Seine Kleiderpuppe nannte sie Ching Lang Lou. Was spielte es schon für eine Rolle, daß es eine Negerpuppe mit schwarzen Wollhaaren war; sie hatten viel Spaß mit Ching Lang Lou. Dann, wenn sie das Essen fertig und den Tisch im Eßzimmer - nicht in der Küche - gedeckt hatte, rief sie Ben herauf, während sie selbst seinen Platz im Laden einnahm.
Eines Tages hatte er zu ihr gesagt: »Es ist ein Jammer, daß wir nicht miteinander essen können, Mary.«
»Oh, das ist schon in Ordnung, Mr. Tollett«, hatte sie geantwortet und hinzugefügt: »Ich esse mehr, wenn ich allein bin.«
Darüber hatten sie lauthals gelacht, als sei es ein großartiger Witz. Kopfschüttelnd hatte er sie betrachtet und gesagt: »O Mary, Mary.« Sie kam gut

mit Mr. Tollett aus. Aber es war eigenartig, wie selten sie sich sahen. Sie waren - genau wie in diesem geflügelten Wort - Schiffe, die nachts aneinander vorbeifuhren. Er war bereits im Laden, wenn sie morgens kam, und wenn sie ihn mittags ablöste, daß er essen konnte, sprachen sie nur ein paar Momente miteinander.

Um drei Uhr brachte sie ihm seine Tasse Tee hinunter, ließ sie aber oft im Lagerraum stehen und klopfte nur an die Tür, und er rief »Danke. Danke, Mary.« Der einzige Tag, an dem sie mit ihm aß, war der Mittwoch, wenn der Laden halbtags geschlossen hatte.

Eines Abends, als sie wegging, sagte sie zu ihm: »Sie haben so viel Arbeit, eigentlich könnten sie einen Gehilfen brauchen.«

»Ich hatte einen, aber der half sich selbst ein bißchen zu viel«, antwortete er.

»Ach, so war das?«

»Ja, so war das.«

»Man kann den Leuten nicht vertrauen.«

»Nein, man kann den Leuten nicht vertrauen, Mary.«

Sie hatte genügend Gelegenheit, sich aus den wohlbestückten Schränken im oberen Stock zu bedienen; und täglich ein halbes Dutzend Löffel voll Tee hätte er nicht vermißt, aber das würde sie nie tun, nicht bei Mr. Tollett. Der Korb voller Lebensmittel, den er ihrer Ma jeden Freitag gegeben hatte und den er auch ihr weiterhin gab, war mehr wert als fünfzehn Shilling! Nein, sie nahm kein Körnchen Salz, das Mr. Tollett gehörte.

Sie war glücklich, so glücklich wie nie zuvor, denn nun hatte sie Sachen zum Verschenken, Geld, das sie ihrem Vater und Jimmy geben konnte, Geld für eine Unze Tabak für Großvater und ein Tütchen Schokoladekugeln für Grandma.

Dabei hatte sie die Schokoladekugeln gar nicht bezahlt, denn als sie Mr. Tollett das Geld dafür geben wollte, nahm er es nicht, auch dann nicht, als sie ihm sagte: »Sie sind nicht für mich, wenn Sie es also nicht nehmen wollen, muß ich nächste Woche woanders hingehen und welche kaufen.«

»Für wen sind sie denn?« fragte er. »Für deine Mutter?«

»Nein.« Ihre Stimme klang flach. Aber sie wurde gleich lebhafter, als sie sagte: »Für meine Grannie! Sie liebt Schokoladekugeln.«

»Nun, dann gib sie deiner Grannie mit meinen besten Empfehlungen.«

»Oh, danke, das mach ich. Aber denken Sie dran, nächste Woche müssen Sie das Geld nehmen.«

Ja, Mr. Tollett war nett. Sie hoffte, daß das Bein ihrer Mutter noch monatelang so blieb, wie es jetzt war. Nicht, daß sie ihr irgend etwas Böses wünschte, nur war das Leben wundervoll, so, wie es jetzt war. Und dann bekam sie die St.-Valentins-Karte.

»Du hast einen Brief bekommen«, sagte Alice und stierte Mary böse an, als sie ins Schlafzimmer kam, um ihren täglichen Bericht abzustatten.

»Einen Brief! Ich? Von wem?«
»Genau das möchte ich gern wissen. Treibst du dich mit einem Kerl rum?«
»Ich?« Marys Gesicht straffte sich. Ihr Tonfall drückte tiefste Entrüstung aus, als habe sie in ihrem ganzen Leben noch nie daran gedacht, einen Freund zu haben. »Nein. Du weißt, daß ich keinen Freund hab. Woher sollte ich die Zeit für sowas nehmen … Wo ist der Brief?«
Alice deutete auf den Nachttisch.
Mary nahm den Brief, untersuchte ihn von vorn und von hinten. Nichts, kein Absender, nur der Poststempel von Jarrow. Sie öffnete den Umschlag und zog eine Karte her aus. Auf der Vorderseite der Karte war eine große, tiefrote Rose. Mary starrte sie an, drehte die Karte um und las: »Von einem stillen Bewunderer.«
Das Gesicht, das sie jetzt ihrer Mutter zuwandte, war ebenso rot wie die Rose.
»Gib her!« Alices Hand wollte zupacken, aber Mary zog ihren Arm rasch zurück.
»Es ist meine.«
»Von wem?«
»Von einem Freund.«
»Du hast gesagt, du hast keinen Kerl … du hast ein Techtelmechtel mit jemand, gib's zu.«
»Nein, habe ich nicht. Übrigens«, sie schob die Karte zurück in den Umschlag, »Was, wenn ich tatsächlich etwas mit einem Jungen hätte? Ich bin über sechzehn. Janie Anderson von gegenüber hat letzte Woche geheiratet, und sie ist noch nicht siebzehn.«
»Red du mir bloß nicht von Janie Anderson, dieser Schlampe. Willst du vielleicht genauso enden wie die, vor dem Altar mit 'nem vollen Bauch?«
»Oh, Ma! Ma, was glaubst du, was ich bin?«
»Ich weiß, was du bist.« Alice nickte heftig mit dem Kopf. »Und wenn ich dir draufkomme, daß du mit irgendeinem aus der Gegend hier rumziehst, verdresch ich dich, daß du nicht mehr sitzen kannst. « Verbittert starrten sie einander an, und das Wissen, das zwischen ihnen war, stieg an die Oberfläche, und Mary wurde nur durch Alecs Eintreten davon abgehalten, es hinauszuschreien.
»Komm hier raus.« Alec zog sie am Arm und schob sie aus dem Schlafzimmer. Dann sagte er mit einem Blick auf seine Frau langsam: »Wie schade, daß du deinen eigenen Rat nicht befolgt hast, was?«
Alice gab darauf keine Antwort, aber ihre Lippen teilten sich und zeigten ihre zusammengebissenen Zähne. Die Muskeln an ihrem Hals spannten sich, als Alec fortfuhr, noch immer ruhig, aber mit Autorität: »Wenn sie einen Jungen haben will, wird sie einen haben; wie sie gesagt hat, ist sie über sechzehn. Und sie könnte ja ihrer Mutter nach geraten, nicht wahr, und es so weit

treiben, daß er auf und davon läuft. Janie Anderson ist nicht die erste Schlampe.« Mit diesen Worten drehte er sich langsam um und verließ das Schlafzimmer.

In der Küche saß Mary am Tisch. Sie hatte die Karte aus dem Umschlag genommen und sah sie an, dann wandte sie sich an Alec, gab sie ihm und sagte: »Ich hab keinen Jungen, Pa, und ich weiß nicht, von wem sie ist.«

Sie wußte es wirklich nicht, aber sie hoffte, sie sei von Hughie Amesden. Er war ein stilles Wasser. Obwohl er nur ein einziges Mal mit ihr gesprochen hatte, spürte sie irgendwie, daß er sie ebenso beachtete wie sie ihn.

Alec las die Botschaft auf der Rückseite, sah sich noch einmal die Rose an, dann sagte er: »Hübsch. Und du hast wirklich keine Ahnung von wem?«

»Nein, Pa, ehrlich. Da ist zwar ein Junge, den ich kenne, der spricht nicht viel. Aber ...« sie hob die Schultern, »ich glaube wirklich nicht, daß der mir eine Karte schicken würde.«

»Na, jedenfalls«, Alec schnippte mit den Fingem, »ist es ein Anfang. Du wirst sehen, von jetzt an kommen sie mit jeder Post.«

»Oh, Pa, du bist ja verrückt.«

»Die Jungen in meiner Klasse finden, daß du hübsch bist.« Beide drehten sich nach Jimmy um, der in der Ecke über seine Bücher gebeugt saß, scheinbar uninteressiert an den Vorgängen um ihn herum.

»Da hast du's. Das ist dein Ruf.« Alec lachte laut.

»Oh, Pa!« Sie boxte ihn, dann sagte sie: »Und du, Jimmy! Hast dich wohl über mich lustig gemacht.«

»Hab ich nicht, hab ich nicht, Mary. Ehrlich. Sie haben eines Tages über Mädchen geredet, und einer von den Jungen hat gesagt, du bist 'ne Wucht.«

»Wie alt war er?« Mary stand jetzt sehr gerade, Kopf hoch, das Kinn zur Seite.

»Genau wie ich, vierzehn.«

»Vierzehn!« Von Heiterkeit überwältigt sank sie an die Schulter ihres Vaters und sagte: »Vierzehn, Pa, vierzehn!«

Und Alec sagte, ebenfalls lachend: »Nun, er wächst, es ist noch eine Menge Zeit.«

»Jimmy!«

Die Stimme kam aus dem Schlafzimmer, und Jimmy erhob sich schwerfällig von seinem Stuhl. Er sah die beiden einen Moment an, dann senkte er den Kopf und ging aus dem Zimmer.

Müde drehte sich Alec zum Feuer um und sagte: »Weißt du, ich glaube allmählich, von uns dreien hat er das schlimmste Los.«

Plötzlich war Mary traurig. Nicht wegen Jimmy, sondern weil der Vater nicht mehr länger so tat, als sei zwischen ihm und Alice alles in Ordnung. Sie waren jetzt drei gegen einen, aber Mary wußte, daß der eine stärker war als sie alle drei zusammen.

5

Mary arbeitete seit sechs Wochen im Laden, als Alice eines Tages sagte: »Ich hab's jetzt satt, ich steh auf.«
»Sei nicht dumm, Ma. Der Arzt hat gesagt, es wird acht Wochen dauern und du sollst vorsichtig sein.«
Alice starrte sie einen Moment an, dann sagte sie bissig: »Mr. Weir sagt, man kann sich im Krankenhaus Krücken holen. Alec geht morgen hin, und wenn ich erst mal auf den Beinen bin, komm ich runter und schau nach, was du treibst.«
»Was meinst du damit, Ma, was ich treibe?«
»Nur das, was ich sage. Ich weiß genau, daß du dich einen Dreck drum kümmerst, was ich dir auftrage. Was da wirklich vor sich geht, weiß ich nicht, aber du bist mir zu glücklich. Zuerst hab ich dich beinahe anbetteln müssen, daß du hingehst, und jetzt muß ich dich vermutlich wegprügeln. Aber du wirst aufhören, Mädchen. O ja, du wirst aufhören, dafür sorg ich schon.«
Mary biß sich auf die Lippen, schüttelte den Kopf und ging hinaus. Da es Mittwoch war, setzte sie sich mit Ben zum Mittagessen an den Tisch, und sie waren beinahe fertig, als er sagte:
»Ist irgend etwas los, Mary?«
Zögernd sah sie zu ihm auf und sagte: »Ich mache bald Schluß. Meine Ma ist wieder auf den Beinen, zumindest wird sie's sein, wenn sie morgen Krücken bekommt.«
»Oh!« Er aß einen Moment weiter, bevor er sagte: »Aber sie wird noch ein paar Wochen auf Krücken gehen müssen, sie wird einige Zeit den Fuß nicht belasten können.«
Wieder sah sie zu ihm auf. »Meine Ma wird«, sagte sie tonlos.
Als sie die Puddingteller abgeräumt hatte und in die Küche trug, folgte er ihr und fragte von der Tür her: »Möchtest du gern bleiben, Mary?«
Sie sah über die Schulter hinweg zu ihm hin. »Ist der Job von meiner Ma.«
»Es ist dessen Job, dem ich ihn gebe, Mary.«
»Ma würde das nie zulassen.« Sie wandte den Kopf von ihm ab.
»Ich bin, so wie es jetzt ist, sehr zufrieden, Mary. Und das Kind hängt an dir. Der Kleine war in diesen letzten Wochen glücklicher und folgsamer als je zuvor. Er … er wollte einen Spielgefährten, gewissermaßen.« Ben lächelte sanft.
Sie wußte, daß er lächelte, obwohl sie ihn nicht ansah, sondern fortfuhr, die Reste von den Tellern zu kratzen; sie erkannte es an seiner Stimme. Sie hatte während der letzten paar Wochen viel über Mr. Tollett erfahren. In gewisser Weise konnte sie jetzt verstehen, warum ihre Ma ihn mochte - ihn zu sehr mochte, denn er war anders als Pa. Aber niemand war wie ihr Pa, niemand. Alice sollte zufrieden sein, daß sie einen Mann wie ihn hatte.

»Sie würde das nie zulassen«, wiederholte Mary.
»Es geht nicht darum, was sie zulassen oder nicht zulassen würde.« Seine Stimme hatte jetzt einen Anflug von Autorität. »Wenn du bleiben willst, kannst du bleiben, und zwar gern. Ich finde nur, zwei Jobs sind zu viel für dich. Wenn ... wenn du dich entscheiden könntest, das hier als Ganztagsjob zu machen ... Ich bezahle dich angemessen. Du würdest nichts verlieren.«
Sie drehte sich um. Seine braunen Augen blickten sie forschend an. Manchmal fühlte sie sich unbehaglich, wenn sein Blick so auf ihr ruhte.
»Willst du es dir überlegen?«
»Ich ... ich brauch es mir nicht zu überlegen. Ich würde gern bleiben, ich wäre glücklich, sehr glücklich, aber da ... da ist eben sie.«
Ein Lächeln überzog langsam sein Gesicht. »Wenn du so empfindest, Mary, dann werden wir mit den Schwierigkeiten schon fertig, wenn sie kommen. Mach nur einfach so weiter.« Er dachte einen Augenblick nach. »Würdest du mir einen Gefallen tun?«
»O ja, ja, Mr. Tollett.«
»Gut, am Freitag abend würde ich gern ausgehen. In Shields ist ein Dinner, eine geschäftliche Angelegenheit, das kommt nur einmal im Jahr vor, und wenn du bei David bleiben - würdest, bis ich zurückkomme, wäre ich sehr dankbar.«
»O ja, natürlich bleibe ich. Es macht mir Freude.«
»Danke, Mary.«
Als er gegangen war, hielt sie einen Augenblick in ihrer Arbeit inne und schaute durch die Netzvorhänge nach draußen. Über die Kaminkappen jagten weiße Wolkenkissen. Die Sonne kam heraus und verwandelte sie in rosige, flauschige Wolkenbänke. Der Tag war plötzlich strahlend. Ihr Leben, ihre Zukunft erschienen Mary auf einmal in einem ganz hellen Licht. Sie konnte diesen Job haben, ganztags, und was konnte Ma schon dagegen machen, wenn Mr. Tollett ihr das geradeheraus sagte? Und wenn sie blieb, würde sie in gewisser Weise zwei Fliegen mit einer Klappe schlagen, denn sie würde nicht nur ihre eigene Zukunft sichern, sondern auch die von ihrem Pa. Die Mutter würde nicht mehr viel zu melden haben, wenn sie nicht mehr im Laden arbeitete. Natürlich würde Alice verrückt werden, aber wenn es gar nicht mit ihr auszuhalten war, würde sie eben einfach bei ihrer Grannie wohnen. Dort war ein freies Zimmer, und Grannie wäre glücklich, sie bei sich zu haben. Es würde wunderschön sein, bei Grannie und Grandpa zu wohnen. Man stelle sich vor, sie durfte den ganzen Tag in diesem wunderschönen Haus arbeiten und mußte am Abend nicht die Straße hinaufgehen und ihrer Ma gegenübertreten, sondern konnte zu ihrer Grannie gehen. Oh - sie seufzte tief -, die Aussicht war zu schön, um wahr zu sein ...
Am Freitag abend rannte sie mit ihrem Korb voller Lebensmittel und ihrem Lohn nach Hause, händigte der Mutter schnell die einundzwanzig Shilling

aus und wollte das Zimmer sofort wieder verlassen. »Halt! Wart einen Moment!« rief Alice. »Du rennst ja, als wär der Teufel hinter dir her.«
Mary drehte sich ungeduldig zu ihr um. »Du weißt doch, ich muß zurück, weil Mr. Tollett ausgeht. Ich übernehme den Laden, ich muß zurück.«
»Du übernimmst den Laden! … Du? Allein und am Freitag abend, wo's am schlimmsten zugeht?«
»Ja, ich, Ma.« Mary trat einen Schritt zurück ins Zimmer und schaute Alice herausfordemd an. »Wenn er mir das nicht zutrauen würde, würde er mich nicht lassen, oder?«
»Geh mir aus den Augen! Wenn ich wieder auf den Beinen bin, Mädchen, kommst du mir nicht mehr so frech. Bei Gott! Das treib ich dir aus, wenn ich wieder auf den Beinen bin und mit diesen Krücken umgehen kann.«
Mary starrte ihre Mutter an und war drauf und dran, ihr zu sagen: »Du wirst eine Überraschung erleben, Ma«, aber sie ließ es bleiben, sie hatte jetzt keine Zeit. Und, wie Mr. Tollett sagte, die Schwierigkeiten kamen noch früh genug. In der Küche gab sie ihrem Vater eilig die halbe Krone und Jimmy die Sixpence. Alec begleitete sie bis zur Treppe und fragte: »Was ist los, Mädchen?«
Sie wandte ihm ihr offenes Gesicht zu und sagte leise: »Die wird eine Überraschung erleben! Mr. Tollett will, daß ich bleibe, er will sie nicht wiederhaben.«
»Nicht?«
Sie wollte die Treppe hinunterlaufen, wurde aber von dem bestürzten Gesichtsausdruck ihres Vaters zurückgehalten.
Langsam, mehr zu sich selbst als zu ihr, sagte Alec: »Der zeigt's ihr, das macht sie fertig.«
Sie hatte geglaubt, ihr Vater würde sich über die Nachricht freuen, aber das war offensichtlich nicht der Fall.
»Aber du willst doch nicht im Dienst bleiben, Mädchen, wenn du was Besseres kriegen kannst, oder?« sagte er.
»Das ist gar nicht wie Dienst, Pa, es sind die reinsten Ferien, es gefällt mir.«
Mit einer abwesenden Handbewegung schob er sie zur Treppe hin. »Geh jetzt; wir sprechen später darüber …«
Im Laden ging sie geradewegs hinter die Theke. Ben hatte eben eine Kundin fertig bedient, und als die Frau den Laden verließ, sah er Mary an und fragte: »Bist du sicher, daß du es schaffst?«
»Ja, natürlich. Ich hab das doch früher schon gemacht, ich meine, bedient.«
»Ja, aber Freitagabend ist was anderes. Gegen neun werden hier ein paar von den Schnorrern auftauchen, in letzter Minute. Aber denk dran, was ich dir gesagt habe, nichts auf Pump, kein Krümchen an die Mulhattans, die Fawcetts, die MacMullens und die Romneys. Wenn die mich weggehen sehen, kannst du deinen Kopf drauf wetten, daß sie wie ein Schwarm Ameisen hier

hereinströmen. Aber paß besonders auf Hannah auf, auf Hannah Mulhattan. Laß dich von ihr nicht beschwatzen, die hat eine Stimme wie Butter. Sie schuldet mir noch immer vier Pfund zehn.
Es waren sechs Pfund, und meinetwegen hätten es auch mehr sein können, wenn sie weiterhin Kundin geblieben wäre, aber als sie mir die Rechnungen von drei Wochen schuldig war, lief sie an einem Freitagabend mit ihrer Lohntüte nach Shields und ließ sich nicht mehr blicken; erst die Woche drauf hatte sie die Frechheit, hier wieder aufzutauchen, und da …« er lachte jetzt, deutete mit dem Daumen auf die Theke und fuhr fort, »da hat sie dreißig Shilling hingelegt und in ihrer einschmeichelnden irischen Art gesagt ›Würden Sie dreißig Shilling nehmen, Ben?‹
Natürlich hab ich gesagt: ›Ja, und mit Vergnügen, Mrs. Mulhattan.‹ Und ich nahm die dreißig Shilling und holte ihre Rechnung raus und sagte: ›Da bleiben jetzt noch vier Pfund zehn übrig.‹ Ich hab's genauso gesagt wie sie, weißt du?«
»Ich verstehe. « Mary lachte ihn an.
»Na, und dann sagte sie zu mir ›Könnte ich 'n paar Sachen in meinen Korb bekommen?‹ und ich hab mich vorgebeugt, so …« - er machte es vor - »und ich hab gesagt: ›Mrs. Mulhattan, Sie können Ihren Korb bis zum Rand voll kriegen und noch was drauf, daß er überquillt, sobald Sie mir die vier Pfund zehn bezahlt haben.‹
Ich kann dir leider nicht erzählen, Mary, was sie dann gesagt hat, denn du wärst so entsetzt, daß du mit fliegenden Röcken die Straße raufrennen würdest.«
»Oh, Mr. Tollett!« Sie lachte und tätschelte ihm den Arm. »Keine Sorge, ich werde schon mit ihr fertig, und mit den übrigen auch. Das wären also Mrs. Mulhattan, Mrs. Fawcett, Mrs. MacMullen und Mrs. Romney?«
»Ja, die sind das. Für alle Fälle geh ich hinten raus; vielleicht merken die gar nicht, daß ich nicht da bin.«
Eine halbe Stunde später war Mary gerade damit beschäftigt, eine Kundin zu bedienen, als sie ihn aus dem Vorratsraum rufen hörte: »Mary, kommst du mal einen Moment?«
»Bin sofort da, Mr. Tollett«, rief sie zurück.
Im Vorratsraum blieb sie stehen und starrte ihn mit offenem Mund an. Er sah verändert aus. So angezogen hatte sie ihn noch nie gesehen. Er war schon an den Mittwochnachmittagen, wenn er ausging, gut gekleidet, aber jetzt … Er trug einen dunkelgrauen Anzug, der ihm wie angegossen paßte, ein weißes Hemd mit steifem Kragen und grauer Krawatte. Seine Schuhe waren schwarz und glänzend, und um seinen Hals hing lose ein weißes Seidentuch. Er steckte es fest, als er sich einen schwarzen Mantel überzog.
Beinahe hätte sie gesagt: »Mensch! Sie sehen großartig aus!« Er hatte ihr schon immer gefallen, aber jetzt fand sie, daß er ausgesprochen gut aussah,

beeindruckend. Wieder konnte sie verstehen, warum ihre Mutter ihn mit Pa verglich und das für ihn empfinden mußte, was sie empfand.
»Ich werde etwa um elf zurück sein. Vielleicht schon früher, wenn's mir langweilig wird. Jedenfalls, wenn ich bis um halb zwölf noch nicht da bin, weißt du, daß ich stockbetrunken bin und jemand mich nach Hause fahren wird.« Er lächelte breit und seine Zähne leuchteten in seinem gebräunten Gesicht.
Alles, was sie dazu sagte, war: »Oh, Mr. Tollett.«
»Man kann nie wissen, ich komm so wenig raus, daß ich einfach schwach werden könnte. Jedenfalls - sobald du abgeschlossen hast, mach es dir gemütlich. Ich hab dir was zu essen auf dem Tisch gelassen und ein paar Schallplatten rausgesucht, die du vielleicht gern hören möchtest. Leg sie auf und amüsier dich.«
»Oh. Oh, das ist nett. Das mach ich sehr gern. Danke, Mr. Tollett.«
»David schläft … und da geht die Klingel.« Er deutete zum Laden hin. »Byebye.«
»Bye-bye, Mr. Tollett. Viel Vergnügen.«
»Wird gemacht.«
»Und …« flüsterte sie ihm verschwörerisch zu, »betrinken Sie sich, wenn Sie wollen.«
»Danke, Mary. Danke.«
Lachend gingen sie auseinander, er in die eine Richtung, sie in die andere.
Sie sollte den Laden um neun Uhr schließen, aber es war fast zwanzig nach neun, als sie endlich die letzte Kundin losgeworden war. Wie Mr. Tollett gesagt hatte, in letzter Minute waren sie hereingeströmt. Aber glücklicherweise hatte sie sich mit keiner der Damen, vor denen Mr. Tollett sie gewarnt hatte, herumschlagen müssen.
Sie war müde, als sie hinaufkam, und ließ sich sofort in einen Polstersessel im Wohnzimmer plumpsen. Die Vorhänge waren zugezogen, das Feuer brannte fröhlich, das Licht war an. Das war nett von ihm, dachte sie, das Licht brennen zu lassen, auch wenn niemand im Zimmer war. Sie sah zum Plattenspieler hin. An einer Seite lagen die Schallplatten, und daneben stand eine große Schüssel mit Süßigkeiten.
Sie gab sich einen Ruck, stand auf und holte sich die Schüssel. Oh! Ein Walnußcremestrudel! Woher wußte er das? Sie hatte ihm nie gesagt, daß sie das am liebsten aß. Nur zweimal in ihrem Leben hatte sie Walnußcremestrudel gegessen. Sie nahm die Walnuß oben weg, dann legte sie sie zurück und dachte, nein, den heb ich mir für später auf. Ich werde zuerst eine Tasse Kakao trinken und etwas Richtiges essen. Dann leg ich eine Schallplatte auf und esse den Strudel.
Ihre Müdigkeit war vergessen, sie sprang in die Küche, machte sich Kakao, legte eine Scheibe gekochten Schinken zwischen zwei Stück Brot und setzte

sich an den kleinen Tisch beim Fenster, um zu essen. Sie nahm die Sachen nicht ins Wohnzimmer, nein, sie wollte dort keine Krumen machen.
Als sie mit dem Essen fertig war, wusch sie sich Gesicht und Hände und blickte in den kleinen Spiegel an der Wand, Bens Rasierspiegel. Sie sah ihr Gesicht genau an. War sie hübsch? Die Männer sagten oft, sie sei hübsch; nicht nur ihr Großvater und ihr Pa, auch Mr. Weir und Mr. Tyler und Mr. Knowles. Wenn sie ihnen an der Ecke begegnete, lachten sie sie an und sagten: »Ah, du wirst ein hübsches Mädchen, Mary.« Sie hörte das gern, obwohl sie die Komplimente abwehrte und so tat, als würde sie kein Wort glauben.
Sie ging wieder ins Wohnzimmer und sah sich die Schallplatten an. Ketelbys ›In einem Klostergarten‹. Tschaikowskys ›Schlafende Schönheit‹. Der Walzer ›An der schönen blauen Donau‹. Victor Silvesters Dance Band. Oh, die wollte sie zuerst auflegen, Silvester mochte sie.
Herrlich! Herrlich! Dieser laute Ausruf der Begeisterung umfaßte sowohl den Cremestrudel als auch die Musik, und als sie durch die harte Schokolade und dann in die Creme biß, tanzte sie Walzer, eins-zwei-drei, eins-zwei-drei, eins zwei-drei durchs Zimmer und um die Möbel herum.
Sie liebte Tanzen und hätte es gern richtig gelernt. Einmal war sie mit Teresa Hewitt zu einem Ball in die Räume der katholischen Schule gegangen. Es war wunderschön gewesen, sie hatte sich wirklich amüsiert, aber ihre Mutter war draufgekommen, und das war's dann. Alice konnte die Hewitts nicht ausstehen, weil sie Katholiken waren. Aber Alice konnte keine der Familien in der Straße ausstehen, denn sie waren ihr alle zu gewöhnlich, außer natürlich Mr. Tollett.
Mary hatte niemals eine richtige Freundin haben können, denn sie durfte sie nicht zu sich nach Hause einladen; jeder in der Comice und der Benbow Street war unter dem Niveau ihrer Mutter. Sie fragte sich, ob ihre Mutter wußte, was die Nachbarn über sie redeten, denn wenn sie einen ihrer Tobsuchtsanfälle bekam, war sie selbst so ordinär, wie man es sich nur denken konnte.
Da - dada, Da - dada, Da - dada! Oh, das war schön: ein großer, warmer, von einer rosafarbenen Lampe erhellter Raum, wundervolle Musik und ein Walnußcremestrudel.
Sie spielte vier Platten und tanzte zu allen, sogar zu ›In einem Klostergarten‹. Dann waren ihre Beine müde; sie beschloß, ein bißchen zu lesen. Das Bücherregal bot eine Vielfalt an Literatur an. Im obersten Fach fand sie Bücher von Ethel M. Dell, Elinor Glynn, Ruby M. Ayres und vielen anderen. Die Bücher darunter waren dicker und sahen schwerer aus. Da war etwas von Dickens. Den kannte sie, den hatten sie in der Schule gelesen. Sie machte sich nicht viel aus Dickens, aber die Bilder in dem Buch faszinierten sie. Die anderen Namen waren ihr neu: Thackeray, Conrad, Conan Doyle, Edgar Wallace. Oh, von dem hatte sie gehört. Aber sie glaubte nicht, daß es ihr

Spaß machen könnte, irgend etwas davon zu lesen. Sie griff hinauf ins oberste Regal und holte sich ›Der Weg eines Adlers‹ von Ethel M. Dell. Dann machte sie es sich im Sessel gemütlich, die Schüssel mit den Süßigkeiten neben sich; aber bald fiel ihr das Buch aus der Hand. Sie lehnte den Kopf in die Ecke des Sessels und schlief ein.

Lärm von der Straße weckte sie auf; Jungen rannten schreiend einer Blechbüchse nach, die sie vor sich herkickten. Sie setzte sich erschrocken auf und sah auf die Uhr. Halb elf. He, sie mußte eingeschlafen sein. Sie war sehr müde. Sie streckte sich und gähnte, dann stand sie auf, legte im Kamin nach und machte sich eine starke Tasse Tee. Sie wollte nicht schlafen, wenn Mr. Tollett heimkam, sonst würde er womöglich denken, es sei alles zu viel für sie gewesen. Sie tupfte sich das Gesicht mit kaltem Wasser ab, rieb sich die Wangen, um mehr Farbe hineinzubringen, was ganz unnötig war, fuhr sich mit einem Kamm durchs Haar, dann ging sie ins Zimmer zurück und legte noch einmal ›An der schönen blauen Donau‹ auf. Sie schloß die Augen und begann langsam zu tanzen.

Als sich plötzlich ein Arm um sie legte und sie zum Walzer herumschwang, unterdrückte sie einen Schrei. Dann japste sie zum Takt der Musik: »Oh, Mis-ter Toll-ett. Mis-ter Tollett!«

»Da - dada, Da - dada, Da - dada!« sang Ben, als er mit ihr um die Couch herumtanzte, zwischen den Sesseln hindurch, um den Tisch und wieder zurück zur Couch, und als die Platte mit einem Jammerton endete, rang sie nach Luft, denn seine Arme hielten sie wie ein Schraubstock umklammert. Eine Sekunde lang stand sie eng an ihn gepreßt, Wange an Wange, seine Lippen an ihrem Ohr. Atemlos trat sie einen Schritt zurück.

Er ist betrunken, dachte sie verstört, er ist betrunken.

»Oh, Mary! Es tut mir leid, aber verstehst du, du bist schuld. Ich hab nur gemacht, was du mir gesagt hast, ich hab mich betrunken; Ich bin … ich bin nicht besoffen, nicht wirklich betrunken, dazu bin ich nicht lang genug geblieben. Dachte, ich geh lieber, solang ich es noch kann.«

»Haben Sie sich … haben Sie sich amüsiert, Mr. Tollett?«

»Ja und nein, Mary. Ja und nein. Und, Mary«, er bewegte sich auf sie zu, ergriff ihre Hände und blickte ihr ins Gesicht. »Nenn mich nicht Mr. Tollett. Ich wollte dir schon seit Wochen, schon seit Wochen sagen, daß du mich nicht Mr. Tollett nennen sollst. Ben, nenn mich Ben. Mach schon, sag Ben.«

»Oh, Mister …« Sie schüttelte den Kopf und lachte nervös, dann sagte sie: »Ben.«

»Das ist besser.«

Als sie ihm ins Gesicht sah, spürte sie, wie ihre Beine zu zittern begannen, als sei sie lange Zeit gerannt. Seine Augen waren glänzend und dunkel. Der Blick darin war tief. Es war ein Blick, den sie früher schon gesehen hatte, aber jetzt war er noch viel unergründlicher. Sie versuchte das Zittern zu

unterdrücken, das in ihrem Körper emporkroch. Sie sagte: »Danke. Danke für die Süßigkeiten, und ... den Nußstrudel, den mag ich besonders.«
»Ach! Um Gottes willen, Mary, sei still! ... Danke für den Nußstrudel!« Ungeduldig warf er den Kopf zurück, dann näherte er sein Gesicht dem ihren und murmelte: »Weißt du nicht, daß ich dir etwas ganz anderes geben möchte, hast du das nicht begriffen? O mein Gott, Mary!«
Sie konnte ihn nicht davon abhalten. Sie wußte auch gar nicht, ob sie es wollte. Er lag vor ihr auf den Knien, seine Arme umschlangen ihre Hüften, sein Kopf preßte sich gegen ihre Taille, und seine Stimme klang tatsächlich, als würde er weinen, als er murmelte: »Oh, Mary. Oh, Mary, weißt du nicht, daß ich dich liebe, Mädchen? Ich liebe dich ... ich liebe dich.«
Er preßte seinen Kopf fester gegen ihre Taille. »Ich bin in diesen letzten Wochen fast verrückt geworden ... hast du das nicht gemerkt? Oh, Mary!« Er hob jetzt das Gesicht und sagte weich: »Hab keine Angst. Hab keine Angst vor mir. Bitte, hab keine Angst vor mir, Mary.«
Ihre Unterlippe zitterte. »Ich ... ich hab keine Angst.«
Und sie hatte wirklich keine Angst ... oder doch? Sie konnte sich selbst nicht verstehen. Mr. Tollett liebte sie! Er hatte recht; schon seit Wochen hatte er ihr gesagt, daß er sie liebte, aber sie hatte es nicht wahrhaben wollen. Es war der Ausdruck seiner Augen gewesen.
Wieder preßte er seinen Kopf gegen sie. Seine Worte klangen wie erstickt, er stöhnte: »Ich liebe dich, Mary. O Gott! Wie ich dich liebe. Ich habe in meinem ganzen Leben noch nie so geliebt. Niemals! Niemals!«
Sie konnte nichts sagen. Sie wußte nicht, wie man auf so etwas antwortete. Alles, was sie sagen wollte, war: »Stehen Sie auf, Mr. Tollett«, denn es schien ihr nicht richtig, daß er vor ihr auf den Knien lag.
Als hätte er sie gehört, stand Ben auf, hielt sie aber noch immer fest, führte sie zur Couch und zog sie neben sich hinunter. Wieder lag sie in seinen Armen, und er fragte sanft:
»Magst du mich ein kleines bißchen, Mary?«
Sie wartete ein wenig, ehe sie nickte. »Ja«, sagte sie, und das stimmte, denn sie hatte ihn gern.
»Glaubst du, du könntest mich lieben?«
Sie schaute ihm ins Gesicht. Er sah gut aus, aber anders als Hughie Amesden. Hughie Amesden liebte sie schon seit Jahren. Liebte sie ihn noch immer? Sie wußte es nicht, sie wußte nur, daß sie jetzt erregt war, obwohl sie sich fürchtete. Vielleicht war das die Liebe. Es mußte mehr als nur Gernhaben sein, aber es war nicht das gleiche Gefühl wie bei Hughie Amesden. Mr. Tollett - Ben - hatte sie nie von einem weißen Licht umgeben gesehen. Niemals würde es ihr möglich sein, ihn Ben zu nennen, das klang frech. Anmaßend war das richtige Wort. Über anmaßend wußte sie alles, denn Mrs. Turner redete ständig davon, daß dieser anmaßend sei und daß jener

anmaßend sei und sich aufspiele. Doch er sagte, daß er sie liebte. Aber was war mit ihrer Ma?

»Was ist mit meiner Ma?« fragte sie.

Er schüttelte ungeduldig den Kopf und sagte mit seltsam steifer und leiser Stimme: »Hör zu, Mary. Auch wenn du morgen nicht wiederkommst, deine Mutter wird nie mehr hierherkommen, weder zur Arbeit noch sonstwie. Ich … ich kann es dir ja ruhig sagen, sie war eine große Prüfung für mich, deine Mutter.«

»Ich weiß.«

»Du weißt?«

»Ja, ich hab sie einmal durchs hintere Ladenfenster gesehen. Es war der Abend, an dem Sie sie durch die Hintertür hinausgelassen haben.«

»Oh, du lieber Gott!« Er senkte den Kopf. Dann hob er ihn mit einem Ruck und sagte scharf: »Aber es war niemals irgend etwas zwischen uns, niemals. Vor Jahren, als wir noch Kinder waren, ist sie mir schon nachgelaufen. Ich konnte sie nie ausstehen, ehrlich. Ich sollte das nicht sagen, aber ich konnte sie noch nie ausstehen. Als Jane starb, war ich am Ende meiner Weisheit und froh um ihre Hilfe, aber ich hätte mir nie vorgestellt, daß sie wieder anfangen würde, sonst hätte ich sie nicht zur Tür hereingelassen … Und weißt du, Mary, von der Minute an, als du ins Haus kamst, war ich verblüfft, daß nicht ein bißchen von ihr in dir ist. Du gleichst Alec; er ist ein guter Mann, dein Pa.«

»Ja, mein Pa ist ein guter Mann.« Allein für diese Worte hätte sie ihn lieben können.

»Er hätte sie nie heiraten dürfen, aber sie war fest entschlossen zu heiraten. Weißt du … weißt du noch etwas? Sie war einer der Hauptgründe, warum ich zu meiner Tante nach Dorset ging und eine Lehre im Autohandel machte. Ich hatte damals richtig Angst vor ihr, sie war herrschsüchtig, schon damals. Wir wohnten früher alle in der gleichen Straße. Dein Vater und ich wohnten nebeneinander, und sie wohnte gegenüber. Es war unmöglich, zur Hintertür oder zur Vordertür hinauszugehen, ohne in sie hineinzulaufen. Und dann, als Dad starb und ich zurückkam und entdeckte, daß sie genau in dieser Straße wohnte, Herr im Himmel …! Aber sie war ja verheiratet, also dachte ich, alles sei in Ordnung. Dann heiratete ich Jane, und Jane war ein Mensch, der die Leute auf ihre Plätze verweisen konnte. O ja, das konnte sie wirklich.«

Er nahm seine Hände von ihrem Körper und wölbte sie um ihr Gesicht, dann sagte er zärtlich: »Zittre nicht so … Schau, ich werde dir jetzt etwas sagen, was ich noch keiner lebenden Seele erzählt habe, und vermutlich würde ich es nicht einmal dir erzählen, wenn ich nicht, na ja, wenn ich nicht einen kleinen Schwips hätte. Aber ich spüre, daß du es wissen solltest … Ich habe Jane nie geliebt, ich habe nie so für sie empfunden, wie ich für dich empfinde, nichts, was dem Gefühl gleichkäme, das jetzt in mir ist. Und ich sag die

Wahrheit, Mary, ich mach dir nichts vor, aber ... o Gott, ich hätte dir begegnen sollen, als ich siebzehn war, achtzehn, neunzehn. Damals hätte ich dir begegnen und so fühlen sollen, wie ich jetzt fühle. Weißt du was?« Er bewegte ihren Kopf sanft zwischen seinen Händen. »Ich war schon fast dreißig und hatte noch nie ein Mädchen getroffen, das mir gefiel. Ich ... ich glaubte, daß irgendwas mit mir nicht stimmte, wirklich. Verstehst du?«
Er schüttelte den Kopf und schloß die Augen für einen Moment, ehe er fortfuhr: »Du wirst es nicht verstehen, du kannst es nicht verstehen. Ich wollte eine Frau haben, ich wollte Kinder und ein eigenes Heim, ich hatte es satt, bei meiner Tante zu leben, aber ich wollte nicht nach Jarrow und zu meinen Leuten zurück. O nein«, er schnitt sich selbst eine Grimasse. »Jarrow war nichts für mich. Dann starben Mam und Dad, und ich war allein hier, völlig allein. Und dann lernte ich Jane kennen und ... Ich will nicht überheblich sein, aber es war so, daß Jane mich heiratete, nicht ich sie. Allerdings war ich froh, daß sie mich genommen hat. Kannst du das verstehen? Nein, du bist nicht alt genug. Aber dann geschah etwas Komisches mit Jane. Sie entschied sich dafür, hier zu bleiben und nicht in Gosforth. Und das, Mary, war wirklich komisch, denn trotz all ihrem aufgeblasenen Getue hatte sie die gleichen Ideen wie mein Dad und meine Mam. Sie bildete sich ein, wir hätten in Nullkommanichts eine Kette von Läden. Es hatte keinen Zweck, ihr zu sagen, daß mein Dad soeben zwei schließen mußte. Nein, sie war überzeugt, die schlechte Konjunktur würde zu Ende gehen und jetzt sei die Zeit, um Grundbesitz zu erwerben und immer mehr Aktien zu kaufen, und zwar solche, die ganz unten waren. Meine Kusine Annie hatte mich auf dieses Spielchen gebracht, Aktien zu kaufen. Sie konnte recht bequem davon leben. »Ach Mary«, er lächelte entschuldigend, »du schaust so verwirrt. Kein Wunder, was red ich bloß für einen Quatsch. Aktien, Läden ... es gibt nur eines, das du wirklich wissen sollst - ich liebe dich.«
Seine Stimme war immer leiser geworden, und jetzt flüsterte er: »Ich liebe dich, Mary, und ich brauche dich. Du bist so schön, so frisch, weich ... und lieb ... ah, und lieb.«
Als er sie an sich zog und seine Lippen auf die ihren legte, zog ein Schauder durch ihren Körper, immer höher hinauf, wirbelte in ihrem Kopf herum ...
Sie hatte oft davon geträumt, geküßt zu werden; sie hatte davon geträumt, daß Hughie Amesden sie küßte, aber selbst als sie sich seine Lippen auf den ihren vorgestellt hatte, war es niemals so gewesen wie jetzt. Sie war schwach und kraftlos, in ihrem Körper war keine Luft mehr, sie konnte nicht atmen. Als er seinen Mund von ihren Lippen löste, rang sie bebend nach Atem; seine Lippen bewegten sich über ihre Augen, zu ihrem Ohr, hinab zu ihrem Kinn, zum Hals, zu ihrer Brust. »Ich liebe dich, Mary, ich liebe dich, Mary, ich liebe dich, Mary.« Seine Stimme war wie ein Lied, das sich in ihrem Kopf drehte.

»Liebst du mich? Sag, daß du mich liebst, nur ein ganz klein wenig. Sag es, Mary.« Seine braunen Augen blickten in die ihren. Sie waren weit geöffnet. Sie hatte noch nie so große Augen gesehen, so dunkel und tief.
»Sag es, Mary.« Es war wie das Flüstern in einem Tunnel.
»Sag es, Mary. Sag es, Mary.«
»Ja, ja, ich liebe dich.« Sie schickte das Flüstern durch den Tunnel zurück. Und dann wurde ihr wieder der Atem genommen. Sie wurde mit Küssen bedeckt und wußte nicht, was mit ihr geschah, aber sie erwiderte seine Küsse. Mit jeder Faser seines Körpers schien er sie zu küssen.
Ihr war entsetzlich heiß; sie hatte das seltsame Gefühl, überall anzuschwellen, zu zerspringen.
Sie lagen jetzt Seite an Seite auf der Couch, dann spürte sie, wie sie plötzlich fielen und auf den Fußboden rollten. Einen Moment blieben sie regungslos, sahen einander ins Gesicht, und sie hörte sich lachen. Dann war sie wieder in seinen Armen und sie rollten umher wie zwei Kinder, die am Ostersonntag hinter ihren Eiern einen Hang hinabkollern. Seine Hände waren warm und sanft, und er sagte immer wieder: »Ich werde dir nicht weh tun, Mary. Keine Angst, ich werde dir nie weh tun, Mary.«
Aber er tat es doch; plötzlich durchfuhr sie ein brennender Schmerz, und die Erde stand still.

6

»Was ist, Kindchen? Was ist mit dir los?« Grandma Walton beugte sich über Mary. »Du bist in letzter Zeit so bedrückt. Es ist einfach zu viel, diese zwei Jobs, es wird gut sein, wenn deine Ma wieder hingeht. Die wird bald wieder auf den Beinen sein; als ich gestern dort war, hatte sie ihren Fuß am Boden.«
»Was ist denn, Mädchen?« Jetzt beugte sich Peter Walton über sie, Besorgnis in seinem fröhlichen Gesicht. »Was ist? Hat deine Ma mal wieder die Puppen tanzen lassen? Ah«, er wartete die Antwort nicht ab, »kümmre dich nicht drum, so ist sie eben. Du solltest doch dran gewöhnt sein. Iß ein Stückchen von dem Kuchen. Schau, Grannie hat ihn erst heute morgen gebacken, ist so leicht wie 'ne Feder.«
»Nein, danke, mir ist nicht nach essen, ich … ich hab Kopfschmerzen.«
»Aber du scheinst in den letzten Wochen dauernd Kopfweh zu haben, Kindchen. Wenn das nicht nachläßt, mußt du zu einem Arzt. Hast du's deiner Ma gesagt?«
»Nein.« Mary hielt den Blick gesenkt.
»Dann solltest du's tun.«
Ihr Großvater legte jetzt seinen Arm um sie, drückte sie an sich und murmelte zärtlich: »Dein Pa macht sich Sorgen, er ist krank vor Sorgen, er wird aus dir nicht klug.«

Oh, wenn sie nur selbst aus sich klug würde, wenn sie nur mit jemand reden könnte.
Ihre Periode war ausgeblieben. Sie wußte, was das bedeutete.
Sie war gekommen, um mit Grannie zu sprechen, denn Grannie war gut im Nachrichtenüberbringen. Sie hatte Ben versprochen, nicht von hier wegzugehen, bevor sie ihrer Grannie alles erzählt hatte.
Sie hatten immer wieder darüber geredet, Ben und sie. Er wollte gleich zu ihrem Vater gehen, als er es erfuhr.
»Ich bin so froh, daß es passiert ist, Liebling«, hatte er gesagt, »ich bin so froh. Denn jetzt muß es an die Öffentlichkeit, und du wirst mich heiraten.«
Er hatte sie gleich am Tag nach jenem Abend gebeten, ihn zu heiraten. Als sie morgens die Treppe hinaufging, hatte sie nicht gewagt, ihn anzusehen, aber er hatte sie in die Arme genommen und gelacht und gesagt: »Ach Liebling, ich bin der glücklichste Mann der Welt. Ich geh jetzt sofort zu deinem Pa.«
Daraufhin mußte sie wohl eine Minute lang den Verstand verloren haben, denn sie hatte ihn angeschrien, angebrüllt: »Nein, nein! Das darfst du nicht! Nein, ich sag dir, ich will nicht, daß du mit meinem Pa sprichst.«
In einer schlaflosen Nacht war ihr klargeworden, daß ihr Vater alles über Ben und Alice wußte und daß er irgendwie glaubte, daß Ben ihm Alice weggenommen habe. Und wenn Ben jetzt zu ihm käme, um ihm zu sagen, daß er seine Tochter heiraten wollte - Pa würde durchdrehen. Instinktiv wußte sie, daß er alles versuchen würde, das zu verhindern, denn abgesehen von allem anderen war Ben alt genug, um ihr Vater zu sein.
Ben hatte sie beschwichtigt. »Schon gut, schon gut. Wir lassen es und sagen es ihm, wann du willst. Aber du bist nicht böse auf mich, oder? Du hältst mich nicht für einen gräßlichen Mann?«
Sie hatte ihn angesehen, und dann hatte sie sich selbst damit überrascht, daß sie ihm in die Arme fiel.
Nein, sie war nicht böse auf ihn, denn sie hatte ihn gern. Was in jener Nacht geschehen war, hatte ihr nicht gefallen, aber trotzdem mochte sie ihn. Er war freundlich und nett und liebenswert, und er sah besser aus als irgendeiner der Männer aus der Gegend, irgendwie eine bessere Klasse.
Aber sie hatte nicht nur vor der Reaktion ihres Vaters Angst, sondern auch vor der ihrer Mutter. Sie bekam ein Kind!
Mary sah in die beiden besorgten Gesichter, die über sie gebeugt waren, sagte: »Ich möchte mit meiner Grannie sprechen, Grandpa.« Peter streckte seinen Rücken und sagte: »Oh, natürlich, Mädchen.« Dann, mit dem Versuch, die alte Fröhlichkeit wieder aufkommen zu lassen: »Na, ich verschwinde lieber. Ich hab im Rathaus Geschäfte zu erledigen. Heute ist Ratsherrenversammlung, die ganze Meute. Man hat mich gebeten, dort vorzusprechen. Ich denke, man will mich zum Bürgermeister ernennen.«

Mary lächelte mühsam, und er ging hinaus.
Grandma Walton zog sich einen Holzstuhl an den Tisch, setzte sich, nahm Marys Hände, sah ihr lange ins Gesicht und sagte dann ruhig: »Ist es das?«
Und Mary, die wußte, daß sie ihrer Großmutter keine ausführlichen Erklärungen abgeben mußte, nickte nur.
»O mein Gott, Kind!«
»Oh, Grandma!« Sie warf sich in die Arme der alten Frau. Grandma Walton wiegte sie sanft hin und her, streichelte ihren Rücken und fragte leise: »Wer ist es? Ich wußte nicht, daß du einen Jungen hast.« Mary schluchzte so heftig, daß sie eine Weile nicht antworten konnte. Dann hob sie den Kopf, schniefte, wischte sich mit dem Handrücken die Tränen von der Nase und sagte:
»Es ist kein Junge, Grandma, es ist Ben.«
»Ben?«
Sie sah in das gespannte Gesicht ihrer Großmutter.
»Mr. Tollett.«
»O mein Gott!« Die Großmutter ließ Marys Hand fallen, als hätte sie sich verbrannt. »Das ist nicht dein Ernst?«
»Doch, Gran.«
»Ah, was für ein Schwein! Ein kleines Mädchen auszunützen …«
»Das hat er nicht, wirklich nicht. Hör zu, Gran, hör mir zu.« Mary packte den Arm ihrer Großmutter und schüttelte ihn. »Das hat er nicht. So war es nicht. Er wollte mich vom Fleck weg heiraten, aber ich wollte nicht, weil ich Angst hatte, Pa oder Ma was davon zu sagen. Das andere, das … das ist halt einfach so passiert. Und … und ich will ihn heiraten, Gran.«
»Wirklich, Mädchen?«
»Ja, ja, Gran.«
»Warum hast du dann Angst gehabt, es zu Hause zu erzählen?«
»Ich konnte nicht, Gran. Verstehst du … also, da gibt es einen Grund dafür.«
»Ja?«
»Also, Gran, ich weiß nicht, wie ich's sagen soll und ob ich's überhaupt sagen soll.«
»Du hast bereits genug gesagt, erzähl mir lieber auch den Rest. Wenn du nicht willst, daß es weitererzählt wird … nun, du kennst mich.«
Ja, sie kannte ihre Grannie, es würde nichts durchsickern. Sie sagte leise: »Meine Ma war die ganze Zeit, in der sie im Laden gearbeitet hat, hinter Ben her. Er … er hat sie zurückgewiesen. Ich hab die beiden gesehen, ich hab sie wirklich an einem Abend gesehen und gehört, wie er gesagt hat, daß er … daß er nichts von ihr wissen will, weil mein Pa ein guter Mann ist.«
»Alice hinter ihm her? Nein!« Plötzlich wurde sie wütend. »Und dein Pa ist ein guter Mann, ja? Aber daran hat er nicht gedacht, als er dich vergewaltigt hat …«

»Er hat mich nicht vergewaltigt, Gran, so doch nicht. Ich … irgendwie wollte ich es doch auch. Er hätte mich sonst nicht angerührt! Aber verstehst du nicht, ich konnte nicht zulassen, daß er mit Pa spricht. Pa weiß doch, daß Ma hinter ihm her ist, hinter Ben, meine ich, und er würde das als doppelte Beleidigung ansehen.«
»Irgendwann wirst du's ihm sagen müssen. Allerdings, es wird ihm absolut nicht gefallen; er wird die Wände hochgehen, und das ist noch milde ausgedrückt. Dein Vater glaubt an dich, Mary; er ist überzeugt, daß du nichts Falsches tun kannst, auch dann nicht, wenn du von zehn Teufeln versucht wirst. Er denkt von dir, wie es im Lied von deinem Großvater heißt: ›Rein wie die Lilie im Tal‹. Ach Mary, Mary, warum hast du das tun müssen?«
»Ich hab's doch nicht absichtlich getan«, weinte Mary. »Es ist einfach geschehen.«
»Nun«, Grandma Walton seufzte tief, »er muß es erfahren, und du willst, daß ich es ihm sage, ist es das?«
»Ja, Gran.«
»In dem Fall werd ich nicht warten, bis er vorbeikommt. Es ist besser, zwei Fliegen mit einer Klappe zu schlagen und es ihnen miteinander zu sagen. Ich hol meinen Hut und Mantel.«
Fünfzehn Minuten später waren sie in der Comice Street. Vor Bens Laden sagte Grandma Walton: »Du gehst lieber hinein und bereitest ihn vor. Dein Pa wird runtergestürmt kommen, weißt du, und da braucht es schon 'ne ganze Menge Schaum, um ihn zu löschen, das kann ich dir sagen.«
Mary blieb einen Moment stehen und sah der Großmutter nach, wie sie die Straße entlangging. Ihr schwarzer Mantel glänzte vom Gebrauch, ihr schwarzer Hut saß gerade auf dem Kopf. Sie war so klein und dünn, daß man hätte meinen können, sie sei ein Mädchen, das Großmutter spielte.
Mary trat nicht durch den Laden ins Haus, sondern ging durch die Seitentür und die Treppe hinauf; und kaum war sie oben, war auch Ben schon da.
»Nun?«
»Grannie ist gerade raufgegangen, um … um es ihnen zu sagen.«
Er fuhr sich mit der Hand ein paarmal über den Mund; dann sagte er mit einem kurzen Auflachen: »Ich muß zugeben, auf die nächste Stunde freue ich mich nicht gerade, aber ich bin froh, daß sie da ist. Das gleiche Gefühl hatte ich im Magen, als ich im Krieg zum Militär eingezogen wurde und an den Tag dachte, an dem ich zum Sturmangriff vorgehen müßte und wie das sein würde.« Er lächelte verzerrt. »Jetzt weiß ich's.«
Er sah in ihr Gesicht hinunter, zog sie rasch in seine Arme und küßte sie lang und heftig. Dann zeichnete er mit zärtlichen Fingern die Umrisse ihres Mundes nach und sagte: »Über einen Graben zu springen, Mary, das ist ein kleiner Preis für dich.«
Es war das letzte Mal, daß sie sein Gesicht so sah, hübsch und unversehrt.

Alice stand neben dem Tisch. Sie umklammerte die Tischkante, ihre Knöchel traten weiß wie gebleichte Knochen durch die Haut. Im Gegensatz dazu war ihr Gesicht rot, purpurrot, als bekäme sie einen Schlaganfall. Das Rot spiegelte sich in ihren Augen wider; sie wirkte wie irrsinnig.
Alec dagegen stand neben dem Kamin, eine Hand hatte er ausgestreckt und hielt sich an der Messingstange fest, sein Mund stand offen, sein Gesicht war grau. Er wirkte ruhig; er befand sich in einer Art Schockzustand, aller Kräfte beraubt, unfähig, sich zu bewegen. Er hatte die Worte seiner Mutter aufgenommen, er wiederholte sie in seinem Kopf, aber er war wie erstarrt. Selbst sein Gesicht weigerte sich, Wut, Kummer, Überraschung auszudrücken. Nicht, daß er seiner Mutter nicht glaubte, er glaubte ihr; das war es, was mit Mary seit Wochen nicht in Ordnung gewesen war. Er erinnerte sich an den Tag, an dem sie sich plötzlich verändert hatte. Es war nach dem Abend, an dem sie hatte bleiben müssen, um auf Bens Rückkehr von einem Dinner in Shields zu warten.
Sie war in einer Art Erschöpfungszustand nach Hause gekommen, und er hatte zu ihr gesagt: »So kannst du nicht weitermachen. Es sind diese zwei Jobs. Zwei Jobs sind einer zuviel.« Seit damals war sie nie mehr in Ordnung gewesen.
Jetzt erinnerte er sich lebhaft an den Ausdruck auf ihrem Gesicht. Damals war es passiert, in jener Nacht. Ben Tollett, dem es nicht genügte, Alice auf seine Seite zu bringen, mußte auch Mary nehmen, Mary … seine Mary!
Plötzlich wurde er wach. Plötzlich begriff er. Ben Tollett hatte seine Mary genommen. Er würde ihn umbringen. Das würde er tun, er würde ihn töten. Niemand sollte seine Mary in den Dreck ziehen, am wenigsten Ben Tollett nach dem Verhältnis, das er mit Alice hatte, denn das konnte man ihm nicht weismachen, daß zwischen den beiden nichts gewesen war. Sie hatte sich ja fast den Hals gebrochen, um jede Minute dort zu sein, und seit sie in dem Laden angefangen hatte, hatte sie ihn nicht mehr an sich rangelassen. Sie war vorher schon nicht wild drauf gewesen, aber dieses letzte Jahr, nichts … da konnte man ihm nicht erzählen … Und er hatte seine Mary genommen.
Sein Körper weigerte sich, so schnell zu reagieren wie sein Geist, und der langsame, schleppende Schritt, mit dem er sich vom Kamin entfernte, lenkte Alices Aufmerksamkeit für eine Sekunde von ihrer eigenen, blinden Wut ab. Sie sah ihm zu, wie er zur Tür ging, die auf die Treppe führte, und als Grandma Walton rief: »Alec, Junge! Alec, Junge, geh nicht. Nicht so!« und sich anschickte, ihrem Sohn zu folgen, packte Alice sie plötzlich zornig an den Armen.
»Laß ihn gehen!« kreischte sie. »Laß ihn! Er soll ihm das Gesicht einschlagen! Hörst du? Er soll ihm das Gesicht einschlagen!«
»Ruhig, Mädchen, ruhig.« Grandma Walton schüttelte Alices Griff ab, nahm sie am Arm und stieß sie in einen Sessel. Sofort sprang Alice wieder auf,

humpelte zur Treppe und schrie hinunter: »Schlag ihn zusammen! Schlag ihn zusammen! Und seinen Laden und alles. Hörst du? Tu in deinem Leben endlich etwas, was sich lohnt, schlag ihn zusammen!«

Als Alec die Straße hinunterging, beschleunigte sich sein Schritt. »Schlag ihn zusammen«, hatte sie gesagt. »Schlag seinen Laden und alles zusammen.«

Sie brauchte ihm nicht zu sagen, was er tun sollte, er wußte es selbst.

Er stieß die Ladentür so wütend auf, daß sie gegen einen Kartoffelsack prallte und wieder zufiel, und er stieß sie zum zweitenmal auf. Dann stand er in der Mitte des Ladens und sah an den beiden Frauen vorbei zu Ben, der bleich hinter der Theke stand.

Einen Augenblick starrten sie sich schweigend an, dann sagte Alec: »Du verfluchtes Schwein, du!« Er sagte es ruhig, aber seine Stimme klang rauh. Dann einen Ton höher: »Du dreckiger Hurenbock, du!« Dann noch höher: »Ein Kind. Kaum mehr als ein Kind! Ein junges Mädchen, rein. Sie war rein!«

»Was ist, Alec?« Eine der Frauen war neben ihn getreten, er stieß sie so rasch und heftig weg, daß sie gegen ein Regal stolperte.

»Alec!« Bens Stimme vibrierte. »Schau, komm nach hinten. Das ist eine private Angelegenheit, komm nach hinten.«

»Komm nach hinten, sagt er.« Alec blickte jetzt von einer Frau zur anderen. »Komm nach hinten. Hören Sie das? Komm und versteck es. Er hat mein Mädchen vergewaltigt, und da sagt er, ich soll nach hinten kommen. Wissen Sie das, Mrs. Wilson, und Sie, Mrs. Cooper? Er hat unsere Mary vergewaltigt; dieses dreckige Schwein hat unsere Mary auf dem Gewissen.«

Er warf sich über die Theke, packte Ben an seinem leinenen Ladenmantel und zerrte ihn zu sich her.

»Laß los, Mann! Laß … laß los!« Halb erwürgt entwand sich ihm Ben und taumelte rückwärts gegen die Wand mit den Konservendosen. Alec riß die Thekenklappe hoch und stürzte sich wieder auf ihn. Regale kippten um, Büchsen rollten auf den Boden, Glas splitterte. Die Frauen kreischten; eine von ihnen rannte »Hilfe! Hilfe!« schreiend auf die Straße.

Die beiden Männer waren in der Lücke eingekeilt, die durch die geöffnete Klappe entstanden war, und aus Bens Gesicht floß bereits Blut. Dann stürzten sie in die Mitte des Ladens und krachten gegen ein mit Dosen gefülltes verglastes Regal. Es schaukelte zweimal hin und her, dann fiel es mit ohrenbetäubendem Klirren gegen das Fenster.

Die Frau, die in der Ecke gefangen war, schlüpfte jetzt durch die Lücke in der Theke und traf auf Mary, die aus dem Vorratsraum gerast kam.

»Pa! Pa!« schrie sie.

»Du kannst nichts tun, Mädchen, du kannst nichts tun. Laß sie's miteinander ausmachen.«

Die Frau hielt Mary fest, und in diesem Moment gelang es Ben, Alec von sich zu schleudern. Aber dabei rutschte er auf den herumliegenden Früchten aus und schlug rücklings hin. Wie der Blitz griff Alec nach einem Glasbehälter mit Süßigkeiten. Einen Augenblick verweilte die Hand in der Luft, dann krachte sie nieder in Bens Gesicht, und das Glas brach, als sei es von einem Messer durchschnitten worden. Ben rührte sich nicht. Niemand rührte sich. Weder Alec, der sich nun mit dem Rücken an die Theke lehnte; noch die Frau, die Mary festhielt; noch Mary; noch all die Kinder unter der Ladentür. Erst als Männer hereingestürzt kamen und »Mein Gott! Allmächtiger! Jesus Christus! Was ist passiert?« riefen, löste sich die Spannung.

Alec stieß sich langsam von der Theke ab und verließ den Laden. Er sah Mary nicht an, er sah niemanden an. Seine Kleider waren zerrissen, sein Gesicht mit Blut bespritzt. Aber es war nicht sein eigenes Blut. Wie blind ging er durch die Menge, die in der Tür stand, und durch die größere Menge auf dem Gehsteig und auf der Straße. Alle waren sie auf den Beinen, und sie gaben ihm den Weg frei. Als er den Polizisten mit einer Frau an seiner Seite auf sich zukommen sah, verhielt er den Schritt. Aber sie zögerten, sahen ihn nur kurz an und gingen dann weiter. Und so ging auch er weiter.

Als er das Haus betrat, sagte seine Mutter: »Oh, mein Gott! Was hast du getan?« Und Alice schrie: »Hast du's getan? Sag's Mann! Hast du's getan?«

Er sah sie lange und fest an, dann sagte er: »Aye, ich hab's getan, ich hab getan, was du gesagt hast. Zufrieden?«

Dann setzte er sich neben den Kamin und hielt seine Hände in die Wärme, und als seine Mutter ein Handtuch nahm und ihm das Gesicht abzuwischen begann, stieß er sie nicht weg.

Mary barg Bens Kopf in ihrem Schoß. Der Arzt kam; der Laden wurde bis auf zwei Männer, eine Frau und den Polizisten geräumt, und sie kniete noch immer auf dem Fußboden an Bens Seite, bis der Rettungswagen kam. Dann fuhr sie mit ihm zum Harton-Krankenhaus in Shields.

»Sind Sie seine Tochter?« fragte die Krankenschwester.

»Nein. Nein.«

»Seine Frau?«

Sie schüttelte den Kopf.

»Wer sind seine nächsten Angehörigen?«

Mary wußte es nicht; sie wußte nur, daß er eine Kusine in Wallsend hatte, aber sie kannte die Adresse nicht, und außerdem war sie wie gelähmt.

Eine halbe Stunde später kam die Schwester zu ihr und sagte: »Er ist jetzt bereit für den Operationssaal.«

»Ist es schlimm?« fragte Mary flüsternd.

Die Schwester schüttelte den Kopf, dann senkte sie den Blick und sagte: »Sie werden versuchen, sein Auge zu retten.«

O Gott! Seine Augen, seine wunderschönen braunen Augen. Ihr Vater hatte Ben dies angetan. Sie konnte es nicht glauben. Sie hatte gewußt, er würde durchdrehen, aber doch nicht so. Sie hatte gedacht, er würde sie beschimpfen, dann eine Zeitlang nicht mit ihr sprechen und danach wieder einlenken. Ihr Vater war ein sanfter Mann, er konnte keiner Fliege etwas zuleide tun. Und alles ihretwegen. Sie wünschte, sie wäre tot.

Eine weitere halbe Stunde später führte man sie in ein Seitenzimmer und gab ihr eine Tasse Tee.

»Was sind Sie, eine Verwandte?« fragte die Schwester.

Mary schüttelte den Kopf und drehte ihn weg; die Schwester hob die Augenbrauen und stellte keine weiteren Fragen mehr.

Eineinhalb Stunden später brachte man ihn aus dem Operationssaal, und nun kam die Operationsschwester selbst zu ihr.

»Sie gehen besser nach Hause«, sagte sie, »Sie können ihn nicht vor morgen sehen.«

»Was haben Sie mit ihm gemacht?«

Marys Stimme brach bei diesen Worten; sie wiederholte: »Was haben Sie mit ihm gemacht?«

»Nun, es mußte eine Menge genäht werden. Sein Gesicht war arg zerschnitten; es waren Glassplitter drin.«

»Sein … sein Auge?«

»Oh, ich denke, das Auge wird wieder gut. Der Schnitt ist glücklicherweise daran vorbeigegangen. Er hatte wirklich sehr großes Glück, vor allem, was seinen Hals anbelangt, denn die Wunde ist neben einer Arterie.« Sie nickte mitfühlend und sagte: »Sie können ihn morgen besuchen. Gehen Sie jetzt heim, Liebe.«

Wie betäubt drehte Mary sich um und verließ das Krankenhaus, ging die lange Auffahrt hinunter, durch das Eisentor. Erst da fiel ihr ein, daß sie überhaupt kein Geld für die Busfahrt zurück nach Jarrow hatte. Blindlings begann sie zu gehen, die Talbot Road hinunter, die Stanhope Road entlang, zum Tyne Dock. Sie ging durch die Torbogen des Docks und die lange, stille Straße nach Jarrow entlang. Ehe sie zu den Neubauten kam, überquerte sie die Straße und setzte sich auf eine Bank. Die Beine taten ihr weh. Ihr ganzer Körper schmerzte. Ihr Kopf und ihr Herz schmerzten. Sie liebte Ben, sie wußte jetzt, daß sie ihn liebte, aber sie liebte auch ihren Pa. Was würde mit ihm geschehen?

Mary blickte über die Straße zu dem Holzplatz und dem offenen Teich, der sich zweimal am Tag mit der Flut vom Fluß und der Nordsee füllte. Kinder spielten auf den Hölzern, rannten hin und her und schrien begeistert. Es war noch nicht lange her, da hatte auch sie gespielt und gelacht und war glücklich gewesen - dann jedenfalls, wenn ihre Mutter nicht daheim war. Sie war auch mit ihrem Pa und ihrem Grandpa in der Hütte in der Schrebergartensiedlung

glücklich gewesen; und sie hatte gelacht, als sie in der Schule war, besonders in der Pause. Sie würde nie wieder lachen.
Sie ging wieder weiter, vorbei an den stillgelegten Chemiewerken, den Straßenbahnschuppen, der Don-Brücke und der St.-Pauls-Kirche, und als sie nach Jarrow kam, ging sie nicht die Anhöhe bei der Kirche hinauf, sondern nahm die Abkürzung über die Salzwiese, ging durch das Gewirr der Straßen, bis sie daheim war ... Sie stand vor dem Laden. Obwohl sie nicht darüber nachgedacht hatte, wußte sie plötzlich, daß dies ihr Heim sein würde; wenn Ben lebte, würde dies ihr Heim sein. Niemals wieder würde sie Nummer 95 betreten.
Mrs. McArthur hatte auf das Kind aufgepaßt. Sie war eine nette Frau, keine Klatschbase. Sie kümmerte sich um ihre eigenen Angelegenheiten und war eine von Bens besten Kundinnen. Die Ladentür war abgeschlossen; Mary ging ums Haus herum zur Seitentür und die Treppe hinauf.
Das Kind weinte. Mrs. McArthur sagte: »Ich hab versucht, ihn zu beruhigen, aber ich konnte nicht.«
Mary nahm den Jungen in die Arme und begann, ihn hin und her zu wiegen.
»Da-da. Ich will meinen Da-Da«, sagte er.
»Er kommt bald zurück. Es ist alles gut, David, er kommt bald zurück.«
»Ist er schlimm dran, Mädchen?«
»Sein Gesicht.«
»Haben sie irgendwas gemacht?«
»Sie haben operiert. Ich weiß nicht, was sie gemacht haben, nur ... sie haben gesagt«, sie schluckte, ihr Hals war trocken, »sie hätten sein Auge gerettet.«
»Mein Gott! Mein Gott!« Mrs. McArthur schüttelte den Kopf. »Und dein Pa. Er ist der ruhigste Mann in der ganzen Straße; ich hätte es nie geglaubt. Ist es deinetwegen, Mädchen?«
»Ja, Mrs. McArthur. Ich erwarte ein Baby, Bens Baby.«
»Ah, Kind! Kind! Nun« - Mrs. McArthur zog die Augenbrauen hoch, dann schüttelte sie den Kopf - »solche Dinge passieren eben. Ich wollte gerade sagen, es ist Gottes Wille, aber ich sag's nicht. Was hast du mit dem Laden vor, Kindchen?«
»Dem Laden? Daran habe ich noch nicht gedacht, Mrs. McArthur.«
»Nun, morgen ist Freitag, und die Leute werden ihre Sachen haben wollen. Du mußt das Geschäft weiterführen, bis Ben zurückkommt.«
»Ja, Mrs. McArthur.«
»Paß auf. Ich geh jetzt rüber und kümmere mich um meine Bande, und dann komm ich zurück und helfe dir, denn, mein Gott, da unten liegt alles drunter und drüber.«
»Danke, Mrs. McArthur.«
»Setz dich hin, Mädchen, du klappst ja beinahe zusammen. Schau, ich mach dir Tee, bevor ich gehe.«

»Danke, Mrs. McArthur.« Mary spürte, daß sie ohnmächtig wurde. Das Kind glitt aus ihren Armen auf den Boden, blieb aber dicht an ihre Knie gepreßt stehen und wimmerte.
Mrs. McArthur beugte sich über sie. »Aber, aber, doch nicht ohnmächtig werden, Mädchen. Ist irgendwas im Haus? Ein Tropfen Schnaps?«
»Im Schrank dort drüben ist etwas Alkohol«, sie deutete hinüber.
Als Mrs. McArthur ihr den Whisky an die Lippen setzte, nippte sie daran und schüttelte sich, aber nachdem sie getrunken hatte, fühlte sie sich weniger schwach.
»Ich gehe jetzt, Mädchen. Alles in Ordnung?«
»Ja, danke, Mrs. McArthur.«
»Ich sag's dir lieber, Kind.« Mrs. McArthur stand mit der Klinke in der Hand da. »Sie suchen nach deinem Pa, die Polypen. Sie waren bei euch zu Hause, aber er war nicht da. Dann gingen sie zu deiner Grannie, und dort war er auch nicht. Und ich glaube, bei den Schrebergärten waren sie auch. Ich weiß nicht, ob sie ihn schon haben. Er wird wegen der Geschichte hier Schwierigkeiten kriegen; das weißt du doch, oder?«
Mary sah die freundliche Frau an. Sie konnte nicht noch einmal: »Ja, Mrs. McArthur« sagen. Sie nickte nur.

7

Sie öffnete den Laden am Freitag morgen um neun Uhr. Der erste, der eintrat, war ein Polizist.
»Können Sie mir sagen, wo Ihr Vater ist?«
»Nein.«
»Ich muß oben nachsehen.«
»Können Sie; er ist nicht da.«
»Tut mir leid, Mädchen, aber ich muß.«
»Sie haben gehört was ich gesagt hab, Sie können.« Mary hob die Klappe der Theke, und er ging hindurch. Ein paar Minuten später kam er wieder herunter.
»Wenn Sie wissen, wo er ist, sollten Sie's lieber sagen, denn am Ende finden wir ihn doch.«
»Wenn ich wüßte, wo er ist, würde ich es sagen.«
Ja, wenn sie nur wüßte, wo er war und ob er lebte; wenn sie wenigstens von dieser Angst befreit wäre!
»Ist 'ne schlimme Geschichte«, sagte er. »Tut mir leid für Sie; tut mir leid für euch alle.«
»Danke«, sagte sie.
»Mr. Tollett ist übel dran, hab ich gehört.«

Sie antwortete nicht. Sie wußte, daß er übel dran war, sie hatte früh am Morgen telefoniert.
»Hoffen wir für alle Beteiligten, daß er nicht hinübergeht.«
Sie starrte ihn an, machte aber noch immer keine Bemerkung.
Noch nie hatte der Laden so viele Kunden auf einmal gesehen. Leute, die vorher noch keinen Penny hier ausgegeben hatten, kamen nur, um sie anzusehen; und bis zum Ende des Vormittags hielt Mary ihren Blicken stand, ohne mit der Wimper zu zucken, und gab ihnen zu verstehen, sie sollten sich nur hüten, irgend etwas zu sagen.
Sie konnte die Gefühle nicht begreifen, die in ihr waren. Ein Teil von ihr hatte Angst um ihren Vater und vor den Folgen seiner Tat; ein anderer Teil war krank vor Sorge um Ben; und ein Teil von ihr war voller Trotz und Herausforderung, und dies verlieh ihr Kraft - die Kraft, den Laden in Schwung zu halten; die Kraft, ihnen allen zu beweisen, daß sie den Laden und den Haushalt führen und das Kind versorgen konnte. Und wenn die Kunden, besonders die Frauen, neugierig auf ihren Bauch schauten, zwang sie sich, zurückzustarren, ganz fest.
Am Nachmittag kam Mrs. Mulhattan in den Laden, grüßte sie leutselig und sagte: »Oh, meine Liebe, tut mir ja im Herzen leid für Sie. Solche Schwierigkeiten und so 'n ruhiger Mann, der nie in seinem ganzen Leben 'n böses Wort zu 'nem Menschen gesagt hat; 's ist gut von Ihnen, daß Sie alles weiterführen, ja, das ist's, muß man schon sagen. Nun, da hab ich 'n bißchen was von meiner Rechnung gebracht. Da sind zehn Shilling; Recht muß Recht bleiben, und ich bin ja nich' so eine, die was zurückbehält; was ich schuldig bin, zahl ich, noch dazu 'nem Mann, der wo nich' arbeiten kann.«
Mary nahm die zehn Shilling, blätterte die Seiten des Hauptbuchs zurück, zog den Betrag von Mrs. Mulhattans Schuldkonto ab, schrieb dann auf ein Stück Papier:
»Erhalten von Mrs. Mulhattan zehn Shilling, Restschuld vier Pfund« und reichte es über die Theke.
»Nun also, meine Liebe, nur 'n paar Sachen fürs erste. Ich krieg ...« Weiter kam sie nicht, denn Mary sagte ruhig: »Es tut mir leid, Mrs. Mulhattan. Ich habe meine Anordnungen von Mr. Tollett; Sie können nichts mehr auf Pump haben, ehe die Rechnung nicht beglichen ist.« Die große Frau glotzte Mary einen Moment lang an, dann sah sie nach rechts, wo ein Junge mit einer durchlöcherten Strickjacke und einer leeren Ingwerbierflasche in der Hand stand, dann nach links, wo Mrs. Brown stand und sie ansah. Mrs. Brown war eine Sektiererin, eine Angeberin, eine Frau, mit der man an jedem Tag der Woche reden konnte außer am Sonntag, wenn sie mit den anderen komischen Heiligen in ihre Sektenkapelle ging, während sie selbst, Hannah Mulhattan, in der heiligen Messe mit dem wahren Gott Verbindung aufnahm. Dann sagte sie, wieder zu Mary blickend: »Du unverschämtes kleines Luder!

Was zum Teufel glaubst du denn, wer du bist? Gib mir augenblicklich die zehn Shilling zurück!«
»Ich … ich werde nichts dergleichen tun, Mrs. Mulhattan. Und wenn Sie hier Unruhe stiften wollen, werde ich nach der Polizei rufen. Georgie!« Sie sah zu dem Jungen mit der Flasche.
»Aye, Mary?«
Mrs. Mulhattan wich jetzt zornbebend zur Tür zurück und zeterte von dort los: »Unverschämtes Luder! Aber warte nur, Fräulein, dir vergeht noch das Lachen, dir und deinem Bastard, den du ausbrütest!« Die Tür knallte zu; Mary blieb einen Moment still stehen, ein Zittern durchlief ihren Körper. Dann sah sie den Jungen an, der sagte: »Ich krieg 'n Viertel Eierrahm un' 'ne Flasche Lim'nade un' zwei Unzen Pastete un' 'n Viertel gekochten Schinken.«
Sie bediente ihn, setzte alles auf die Rechnung und wunderte sich nicht über solch eine Bestellung von einem Jungen mit einer zerfetzten Jacke; zwar war sein Vater seit zehn Jahren arbeitslos, aber er hatte einen Bruder bei der Handelsmarine, und seine verheiratete Schwester, die bei ihnen wohnte, hatte ihr Vorderzimmer in einen Second-hand-Kleiderladen verwandelt.
Es war Marys erster richtiger Arbeitstag im Laden, und sie war froh, daß es so turbulent zuging, sonst hätte sie wohl fluchtartig das Haus verlassen, wäre kopflos und in Panik davongerannt, irgendwohin … Ja, wohin eigentlich? Ins Krankenhaus? Oder auf die Suche nach ihrem Vater?
Um sieben Uhr schloß sie den Laden und ignorierte das Klopfen und Hämmern an der Tür, während sie das Kind zu Bett brachte. Dann wusch sie sich eilig, zog Mantel und Hut an und war zum Weggehen bereit, als Mrs. McArthur über die Hintertreppe heraufkam.
»Lassen Sie sie ruhig klopfen, gehen Sie nicht hinunter«, sagte Mary zu ihr.
»Ich doch nicht, Mädchen«, antwortete Mrs. McArthur. »Wie lang wirst du vermutlich brauchen?«
»Ich brauche gute vierzig Minuten für den Hinweg, vielleicht muß ich warten, und zurück wieder genauso lange. Vermutlich lassen sie mich nicht bleiben. Ich könnte kurz nach neun wieder da sein … Ich … ich bezahle Sie auch, Mrs. McArthur, ich bezahle Sie.«
»Oh, schon gut, Mädchen; darüber sprechen wir später.«
Mary deutete mit einem Kopfnicken zum Schlafzimmer des Kindes und sagte: »Er schläft fest; Sie brauchen nicht hineinzugehen, außer wenn er weint.«
»Sehr schön, Mädchen.«
»Machen Sie sich Tee oder sonst etwas.«
»Kümmre du dich jetzt um deine Angelegenheiten, ich komm schon zurecht, keine Angst …«
Atemlos kam Mary vor der Tür des Krankenzimmers an. Die Schwester blickte vom Tisch auf.

»Sie sind zu spät dran für Besuche.«
Langsam ging Mary auf sie zu. »Ich konnte nicht früher kommen. Ich wollte nur wissen, wie es Mr. Tollett geht. Bitte. Ich hab mich um seinen Laden gekümmert und um das Kind. Ich … ich konnte einfach nicht früher kommen.«
»Ah ja.« Die Schwester stand auf. »Mr. Tollett? Na gut, aber Sie können nur ein paar Minuten bleiben. Kommen Sie mit.«
Sie ging ihr zum anderen Ende des Krankensaales voraus, zum letzten Bett, das unheilverkündend hinter Vorhängen verborgen war. Sie zog den Vorhang zurück, dabei sagte sie noch einmal sehr leise: »Nur ein paar Minuten, denken Sie dran.«
Mary blickte auf Ben hinunter. Nur ein Auge und ein Stückchen von seiner Wange waren zu sehen. Der Rest seines Gesichtes und seines Kopfes war von Bandagen eingehüllt. Eine Hand und ein Arm waren bis zum Ellbogen verbunden, aber die andere Hand hob sich ihr entgegen, und sie ergriff sie und legte sie an ihre Brust, beugte sich über ihn und murmelte: »Oh, Ben. Ben.«
»Mary. «
»Wie … wie fühlst du dich?«
»Besser.«
»Oh, Ben! Was kann ich sagen!«
Tränen stiegen ihr in die Augen; er verschwamm vor ihrem Blick. »Nicht, Mary, nicht«, sagte er leise. »Mir geht's gut … morgen noch besser.«
Hastig wischte sie sich über die Augen. »Der Laden läuft, ich kümmre mich darum. Und David, dem geht's auch gut.«
»Gut. Gut.«
Sie sahen einander an. Sie wollte etwas sagen, was ihm Freude machte, etwa: »Ben, ich liebe dich. Ich werde dich immer lieben«, aber sie konnte nicht. Nicht hier. Seine Hand führte die ihre langsam an seine Wange, die jetzt nicht mehr braun, sondern totenblaß aussah. Die Muskeln unterhalb seines Auges bewegten sich leicht, als versuche er zu lächeln. Ihr Herz krampfte sich zusammen. Als sie sich über ihn beugte, wurde ihr von dem Geruch des Äthers, der noch immer von ihm ausging, fast übel. Eine Stimme hinter ihr sagte: »Sie müssen jetzt gehen.«
Sie drehte sich um und sah die Schwester an, dann wieder Ben.
»Ich komme morgen abend, aber ich rufe in der Früh an, um zu erfahren, wie es dir geht.« Sie sagte nichts von dem, was sie eigentlich sagen wollte.
Er schaute ihr nach, als sie wie blind durch den Krankensaal ging. Als sie zu der Schwester am Tisch kam, blieb sie stehen und fragte mit mühsam gefestigter Stimme: »Wird … wird er wieder gesund?«
»Man kann noch nichts Endgültiges sagen, aber wir hoffen es«, antwortete die Schwester.

Am folgenden Tag bekam sie Besuch von Bens Kusine Annie Tollett, die in Wallsend wohnte. Sie war eine kleine Frau mit einem Klumpfuß. Sie hatte ein dünnes Gesicht und einen dünnen Körper, und wenn sie sprach, klang ihre Stimme tief, lächerlich tief, fast wie die eines Mannes. Sie kam in den Laden und sagte:

»Ich bin Annie Tollett. Ich habe gehört, daß Ben einen Unfall hatte. Schlechte Nachrichten fliegen schnell. Sie werden Mary sein. Gehen Sie mir aus dem Weg und lassen Sie mich durch.«

Sie schlug die Thekenklappe zurück und marschierte in den Vorratsraum. Schweigend musterten sich die beiden Frauen.

Nach einer Weile sagte Annie: »Sie brauchen keine Angst vor mir zu haben, ich werde mich nicht einmischen. Bens Angelegenheiten sind seine Sache und meine Angelegenheiten die meine. Aber ich höre, Sie erwarten sein Kind.«

Mary starrte die Frau an. Sie wohnte in Wallsend auf der anderen Seite des Flusses. Wie sie sagte, schlechte Nachrichten flogen schnell. Mary wußte nicht, von wem sie es erfahren hatte, und sie fragte auch nicht. Sie sagte nur:

»Wenn Sie eine Minute warten, schieb ich den Riegel an der Tür vor und mach Ihnen 'ne Tasse Tee.«

»Keine Umstände, ich kann mir meinen Tee selber machen. Sie wollen doch wohl keine Kunden verlieren ... Wie geht's dem Kleinen?«

»Er ... es geht ihm gut, er ist im Laufstall.«

»Gut, ich geh zu ihm hinauf. Kommen Sie nach, wenn Sie eine Minute Zeit haben.« Mary sah der kleinen Gestalt nach, die aus dem Vorratsraum hinaushumpelte, über den Hof ging und durch die Tür verschwand, die zur Treppe führte. Eine komische kleine Frau, aber nicht unangenehm; scharfzüngig, aber nicht unangenehm. Allerdings ähnelte sie Ben nicht ein bißchen. Es gab nichts, was sie irgendwie mit Ben gemein hatte.

Mary war gerade in den Laden zurückgekehrt, als sich die Tür öffnete und ihr Großvater hereinkam. Instinktiv fuhr ihre Hand zum Mund; und als erwarte sie, daß er sie angreifen würde, trat sie zurück und lehnte sich gegen die Regalwand. Langsam kam er auf sie zu. Als er ihr gegenüberstand, sah sie, daß er wirklich ein alter Mann war. Er schien um Jahre gealtert, seit sie ihn vor ein paar Tagen zuletzt gesehen hatte. Auch seine Stimme schien gebrochen, als er sagte:

»Schau nicht so ängstlich, Kindchen, ich bin nicht gekommen, um dir Vorwürfe zu machen.«

»O Grandpa!« Es war wie ein leises Wimmern. Sie ging auf die Theke zu und legte ihre Hand drauf, und er nahm sie.

»Es tut mir so leid, Grandpa.«

»Das weiß ich, Kindchen, das weiß ich.«

»Pa? Hast du ihn gesehen?«

»Deswegen bin ich gekommen. Sie haben ihn erwischt. Ich sage, sie haben ihn erwischt, aber er versuchte gar nicht, wegzurennen, er war einfach willenlos. Er lag die ganze Nacht unter dem Schlackenhaufen.«
»Oh, Grandpa! Grandpa!«
»Jetzt heul nicht, Kindchen, heul nicht.«
»Wo haben sie ihn hingebracht?«
»Nach Shields.«
»Zum Polizeirevier?«
»Ja.«
»Was werden sie mit ihm machen?«
»Ich weiß nicht, Mädchen. Aber du mußt dich drauf gefaßt machen, daß er vermutlich verurteilt wird, denn er hat Ben fast umgebracht. Das weißt du, oder?«
Sie nickte langsam, und mit dem Kopf tief auf der Brust murmelte sie: »Oh, Grandpa! Ich fühle mich schrecklich, schrecklich, ich will sterben.«
»Es hat keinen Zweck, sich so gehenzulassen, also rede keinen Blödsinn.«
Dann sagte sie: »Ma? Weiß sie's?«
»Ja, sie weiß es.«
»Geht sie zu ihm?«
»Nein, Mädchen. Erwarte von deiner Mutter nicht, daß sie ihn besucht. Grannie und ich, wir gehen hin. Und wenn du eine Minute Zeit hast und gerade in der Gegend bist, könntest du hineingehen und fragen, ob du ihn sehen kannst. Ich weiß nicht, ob man dich zu ihm läßt. Du könntest es aber versuchen. Ich … ich meine, du solltest gehen.«
Mary starrte ihren Großvater an. Sie wollte ihren Vater sehen. Sie wollte ihm sagen, daß sie ihm keine Schuld gab. Aber wie konnte sie das sagen, nachdem er Ben fast umgebracht hatte, und wer weiß, die Schwester hatte gesagt, es würde sich in den nächsten paar Tagen zeigen, vielleicht hatte er ihn tatsächlich umgebracht. Sie liebte ihren Pa, sie liebte ihn noch immer; was er getan hatte, hatte er für sie getan. Sie war so durcheinander. Gequält sah sie zu ihrem Großvater auf. »Du solltest, Mädchen.«
»Ja, Grandpa, ich werde, ich werde gehen.«
»Ta-rah, Kleines.«
»Ta-rah, Grandpa.«
Mary schob den Riegel vor die Tür und ging nach oben. Die kleine Frau hatte Tee gemacht und schaukelte David auf ihrem Knie. »Haben Sie ihn gesehen?« fragte sie unvermittelt.
»Ja.«
»Wie geht es ihm?«
»Schlecht.«
»Es war Ihr Pa, der es gemacht hat, nicht wahr?«
»Ja.«

»Ich weiß von Ihrem Pa. Ben hat immer gut von ihm gesprochen. Aber von Ihrer Mutter nicht; Ihre Mutter ist nach allem, was ich gehört habe, ein ziemliches Biest. Und ich weiß von Ihnen und alles. Ben hat oft von Ihnen gesprochen.«

Mary sah die Frau verwundert an. Ben hatte seine Kusine Annie nie erwähnt, nur einmal, in jener Nacht. Manchmal war er an einem Mittwochnachmittag mit dem Lieferwagen weggefahren und hatte eine Kiste mit Lebensmitteln und Gemüse mitgenommen, ohne zu sagen, wohin er ging. Aber wenn sie es genau betrachtete, hatten sie nie viel Zeit gehabt, um miteinander zu sprechen, bis zu jener Nacht, zu jener Nacht, in der er mit ihr Walzer getanzt hatte. Alles hatte in jener Nacht mit dem Walzer ›An der schönen blauen Donau‹ angefangen. »Ich habe nicht vor, mich einzumischen, und denken Sie bloß nicht, ich will mich aufdrängen«, ihr dünner Finger wackelte vor Marys Gesicht hin und her, »aber ich komme hin und wieder rüber und kümmere mich um den da«, sie ließ das Kind auf ihrem Knie hopsen, »um Ihnen 'ne Verschnaufpause zu verschaffen. Haben Sie sonst noch jemand, der herkommt?«

»Mrs. McArthur, sie ist sehr gut. Aber ich wäre dankbar, wenn Sie kommen könnten.«

»Ich will mich nicht aufdrängen, denken Sie dran.«

»Ich weiß. Oh, ich weiß das.«

»Aber der Laden muß in Schwung gehalten werden. In Zeiten wie diesen könnte er Kunden verlieren. Nicht, daß wir uns deswegen viel Sorgen machen müßten, aber es ist immer gut, mehr als ein Eisen im Feuer zu haben. Da, die Glocke läutet, machen Sie, daß Sie runterkommen.«

Mary wandte sich von der kleinen Frau ab. Eigentlich sollte sie verärgert, böse sein über deren Unverfrorenheit, aber sie war es nicht. Seltsamerweise hatte sie das Gefühl, daß Annie ihr eine große Hilfe sein würde.

Sie merkte viele Jahre nicht, daß manche Hilfeleistungen auch ihre Kehrseite hatten und daß man für alles, aber auch für alles bezahlen mußte.

8

Es war Sonntagmorgen, neun Uhr, als es an der Hintertür klopfte. Mary öffnete, und Jimmy schlich sich in den Hof, schloß die Tür rasch hinter sich, lehnte sich mit dem Rücken dagegen und sah zu ihr auf.

»Ich bin auf'm Weg zu Grandma McAlister«, sagte er, »aber … aber ich wollte dich für 'ne Minute besuchen.«

Sie sahen einander an.

»Wie geht's dir?«

»Scheußlich, Jimmy.«

»Hast du Pa gesehen?«
»Nein, ich gehe heute nachmittag, wenn ich im Krankenhaus gewesen bin.«
»Wird Mr. Tollett ... wird er sterben? Es heißt, er wird sterben.«
»Als ich gestern abend angerufen hab, ging es ihm ein bißchen besser, ganz ordentlich, haben sie gesagt.«
»Ahh«, er zog den Atem kurz und scharf ein, »du fehlst mir.«
»Und du mir.«
Er sah auf seine Schuhe hinunter. »Ich helf Grandma McAlister, ihre Sachen herzubringen; sie ... sie wird 'ne Weile dableiben.«
Dazu sagte Mary nichts, sondern sah Jimmy bloß an, der an seinem Speichel würgte, als müsse er ein Hindernis in seiner Kehle überwinden. »Ma is' gräßlich, schimpft die ganze Zeit wie verrückt.« Jetzt hob er den Blick. »Ich würde aufpassen, Mary.«
»Was meinst du?«
»Sie sagt dauernd, was sie dir alles antun wird.«
»Sie kann mir nichts antun.«
»Das weiß man nie.« Wieder schluckte er. »Ich hab gehört, wie Grannie zu Grandpa gesagt hat, daß sie Pa aufgestachelt hat; daß sie zu ihm gesagt hat, er soll Mr. Tollett zusammenschlagen und seinen Laden zusammenschlagen und alles. Sie hat ihn aufgestachelt, ihn angeschrien.«
»Das hat sie gemacht?«
»Mhm.«
»Oh, Ma! Sie ist böse, Jimmy.«
»Ich weiß. Ich wollte, ich könnte bei dir wohnen, Mary.«
»O Jimmy, Jimmy, sei still. Ich ... ich weiß nicht, wie lang ich selbst hier wohnen werde. Wenn irgendwas mit Ben passiert, muß ich zu Grannie ziehen.«
»Ich wünschte, ich könnte mit dir kommen.«
»Du weißt genau, daß das nicht geht, du mußt gebildet werden. Davon ist sie besessen, dich zu bilden.«
»Aber ich will's nicht. Ich will's nicht, ehrlich nicht, Mary.«
Sie schüttelte den Kopf und schaute auf die quadratischen Pflastersteine des Hofes, dann zu den an der Mauer aufgeschichteten Schachteln, als könnten sie ihr Antwort geben auf ihre Gedanken. »Ich muß jetzt gehen.«
»Wart eine Minute!« Mary ging zurück in den Laden, nahm einen Shilling aus der Kasse und schob ihn in Jimmys Hand. »Versteck ihn und laß dich nicht unterkriegen.«
»Oh, danke, Mary, danke. Mach ich.«
»Das beste ist, du läßt dein Geld bei Grandma Walton und holst es dir, wenn du's brauchst.«
»Okay, Mary, mach ich. Und du, du nimmst dich in acht vor Ma?«
»Ja. Keine Sorge, ich paß schon auf.«

Es hätte der warnenden Worte Jimmys nicht bedurft - sie hatte es gefühlt, hatte geahnt, daß da eine weitere Gefahr war, mit der sie fertigwerden mußte.
»Ta-rah, also.«
»Ta-rah, Jimmy.«
Um zwölf Uhr kam Annie Tollett und löste sie ab. Um eins verließ Mary das Haus und ging ins Krankenhaus, und erst als sie mit den anderen Besuchern wartete, merkte sie, daß sie mit leeren Händen dastand. Alle hatten entweder Blumensträuße oder Tüten mit Obst mitgebracht. Aber was spielte es für eine Rolle? Ben würde es nichts ausmachen.
Als die Türen geöffnet wurden und sie den Krankensaal betrat, sah sie erleichtert, daß die Vorhänge um sein Bett nicht mehr zugezogen waren. Sie näherte sich ihm langsam, beugte sich über ihn und sagte weich: »Hallo, Ben.«
»Hallo, Mary.« Er hatte Schwierigkeiten, seine Lippen zu bewegen. »Fühlst du dich besser?«
»Ja ... o ja.«
Verlegen zog sie einen Stuhl ans Bett, setzte sich und nahm seine Hand. »Es wird alles wieder gut?«
»Ja.«
Sie sahen einander lange an, ehe er stockend sagte: »Die Zeit ... ist lang. Ich habe ... auf dich gewartet.«
Sie nickte, dann flüsterte sie: »Und ich, ich habe die Stunden fortgewünscht.«
Er drückte ihre Finger. Der Griff war fest und zauberte ein Lächeln auf ihr Gesicht. Sie saßen schweigend, dann sagte er: »Es tut mir leid, Mary, ich habe ... ich habe dich in diese Schwierigkeiten gebracht.«
»Nein, nein, ich war es.«
Er schloß sein Auge, als würde er protestieren. »Nein. Du warst unschuldig, zu unschuldig.«
Wieder herrschte Stille zwischen ihnen, dann murmelte er: »Mary, du solltest es lieber wissen. Ich werde ... ich werde entstellt sein. Ein Schnitt ... von oben bis unten.« Er berührte sein verbundenes Gesicht.
Sie blickte auf ihn hinunter. Er schien sich wirklich große Sorgen deswegen zu machen. Rasch stieß sie hervor: »Das spielt keine Rolle für mich. Mir macht es nichts aus, wie du aussiehst.«
Wieder drückte er ihre Hand, wieder Stille. Es war schwierig zu sprechen. Menschen, die in ihrer beider Gedanken waren, durften nicht erwähnt werden, ihre Ma, ihr Pa.
Nach einer Weile erzählte sie ihm vom Geschäft und wie Mrs. Mulhattan hereingekommen war und wie sie sie empfangen hatte, und immer wieder drückte er ihre Hand aus Dankbarkeit für ihre Mühe. Und dann erzählte sie ihm von seiner Kusine Annie.

»Das ist gut … Annie ist gutherzig; schroff, aber gutherzig.« Nach einer Weile, während der er Kraft zu sammeln schien, sagte er in überraschtem Ton: »Und sie kam heute?«
»Ja.«
»Das ist etwas! Für gewöhnlich bringt man sie an einem Sonntag nicht aus dem Haus.«
Als die Glocke läutete, stand Mary sofort auf, beugte sich über ihn und legte ihre Lippen sanft an seinen Mundwinkel. »Ich werde dich bis zum Mittwoch, Besuchstag, nicht mehr sehen. Aber ich ruf an.«
»Bye-bye, Mary.«
»Bye-bye, Ben.«
Nieselregen fiel, als sie nach draußen kam, und sie war froh darüber, denn er verbarg ihre Tränen. Dann wischte sie sich ungeduldig übers Gesicht. Wenn sie jetzt weinte, was würde sie in Kürze tun, wenn sie ihren Pa traf - falls sie ihn traf.
An der Ecke nahm sie die Straßenbahn hinunter bis zur Stadtmitte, zur Polizeistation.
Sonntägliche Ruhe lag über der Stadt. Die Polizeistation schien verlassen. Mary stieß die Tür zu einem staubigen Raum auf, der wie ein Büro aussah. Es war niemand zu sehen, aber als sie die Schranke erreichte, öffnete sich am anderen Ende des Raumes eine Tür und ein Polizist kam herein. Er blieb hinter der Schranke stehen, stützte seine Hände darauf und lächelte sie an.
»Na?« sagte er. »Und was kann ich für Sie tun, Miss?«
»Ich bin … ich bin Mary Walton.«
»Ja?«
»Mein Vater …«
»Ah, Sie sind seine Tochter. Alec Walton?«
»Ja.«
»Nun«, er legte seinen Kopf ein wenig zur Seite, »es geht ihm gut, Mädchen.«
»Darf … darf ich ihn sehen?«
Er blickte an der Schranke entlang auf die eine Seite des Ganges, dann zur anderen Seite, dann sah er wieder sie an und sagte: »Eine Sekunde.«
Als er wieder ins Zimmer zurückkam, war ein anderer Polizist bei ihm, der sie prüfend ansah. Dann sagte er: »Nun, ich sehe nicht ein, warum nicht. Kommen Sie mit.« Sie folgte ihm den Gang entlang und dann ein paar Stufen hinunter zu einem Korridor mit einer Reihe von Türen, alle mit Gittern im oberen Teil. Er steckte einen Schlüssel in die zweite Tür, stieß sie auf und sagte: »In ein paar Minuten hole ich Sie wieder ab.«
Sie stand in dem Raum, in dem schrecklichen kleinen Raum, der Zelle, und ihr Vater saß auf einer Pritsche an der Wand und starrte sie an. Alec erhob sich langsam. Sie standen sich gegenüber, regungslos. Mary löste sich als

erste aus ihrer Erstarrung. Sie machte einen Schritt auf ihn zu, flüsterte: »Pa! Oh, Pa!«

Beim Klang ihrer Stimme schien er zu erwachen. Tatsächlich kam er zum erstenmal seit Tagen ganz zu sich. Sein Kopf schwankte langsam hin und her; er rieb sich mit der Hand über das stoppelige Kinn und die Wangen, hin und zurück bewegte sich seine Hand. Dann strich er sich mit einer charakteristischen Bewegung über die Brauen und durchs Haar. Als er plötzlich taumelte, warf sie sich ihm entgegen und nahm ihn in ihre Arme, und sie hingen aneinander, schwankend, weinend, stöhnend, aber sie sagten kein Wort. Nach einer Weile, als sie sich ein wenig beruhigt hatten, setzten sie sich auf die Bettkante, und aus Marys gequältem Herzen entrang sich die lapidare Frage: »Wie geht es dir?« Er konnte nicht sprechen, aber er nickte mit dem Kopf, zog sich ein schmutziges Taschentuch aus der Tasche und wischte sich sein tränenüberströmtes Gesicht ab.

»Sind sie ... sind sie anständig zu dir?« fragte sie mit einer Kopfbewegung zur Tür hin.

Er schneuzte sich heftig, dann nickte er wieder, plinkerte rasch mit den Lidern und redete zum erstenmal: »Aye«, sagte er. »Sie sind sehr gut, den Umständen entsprechend.«

Er sah sie jetzt an, und auch er stellte die banale Frage: »Wie geht es dir?«

»Oh, gut, Pa.«

Er grub seine Zähne in die Unterlippe, schwankte mit dem Kopf hin und her und sagte: »Ich ... ich muß verrückt gewesen sein.« Er hörte auf, den Kopf zu bewegen und sah ihr in die Augen. »Ich glaube, ich werde wirklich verrückt, Mädchen.«

»Nein, Pa. Nein!« Sie hielt ihn fest und blickte ihm ins Gesicht. »Nein. Es ist einfach alles zu viel gewesen, alles, und dann auch noch ich. Ich ... mich trifft alle Schuld.«

»Dich nicht! Nein!« sagte er mit Nachdruck.

»Doch, doch.« Sie sprach mit der gleichen Leidenschaft. »Ich bin schuld, und ich werde es büßen.«

Wieder schüttelte er verneinend den Kopf, dann sagte er: »Es gibt nur einen Menschen, der die Schuld trägt, und wir beide wissen, wer das ist. - Was ist ...« sekundenlang schwieg er, bevor er mühsam die Frage stellte: »Was ist mit ihm geschehen?«

Wieder vergingen Sekunden, ehe sie antwortete: »Er ist ... im Krankenhaus, Pa.«

»Ich weiß das, ich weiß, man hat es mir gesagt. Aber was ich meine, ist, was habe ich ihm getan?«

Sie blickte zur Seite, zu der kahlen Ziegelwand. Sie bemerkte, daß Schriftzeichen darauf standen, aber sie konnte sie nicht lesen.

»Sein Gesicht ist zerschnitten.«

»Sehr?«
»Die eine Seite.«
»Wird es ihm wieder bessergehen?«
»Ja.« Schnell war sie mit der Antwort da, um ihn zu beruhigen. »O ja, er ist auf dem Weg der Besserung, mach dir keine Sorgen.« Sie nahm seine Hand fest zwischen ihre beiden Hände.
»Sie werden mich verurteilen«, sagte er ruhig. »Aber ... es macht mir nichts aus, ich schwöre bei Gott, es macht mir nichts aus. Nach einiger Zeit bin ich wieder draußen. Und hier wird mir mein Essen wenigstens nicht im Hals stecken bleiben. Ich muß niemand dafür dankbar sein, außer«, er stieß ein unfrohes Lachen aus, »außer dem Staat.« Nach einer Pause fragte er: »Was geschieht mit dir, Mädchen?«
»Oh, mach dir meinetwegen keine Sorgen, Pa, mir fehlt nichts.« Sie sagte nicht: »Ich kümmere mich um den Laden, ich lebe in Bens Haus, ich schlafe in Bens Bett.« Was sie sagte, war: »Ich kann immer zu Grannie gehen.«
»Aye, tu das, geh zu deiner Grannie.«
In diesem Moment wurde der Schlüssel im Schloß gedreht, und sie erhoben sich und blickten zur Tür, wo der Polizist erschien.
Plötzlich fiel ihr ein: »Ich hätte dir etwas mitbringen sollen, Pa, ich hab einfach nicht daran gedacht.«
»Ah, Mädchen, du hast dich selbst gebracht. Danke, danke fürs Kommen.« Er hielt sie fest umschlungen und flüsterte ihr ins Ohr: »Versuch, mir zu verzeihen, Kleines. Versuch es.«
Sie konnte nicht antworten. Sie wollte rufen: »O Pa! Ich dir verzeihen?« aber sie brachte keinen Ton heraus, und sie wandte sich von ihm ab und ging hinaus, und der Polizist mußte sie die Stufen hinaufführen, denn sie war blind vor Tränen.
Wieder im Büro, sahen die beiden Polizisten sie an, und einer sagte: »Nimm's nicht zu schwer, Mädchen, er kommt schon wieder in Ordnung.« Er ging um die Schranke herum und legte ihr die Hand auf die Schulter. »Solche Sachen passieren.«
Dann versuchte er, sie zum Lachen zu bringen, beugte sich zu ihr herunter und sagte: »Wir würden unsere Jobs verlieren, wenn das nicht so wäre. Begreifst du das nicht?«
Als sie auf die Straße trat, blieben ein Mann und eine Frau stehen und sahen ihr nach. Vermutlich war es eine Schande, aus einem Polizeigebäude herauszukommen. Aber komisch, an die Schande hatte sie nicht gedacht, nicht ein einziges Mal. Alice, die hätte daran gedacht, Alice, der einzige Mensch, der schuld hatte, wie Pa gesagt hatte, und damit hatte er recht.
Mary wischte sich die Tränen ab und stieg in die Straßenbahn, und während sie durch die verlassene sonntägliche Stadt fuhr, merkte sie, daß sie sich ein kleines bißchen besser fühlte. Jetzt, da sie ihren Vater gesehen und Frieden

mit ihm geschlossen hatte, konnte sie alles auf sich nehmen; sie konnte es mit allen aufnehmen, selbst mit ihrer Mutter.

Es war beinahe eine Woche später, als sie es mit Alice aufnehmen mußte; aber sie war gewarnt worden. Am Donnerstagabend, gerade als sie schließen wollte, war Jimmy in den Laden geschlüpft. »Meine … meine Ma kommt zu dir runter«, hatte er herausgesprudelt. »Kann morgen sein, irgendwann, ich hab sie reden hören. Sie will deinen Lohn.«
»Kannst du dir vorstellen, daß ich ihn ihr geb?« fragte sie.
»Sie sagt, sie schlägt dich kurz und klein, Mary.«
»Das soll sie nur versuchen.«
Er ließ den Kopf hängen und murmelte: »Sie hat gedroht, mich zusammenzuschlagen, wenn ich mit dir rede.«
Mary legte ihm sanft die Hand auf die Schulter. »Komm jedesmal durch den Hintereingang. Ich halte die Hintertür geschlossen, aber du klopfst, so: Rat-ta-tat-tat, Rat-ta-tat-tat. Verstanden?«
»Okay, Mary.«
Den ganzen Freitag wartete sie. Bei jedem Bimmeln der Glocke zuckte sie zusammen, blickte auf in der Erwartung, Alice unter der Tür zu sehen. Und als sie bis um vier Uhr noch immer nicht aufgetaucht war, überlegte Mary, wie sie sich für den Angriff rüsten könnte. Sie rief Andy Robson von der Straße herein, wo er Fußball spielte. Er war ein Bursche von zwölf Jahren, gewitzt und willig, und er würde alles tun, um einen Penny zu verdienen.
Sie nahm ihn mit in den Vorratsraum und sagte: »Ich möchte, daß du vor dem Fenster spielst, Andy, und wenn du meine Ma hereinkommen siehst, folgst du ihr in den Laden, verstanden? Und wenn ich zu dir sage: geh und hol den Polizisten, Andy, sagst du, in Ordnung, Mary, und saust hinaus. Aber hol ihn nicht wirklich, geh nur einfach um den Block rum, verstanden? Und wenn du das tust, gebe ich dir drei Pence.«
»Oh, das is' geritzt, Mary«, sagte er. »Das mach ich, klare Sache.« Um halb acht Uhr wartete sie noch immer. Sie hatte Andy mit Brot und Marmelade versorgt, so daß er nicht zum Tee nach Hause zu gehen brauchte.
Ihre Nerven waren zum Zerreißen gespannt, und sie war müde. Sie war vom frühen Morgen an auf den Beinen, entweder im Laden oder oben in der Wohnung. Sie hatte das Kind für eine Stunde mit hinter die Theke nehmen müssen, und es war ihr im Weg gewesen. Aber sie wollte nicht irgendeines der Kinder auf der Straße darum bitten, auf den Kleinen aufzupassen, denn Ben hatte das nie getan, und wenn ihm irgend etwas passieren sollte … Sie würde sich so gern ins Bett legen, einschlafen, nicht mehr denken müssen. Es war gerade Zeit zum Schließen, und der Laden war zum erstenmal an diesem Abend leer, als Andy sich hereindrückte, zur Theke kam und verschwörerisch flüsterte: »Deine Ma, die steht schon seit zehn Minuten an der Allee.

Und Jimmy, der ist gerade am Laden vorbeigekommen und hat reingeschaut und ist wieder zu ihr hin.«
»Danke, Andy«, sagte sie. »Geh hinaus und tu, was ich dir gesagt habe.«
Sie wußte, weshalb Jimmy am Laden vorbeigegangen war; Alice hatte ihm aufgetragen, ihr mitzuteilen, wenn er leer war.
Mary wartete und beschäftigte sich damit, die Theke mit einem feuchten Musselintuch abzuwischen. Sie deckte gerade den Schinken und den Käse zu, als sich die Tür öffnete und Alice eintrat.
Sie ging mit Hilfe eines Stocks, und ihr Gesicht sah bleich aus, die Augen lagen tief in ihren Höhlen und funkelten haßerfüllt. Sie hinkte über die Stufe in den Laden und wollte die Tür hinter sich schließen, aber Andy drückte sie auf und schob sich seitwärts herein. Für einen Augenblick wandte sie ihm ihren zornsprühenden Blick zu und sagte: »Hinaus!« Aber er gehorchte nicht, er wich nur zur Seitentheke zurück.
Langsam hinkte Alice jetzt auf Mary zu, und als sie ihr gegenüberstand - beinahe auf dem gleichen Fleck, wo Alec vor ein paar Tagen gestanden hatte - starrte sie ihre Tochter an, zog die Lippen von den Zähnen zurück und zischte: »Du dreckiges Luder!«
Mary gab keinen Kommentar. Sie umklammerte den Musselinlappen fester und wartete. Alice schien durch ihr Schweigen in die Enge getrieben, und jetzt platzte sie heraus: »Mein Geld! Ich will mein Geld!«
»Welches Geld?«
»Komm mir bloß nicht so, Fräuleinchen. Gib's her, bevor ich dir's aus deiner Haut rausreiß!«
»Du kriegst kein Geld von mir, weder jetzt noch sonst irgendwann.« Die Worte kamen langsam, tief, tonlos, und sie schienen zu bewirken, daß sich Alice in die Höhe reckte. Ihr Gesicht nahm wieder Farbe an, Zorn und Empörung trieben ihr den Schweiß auf die Stirn.
»Du gibst mir meinen Lohn!«
»Es ist nicht dein Lohn, Ma, es ist meiner. Ich habe dafür gearbeitet, und ich wohne nicht mehr bei dir. Du bekommst nichts mehr von mir, nie mehr, keinen Penny, also krieg das endlich in deinen Kopf rein.«
»Du unverschämtes, dreckiges Luder! Du schmutzige, stinkende …«
»Halt den Mund, Ma! Halt den Mund, bevor ich dir was erzähle!«
»Du mir was erzählen! Ich werd dir was erzählen! Wer hat sich all die Jahre um dich gekümmert? Wer hat dich großgezogen? Sich abgeschuftet, damit du was zu essen hattest? Jahrelang für dich gearbeitet? Hier in diesem Laden wie ein Sklave …«
»Du und geschuftet, Ma? Du hast geschuftet, wie du es nennst, in diesem Laden nur deinetwegen, weder für mich noch für meinen Pa, nicht einmal für Jimmy; nein, ich weiß, warum du hier gearbeitet hast, und du weißt, daß ich es weiß.« Sie beobachtete, wie ihre Mutter nach Luft rang und wieder

schluckte und dann ihren Stock hob. »Nur zu!« schrie sie. »Nur zu, Ma, und es wird dir leid tun!«

Alice zitterte sichtbar von Kopf bis Fuß. Sie blickte sich wie Unterstützung suchend im Laden um und schrie laut: »Dein Pa ist deinetwegen im Gefängnis.«

»Nein, deinetwegen«, gab Mary zurück. »Du warst es, die ihn aufgestachelt hat. Schlag ihn zusammen, hast du gesagt; schlag seinen Laden zusammen, weil du eifersüchtig warst. Das ist dein Problem. Du wolltest Ben für dich haben. Du hast dich ihm hingeschmissen, und er wollte dich nicht ...«

Sie sprang im letzten Moment zur Seite; der Stock landete mit einem dumpfen Aufprall auf der Theke.

Blitzschnell hob sie die Klappe und stand im Laden, Alice gegenüber. Am ganzen Körper bebend schrie sie: »Verschwinde von hier, sofort, sonst schicke ich Andy nach der Polizei!«

Andy konnte zu diesem Zeitpunkt nicht aus dem Laden, weil Alice ihm im Weg stand. Sie schien die Drohung nicht gehört zu haben, denn sie schrie zurück: »Du glaubst, du bist fein raus, nicht wahr? Du denkst, du wirst ihn heiraten und für dein Leben ausgesorgt haben, was?« Sie fuchtelte wild mit ihrem Stock herum. »Aber bei Gott! Ich sorg dafür, daß das nicht so kommt! Und wenn's das letzte ist, was ich tu, ich werf dir'n Knüppel zwischen die Beine! Du bist minderjährig; du kannst es nicht ohne meine Erlaubnis. Ich kann dich in ein Heim stecken lassen. Das ist etwas, was du nicht gewußt hast, was? Ich kann dich in ein Heim bringen lassen!«

»Hinaus! Sofort hinaus!«

»Mir zu befehlen, das würde dir so passen!« Alice warf ihren Stock weg, und ihre Hände kamen wie Klauen auf Mary zu und krallten sich in ihr Haar.

Mary schrie und schlug zurück, und jetzt brauchte man Andy nicht erst zu sagen, daß er die Polizei holen solle.

Er rannte hinaus, traf keine zehn Meter vom Laden entfernt auf Konstabler Power, der gerade seine Runde machte, und brüllte ihm zu: »Sie ist auf Mary los! Ihre Mutter ist auf Mary los!«

Der Konstabler folgte der Richtung, in die der Junge deutete und eilte in den Laden. Nur mit Gewalt konnte er Alices Hände aus Marys Haar lösen. Er hielt die kreischende Frau an den Schultern, schüttelte sie und sagte: »Seien Sie still, Frau! Seien Sie still, hören Sie?«

Als Alice keuchend und erschöpft zu kreischen aufhörte, sagte er zu ihr: »Jetzt hören Sie mal, Missus, nehmen Sie meinen Rat und gehen Sie schön nach Hause.«

»Sie ist meine Tochter ... und sie bleibt nicht hier, und ...«

»Hören Sie mir jetzt mal zu, Missus. Ich geb Ihnen nur 'nen kleinen Rat, es ist an Ihnen, ob Sie ihn annehmen oder es bleiben lassen, aber wenn Sie nicht ruhig nach Hause gehen, in dieser Minute, könnten Sie sich neben Ihrem

Mann wiederfinden. Das liegt jetzt bei Ihnen.« Alice machte einen tiefen, stockenden Atemzug.

Der Polizist bückte sich und hob ihren Stock auf, reichte ihn ihr, und wie eine Betrunkene stolperte sie zur Tür. Aber dort drehte sie sich um, sah zu Mary zurück, die mit zerrissener Schürze und zerzaustem Haar an der Theke lehnte, und zischte: »Du sollst keinen glücklichen Tag mehr haben in deinem ganzen Leben! Das ist mein Gebet, und ich sage es jeden Abend. Du dreckiges Luder, du!«

Der Polizist folgte ihr nicht auf die Straße hinaus und durch die kleine Menschenansammlung vor dem Laden, sondern schloß die Tür hinter ihr, drehte sich zu Mary um und fragte:

»Bist du in Ordnung, Mädchen?«

Sie stieß sich von der schützenden Theke ab und bewegte müde den Kopf.

»Sie hat dich verletzt?«

Mary fuhr sich mit der Hand durchs Haar. Ihre Kopfhaut fühlte sich an, als sei sie an verschiedenen Stellen in Stücke gerissen, und als sie ihre Finger darübergleiten ließ, blieb ihr das lose Haar in der Hand. Sie sah es sich an, und der Polizist meinte tröstend: »Keine Sorge, das wächst wieder. Aber ist sonst alles in Ordnung?«

»Ja, ja, danke.« Als sie zu ihm aufblickte, stiegen ihr langsam die Tränen in die Augen.

»Aber, aber«, sagte er tröstend. »Schließ ab und geh ins Bett.«

Wieder nickte sie. Es war derselbe Polizist, der ihren Pa eingesperrt hatte, er war derjenige, der in den Laden gekommen war und Ben auf dem Fußboden gefunden hatte; er wußte alles über sie, er wußte alles über jeden in seinem Bezirk.

Und niemand mochte ihn; sie fragte sich, warum.

Er sagte zu dem Jungen: »Komm mit.«

Andy sah Mary an. Seine Augen waren weit aufgerissen. Er hatte schon manche Kämpfe zwischen Frauen in den Hinterhäusern gesehen, aber er hatte noch nie jemand so irr gesehen wie Marys Mutter. »Wart.« Sie ging zur Kasse, nahm drei Pence heraus und gab sie ihm. »Danke, Mary«, sagte er und ging mit dem Polizisten fort. Sie schloß die Tür ab, löschte die Lichter und ging langsam nach oben. Dort warf sie sich aufs Bett und schluchzte sich das Herz aus dem Leib. Was ging mit ihr vor? Was ging mit ihnen allen vor? Das Leben war verrückt geworden.

Am folgenden Morgen steckte sie zum ersten Mal ihr Haar hoch. Sie löste ihre Zöpfe, kämmte das Haar aus, teilte es in Strähnen und befestigte sie am Hinterkopf mit Nadeln aus dem Laden. Sofort fühlte sie sich anders.

Wie sehr anders, merkte sie erst, als um elf Uhr vormittags Hughie Amesden den Laden betrat. Er war vorher noch nie im Laden gewesen, zumindest seit sie bediente nicht, und irgendwie vermutete sie, daß er für gewöhnlich über-

haupt nicht hierherkam, denn er wohnte mehrere Straßen weiter, in der Nähe der Staple Road.
Sie hatte sich gerade gebückt gehabt, um einige blau eingepackte Pakete mit Zucker zu verstauen, die sie soeben abgewogen hatte, und als sie wieder aufstand, war er da, groß und hübsch wie immer, mehr noch, schön. Und jung.
»Ein Paket Tabak, bitte«, sagte er.
Es dauerte eine Sekunde oder zwei, ehe sie sich zu dem Karton umdrehte und ein Paket Geißblatt herausnahm. Sie legte das Paket vor ihn hin, er schob ihr die zwei Pence hin, und mit den Händen auf der Theke, sahen sie einander an. Er starrte sie aus zusammengekniffenen Augen an, als habe er sie vorher noch nie gesehen. Vermutlich war er hereingekommen, dachte sie, um zu sehen, ob sie sich verändert hatte. Und er entdeckte, daß sie sich verändert hatte. Doch es war nicht das Aufstecken der Haare, das sie in eine Frau verwandelt hatte, sie war schon seit Tagen eine Frau, innerlich.
Die aufgesteckten Haare waren nur ein äußeres Zeichen. Sie wußte in diesem Moment, daß sie sich niemals wieder jung fühlen würde. »Danke«, sagte er.
»Danke«, sagte sie.
Er drehte sich um und ging langsam aus dem Laden. Es war ihre Jugend, die da hinausging. Hatte sie ihn jemals geliebt? Hatte sie ihn jemals eingehüllt in weißes Licht gesehen? Ja, ja, das hatte sie, vor langer, langer Zeit. Liebte sie ihn noch immer? Er hatte mit ihr gesprochen. Sie hatte seine Stimme etwas sagen hören, mehr als das eine Wort »Hallo«, und sie war überrascht, daß sie nicht so wunderschön war wie er. Es war eine ganz gewöhnliche Stimme, wie die eines jeden Jungen aus der Gegend. Sie hatte gehört, daß er nicht mehr zur Schule ging, sondern im Handelshafen eine Lehrzeit als Zeichner machte.
Aber liebte sie ihn?
Ungeduldig stieß sie sich von der Theke ab, lehnte sich ans Regal und fragte sich, was sie eigentlich wollte. Sie benahm sich wie ein junges Ding, und das war sie nicht mehr. Sie trug ein Kind. Auf seltsame Weise wurde ihr klar, daß ihr Leben von nun an von Verantwortung belastet sein würde.
Ihre Umgebung schien zu verblassen, und wie einen Film sah sie die Zukunft vor ihren Augen ablaufen. All die Jahre mit Ben, einem entstellten Ben, und seinem Kind und ihrem Kind; ihr Vater und ihre Grandma Walton und ihr Grandpa Walton und Jimmy; und seltsamerweise hing am Ende ihres Films - die kleine verkrüppelte Gestalt von Annie Tollett.
Und sich dann diese dumme Frage zu stellen, ob sie Hughie Amesden noch liebte!

9

Alec wurde in Durham vor Gericht gestellt. Er war der letzte einer langen Reihe von Fällen. Der Gerichtssaal war fast leer, mit Ausnahme einiger weniger Zuschauer, meist arbeitslose Männer, und einer jungen Frau in einem braunen Mantel und einem braunen Filzhut in der Farbe ihres Haares.

Mr. Justice Broadside warf einen Blick auf den Gefangenen, während er dem Vertreter der Anklage zuhörte. Der Mann sah eher wie ein harmloses Geschöpf aus, schwächlich, dünn; und doch hatte er beinahe einen Mann ermordet.

Aber es würde sich erweisen, daß er provoziert wurde. Er schaute hinüber zu dem Mädchen in Braun. War sie es, um die es ging? Ein hübsches Stück, und vermutlich mehr zu verurteilen als der Mann. Mädchen ihres Alters spielten Katz und Maus mit älteren Männern, und diesmal hatte einer beinahe mit seinem Leben dafür bezahlt. Er blickte sich um. Der Betroffene war nicht im Gerichtssaal. Er winkte die beiden Männer unter ihm zur Richterbank, und auf seine Frage sagte der Gerichtssekretär: »Nach ärztlicher Auskunft, Euer Ehren, wird er arg zerschnitten sein, Schnitte im Gesicht.«

»Und das, sagen Sie« - Mr. Justice Broadside neigte den Kopf und blickte über seine Brillengläser hinweg zu der braungekleideten Gestalt hinüber - »ist die fragliche Person?«

»Ja, Euer Ehren.«

»Der Mann ist noch immer im Krankenhaus?«

»Ja, Euer Ehren.«

»Hmmm!«

Mr. Justice Broadside streckte langsam seinen Rücken, und die beiden Männer zogen sich feierlich von der Richterbank zurück.

Nun, er wollte das hinter sich bringen. Er hatte Hunger, es war ein langer Tag gewesen …

»Alec James Walton, Sie haben gestanden, einem gewissen Benjamin Arthur Tollett schweren körperlichen Schaden zugefügt zu haben.«

Mr. Justice Broadside machte eine Pause, als erwarte er eine Bemerkung des Gefangenen, die ihn, wäre sie erfolgt, sehr überrascht hätte. Dann fuhr er fort, dem Mann auf der Anklagebank zu erzählen, daß er derartige Dinge nicht tun und dann hoffen könne, die Konsequenzen nicht tragen zu müssen, nicht in diesem Land und nicht in dieser Grafschaft. Menschen wie er mußten, wenn sie sich nicht beherrschen konnten, von anderen Menschen in verantwortlicher Position in Haft genommen werden. Gewiß, er war provoziert worden, und er, Justice Broadside, berücksichtige die verständlichen Gefühle eines Vaters und würde deshalb den Richterspruch nicht dem tatsächlichen Ausmaß des Verbrechens entsprechend fällen, sondern Milde walten lassen. Er schickte ihn für einen Zeitraum von achtzehn Monaten ins Gefängnis.

Der Gefangene reagierte nicht, weder überrascht noch entsetzt. Als er aus der Anklagebank geführt wurde, waren seine Bewegungen die einer Marionette.
»Achtzehn Monate! O Pa!«
Mary stand in dem leeren Raum und wartete. Es hieß, sie könne ihn für ein paar Minuten sehen. Wie konnte sie ihm gegenübertreten? Wie konnte sie es ertragen, ihn anzusehen? Achtzehn Monate Gefängnis. Aber dann ging ihr auf, daß er vermutlich Glück gehabt hatte. In der Straße waren Wetten über die Höhe des Strafmaßes abgeschlossen worden; und Jimmy sagte, einige wetteten, daß es fünf Jahre werden würden, weil es beinahe Mord gewesen sei, und er habe Glück, daß er nicht baumeln müsse.
Mary merkte nicht, daß Alec hereinkam; sie merkte überhaupt nichts, bis seine Arme sie umfingen und er zärtlich sagte: »Aber Kind. Ist schon gut, ist ja schon gut. Schau mich an.« Sie sah ihn an. »Ich mach mir keine Sorgen, wirklich nicht, nur wegen einer Sache.«
Er machte eine Pause, dann sagte er mit rauher Stimme: »Tust du mir einen Gefallen, ja, Mary?«
»Ja, Pa, alles … alles, alles.«
»Sag Ben, ich … es tut mir leid.«
Sie nickte und klammerte sich an ihn; nach einer Weile stieß er sie sanft von sich und sagte: »Du wirst mich besuchen?« Mary war unfähig zu antworten, sie konnte nur nicken, und dann war er fort. Seltsam, dachte sie, daß er Ben um Verzeihung bitten wollte. Immerhin hatte Ben ihr ein Kind gemacht. Alec hatte niemals ihren Zustand erwähnt, es war, als sei er seinem Gedächtnis entschlüpft. Und doch war dies der Grund für alles, oder?
Den ganzen Weg von Durham nach Newcastle weinte sie, und die Leute schauten sie an. Eine Frau setzte sich neben sie und tätschelte ihren Arm und sagte zu den Gegenübersitzenden:
»Vermutlich ist jemand von ihren Leuten verurteilt worden«, und sie alle nickten.
In Newcastle war sie so durcheinander, daß sie auf den falschen Bahnsteig ging und den Zug nach Shields verpaßte und auf den nächsten warten mußte. Als sie in Jarrow ausstieg, herrschte bereits tiefe Dämmerung. Langsam ging sie zum Laden zurück.
Mrs. McArthur wartete auf sie.
»Was hat er gekriegt, Schäfchen?« fragte sie.
»Achtzehn Monate!«
»Oh, das ist nicht schlimm. Ich dachte, es würde doppelt so viel werden. Wenn er sich gut führt, wird er auch vor der Zeit entlassen.«
Am liebsten wäre Mary Mrs. McArthur um den Hals gefallen und hätte all ihr Elend ausgeheult. Aber sie mußte warten, bis sie später zu Grannie gehen konnte. Keines der alten Leutchen hatte nach Durham kommen können, weil Grandpa im Bett lag, er hatte es auf der Brust. Sie befürchteten eine Angina

oder so etwas, und Grannie konnte ihn nicht allein lassen. Mary fühlte sich auch dafür verantwortlich, denn was immer ihrem Großvater fehlte, es war durch Sorgen entstanden.

Eine Woche später brachte Mary Bens Kleider ins Krankenhaus und sah ihn zum erstenmal ohne Verbände im Gesicht, und sie konnte kaum einen entsetzten Schrei unterdrücken.

Der rote Schnitt begann nahe dem Haaransatz, lief über die Augenbraue, erwischte noch eine Ecke des Augenlids und zog sich über die Wange bis zum Kinn hinab. Er hatte noch einen weiteren Schnitt quer über dem Hals. Der Schnitt, der sein Augenlid nach unten zog, verlieh seinem Gesicht einen seltsamen, düsteren Ausdruck. Er sieht aus, dachte sie, wie einer der Männer in den grausigen Vampirfilmen.

Als sie den Koffer neben dem Bett abstellte, waren ihre Gesichter auf gleicher Höhe. Ben sah sie fest an und sagte ruhig: »Nun, Mary?«

Sie zwang sich, die unverletzte Seite seines Gesichtes anzusehen. »Schon gut, Ben«, sagte sie, »es wird besser.«

»Genau das hat man mir auch gesagt. Sie sagten, die Röte wird verschwinden; sie sagten, die Wunde wird sich schließen. Aber je mehr sie sich schließt, desto mehr wird das Augenlid hinuntergezogen. So seh ich das. Und wie siehst du es, Mary?«

Seine Stimme war gespannt.

»Oh, Ben, Ben.«

»In Ordnung«, er schloß die Augen. »Quäl dich nicht; wir werden darüber sprechen, wenn wir zu Hause sind … Hast du ein Taxi bestellt?«

»Ja.«

»Also dann, ich zieh mich an.« Er stand auf und legte sich einen Morgenmantel um, nahm den Koffer und ging hinaus. Mary blieb neben dem Bett sitzen und wartete.

Als er angekleidet wieder hereinkam, hielt er sein Gesicht zur Seite gewandt, während er mit jemand sprach, und da war er wieder der alte Ben. Ich muß immer diese Seite anschauen, sagte sie zu sich, bis ich mich an die andere gewöhnt habe. Sie durfte ihn nicht merken lassen, wie sehr es sie entsetzte. Er war ja noch immer der gleiche. Egal, wie er aussah, er war noch immer der gleiche.

Ihr fiel auf, daß die Schwester und die Pflegerinnen nett zu ihm waren. Sie schüttelten ihm alle die Hände; er schien sehr beliebt. Und mit Recht: Ben war attraktiv, zumindest war er es gewesen. Oh, was dachte sie da! Sie handelte niedrig, gemein, gewöhnlich, ließ sich von seinem Aussehen beeinflussen!

Sie würde es sich niemals verzeihen, niemals, wenn er ihretwegen noch mehr leiden mußte.

Sie lächelte der Schwester zu und bedankte sich ebenfalls, dann gingen sie aus dem Krankenhaus hinaus, und draußen wartete das Taxi auf sie.
Sie wußte nicht, war es Absicht, daß er sich so setzte, daß seine schlimme Seite ihr zugewandt war? Er hielt während des ganzen Heimwegs ihre Hand, aber er sprach nicht.
Als sie das Haus betraten, gab Mrs. McArthur einen Vorgeschmack auf zukünftige Reaktionen. Mit offenem Mund starrte sie auf Bens zerschnittenes Gesicht und rief: »Oh, mein Gott, Junge, der hat dich vielleicht verpfuscht!«
Ben zuckte zusammen, atmete tief ein; dann, mit dem Versuch, die Dinge auf die leichte Schulter zu nehmen, erwiderte er: »Nun, ein Ölgemälde war ich eigentlich nie.«
Aber Mrs. McArthur bildete sich ein, die Situation zu retten, als sie mit flacher Stimme meinte:
»Oh! Das ist 'ne Lüge, wenn's je eine gab …«
Am liebsten hätte Mary die gute Frau an den Schultern gepackt und die Treppe hinuntergestoßen. »Wo ist David?« fragte sie rasch. »Katie Smith und die kleine Bella nahmen ihn mit in den Park. Ich dachte, es würde ihm guttun, er war in letzter Zeit nicht viel draußen.«
Fünf Minuten später, nachdem Mrs. McArthur gegangen war, nahm Ben Mary bei der Hand und führte sie ins Wohnzimmer. Dort drückte er sie auf die Couch und brachte ihr sein Gesicht ganz nahe.
»Nun schau es dir gut an, Mary. Sie hat recht. Alec hat mich verpfuscht. Sehen wir den Tatsachen ins Auge, versuchen wir, der ganzen üblen Geschichte ins Auge zu sehen. Dein Pa ist im Gefängnis, ich bin gezeichnet, und«, er nahm ihre Hand und legte sie über sein Auge, »ich werde für den Rest meines Lebens so aussehen. Es wird dir nicht immer möglich sein, diese Seite anzusehen.« Er klopfte auf seine gute Wange. »Die einzige Hoffnung, die sie mir gemacht haben ist die, daß man später, wenn alles verheilt ist, vielleicht das Lid schneiden und heben kann.
Aber das liegt in der Zukunft; jetzt, wie du weißt, möchte ich dich heiraten, Mary. Ich wollte dich«, seine Stimme senkte sich, »ich wollte dich seit dem Augenblick, da du deinen Fuß in den Laden gesetzt hast. Du weißt das alles, und wenn ich in jener Nacht nicht verrückt geworden wäre, nichts von all dem wäre passiert. Aber ich bin verrückt geworden. Man kann nicht ungeschehen machen, was geschehen ist. Aber der springende Punkt ist, ich kann und will dich nicht zwingen, bei mir zu bleiben. Du kannst das Kind bekommen, und ich werde es als mein eigenes aufziehen, aber ich werde dich nicht zwingen, mich zu heiraten.«
Seine Großzügigkeit, seine Liebenswürdigkeit und das Wunder einer solchen Liebe für jemand - wie sie es bei sich nannte -, mit nichts dran und ohne Bildung, trieben ihr die Tränen in die Augen. Sie warf sich in seine Arme und

rief: »O Ben! Ben, ich würde dich heiraten, und wenn du auf beiden Seiten so aussehen würdest.« Sie legte ihre Lippen auf den Winkel seines hängenden Augenlids, und diese Geste vollendete ihre Verwandlung in eine Frau.

ZWEITES BUCH
JIMMY • JARROW 1943

1

»Burrows!«

»Ja, Sir.« Der große Junge wand sich unbeholfen hinter seiner Bank hervor und stand auf. Das Buch vor sich haltend, blinzelte er mehrmals, bevor er sagte: »Das zwanzigste Sonett, Sir.«

Jimmy lächelte innerlich. »Fang an«, sagte er.

»Von eignen Händen der Natur geschminkt,
Ein Fraungesicht hast du, Mann-Mädchen meiner Liebe!
Ein mildes Frauenherz, doch unbedingt
Durch falscher Frauen wechselvolle Triebe:
Ein Auge heller minder falsch im Rollen ...«

»Da ist ein Komma in dieser Zeile, du mußt es berücksichtigen. Es heißt: ›Ein Auge heller ... minder falsch im Rollen ...‹«

Der große Junge nickte, dann fuhr er fort:

»V ... vergoldend alles, was v ... von ihm berührt ...«

Unterdrücktes Kichern war zu hören. Als Jimmy einen vernichtenden Blick in die Klasse warf, erstarb es, aber ein Echo davon blieb in ihm selbst zurück. Weshalb suchte sich Burrows ein Stück mit zwei Vs in einer Zeile heraus? Er kam mit seinen Vs einfach nicht zurecht; sie hatten schon alle auf diese Vs gewartet.

Als der Junge geendet hatte, blickte er seinen Lehrer an, und Jimmy sagte: »Das war sehr gut, Burrows«, und der Junge ließ sich mit rotem Gesicht auf seinen Stuhl nieder wie eine Schlange, die sich wieder einringelt.

Armer Burrows! Einsachtzig groß und noch keine sechzehn. Jimmy wußte, wie der Junge sich fühlte. Er hatte es selbst erfahren. An seinem sechzehnten Geburtstag war er einsneunundsiebzig groß gewesen, und seine Hände und Unterarme hingen aus seinen Mantelärmeln wie gefolterte Glieder von einem Streckgerüst. Um seine Demütigung voll zu machen, hatte sie - er dachte

immer als ›sie‹ an seine Mutter - Stulpen an die Ärmel genäht, die dicker waren als die Ärmel und von einem weicheren Material und aussahen wie Rüschen. Die Jungen hatten ihn damit aufgezogen. Armer Burrows; er stammte aus der gleichen Zucht. Aber er hatte die Entschuldigung, daß er aus Mangel an Kleidermarken nichts Anständiges zum Anziehen bekommen konnte.
»Du, Felton, was hast du gewählt?«
»Das sechsundsechzigste, Sir.«
Als er dem Jungen zunickte, er solle beginnen, gratulierte er sich selbst. Er hatte gewußt, daß der kleine Felton genau dieses wählen würde. Er war ein Romantiker, dieser Felton … das Gegenstück Burrows, denn er war klein, sogar sehr klein, aber sein Herz war groß. Er litt, dieser kleine Felton, er litt mehr noch als Burrows. Der Junge schloß mit den Zeilen:

»Müde von alledem, wär' Tod mir süß;
Nur, daß ich sterbend die Geliebte ließ!«

Armer Felton, dachte Jimmy. Er mochte ihn, und er hoffte, er würde eines Tages eine Geliebte finden, die er nie verlassen wollte. Gott, was dachte er da bloß, eine Geliebtc finden! Was war denn los mit ihm?
»Sehr gut.« Er nickte Felton zu. »Aber du legst ein bißchen zu viel Gefühl hinein, laß die Worte für sich sprechen. Unser Autor weiß, wo man Gefühl einsetzen muß, meinst du nicht, Felton?«
»Ja, Sir, ja.« Der kleine Junge lächelte und setzte sich.
»Jetzt du, Weir!«
Mit seinem schwerfälligen Akzent begann der stiernackige Junge das Shakespeare-Sonett herunterzuleiern:

»Laß mich von keinen Hindernissen hören,
Die treuer Seelen Ehebund bedräun!
Lieb' ist nicht Liebe, wenn sie Störer stören,
Wenn sie Zerstreuung irrend kann zerstreun.«

Lieb' ist nicht Liebe, wenn sie Störer stören! Wie sollte ein Dummkopf wie Weir die Liebe anpacken! Wie ein von der Kette losgelassener Hund.
»Cook!«
»Riley!«
»Fawcett!«
»Youlden!«
Einer nach dem anderen rezitierten sie die Sonette ihrer Wahl als Teil ihres Englischunterrichts am Freitagnachmittag. Nach Youldens Deklamation war das Scharren von Füßen zu hören, etwas wurde über den Fußboden gekickt.

Und als sei plötzlich ein anderer Mann in die Haut des gütigen, nachsichtigen Englischlehrers geschlüpft, brüllte Jimmy mit der Stimme eines Feldwebels: Milligan! Laß diese … diese Gasmaskenbüchse liegen! Wie oft muß ich dir das noch sagen? Steh auf!«

Milligan stand auf. Er hatte rote Haare, ein quadratisches Gesicht, und er grinste.

»Wenn du Fußball spielen willst, es gibt einen Schulhof. Weshalb mußt du dauernd diese … diese Gasmaskenbüchse herumkicken? Gib sie her.«

Der Junge bückte sich, hob das Ding auf und kam langsam den Mittelgang entlang, wobei er sich herausfordernd von einem Bein aufs andere plumpsen ließ.

»Leg sie auf mein Pult.« Jimmy sah Milligan ärgerlich an, und Milligan blickte zu ihm auf, einen Ausdruck reinster Unschuld auf seinem Gesicht.

»Schau mich nicht so an, Milligan. Ich kenne dich; du bist der größte Störenfried in dieser Klasse. Also, was hast du mir zu sagen?«

Sobald er das letzte Wort ausgesprochen hatte, wußte er, daß er gewissermaßen drum gebeten hatte. Er hatte Milligan das Stichwort geliefert.

»Sie wollten ›verflucht‹ sagen, Sir; Sie wollten sagen, laß diese verfluchte Gasmaskenbüchse in Ruhe. Und dann wollten Sie sagen, diese verdammte…«

»Halt den Mund! Geh!« Jimmy streckte seinen langen Arm vor, und Milligan ging. Er marschierte den Mittelgang zurück, während die ganze Klasse grölte.

»Ruhe!« Jimmy knallte das hölzerne Lineal auf das Pult, und nachdem das Kichern verebbt war, sahen sie ihn alle mit glänzenden Augen an, während er Milligan anstarrte, der jetzt wieder an seinem Platz saß und unschuldig seinen Blick erwiderte.

Er mochte Milligan, man konnte nicht anders, man mußte Milligan gern haben. Man hätte ihn umbringen können, aber man mußte ihn gern haben. Komisch, wie manche von ihnen einen auf die Palme brachten und man trotzdem ein freundliches Gefühl für sie hegen konnte. Aber es gab andere, wie Crockford zum Beispiel, die man verabscheute, ganz gleichgültig, was sie taten.

Im vergangenen Monat hatte er Crockford nicht ein einziges Mal aufgefordert, sein Stück aufzusagen; selbst in der vergangenen Woche nicht, als sie Henry VIII. durchnahmen und er wußte, daß Crockford wünschte, aufgerufen zu werden, weil er, wie er sich einmal brüstete, Wolsey so oft gelesen hatte, daß er sich fühlte, als sei er Wolsey selbst. Was war an dem Jungen dran, das er nicht ausstehen konnte? Seine Selbstsicherheit? Seine spitze Nase? Die runden, dunklen, durchdringenden Augen? Oder war es deshalb, weil Crockford ihn wie Luft behandelte und wie einige der eingesessenen Kollegen im Lehrerzimmer dachte, er, Jimmy, sei hier fehl am Platz und hätte, wäre nicht Krieg, niemals seine Nase in diese Schule gesteckt? Er, mit nur Lehrerseminar-Ausbildung! Er hatte den alten Dixon, den Lateinlehrer, sagen hören: »Krieg oder nicht, zu meiner Zeit wäre so etwas nie geschehen!«

Für manche war es ein wunder Punkt, daß die Absolventen des Lehrerseminars Fuß faßten. Er hätte wetten können, daß er besser unterrichten konnte als die Hälfte des Kollegiums; er hatte es mit diesen Fünftklaßlern bewiesen. Man hatte ihm die Fünfte gegeben, weil Watson eingezogen worden war und sie Mühe gehabt hatten, einen Ersatz zu finden. Der Direktor war mit den Fortschritten zufrieden, die Jimmys Klasse machte. Jimmy selbst kannte seinen Wert als Lehrer. Er wußte, daß er die Fähigkeit besaß, einiges aus den Jungen herauszuholen. Er war nie sarkastisch, und er hielt nichts von der Ansicht, daß fünfunddreißig stille und ernste Jungen eine disziplinierte Klasse bildeten. Trotzdem duldete er keinen Unsinn.

Sie wußten, wie weit sie gehen konnten. Das heißt, alle außer Crockford. Aber es gab in jeder Klasse einen Crockford, es gab immer jemand, den man nicht ausstehen konnte.

Die Klasse war jetzt ruhig und saß abwartend da, noch immer mit glänzenden Augen. Jimmy sah auf seine Uhr. Noch zehn Minuten. Sollte er? Crockford nagelte ihn mit diesem hypnotischen Blick fest; er konnte ihn nicht weiter ignorieren, es würde den anderen auffallen. Er schob sein Buch auf dem breiten, flachen Tisch ein wenig zur Seite, befeuchtete sich die Lippen, griff nach einem Bleistift, als wolle er noch etwas auf ein bereits mit Zensuren beschriebenes Blatt notieren, hob dann den Kopf, sah den Jungen an, der im dritten Pult von vorn saß, und sagte: »Ah ja, Crockford. Was hast du ausgewählt?«

Es verstrichen volle zehn Sekunden, ehe sich Crockford erhob.

»Dreiundvierzig, Sir.« Die Stimme war volltönend und tief, wie die eines Mannes.

»Also, fang an.«

Es herrschte jetzt Stille. Eine Stille, wie sie eine berühmte Persönlichkeit schaffen mochte, ehe sie eine grundlegende Rede hielt. Dann begann der Junge mit gedämpfter Stimme vorzutragen:

»Am besten dient mein Auge blinzelnd mir;
Denn unbeachtet geht der Tag an ihm vorüber:
Allein im Schlaf, im Traume sieht's nach dir
Aus Nacht in Helligkeit, nachthell hinüber.
Du, dessen Schatten nun die Schatten so erhellt,
Wie wird am Tag erst deines Schattens Wesen
Mit seinem höchsten Licht erfreun die Welt,
Wenn blinde Augen schon am Schatten so genesen!

Wie selig, sag' ich, wär' mein Auge nun,
Hätt' ich am heitern Tag erst dich gewahrt,
Wenn öde Nacht den Augen, wie sie ruhn,
Dein schönes bleiches Trugbild offenbart.
Mir scheint Nacht jeder Tag, getrennt von dir,
Und Nächte hell wie Tag, zeigst du im Traum dich mir.«

Er hatte es fertiggebracht, den schwierigen Rhythmus, den Sinn, den einzigen Sinn für diejenigen, die Shakespeare kannten, zu treffen. Die Augen der ganzen Klasse wandten sich bewundernd Crockford zu, aber Crockfords Augen blickten nur in die des Lehrers, lachend.

Seit Jimmy die Klasse übernommen hatte, hatte er Crockfords eigene und besondere Art des Zurückschlagens in Form von Lachen, von klugem, bösartigem, verhaltenem Lachen erlitten, erlitten im wahrsten Sinne des Wortes.

Sie warteten darauf, daß er zu Crockfords Vortrag eine Bemerkung machte. Er klopfte mit dem Bleistift auf den Tisch, legte den Kopf zurück, als überlege er, dann sagte er:

»Nun, wie steht es mit meinem eigenen Beitrag; ich bin sicher, ihr wollt auch etwas von mir hören.« Das Kichern, das durch die Klasse rieselte, war beinahe mädchenhaft. Sie wußten, Bohnenstange Walton schrieb Gedichte. Es hieß, er habe einen ganzen Gedichtband geschrieben, der veröffentlicht worden wäre, wäre nicht Krieg gewesen. Die Jungen ließen jetzt Rufe hören wie »Ja, Sir!«, »O ja, Sir!«

Jimmy hielt seine rechte Hand Ruhe gebietend ernpor, steckte seine linke nach der Art von Nelson in den Aus schnitt seines Mantels, nahm eine übertrieben eingebildete Haltung ein und begann mit der Stimme eines unzufriede nen Kindes:

»Er sagte, es war eine … Schmeißfliege.
Ich sagte, es war eine … Brumm-Brumm.
Er sagte, es war eine … Schmeißfliege.
Ich fragte ihn …warum?
Deshalb, sagte er, deshalb.
Sonst nichts.
Das ist doch keine Antwort.
Wen sticht's?«

Die Klasse war außer Rand und Band. Er ließ sie einen Moment toben, dann gebot er ihnen Einhalt mit den Worten: »Das wär's, aus mit dem Spaß! Räumt auf.«

Er vermied es, Crockford anzusehen. Es war ein mieser Trick gewesen, einen derartigen Vortrag zu ignorieren und dann dem Jungen die Schau zu stehlen, ihn sogar lächerlich zu machen durch ein paar Zeilen eines kindischen Gestammels.

Ah, er war froh, daß morgen Samstag war. War er das wirklich? Sehnte er sich nicht immer danach, am Montag morgen zurückzukommen?

Jetzt rief ein Junge: »Bitte, Sir. Was sollen wir für nächste Woche vorbereiten?«

Jimmy sammelte die Bücher auf seinem Pult zusammen und sah den Jungen an. Er hätte gern ›Der Raub der Lukretia‹ aufgegeben oder ›Venus und Adonis‹, und er hätte es auch getan, wäre nicht Crockford gewesen. Er nahm seine Bücher und ging zur Tür, blieb dann stehen, umfaßte die ganze Klasse mit einem Blick und sagte: »Walter de la Mare bis nächsten Freitag.

Drei lustige Gentlemen
mit roten Mänteln an
ritten sehr nett
auf ihren Pferden ins Bett.

Studiert diesen Schriftsteller, aber versucht nicht, ihm nach zueifern.« Dann ging er schnell hinaus.

Aufflackerndes Murmeln folgte ihm auf den Gang hinaus, was ihm gefiel. Bei aller Bescheidenheit war er stolz auf die Besonderheit seiner Abgänge und Eintritte, und er fühlte sich geschmeichelt, weil er wußte, daß besonders diese Fünfte gespannt darauf wartete.

Jimmy beschloß, nicht ins Lehrerzimmer zu gehen; es bestand kein Anlaß dafür. Er hatte sowieso nicht viel Zeit, er hatte heute abend Schutzdienst. Aber zuerst wollte er bei Mary vorbeischauen. Wenn er sich beeilte, konnte er etwa eine halbe Stunde dortbleiben. Dann wäre er um Viertel nach fünf zu Hause und hätte noch Zeit, etwas für Betty herzurichten, die um sechs …

Er eilte zum Tor hinaus, schob sich zwischen Gruppen von Jungen hindurch, eilte zum Ende der Straße und sprang auf einen Bus. Fünfzehn Minuten später stieg er die Hintertreppe zu den Räumen über dem Laden hinauf und seufzte erleichtert, daß es ihm wieder einmal geglückt war, herzukommen, ohne daß seine Mutter ihn entdeckt hatte.

»Oh, hallo, du!« Mary hatte seinen Schritt auf der Treppe gehört und kam ihm entgegen. »Was für ein Tag! Du siehst erfroren aus.«

»Bin ich.«

Er zog seinen Mantel aus und wollte ins Wohnzimmer gehen, aber sie sagte: »Komm hier herein!« und stieß die Eßzimmertür auf. »Ben hat sich's gerade bei einem Täßchen gemütlich gemacht.«

»Hallo, Jimmy.« Ben blickte vom Tisch auf.

»Hallo, Ben. Mensch, ist das saukalt.« Er stellte sich vors Feuer, die Knie so gebeugt, daß sein Hinterteil der Hitze näher war.

»Na, wie war die Woche? Irgendwen umgebracht?« Ben lachte. »Nein, noch nicht, aber heute nachmittag hatte ich große Lust dazu. Ich hab in meiner Klasse einen Knaben namens Crockford. Ich kann ihn einfach nicht ausstehen, er geht mir unter die Haut.«
»Dumm?«
»Nein, nein.« Jimmy schüttelte heftig den Kopf. »Nicht dumm. Genau das Gegenteil, ein sehr kluger Junge. Vielleicht mag ich ihn deshalb nicht; Konkurrenz.« Sie lachten beide.
»Hier, setz dich. Trink eine Tasse Tee.« Mary deutete mit der Hand zum Tisch, dann sagte sie: »Ich habe vom Mittagessen her noch ein Stück Beefsteakpudding übrig. Kein Corned Beef«, sie schnitt ein Gesicht, »das echte. Möchtest du?«
»Und ob ich möchte!«
»Gut, trink deinen Tee. Es dauert keine zehn Minuten; ich schieb es in den Ofen.«
»Danke, Mary.« Sie wechselten ein warmes und vertrautes Lächeln, bevor sie in die Küche ging.
Mary war natürlich nicht mehr das Mädchen von vor zehn Jahren; sie war jetzt eine erwachsene Frau, eine wunderschöne Frau. Wenn der Spiegel es ihr nicht sagte, so besorgte es Ben, mindestens einmal wöchentlich. Und das, überlegte sie, war schon etwas nach zehn Jahren Ehe.
Wenn sie zurückblickte, kam es ihr nicht so vor, als sei sie seit zehn Jahren mit Ben verheiratet. Seltsam, verglichen mit jenen frühen Monaten des Jahres 1933 schien in den vergangenen Jahren nicht viel geschehen zu sein, außer daß Krieg war, der irrsinnigerweise noch immer andauerte. Auch in ihrem Inneren schien sie unverändert zu sein. Ihr resolutes Äußeres war nur eine Fassade, unterschwellig waren da noch immer die Angst, der Zweifel, die Gewissensbisse.
Obgleich sie sich an den Anblick von Bens entstelltem Gesicht gewöhnt hatte, gab es Zeiten, in denen sie von der Verantwortung für seine veränderte Erscheinung und die Auswirkungen auf ihn niedergedrückt wurde. Ben war noch immer liebenswürdig, noch immer zuvorkommend, noch immer liebevoll, o ja, noch immer liebevoll, aber in ihm war eine Bitterkeit, die vor jenem entsetzlichen Tag nicht existiert hatte. Diese Bitterkeit offenbarte sich jedoch niemandem außer ihr. Sie wußte nicht, ob Ben selbst etwas davon merkte. Vielleicht schaffte er sich Luft durch sein ehrgeiziges Bestreben, viel Geld zu verdienen.
Bevor sie heirateten, hatte er ihr von seinem Hobby erzählt, von den Dingern, die man Börsenpapiere nannte. Sein Vater und seine Kusine Annie hatten sich jahrelang damit beschäftigt und ihn angesteckt. Selbst der Schock über den Zusammenbruch des millionenschweren Bankiers Clarence Hatry im Jahr 1929 etwa zur gleichen Zeit wie der Zusammenbruch der New Yor-

ker Börse hatte sie nicht davon abbringen können. Bleib dran, hatte sein Vater gesagt; das Ende der Wippe, das unten war, mußte mit Sicherheit beim nächsten Schaukeln nach oben kommen. Und er hatte recht gehabt.

Nachdem das Kind geboren war, hatte Ben immer mehr seiner freien Zeit damit verbracht, die Börsenberichte zu studieren, und hatte die kleinen Gewinne des Ladens dazu verwendet, noch mehr Aktien zu kaufen. 1938, als sich die Konjunktur spürbar erholte, hatte er ein weiteres Geschäft eröffnet. Er führte es selbst, während Mary mit Hilfe der jungen Teresa Bennett den alten Laden in Schwung hielt und sich um das Haus kümmerte. Dann, genau eine Woche vor Kriegsausbruch, hatte Ben einen dritten Laden eröffnet und einen jungen Burschen als Geschäftsführer eingesetzt. Sie war traurig gewesen, daß er einen Geschäftsführer eingestellt hatte, denn unter anderen Umständen wäre dies eine wundervolle Gelegenheit für ihren Pa gewesen. Seit Alec Ende 1934 aus dem Gefängnis herausgekommen war, hatte er nicht einen Handstrich getan und lebte seit dem Tag, an dem er entlassen worden war, bei Grannie und Grandpa. Als er an jenem Abend nach Hause gekommen war, hatte Alice ihm gesagt, er müsse auf einem Klappbett im vorderen Zimmer schlafen, denn Grandma McAlister und sie schliefen jetzt miteinander im Ehebett, und das Bett von ... der da habe sie hinausgeworfen. Alec hatte auf dem Absatz kehrtgemacht, ohne ein Wort zu sagen, und war ins Haus seiner Kindheit zurückgekehrt. Und dort blieb er, wie jemand, dem man die Würde ausgesogen hatte, lebte bei dem alten Paar, das ihn gar nicht hätte erhalten können, wäre nicht die Pfundnote gewesen, die Mary ihrer Grannie einmal in der Woche in die Hand gleiten ließ.

Ihr Pa blieb als lebendige Anklage, die selbst die glücklichsten Tage vergiftete. Es hätte jetzt eine Menge Arbeit für ihn gegeben. Aber die Zeit der Gefangenschaft nach den Jahren des erzwungenen Müßiggangs; sein Gewissen, das ihn während seiner ganzen Haft gequält hatte, und dann diese letzte Demütigung, in seinem eigenen Haus auf den Fußboden verwiesen zu werden - das alles hatte einen kranken Mann aus ihm gemacht, körperlich und geistig. Er war nie groß gewesen, aber jetzt schien er auf die Hälfte zusammengeschrumpft zu sein, und er sah so alt aus wie sein Vater.

Die Leute redeten über ihn. Er habe keinen Mumm, sagten sie. Diese Dinge passierten auch anderen Menschen, und sie kamen drüber weg. Das Leben mußte gelebt werden. Nur Mary verstand. Diese Dinge waren eben nicht irgendeinem, sondern diesem Mann widerfahren, diesem empfindsamen Mann, der einen Menschen liebte und ihm vertraute, und dieser Mensch hatte ihn betrogen. Sie wußte jetzt, daß sie ihn für den Rest seiner Tage erhalten mußte. Doch das belastete sie seltsamerweise weniger als die Sorge um Jimmy. Weshalb dies so war, konnte sie nicht ganz verstehen, denn Jimmy hatte eine gute Stellung als Lehrer. Das hatte er Alice zu verdanken. Alice hatte einiges auf dem Gewissen, aber das mußte man ihr zugute halten; sie hatte

Jimmy mit dem nötigen Rüstzeug versorgt, so daß er nun seinen Lebensunterhalt mit dem verdienen konnte, was er am meisten liebte: lehren.
Jimmy war schlau, er würde es weit bringen, dachte Mary. Warum machte sie sich dann ständig Sorgen um ihn? Etwa weil er trank? Eigentlich nicht; jeder trank heutzutage. Wenn man etwas bekommen konnte, kaufte man es, auch wenn man es eigentlich gar nicht haben wollte. Alles, was man essen oder trinken konnte und was einem angeboten wurde, kaufte man. Aber das schlimme bei Jimmy war, er konnte seinen Drink nicht vertragen. Nach ein paar Whiskys führte er sich auf wie ein dummer Junge. Seit er Betty geheiratet hatte, hatte er allerdings kaum mehr getrunken. Betty! Warum in Gottes Namen hatte er jemand wie Betty nehmen müssen? Hatte er von Alice noch nicht genug? Konnte er nicht sehen, daß Betty eine genaue Wiedergabe von ihr war? Sie mochte halb so groß sein wie Ma, winzig, petite nannten sie es; aber als Mary sie zum erstenmal gesehen hatte, hatte sie hinter die Fassade dieser ›petite‹ geblickt, hinter das lächelnde Gesicht und das kindliche Benehmen, und einen eisenharten Charakter entdeckt, der jeder Zoll so war wie der von Ma.
Mary erinnerte sich an ihre erste Begegnung. Es war an einem Dienstag im September 1941. Sie erinnerte sich genau daran, denn es war im Rundfunk durchgegeben worden, daß der Schah von Persien an diesem Morgen abgedankt habe und vom Kronprinzen abgelöst worden sei und daß der Duke of Kent am Sonntag von Kanada zurückgekehrt sei und seit seiner Abreise von London fünfzehntausend Meilen in der Luft zurückgelegt habe. Kleinigkeiten wie diese blieben ihr immer im Gedächtnis haften, wenn sie mit besonderen Ereignissen in Verbindung standen, und es war ein Ereignis, Betty kennenzulernen, denn sie hatte sich wie ein Baby aufgeführt und die ganze Zeit geplappert und geschmeichelt. Aber ihr Baby-Getue änderte nichts an der Tatsache, daß sie ziemlich viel älter war als Jimmy, um genau zu sein, sieben Jahre älter.
Mary hätte ihm so gern gesagt: »Du bist verrückt, Junge, du bist verrückt.« Es lag nicht so sehr daran, daß Betty älter war, sondern daß er nicht sah, daß ihr Getue nur Theater war. Betty hatte klare graue Augen und ein scharfes kleines Gesicht, und beides, die Augen und das Gesicht, übte auf Mary eine unangenehme Wirkung aus. Sie hätte die Tochter von Alice sein können. Doch wegen ihres scheuen Auftretens bildete sich Jimmy ein, sie sei das Gegenstück zu seiner Ma. Er sah in ihr jemand, den er gleichzeitig lenken und lieben und verhätscheln konnte. Wie hatte er sich geirrt, und wie mußte er jetzt dafür bezahlen!
Jimmy war auf gewisse Weise ganz wie Pa. Er war weich, freundlich und empfindsam, und indem er Betty nahm, hatte er sich nur mit einer jüngeren Ausgabe von Alice versehen. Es war bezeichnend, daß die Mutter und Betty augenblicklich aneinander Gefallen fanden.

Als Jimmy das erste Mal von Heirat gesprochen hatte, war Alice beinahe die Wände hochgegangen, und er mußte ihr ganzes Repertoire an Beschuldigungen über sich ergehen lassen:
Was sie alles für ihn getan hatte; wie sie sich für ihn abgeschuftet hatte; wie ihr Leben zerstört worden war; wie man sie allein gelassen hatte und sie für ihn arbeiten mußte; und dann tat er ihr das an: sobalder verdiente, ging er weg und heiratete!
Aber er hatte auf seinem Vorhaben bestanden und gesagt, er würde Betty heiraten, ob es ihr nun gefiel oder nicht.
Das war das einzige Mal, daß Mary wünschte, die Mutter hätte ihren Willen durchgesetzt. Es hätte ihnen allen eine Menge Schwierigkeiten erspart.
Als Mary mit einer Platte voll Fleischpudding ins Zimmer kam, rief Jimmy gerade überrascht: »Das Burggraben-Cottage? Oh! Ich hörte, daß es leersteht.«
»Und das seit sechs Monaten«, sagte Ben. »Deshalb war es so billig.«
»Mensch!« Jimmy reckte sein Kinn in die Höhe. »Du hast einen Riecher für Geschäfte. Wie viele Häuser hast du jetzt schon gekauft?«
»Laß mich nachzählen.«
Ben lächelte, wie die linke Seite seines Gesichts zeigte. Auf der rechten Seite blieb sein Mundwinkel unbewegt, versteift durch die zackige Narbe, die zum Augenlid emporlief, das jetzt noch immer etwas nach unten hing. »Sechs. Ja, sechs sind es«, sagte er. »Und Mary war es, die die letzten zwei ausfindig gemacht hat. Sie versteht ihr Geschäft.«
»Aber ist das kein Risiko?«
»Nein, solange sie leerstehen, zahlen wir keine Steuern, und der Krieg kann nicht ewig dauern. Wenn er vorüber ist, wird es einen Ansturm geben, nicht genügend Häuser da, und die Leute kommen haufenweise zurück. Natürlich sind die Gewinne aus Grundbesitz in Jarrow nichts im Vergleich zu denen in Städten am Meer. Entlang der Küste wird ein ziemliches Vermögen gemacht. Aber ich kann mich nicht beklagen, und wenn du nur ein bißchen Vernunft hättest«, er nickte Jimmy zu, der sich anerkennend über den Fleischpudding hermachte, »würdest du diese Schullehrersache aufgeben und bei uns einsteigen.«
Mary freute sich, daß Ben sie immer einbezog, wenn er vom Geschäft sprach, von ihrem gemeinsamen Geschäft.
Er wandte sich an sie und fragte: »Was meinst du?«
»Das gleiche wie du«, antwortete sie. »Aber dann«, sie schüttelte den Kopf und zog ein Gesicht, »dann müßten wir ihn vermutlich entlassen, denn er würde die halbe Zeit darauf verwenden, hinter der Theke zu stehen und seine Gedichte zu kritzeln.«
»Ich ... schreibe keine Gedichte.« Jimmy wischte sich die Mundwinkel mit den Fingern ab, schluckte und sagte dann: »Ich würde es nicht wagen, ihnen

einen solchen Namen zu geben; Verse, das ist es, was ich schreibe. Verse. Übrigens, wo sind die Kinder?«
»Oh«, Mary warf einen Blick auf die Uhr. »Annie sollte jeden Augenblick heimkommen, sie ist bei einer Freundin. Du wirst sie hören, lange ehe du sie siehst. Und David ist im Laden in der Flake Street, ich kann ihn einfach nicht von dort wegbringen. Gestern hat er seinen Dad gefragt«, sie lachte Ben zu, »ob er keinen Dreh finden könnte, um ihn von der Schule runterzunehmen, so eine Art Arbeitsdienst-Dreh, damit er im Laden arbeiten kann. Ich wette, bis er zwanzig ist, hat er eine Ladenkette von hier bis nach Whitley Bay.«
»Bis nach Newcastle.«
Sie lachte Ben herzlich an. »Na schön, bis nach Newcastle. « Dann fragte sie Jimmy, das Lachen noch immer auf ihrem Gesicht: »Was macht Dumsi-Lally?«
»Oh, Dumsi-Lally!« Jimmy, der gerade einen Schluck von dem dampfenden Tee trinken wollte, stellte die Tasse zurück auf die Untertasse, wiegte den Kopf hin und her und sagte: »Arme Dumsi-Lally. Aber weißt du, es ist eine Schande, sie ist nicht dümmer als ich, es ist nur ihr Aussehen. Und warum nennt man jemand, der aussieht wie sie, nichts als Brust und Hintern, Dumsi-Lally? Man beachte«, er sah grinsend von einem zum andern, »wie höflich ich ihre Anatomie beschreibe.«
Sie lachten alle, und er fuhr fort: »Aber mal ernst, sie ist schon eine Augenweide. Wie sie dazu kam, diesen großen Lümmel von einem Kerl zu heiraten, werde ich nie begreifen. Und Himmel! Wenn ich höre, wie er auf sie losgeht, da könnte ich reingehen und ihm eine langen … wenn ich mich trauen würde.« Er zog den Kopf ein. »Aber er brauchte mich bloß anzuhauchen, da läge ich schon flach.« Er demonstrierte es, indem er die Arme ausbreitete. Dann, nachdem das Lachen verebbt war, sagte er: »Aber trotzdem, es macht mich verrückt. Jeden Samstagabend; ich weiß nicht, wo er den Fusel herhat. Am liebsten würde ich ihn fragen; ich wünschte, ich wäre todesmutig genug.«
»Oh«, mischte sich Mary ein. »es ist der Alkohol, der dir Sorgen macht, nicht sie!«
»Ja, vielleicht hast du recht. Es könnte sein.«
»Warum verläßt sie ihn nicht?« fragte Ben.
»Ah, ich weiß nicht. Das übliche; sie hat gerade wieder eine Fehlgeburt gehabt. Die dritte, heißt es. Weißt du, man kann sich einfach nicht vorstellen, daß sie's soweit kommen läßt, so wie sie aussieht. Du solltest die Burschen hören, wenn sie um die Ecke kommt - wie ein Rudel Wölfe. Aber sie dreht sich bloß um und lacht sie an. Sie ist so gutmütig. Und sie rufen ihr ›Dumsi-Lally‹ nach. Ich meine, stellt euch vor, jemanden ins Gesicht ›Dumsi-Lally‹ zu nennen. Aber, wie Barney Skelton im obersten Stock sagt, die Hälfte der Männer in der Umgebung würde sie nur zu gern für ihre Frauen eintauschen.

Ich glaube nicht, daß sie viel Sinn für Geld hat, vermutlich kommen daher die Schwierigkeiten zwischen ihr und ihm. Man sagt, daß sie damals, Anfang neununddreißig, als man noch alles kaufen konnte, ihr Geld für die blödesten Dinge ausgegeben hat, für riesige Steaks, von denen eine ganze Familie eine Woche lang hätte leben können, für Cremetorten und verrückte Kleider und ähnliches ... Aber das ist das einzig Blödsinnige, was ich an ihr entdecken kann; im übrigen finde ich sie, na ja, einfach nett.«
Er lachte wieder und fügte hinzu: »Wir wohnen jetzt etwa vier Monate in dieser Wohnung, und ich bin noch nicht einmal bei der Eingangstür hereingekommen, ohne daß sie ihren Kopf aus ihrer Tür herausgesteckt und mit größter Überraschung gesagt hätte: ›Oh, Sie sind es, Mr. Walton. Wie geht es Ihnen?‹ Und ich muß mich jedesmal zusammenreißen, daß ich nicht ›Oh, recht gut, Lally‹ sage. Es ist komisch, aber man will sie einfach Lally nennen.«
»Wie ist ihr richtiger Name?« fragte Mary jetzt.
»Jessie, soviel ich weiß, Skelton hat es gesagt. Jessie Briggs. Vor ihrer Heirat hieß sie MacAnulty. Ihr Vater war Ire, ihre Mutter, man glaubt es kaum, war Spanierin, und sie ist so blond, na ja, so blond wie Wasserstoffsuperoxyd. Jedenfalls«, er grinste und stand auf, »jedenfalls versorgt sie mich mit ein bißchen Vergnügen in meinen dunklen Stunden ... Das war reizend, Mary, danke. Jetzt werde ich heimgehen und meinen Tee trinken.«
»Ich hätte nichts dagegen, wenn du etwas Fett ansetzen würdest.« Mary schob ihn zur Tür.
»Ich bin der durchgeistigte Typ, lang, schlank und wortkarg. Nun gut, dann geh ich also. War nett, dich zu sehen, Ben. Ta-rah.«
»Dich auch, Jimmy, Ta-rah.«
Mary folgte ihm aus dem Zimmer hinaus, durch die Halle und die Treppe hinunter, und als sie im Hof standen, fragte sie ihn: »Wie steht's?«
Es war, als hätten sie sich soeben getroffen. Mit verschlossenem Gesicht, die Schultern gekrümmt, antwortete er: »Wie immer. Nein, das ist nicht ganz richtig; wird immer schlimmer, wäre korrekt. Weißt du das Neueste?«
»Nein, aber ich trau mich wetten.«
»Sie will bei uns leben.«
»Oh, das hab ich schon lange erwartet, seit Grannie McAlister gestorben ist.«
»Und Betty ist Feuer und Flamme. Gestern abend haben wir uns bis aufs Blut deswegen gestritten. Offensichtlich sind beide sich darin einig, daß das bißchen Geld, das Ma verdient, unser Einkommen so verbessert, daß ich sparen und ein Haus kaufen kann. Das ist das Neueste, ein Haus kaufen. Kein Grund, sagen sie, warum ich nicht einen Job in einer Schule etwa in Newcastle oder Whitley Bay, irgendwo an der Küste, in einem respektablen, vornehmen, Viertel bekommen sollte.« Das Wort ›vornehm‹ betonte er besonders. »Keine von beiden hat je eine so gewöhnliche Gegend wie Jarrow

erlebt. Es ist nicht nur langweilig hier, schmutzig und deprimierender als vor dem Krieg; auch die Bewohner sind langweilig und unermeßlich dumm und zum größten Teil moralisch verdorben. Und dies, bedenke«, jetzt brachte er sein Gesicht ganz nahe an das ihre, »von zwei Leuten, die in ihrem Leben noch nie weiter als ein oder zwei Meilen aus der Stadt rausgekommen sind … Newcastle war das weiteste.«

Er straffte sich und sah auf die Hinterhofmauer. »O Mary, ich wollte, ich würde nicht unterrichten, ich wünschte, ich hätte nicht diese Halbbildung, denn anstatt meinen Geist zu erweitern und mich zu befähigen, Nachsicht zu üben, bewirkt sie das Gegenteil und läßt mich an meiner Nase entlang auf dieses Paar sehen. Du weißt ja, ihre vereinigte Dummheit und Bigotterie ist zeitweise fast unerträglich.«

Als sein bekümmerter Blick den ihren traf, sah sie wieder den kleinen Jungen vor sich, der all die Jahre hindurch ratta-tatt mit seinem Spezialklopfen an der Hintertür erschienen war und ihr sein Klagelied gesungen hatte. Er hatte sie damals mehr als einmal gebeten, ihn bei sich wohnen zu lassen. Schließlich war sie gezwungen, ihm zu sagen: »Wenn du das jemals tätest, Jimmy, würde sie bereit sein, einen Mord zu begehen, und das sage ich nicht bloß so, ich weiß, daß sie das tun würde, denn sie verlor unseren Pa, sie verlor mich, und …« beinahe hätte sie gesagt, »sie verlor Ben«, aber dann endete sie: »Pa und ich bedeuten nichts; aus uns hat sie sich nie etwas gemacht, aber du, Jimmy, du bist ihr ein und alles. Nein, Jimmy; schlag dir das aus dem Kopf, du kannst nicht hier leben. Schau vorbei, sooft du kannst, aber nimm dich in acht, denn du weißt, wenn sie einmal Wind davon bekommt, wird sie alles tun, um es zu verhindern. Oh, klar, und dich obendrein vermöbeln.«

Es war seltsam, daß Alice all die Jahre hindurch nichts von Jimmys Besuchen gemerkt hatte. Ob sie glaubte, er würde es ohnehin nicht wagen, gegen ihren Willen zu handeln, und sich deshalb nicht die Mühe machte, ihn zu beobachten? Für eines war Mary den Nachbarn dankbar: Falls jemand ihn hatte hereinkommen sehen, niemand hatte ihn je verpfiffen. Es machte sie nicht traurig zu wissen, daß ihre Mutter von Herzen unbeliebt, ja verhaßt war. Es rechtfertigte sogar ihre eigenen Gefühle, die ihrer Meinung nach manchmal doch sehr unnatürlich waren, denn schließlich war Blut dicker als Wasser, wie die alten Frauen sagten.

Jimmy unterbrach ihre Gedanken: »Ich hab zu Ben eben nichts davon gesagt, aber es ist komisch, daß ihr das Burggraben-Cottage kauft, denn die beiden haben gestern abend darüber gesprochen, nicht mit mir, sondern über mich hinweg. Sie gaben zwar zu, daß dort zu wohnen immer noch bedeutete, in Jarrow zu wohnen, aber wenigstens in einem Außenbezirk des besseren Viertels, und Ma sagte, sie habe das Cottage schon immer bewundert. Mensch! Ich würde gern hören, was sie sagt, wenn sie erfährt, daß du es bekommen hast.«

Mary zuckte die Achseln. »Mir ist es gleichgültig, was sie denkt und was sie sagt, ich bin mit ihr fertig und mit allem, was sie mir antun könnte. - Warst du diese Woche bei Grannie?«
»Ja«, sagte er. »Ich hab vorgestern abend vorbeigeschaut. Es war ziemlich spät. Ich hatte Feuerwache. Und Pa kam herein. Er roch drei Meilen gegen den Wind.«
»Wirklich?«
»Ja. Ich weiß nicht, woher er das Geld hat. Gibst du ihm welches?«
Sie wich seinem Blick aus. »Hin und wieder, ein bißchen.«
»Na schön«, er ging auf das hintere Tor zu, »ich mach ihm keinen Vorwurf. Wenn ich gewußt hätte, wo er das Zeug bekommen hat, wär ich mit ihm gegangen, und wir hätten uns beide besaufen können.«
Er grinste zu ihr hinunter, und sie sagte traurig: »O Jimmy. Ich wünschte, du würdest nicht.«
»Würde was nicht?«
»Nun, trinken.«
»Ben trinkt. «
»Ja, ich weiß.«
»Du meinst, ich kann es nicht vertragen?«
»Das ist es nicht ...«
»Doch, das ist es schon. Aber manchmal muß man eben abschalten, zumindest ich muß es. Ich muß vor diesen beiden irgendwie irgendwohin flüchten.« Er griff nach seinem Schal und zog ihn zurecht. »Weißt du was, Mary? Manchmal wär ich lieber tot.«
»Oh! Jimmy! Hör auf, so zu reden!«
»Schon gut. Schon gut.« Er grinste und kniff sie zärtlich in die Wange. »Ich mach nur Spaß. Jetzt muß ich los, sonst krieg ich die Ausrufer auf den Hals. Bis dann.«
Langsam verriegelte sie die Tür hinter ihm, und ebenso langsam stieg sie die Treppe hinauf.
Ben, der gerade durch die Halle ging, blieb stehen und sagte: »Nun, was ist los?«
»Oh, nur das Übliche.« Sie lächelte ihn an.
Er legte seinen Arm um ihre Schultern und sagte: »Schau, du hast genug Sorgen. Jimmy ist ein großer Junge, weißt du.«
»Er mag vielleicht ein großer Junge sein, aber er ist ein verlorener Junge, und er trinkt. Was er braucht, ist jemand zum ...«
Sie preßte die Lippen aufeinander, bevor sie hinzufügte: »Oh, warum um alles in der Welt hat er sie geheiratet! Zwischen den beiden wird er verrückt.«
»Es braucht viel, um einen Mann verrückt zu machen. Schau mich an, ich halte es schon seit Jahren mit dir aus.«

»Selber schuld, hast ja darum gebeten.« Sie schaute ihn herausfordernd an, und im nächsten Augenblick zog er sie an sich, umarmte sie leidenschaftlich und küßte sie.
Nachdem er sie wieder freigegeben hatte, sahen sie einander an, und er sagte leise: »Ich fasse das Wunder einfach nicht, dich zu haben. Ist dir wirklich klar, wie sehr ich dich liebe?«
»Ja, ich weiß.« Ihre Stimme klang belegt.
»Ich sage es dir nicht oft genug.« Sie hob beide Hände und streichelte seine Wangen; sie hatte es sich zur Gewohnheit gemacht, nicht nur eine Seite seines Gesichtes zu berühren.
Er legte seine Hände über die ihren, blickte ihr in die Augen und fragte: »Es geschah nicht nur aus Mitleid, nicht wahr?«
»O Ben, du weißt, daß es nicht so war.« Sie hatte vollkommen vergessen, daß Mitleid ein Bestandteil ihrer Liebe gewesen war. »Aber wie dem auch sei, was soll das, um diese Tageszeit?«
Er nahm ihr Gesicht zwischen seine Hände und sagte: »Weil du ein großes Herz hast und jeder bei dir geborgen ist … und weil Sie, Mrs. Mary Tollett, wunderschön sind.«
»Ben, laß das. Horch, da kommt Annie.« Hastig deutete sie zur Treppe und stieß ihn von sich. »Hör auf, ja? Du weißt, sie wird eifersüchtig, wenn sie sieht, was du für ein Theater um mich machst. Schau mich bloß an.« Sie trat einen Schritt zurück, strich sich das Haar glatt, warf ihm aber über die Schulter einen Blick zu. Und seine Augen erwiderten das Leuchten in den ihren.

Als Jimmy hörte, wie Mary hinter ihm die Tür verriegelte, klang es ihm, als falle das Tor zum Himmel ins Schloß, denn im Vergleich zu seinem eigenen Heim war ihm das ihre immer wie der Himmel erschienen.
Fünfzehn Minuten später betrat er das hohe Haus in Haydon Terrace, das in vier Wohnungen umgewandelt worden war. Als er in die Halle kam, öffnete sich schnell eine Tür zur Rechten, und er blickte in das Gesicht von Mrs. Jessie Briggs.
Sie war, wie er sie beschrieben hatte: groß, blond, mit ausladenden Brüsten und Hinterbacken. Sie war nicht älter als fünfundzwanzig; ihre Haut war blaß, und ihre Augen waren groß und blau und von dunklen Brauen überwölbt, die auffallend von ihrem sehr blonden Haar abstachen.
»Oh, Sie sind's, Mr. Walton; ich dachte, es wäre Albert. Wie geht es Ihnen?«
»Gut, Mrs. Briggs, danke.«
»Kalt, nicht wahr?«
»Ja, ja, es ist sehr kalt.«
Sie trat aus der Tür heraus und kam einen Schritt auf ihn zu. »Ich hab heut etwas über Sie gehört, Mr. Walton.«
»Wirklich, Mrs. Briggs?«

»Mhm.«
Er wartete, während sie ihn breit anlächelte, und ihm fiel auf, daß ein besonderer Geruch von ihr ausging. Es war kein Parfüm, und es war kein Körperschweiß, es war etwas Eigenes, und was immer es auch sein mochte, es war ein anziehender Geruch.
»Ich hab im Fischgeschäft mit Mrs. Wright gesprochen, und sie erzählte von ihrem Jungen - er ist in Ihrer Klasse in der Schule -, und denken Sie bloß«, sie brachte ihm ihren Kopf ganz nahe, »sie sagte, die Jungen halten wunder was von Ihnen, und sie sagte, Sie haben ein Buch geschrieben. Ja, das hat sie gesagt; ein Buch mit Gedichten.«
Er spürte, wie er knallrot wurde, wie ein Zweitklaßler, der wegen eines Vergehens vor den Lehrkörper zitiert wird, wegen eines sexuellen Vergehens. »Oh, das stimmt nicht, Mrs. B ... Briggs.« Er stotterte sogar.
»Aber sie hat es gesagt. Ein Buch mit Poesie, das hat sie gesagt.«
Mein Gott! Er schloß die Augen und schüttelte den Kopf. »Das ist lange her, vor dem Krieg, Mrs. Briggs. Ich habe damals ... etwas zusammengestümpert. Das tut jeder, ehe er zwanzig ist; das ist etwas, das kommt gleichzeitig mit den Pickeln.«
Jetzt lachten sie beide, und sie sagte: »Oh, Mr. Walton, etwas, das mit den Pickeln kommt! Poesie! Oh, Mr. Walton! Wissen Sie was, Mr. Walton? Ich mag Poesie. Ich lese Gedichte, in der Zeitung kommen immer welche von Ella Wheeler Wilcox, und die lese ich. O ja, ich hab ein bißchen Poesie wirklich gern.«
»Es freut mich, das zu hören, Mrs. Briggs. Ich ... ich ...«
Da öffnete sich die Tür hinter ihm, er wurde nach vorn gestoßen und Betty trat ein. Sie blieb stehen und starrte von einem zum anderen.
Als wende sie sich an eine Freundin, sagte Mrs. Briggs fröhlich: »Oh, hallo, Mrs. Walton«, aber Betty warf der großen blonden Frau einen niederschmetternden Blick zu, ging an ihrem Mann vorbei nahm ihren Schlüssel aus der Tasche und öffnete die Wohnungstür ... und ließ sie offen. Jimmy hatte plötzlich das Gefühl, genauso viele Beine wie ein Tintenfisch zu haben; es fiel ihm schwer, sich umzudrehen und von Mrs. Briggs abzuwenden. Er schenkte ihr ein schwaches Lächeln und ein Kopfnicken, sie erwiderte seinen Gruß mit einem breiten Lächeln und einem Kopfnicken, und er drehte sich um und betrat resigniert die Wohnung.
»Nun?« Bettys Stimme klang eisig.
»Ja, nun! Was kannst du jetzt damit anfangen?« Er zwang sich zu einem Lächeln. »Auf frischer Tat im Gang mit einer Blondine ertappt!«
»Sei nicht witzig. Warum sprichst du mit ihr? Ordinäre, erbärmliche Schlampe von einem Weib!«
»Woher weißt du, daß sie eine ordinäre, erbärmliche Schlampe ist?«
»Jeder, der Augen im Kopf hat, kann das sehen. Aber natürlich, du nicht.«

Jimmy starrte seine Frau an, die jetzt ihre Ausgehsachen ablegte. Er kannte sie seit drei Jahren und war seit zwei Jahren mit ihr verheiratet, aber manchmal hatte er das Gefühl, sie vom Beginn seiner Erinnerung an zu kennen. Und diese Erinnerung führte ihn zurück zu dem Tag, an dem er drei Jahre alt war und sich zappelnd aus den Armen seiner Mutter loszureißen suchte, um auf den Fußboden zu kommen, und sie wollte ihn nicht loslassen, sondern hielt ihn fest und küßte ihn.
Warum hatte er nicht seine Mutter in ihr wiedererkannt? Oder hatte er sie wiedererkannt? Und Betty gerade deshalb geheiratet? War er, obwohl er seine Mutter ablehnte, so fest an sie gebunden, daß er instinktiv eine Frau wählte, die ihr glich? Anfangs hatte er geglaubt, Betty, die Sanfte, Kindliche, sei genau das Gegenstück zu seiner Mutter. Aber vielleicht hatte er damals schon gespürt, wie sie wirklich war - eben wie seine Mutter. Es war wie ein Akt der Selbstverleugnung, ein freiwilliger Verzicht auf Freiheit.
»Herumzustehen und mit ihr zu klatschen und nicht mal eine Tasse Tee fertig und es ist sechs und du hast um vier Schluß! Wo bist du gewesen?«
»Hab versucht, mich zu betrinken.«
»Hör auf, so kindisch zu sein.« Sie wandte ihm ihren mageren kleinen Körper zu und sah ihn mit offener Verachtung an. »Du bist unheimlich kindisch, unreif. Nur Gott weiß, wie du unterrichten kannst.«
Er hatte den Wunsch, die Hand zu heben und ihr ins Gesicht zu schlagen. Damit wäre es erledigt; einmal ordentlich zuschlagen, und die Sache wäre erledigt. Aber das konnte er nicht, nein. Nein, er wollte nicht anfangen, auch ein Briggs zu werden.
Er sah ihr zu, wie sie in die Küche stolzierte. Der Kessel wurde auf den Herd geknallt. Ihre Stimme fuhr ihn an: »Wenn es dir nicht zu viel Mühe macht, deck den Tisch ... Den ganzen Tag bin ich auf den Beinen und komm heim und nicht mal der Tee ist fertig ...!«
Während er den Tisch deckte, dachte er, daß Kordit tatsächlich manche Leute vergiftete, sie konnten es einfach nicht vertragen. Sie verpackte den ganzen Tag Kordit, und es schien ihr überhaupt nichts auszumachen. Oh - er warf den Kopf hoch - je schneller er sich betrank, um so besser. Freitagabend hatte er für gewöhnlich bei Ellison Glück, einen Tropfen Schnaps zu erwischen. Der machte alles ein bißchen erträglicher.
Betty kam mit der Teekanne ins Wohnzimmer und sagte: »Ich habe Mam getroffen, als ich aus der Straßenbahn stieg. Sie wird etwa um halb sieben hier sein.«
»Bis dahin bin ich weg, ich habe Feuerwache um sieben.« »Weißt du was?« sie starrte ihn an. »Du bist der undankbarste Schuft, der mir in meinem ganzen Leben begegnet ist.« Es war komisch, sie fluchen zu hören. Sie war so klein, sah so vornehm aus - bis sie den Mund aufmachte. Ihr Fluchen verletzte ihn. Er konnte es vertragen, wenn Männer eine Sprache gebrauchten,

die ihm die Haare zu Berg stehen ließ, und er hatte Frauen gehört, die durch alle möglichen Hände gegangen waren; aber ihr Fluchen, selbst das obszönste, traf ihn nicht so, als wenn er Betty fluchen hörte. Sie hatte eine Art, ›Schuft‹ zu sagen, die ihm den Magen umdrehte.

»Deine Mutter hat ihr ganzes Leben lang für dich gearbeitet, und du hast nicht ein gutes Wort für sie. Wo wärst du denn ohne sie, frage ich dich? Du und deine Schwester, ihr seid vom gleichen Schlag. Was deine Mutter durch euch beide erleiden mußte! Und dann noch euer Pa ...«

Ja, sie waren vom gleichen Schlag, er und Mary. Und Betty und seine Mutter waren auch vom gleichen Schlag. Wenn er die eine sah und hörte, sah und hörte er die andere. Es war unheimlich. Warum war das mit ihm geschehen? Hätte er nur jemand wie Mary geheiratet, oder - er lachte in sich hinein - wie Mrs. Briggs! Mrs. Briggs würde nicht von morgens bis abends herumnörgeln. Sie hätte vielleicht sein ganzes Geld ausgegeben. Aber tat Betty das nicht auch? Was blieb ihm denn von seinem Gehalt? Sie schnappte sich seinen Scheck, sobald er ihn bekommen hatte, und von Anfang an hatte sie sich um die Finanzen gekümmert. Sie genehmigte ihm drei Pfund monatlich, und das war für Busfahrscheine, Zigaretten und ... Bier. Sie organisierte ihr tägliches Leben wie ein erstklassiger Buchhalter. Es gab für alles im Haus ein Kästchen, von der Kohle bis zu den Kerzen. Ja, Kerzen; sie mußten einen Vorrat haben für den Fall, daß der Strom ausfiel ... Er war ein Narr gewesen, sich das anzutun. Er war von Anfang an ein Narr gewesen. War es zu spät, das zu ändern? Ach, was hatte es für einen Sinn? Er würde gehen und einen trinken, seine Feuerwache halten und, falls noch Zeit war, noch einen trinken. Das brachte ihn über den Abend weg. Morgen würde er in besserer Verfassung sein. Und er hatte noch genügend Geld von den Wetten. Zum Glück war er so vernünftig gewesen, das für sich zu behalten. Er hatte Glück bei Wetten. Drei hatte er dieses Jahr gewonnen, fünfundvierzig Pfund alles in allem. »Mam wird hier wohnen.«

»Was?«

»Du hast es gehört.«

»Oh, bei Gott, das wird sie nicht.«

»Ich sage, sie wird.« »Nun, dann sage ich dir was: wenn sie hierherkommt, dann seid ihr trotzdem bloß zu zweit, denn dann gehe ich. Jetzt mach, was du willst.« Er stand auf.

»Wo gehst du hin?«

»Mich betrinken. Mich vollaufen lassen. Ich hatte schon vorher einen Drink nötig, aber jetzt halt ich's ohne nicht mehr aus.«

»Setz dich und trink deinen Tee, und benimm dich nicht so blöd wie ein Kind!« Ihre Stimme war voller Verachtung.

»Nenn mich nicht blöd, Betty.« Er machte einen Schritt auf sie zu, und obgleich sie nicht vor ihm zurückwich, drückte sie sich an den Tisch, und wieder sagte er: »Nenn du mich nicht blöd! Es gab nur eine Zeit, da war ich blöd, und dreimal darfst du raten, wann das war.« Mit diesen Worten drehte er sich um, packte Hut und Mantel und ging hinaus. Bevor er seine Feuerwache antrat, gelang es ihm, eine Halbe Bier und einen doppelten Whisky zu bekommen. Und nachher, als gerade geschlossen wurde, noch zwei Halbe und zwei Doppelte. Er war auf dem Heimweg, innerlich gewärmt und glücklich, als er kurz nach dem Verlassen der Ellison Street Mrs. Briggs traf, die aus einem Fischgeschäft herauskam.

»Ah, Mr. Walton, sind Sie das?« Sie blinzelte ihn an.

Der Mond war gerade hinter einer Wolke hervorgetreten, und für einen Augenblick war die Straße hell erleuchtet, und alles wirkte weich und mild. Seinen Hut lüftend, sagte er: »Bin ich, Mrs. Briggs, bin ich.« Und dabei lachten sie beide und machten kehrt und gingen zusammen die Straße entlang.

»Ich hatte Glück, ich hab etwas Fisch und Chips bekommen, Mr. Walton.«

»Und ich hatte auch Glück, ich bin etwas beschwipst, Mrs. Briggs.« Er beugte sich über sie, und wieder lachten sie, sie lehnten sich sogar für den Bruchteil einer Sekunde aneinander.

»Oh, Sie sind komisch, Mr. Walton.«

»Ach, finden Sie, Mrs. Briggs?«

»Aye, aber nett komisch. Sie wissen, was ich meine? Nicht beleidigt?«

»Sie könnten mich nicht beleidigen, Mrs. Briggs. Wissen Sie was, Mrs. Briggs?« Er blieb stehen und schwankte leicht über ihr, als er ernst sagte: »Ich mag Sie, ich glaube, Sie sind ein sehr netter Mensch, Mrs. Briggs.«

»Oh! Danke, Mr. Walton. Ich mag Sie auch. Und wissen Sie, was ich denke, was Sie sind?«

»Nein. Sagen Sie es mir, Mrs. Briggs.«

Die Wolken jagten über den Himmel und warfen dunkle Muster auf ihre Gesichter. Sie schien vor ihm hin und her zu schweben, gerade ein wenig über dem Boden, und ihre Stimme war weich und sagte: »Nun, ich finde, Sie sind ein Gentleman, Mr. Walton.«

Die Wolken verdeckten jetzt den Mond, er konnte ihr Gesicht nicht sehen. Er streckte seine Hand aus und fand ihren Arm und spürte die Wärme, die durch das Papier von dem Fisch und den Chips kam.

Als der Mond ihm ihr Gesicht wieder zeigte, lächelte es nicht mehr, und auch er lächelte nicht, als er sagte: »Sie sind eine sehr nette Frau, Mrs. Briggs. Sie sind sehr freundlich und … und Sie sind der erste Mensch, der mich einen Gentleman genannt hat. Das werde ich nicht vergessen, so besoffen ich auch bin.« Er ließ sein Kinn auf die Brust fallen. »Und ich weiß, ich bin besoffen, aber ich werde es nicht vergessen, Mrs. Briggs. Wissen Sie, was ich tun werde? Ich werde ein Gedicht über Sie schreiben. Ja, das werde ich.«

»Oh! Mr. Walton!« »Ja, das werde ich. Schon das nächstemal, wenn ich Feuerwache habe, werde ich ein Gedicht für Sie schreiben. Ich … ich hab

heut abend eines geschrieben. Ich hab es geschrieben, weil ich unfähig bin. Ja, ja, ich bin unfähig. Und nicht nur, weil ich keine echte Poesie schreiben kann. Poesie, wissen Sie, Mrs. Briggs, das sind nicht bloß Verse und Reime. O nein. Da machen die Menschen, die dummen Menschen, den Fehler; sie nennen Verse Gedichte.« Er schnippte mit den Fingern vor ihrem Gesicht herum, das er nur ganz schwach erkennen konnte, und fuhr fort: »Wirkliche Poesie hängt mit dem Versmaß zusammen, verstehen Sie, und mit so vielen, vielen anderen Dingen. O ja.«
»Wirklich, Mr. Walton?«
»O ja, Mrs. Briggs. Gedichte, echte Gedichte bestehen aus Prosodie und Stanzen und Füßen. Nun, ein Fuß … lassen Sie mich erklären, Mrs. Briggs, ist das, was man eine m … metrische Einheit nennt. Ah, Mrs. Briggs, Gedichte sind eine ganze Menge mehr als nur da-da-da, verstehen Sie; kennen Sie zum Beispiel dieses kleine Stückchen, das heißt:

Tiger, Tiger, lodernd hell
in den Wäldern scheint dein Fell.

Nun, wußten Sie, daß dies ein sehr, sehr gutes Stück Poesie ist? Es besteht aus Tetrametern. Sie wissen, was ein Tetrameter ist, Mrs. Briggs? Natürlich wissen Sie das nicht, Mrs. Briggs, aber schämen Sie sich nicht, Mrs. Briggs, denn nur sehr wenig Menschen wissen, was ein Tetrameter ist … Nun, jetzt geben sie acht.« Er legte eine Hand auf ihre Schulter. »Es ist das Heben und Senken der Stimme, verstehen Sie, die Modulation - kurz und lang oder lang und kurz: Ti-ger. Kapiert? Lang-kurz. Ti-ger, Ti-ger, lo-dernd, lang-kurz, hell … Oh, Mrs. Briggs, ich langweile Sie zu Tode.«
Sein Gesicht befand sich jetzt dicht bei dem ihren. Der Geruch seines Whiskyatems vermischte sich mit dem Duft nach Fisch und Chips, und sie lachte leise und sagte: »Nein, Mr. Walton, ich hör Ihnen gern zu. Bloß, ich … ich muß gestehen, ich verstehe nichts davon, aber ich hör gern zu.« Er richtete sich auf und ging weiter die Straße entlang, und nach einer Weile sagte er ernst: »Sie sind sehr, sehr nett, Mrs. Briggs.«
»Überhaupt nicht, Mr. Walton«, antwortete sie. Sie gingen in völliger Dunkelheit. »He, man kann kein bißchen was sehen«, sagte sie.
Er blieb schwankend stehen, blickte hinauf zum Himmel und schrie: »Komm raus! Komm raus, du verrückte Kugel!« und als der Mond hinter den Wolken hervorkam, brach sie in Lachen aus, hielt seinen Arm fest und sagte: »Oh! Mr. Walton, das war komisch!«
»Ja, Mrs. Briggs, wenn ich betrunken bin, kann ich den Gestirnen befehlen. Ich bin gut, wenn ich betrunken bin.« Wieder blieb er stehen, sah sie im hellen Mondlicht an und sagte ernst: »Wenn ich betrunken bin, vergesse ich alles: Menschen, Krieg, Kinder, alles. Nur eines, Mrs. Briggs, eines werde

ich nie vergessen, und zwar, daß ich Gedichte schreiben will, wirkliche Gedichte, verstehen Sie. Nicht, daß ich großartige … lange Stanzen verwenden will, kein Rubaiyat mit seinem zehnsilbigen Vermaß, nein, ich will nichts auf großartige Weise machen. Ich möchte einfach Gedichte schreiben, die der gewöhnliche Mann oder die gewöhnliche Frau v … verstehen kann. Möchten, möchten Sie hören, Mrs. Briggs, was ich heute abend geschrieben habe?«

»Ja, Mr. Walton. O ja, das möchte ich.«

»Nun, dann sollen Sie das.«

Er zog ein Blatt Papier aus der Tasche. Dann blickte er wieder zum Himmel und schrie: »Schein weiter«, bevor er das Blatt entfaltete und mit tiefer, sonorer Stimme las:

»Wenn aus Gefilden der Sehnsucht
die mein Leben erfüllen mit Kampf
der Wunsch mich überkommt
meinen Geist auszudehnen auf jene
zu denen ich lese
und auszudrücken mich drängt
meine Gedanken
in hochfliegender Rede
die alle verwirrt
wenn das Gefühl
das in mir brennt
die Kunst zu vermitteln
überschreitet
ich bitte dich
Gott der Worte
wenn dieser Tag kommt
bewahr mir die Schlichtheit. «

»Oh, Mr. Walton, das war schön.«

»Aber es war keine Po … Poesie, Mrs. Briggs.«

»Nein, zum Teufel! Da hast du recht, Kumpel, das war's nicht.« Die beiden vorübergehenden Männer, einer davon ein Luftschutzwart, lachten grölend. Jimmy schaute ihnen nach und rief: »Ich verabscheue den unerleuchteten Pöbel und halte mich von ihm fern!«

»Gut so, Kumpel«, riefen sie zurück.

»Machen Sie sich nichts draus, Mr. Walton. Für mich hat es wie Poesie geklungen.« Ihre Stimme klang tröstend. »Sie sind dumm.«

»Nein, nein, Mrs. Briggs.« Er schüttelte seinen Kopf energisch hin und her. »Sie haben recht; es sind nicht mal Reime … Reimlose Verse, das ist das einzige, wie man es nennen könnte, aber so etwas gibt es gar nicht, steht in den Büchern. Und wissen Sie, was es auch nicht gibt? Prosagedichte, es heißt, es gibt so etwas wie Prosagedichte gar nicht … Ihr Fisch und Ihre Chips werden kalt.«

»Die kann ich immer wieder aufwärmen, Mr. Walton. Aber wissen Sie was? Ich hatte wirklich Glück, daß ich sie bekam. Es ist das erstemal in dieser Woche, daß Pearson offen hat. Mr. Fielding hat mir den Tip gegeben, ich wußte nicht, daß sie offen hatten, und es waren bloß zehn vor mir, ich hatte Glück.«

Es war, als hätten sie beide beschlossen, daß sie für diesen Abend genug Kultur gehabt hatten.

»Ja, da hatten Sie Glück, Mrs. Briggs. Wissen Sie, ich denke, Sie sind in jeder Beziehung sehr glücklich, Mrs. Briggs.«

»Wie kommen Sie darauf, sowas zu sagen, Mr. Walton?«

»Oh« - er schwankte, und als er vom Bordstein abglitt, streckte sie schnell die Hand aus und zog ihn wieder auf den Bürgersteig hoch. - »Weil die Götter Sie liebenswürdig gemacht haben.«

Seine Stimme sank zum Flüstern ab, während er sprach, der Kopf fiel ihm wieder auf die Brust, und als sie in Hayden Terrace einbogen, war der Mond von Wolken verdeckt; dicht aneinandergedrängt suchten sie sich ihren Weg.

Als sie die Tür öffneten und in die düstere, blau gestrichene, von einer einzigen Glühbirne erhellte Vorhalle traten, legte er mit einer dramatischen Geste seine Finger an die Lippen und flüsterte: »Gute Nacht, Mrs. Briggs, es war ein Vergn … Vergnügen.«

»Und für mich auch und so, Mr. Walton«, flüsterte sie zurück.

Dann schlich er auf Zehenspitzen zur Tür. Er schloß auf, und da, am anderen Ende des Ganges, standen seine Mutter und Betty, und sie starrten ihn beide an wie aus einem einzigen Augenpaar.

»Was habe ich dir gesagt?« Betty sah Alice an.

Alice trat langsam auf ihn zu, stierte ihn böse an und sagte: »Du bist in einem netten Zustand! Ein Lehrer, und schau dich bloß an! Daß ich diesen Tag erleben mußte!«

»Daß du diesen Tag erleben mußtest, Ma.« Er schüttelte traurig den Kopf.

»Ah, was habe ich getan, daß mich der Himmel so straft?« Sie drehte den Kopf und sah Betty an. »Einer nach dem anderen, und jetzt er - ein Trunkenbold!« Wieder musterte sie ihren Sohn böse. »Denn das ist alles, was du bist, ein Trunkenbold, ein besoffener … Und woher hast du überhaupt das Geld dafür?«

»Ja, Ma. Das ist alles, was ich bin, ein Trunkenbold … Und wo ich das Geld herhabe? Na, Betty, Betty, Betty ist so freundlich, aber ganz gewiß.«

Als er sich umdrehte, um ins Wohnzimmer zu gehen, schrie Betty hinter ihm her: »Wir haben auf dich gewartet, daß du deine Mutter nach Hause bringst!

Komm, Mam«, sagte sie. »Na! Morgen wird er was von mir zu hören bekommen!«
Die Tür knallte zu. Jimmy setzte sich und starrte durch die offenstehende Tür des Wohnzimmers auf den Gang. Sie waren weg, die beiden Frauen, die eine einzige waren. Komisch, es war ihm nie gelungen, dieses Geheimnis zu lüften. Von all den Menschen auf der Welt, die er hätte auswählen oder die ihn hätten auswählen können, mußte er ausgerechnet Betty nehmen, Betty, die seine Mutter war, und seine Mutter, die Betty war.
Als er die weit entfernte Tür anstarrte, schien er durch sie hindurchzusehen und durch die Halle in die gegenüberliegende Wohnung zu Mrs. Briggs, und er hatte das größte Verlangen, aufzustehen und zu ihr zu gehen. Aber da war Mr. Briggs, und Mr. Briggs war groß, sehr groß.
Er stand jetzt auf und sagte laut: »Mr. Briggs ist sehr groß. Denk dran, Jimmy; Mr. Briggs ist sehr groß.«

II

Es war Samstag und eine Woche vor Weihnachten. Die Schlangen vor den Bierläden waren ebenso lang wie die vor den Metzgereien. Jeder versuchte, Vorräte für Weihnachten und, was noch viel wichtiger war, für Silvester anzulegen. Es war halb zwei Uhr. Jimmy war es geglückt, ein paar Whiskys und zwei Halbe Bier zu ergattern, und er war ziemlich angeheitert, als er zu Mary hinaufging.
»Hallo, du.«
»Oh, hallo, Jimmy. Na so was, du zu dieser Zeit! Wir sind gerade mit dem Mittagessen fertig, aber es ist noch eine Menge übrig, willst du was?«
»Ob ich was will? Warum, glaubst du, bin ich hergekommen? Wo ist das Kroppzeug? Ich will die Kleinen zum Markt mitnehmen. Wer weiß, was wir da auftreiben. «
»Ich fürchte, du hast Pech, Jimmy.« Mary hatte die Spüle verlassen, wo sie gerade beim Abwasch war, und häufte kaltes Fleisch, Käse und eingelegte Zwiebeln auf einen Teller. »David ist im Laden in der Flake Street - wie üblich!« sie schnitt eine Grimasse, »und da drüben«, sie deutete in Richtung Schlafzimmer, »da liegt die andere im Bett; sie hat eine Erkältung, und ich fürchte, die bleibt ihr über die Ferien.«
»So was Dummes!« Er ging aus der Küche, stieß die Schlafzimmertür auf, steckte seinen Kopf hinein und sagte: »Wer schnupft und schneuzt, hustet und keucht?«
»Oh! Onkel Jimmy!«
Die Hände auf die Knie gestützt, beugte er sich übers Bett und sah hinab in Annies gerötetes Gesicht. »Fühlst du dich schlecht, Liebes?«

»Scheußlich, Onkel.«
»Ah, verdammtes Pech. Ich wollte dich zum Markt mitnehmen.«
»Ja, Onkel Jimmy?« Sie lächelte matt, schniefte und sagte dann verschmitzt: »Ich bin ganz verschnupft, aber ich kann trotzdem riechen, daß du getrunken hast.«
»Was?« In gespielter Entrüstung richtete er sich zu seiner ganzen Länge auf. »Das ist eine Verleumdung. Ich und trinken! Ich habe in meinem ganzen Leben noch keinen Tropfen angerührt.« Er wandte sich zu Mary um, die unter der Tür stand. »Hast du deine freche Tochter gehört? Sie sagt, sie kann riechen, daß ich getrunken habe. Was wirst du mit ihr machen?«
»Ihr einen Preis geben, weil sie die Wahrheit gesagt hat.«
»Erzähl uns eine Geschichte, Onkel Jimmy.«
Annie bewegte sich ruhelos im Bett hin und her, aber Mary fuhr rasch dazwischen.
»Er wird jetzt ein bißchen was zu Mittag essen, und du schläfst, Fräuleinchen.«
»Oh, Onkel Jimmy, aber dann einen Vers. Komm schon.« Einen Vers. Jimmy ging um das Ende des Bettes herum, klatschte in die Hände und sagte: »Einen Vers, einen Vers, einen Vers für sie. Ah ja.« Er blieb jetzt stehen, einen Arm ausgestreckt. »Ich weiß einen über dein Lieblingsthema - und meins - Trinken. Er heißt so:

Annie stand vor Ellisons Bar,
die Männer gingen hinein.
Sie gingen aufrecht und sprachen mit ihr
und fragten, wer sie war.

Sie wartete hinter Haggertys Haus,
die Männer kamen heraus.
Sie wollten alle plaudern gleich
und machten Späße gar sehr.
Und ihre Beine wackelten
und schwankten hin und her.

Da winkte Annie mit den Armen,
die Beine warf sie hoch und schrie:
Ich hab's; ich bin ganz wie mein Onkel Jimmy:
Ich hatt 'ne Flasche voll Schnaps.«

Annie schüttelte sich vor Lachen, während Mary nur gezwungen lächelte und Jimmy aus dem Zimmer schob.
Draußen sah sie ihn an und sagte: »Sie hat recht, du stinkst danach.«

»Tu ich nicht.«
Er gab ihr einen Klaps. »Ich hatte nur einen. Nein …« er legte den Kopf zurück, »ich will nicht wie die meisten Betrunkenen sein und lügen. Ich hatte ein paar Harte und zwei Halbe Bier.«
Marys Augenbrauen zogen sich unmerklich in die Höhe.
»Das ist alles?«
»Das ist alles.«
»Nun, es braucht nicht viel, um dich umzuwerfen, mehr kann ich dazu nicht sagen. Und ich hab's schon oft gesagt. «
»Ich weiß, Mary, Liebes, aber laß mich nur ein bißchen was essen, das saugt die Flüssigkeit auf, dann bin ich bereit für mehr.« Er konnte sich gerade noch davor zurückhalten, auf seinen Mantel zu deuten, in dessen Innentasche eine Viertelflasche Whisky steckte, die er für Weihnachten aufheben wollte … falls er konnte.
Mary schenkte sich eine Tasse Tee ein, setzte sich ihm gegenüber und sagte leise: »Ich mach mir Sorgen, Jimmy.«
»Aber Mary!« Er fuchtelte mit der Gabel vor ihr herum. »Das sollst du nicht. Ich will dich nicht auf dem Gewissen haben und alles. Na ja, ich meine, ich will mir nicht vorwerfen müssen, daß ich dir noch zusätzlich etwas aufbürde, dein … Maß ist so schon voll genug.«
»Na schön, behalte das im Gedächtnis und bleib standhaft. Übrigens, Kusine Annie wird herkommen und hierbleiben; sie wurde ausgebombt.«
»Nein!«
»Ja, gestern, bei diesem Angriff am frühen Morgen.«
»Macht es dir etwas aus, daß sie kommt?«
»Nein, eigentlich nicht. Sie tut sich manchmal ein bißchen wichtig, aber sie hat ein gutes Herz.«
»Wo wollt ihr sie hintun?«
»Oh, irgendeinen Platz werden wir schon finden. Ein Klappbett im vorderen Zimmer, bis Ben seine Rumpelkammer ausgeräumt hat. Er wird das ganze Zeug in den Laden in der Rington Road bringen, und dann werde ich das Zimmer für sie herrichten. Wenn sie dann überhaupt noch da ist. Vermutlich werden sie nicht lang brauchen, um ihr Haus wieder herzurichten.«
»Das heißt, daß du wieder 'ne Menge Arbeit hast.«
»O nein. Nein, sie wird keine Umstände machen; sie wird sogar eine Hilfe sein.«
Mary lächelte schief. Wenn sie ehrlich war - sie konnte ohne Kusine Annies Hilfe auskommen; die alte Frau war manchmal ein bißchen schwer von Begriff.
Eine Weile herrschte Schweigen zwischen ihnen, dann fragte er: »Was sagen sie in den Nachrichten?«
»Nicht viel. Gerede über den Pazifik; scheint voller Flugzeugträger zu sein.«

»Ich möchte wissen, wann die endlich was unternehmen und diese Japsen aus dem Weg räumen.«
»Sie haben Tarawa genommen.«
»Das ist alles? Sonst nichts?«
»Ich habe nichts gehört, aber ich bin auch immer hin- und hergegangen.«
Jimmy stand auf, trat ans Fenster und schaute durch die Umrahmung aus Verdunkelungspapier hinaus. Dann fing er an, leise ›I'm dreaming of a white Christmas‹ zu singen.
»Genau das wollen wir nicht, vielen Dank.«
Abrupt drehte er sich zu ihr um. »Es wäre anders, wenn sie mich genommen hätten.«
»Nun, sie haben es nicht. Fang nicht wieder damit an.«
»Ich kann's immer noch nicht verstehen. Plattfüße!«
»Hör auf damit. Du hast eben Plattfüße, und damit basta. Jemand muß ja schließlich dableiben und sich um die Kinder kümmern; dein Job ist genauso wichtig.«
»Ahh!« Langsam wandte er den Kopf ab. »Wen willst du täuschen, Mary? Ich bin's, Jimmy, mit mir sprichst du.« In seiner Stimme lag unterdrückter Zorn. »Am liebsten würde ich in ein Mauseloch kriechen, wenn ich an der Bar neben irgendeinem von denen in Uniform stehe. Halb so groß wie ich und um Jahre jünger und in Uniform, und die sehen dich an und sagen: ›zurückgestellt, Kumpel?‹ Und wie die das sagen!«
»Sei nicht so verdammt empfindlich«, fuhr sie ihn an, jetzt wirklich ärgerlich. »Und gebrauch deinen Kopf. Wenn du nicht wärst und die Männer auf den Docks und die Frauen in den Fabriken, dann wären die anderen nicht in Uniform. Dein Problem ist, du bist zu dünnhäutig. Geh, geh nach draußen. Mach einen Spaziergang nach Shields, zum Markt, wie du vorgehabt hast. Die Luft wird dir guttun, bläst den Fusel raus und macht deinen dummen Kopf wieder klar. Und übrigens, wenn du irgend etwas Frisches siehst, auf dem Markt, meine ich, dann kauf es für mich, ganz gleich, was es ist.«
Er drehte sich zu ihr um und sagte: »Du machst wohl Witze, was, du mit deinem eigenen Schwarzmarkt hier?«
»Jimmy! Das ist kein Schwarzmarkt!« Sie war entrüstet, lächelte aber. »Wenn wir ein bißchen Butter und Zucker gegen ein bißchen Fleisch oder so umtauschen, wem schadet das? Wir haben unsere Abschnitte wie jeder andere auch. Du kannst überhaupt zufrieden sein, du bekommst deinen Anteil davon.«
»Bin ich, und danke vielmals, Mrs. Tollett.«
»Geh schon.«
Sie schob ihn zur Tür; dann hielt sie ihn noch einmal zurück und sagte: »Bleib standhaft, Jimmy, bitte.«
»Werde ich, Mrs. Tollett. Gott segne Sie, Mrs. Tollett.«

Ehrerbietig zog er den Hut, sie gab ihm einen Tritt, und er machte, daß er wegkam.
Auf der Straße summte er wieder den Bing-Crosby-Song ›I'm dreaming of a White Christmas‹. Es war beißend kalt. Der Himmel war niedrig, und blaßgrauer Nebel hing zwischen den Häusern. Schnee lag in der Luft; jeder schien es zu spüren:
»Mensch! Das schneidet einen ja in Stücke!«
»Dauert nicht mehr lang, dann kann man ihn riechen.«
»Wette, daß bis morgen alles dick verschneit ist - als ob wir nicht schon genug am Hals hätten.«
»Ein Segen, dann hören die verfluchten Angriffe auf.«
In Laygate stieg er aus dem Bus und ging die Mill-Dam-Böschung hinunter in Richtung Markt. Bei der St.-Hilda-Kirche schüttelte eine zerlumpte Gestalt eine Büchse vor den Vorübergehenden hin und her und schrie: »Hilfe, um für die armen Kinder Essen zu kaufen.« Der Alte hielt Jimmy die Büchse hin. »Für die Kinder, Sir.«
Als Jimmy mit einem schrägen Lächeln auf dem Gesicht die Hand in die Tasche steckte, lachte ein Vorübergehender und sagte: »Sie müssen verrückt sein, Mann. Das ist eher für Bier für seinen Bauch.«
Worauf der hilfsbedürftige alte Mann mit einer Flut von Beschimpfungen aufwartete, die Jimmy gleichzeitig entsetzten und amüsierten. Er zog seine Hand aus der Tasche zurück und ging weiter.
Es war nicht zu glauben! Sie kamen auf alle möglichen Tricks. Es war ein Jammer, daß die Menschen sogar an Weihnachten betrogen. Es sollte eine Zeit des guten Willens sein, Weihnachten, auch in Kriegszeiten, gerade auch in Kriegszeiten. War es nicht das, wofür sie kämpften Freundschaft, Liebe … Nicht, daß er an die religiöse Ursache dieses Weihnachtsrummels glaubte, das Ganze war ein ungeheures Märchen, aber es war ein nettes Märchen, es war die Art von Märchen, von denen man mehr vertragen konnte. Und wenn die Menschen an Weihnachten nicht nett zueinander waren, würden sie niemals nett zueinander sein … Würde Betty nett zu ihm sein? Und seine Ma? Würde er nett zu ihr sein und sagen: »Komm, Ma, es ist Weihnachten, komm und lebe bei uns?«
Er sollte in die Tat umsetzen, was er predigte, nicht wahr?
Es waren wenige Stände auf dem Markt, trotzdem ging es zu wie in einem Ameisenhaufen. Es herrschte dichter Verkehr, meist Militär. Aber auch das erhöhte jenes Gefühl der Erregung, das in der Luft lag. Ja, es war ein gutes Märchen, Weihnachten.
Er blieb stehen. Die Heilsarmee hatte angefangen zu spielen. Gute alte Heilsarmee. Sie war einfach nicht zu schlagen. Sie tat Gutes …
Plötzlich war ihm kalt, er fröstelte und fühlte sich sehr allein. Wären nur die Kinder mitgekommen; mit ihnen hätte er lachen können.

Er ging die East Street hinunter, sah sich um, ob die Luft rein war, zog schnell die Flasche aus der Tasche, setzte sie an den Mund und trank sie halb leer.

Er schüttelte sich, als er spürte, wie die Flüssigkeit seine Kehle hinabbrannte. Das war besser. Er würde jetzt um den Markt herum und wieder zurück zur Heilsarmee gehen und dann nach Hause. Er würde zu Fuß nach Jarrow zurückgehen. Wie Mary sagte, das würde ihm einen klaren Kopf schaffen. Er lachte in sich hinein. Den hatte er jetzt noch nötiger als vorher.

Die Heilsarmee war von einer Menschenmenge umgeben. Es war ein buntes Durcheinander, zwei oder drei Soldaten, ein paar Flieger, einige Seeleute, blau wie die Haubitzen - sie hatten es gut, sie bekamen außerdem die Navy Ration - ein paar junge Burschen und Mädchen, ein paar Familien mit Kindern. Er kam neben zwei Mädchen in Khaki-Uniform zu stehen. Sie sangen und warfen ihm Blicke zu, als wollten sie sagen: »Nun, es ist Weihnachten.« Er erwiderte ihr Lächeln und stimmte laut in ihren Gesang mit ein, und kichernd hörten die Mädchen einen Moment mit dem Singen auf.

»Die Sterne am Himmel blickten nieder auf ihn« - dröhnte Jimmy, schob seinen Arm in den des Mädchens, das neben ihm stand, das andere Mädchen hängte sich bei der Freundin ein, und so standen sie und sangen und lachten.

Die Menge war inzwischen aufs Doppelte angewachsen; die Kapelle stimmte immer neue Lieder an, und fast alle sangen mit.

Dank seiner Größe konnte Jimmy die Menge überblicken, und einen Augenblick lang spürte er so etwas wie Macht. Ihm war, als habe er diese Szene erschaffen, als habe er all diese Menschen zusammengebracht … den Menschen ein Wohlgefallen. Ein Glücksgefühl durchrieselte ihn; ihm war innerlich so warm, er wollte das durch irgendeine Geste ausdrücken, etwa mit den Armen winken …

Die winterliche Dämmerung verstärkte sich. Schweres, graues Zwielicht lag über dem Platz, aber die Gesichter um ihn herum schienen von innen heraus zu leuchten … Und dann kamen die ersten Schneeflocken.

Mit den Rufen »Oh!« und »Ahh!« und »Da kommt er!« hoben sich die Gesichter empor, den fallenden Flocken entgegen.

Die Kapelle spielte lauter; sie wußte, sie hatte die Menge für sich. Zwei Mitglieder kämpften sich lächelnd durchs Gedränge und schüttelten Tambourins, während sie darauf warteten, bis die Hände aus Handtaschen und Hosentaschen wieder zum Vorschein kamen. Das Ergebnis war besser als den ganzen Tag über. Sie schrieben es der Liebe Gottes zu.

›I wish you a merry Christmas, I wish you a merry Christmas, I wish you a merry Christmas and a Happy New Year‹, spielte die Kapelle, und das Mädchen in Khaki wandte Jimmy ihr Gesicht zu und sang ihn an, und Jimmy, den Arm noch immer in dem ihren, neigte den Kopf zu ihr hinunter und sang sie an. Und dann schien jeder in der Runde seinem Nachbarn zuzusingen. Es war einer jener Augenblicke, die in Kriegszeiten vorkommen und nirgendwann sonst.

Ob das Mädchen damit anfing oder er, daran konnte er sich nicht erinnern, aber er erinnerte sich, daß er sehr dankbar war, als sie ihn nach vorn schoben und zu ihrem Anführer machten. Das Mädchen packte ihn von hinten um die Taille, ihre Freundin machte das gleiche bei ihr, und dann bildete sich eine Kette mit der gleichen Schnelligkeit, wie eine benzingetränkte Schnur abbrennt.

Alle sangen. Was spielte es für eine Rolle, daß es am Kopf der Schlange ›I wish you a merry Christmas‹ war, während man weiter hinten ›Dort in der Krippe‹ sang und noch weiter hinten ›Beug die Knie, Mutter Brown‹ und ganz am Schluß ›Wir sehen uns wieder‹. Als Jimmy die Schlange in einer Art Rumbaschritt, von dem Druck der Mädchenhände auf seinen Hüften diktiert, hinter der Kapelle vorbeiführte, lachte ihn ein Heilsarmee-Mann an und rief: »Bist du glücklich, Bruder?«

Und er rief zurück: »Ja, wirklich, ich bin glücklich, Bruder.«

Und die Mädchen hinter ihm nahmen den Ruf auf und schrien: »Bist du glücklich, Bruder? Wir haben sie in die Flucht geschlagen. Bist du glücklich, Bruder? Deutschland, hör, wir kommen!«

Sie kamen zu der Straße, die zur Fähre hinunterführte, und seine erste Reaktion war, an der Straßenbiegung haltzumachen, aber die Mädchen hinter ihm stießen ihn weiter und schrien: »Nichts kann uns aufhalten, Bruder! Nichts kann uns aufhalten! Nimm dich in acht, Adolf, wir sind unterwegs!«

Als sie die Straße überqueren wollten, kreischten Bremsen, ein Lastwagen hielt scharf vor ihnen an. Zwei Soldaten, die in der Kabine saßen, grinsten auf sie hinunter und schüttelten die Köpfe.

Als Jimmy die Schlange über das Ende der Straße führte, die von der Mill-Dam-Böschung zum Markt ging, kreischten wieder Bremsen, diesmal von einer Reihe von Autos, die vom Marktplatz kamen und zur Böschung fuhren. Aber diesmal grinsten keine Gesichter aus den Autos; statt dessen hagelte es Flüche.

Die Schlange war jetzt ungeheuerlich, stieß ihn nach vorne. Der Lärm war ohrenbetäubend, das Schrillen der Autohupen und ärgerliche Rufe mischten sich mit dem konfusen Gesang. Der ganze Marktplatz war gedrängt voller Menschen, es herrschte ein Verkehrschaos.

Ein Polizist erschien aus der Richtung der Kepple Street, wo sich das Polizeihauptquartier befand, dann noch einer und noch einer.

Aber selbst der Anblick ihrer Uniformen hatte nicht die Macht, die Schlange zu zerstören oder die Menge davon abzuhalten, ›ein bißchen Remmi-Demmi‹ zu machen. Es war lange Zeit her, seit irgend jemand wie jetzt unter freiem Himmel ein bißchen Spaß hatte; alle machten das beste draus, solange es dauerte.

Die Polizisten bekamen Verstärkung. Sie schnappten sich die Schlange an verschiedenen Stellen; und dann kamen sie zum Kopf.
»Los, los! Geht auseinander!« Sie brüllten den großen, rotgesichtigen jungen Mann an.
»Was? Oh! Ja, natürlich.«
Als erwache er aus einem Traum, blickte Jimmy von einem Polizisten zum anderen. Und dabei hätte er es bewenden lassen wollen. Er wäre aus der Schlange ausgebrochen, hätte allen fröhliche Weihnachten gewünscht und wäre still die Böschung hinauf und heimwärts gegangen.
Aber die Kette hinter ihm löste sich plötzlich auf und drängte sich um ihn und die Polizisten, und die beiden Mädchen riefen ohne ersichtlichen Grund: »Laßt ihn in Ruhe! Laßt ihn in Ruhe! Was hat er denn Schlimmes gemacht? Wir hatten nur ein bißchen Spaß. Wenig genug davon bekommen wir ja. Es ist Weihnachten. Vielleicht haben Sie das vergessen, es ist Weihnachten.«
»Auseinander! Auseinander! Fort mit euch!« Die Polizisten begannen zu schubsen. Einer von ihnen traf Jimmy mit der flachen Hand so fest, daß er stolperte und beinahe gefallen ware.
Jimmy wurde wütend. Der Whisky in seinem Inneren verlieh ihm Mut. Es bestand für ein derartiges Vorgehen der Polizei überhaupt kein Anlaß. »Jetzt hören Sie mal«, sagte er. »Was wollen Sie denn?« Der Polizist hatte keine Zeit, ihm zu erklären, was er wollte, denn er versuchte, seinen Helm davor zu bewahren, zu Boden geworfen zu werden. Aber er kam eine Idee zu spät, und als er sich bückte, um ihn aufzuheben, plazierte jemand einen Stiefel auf seinem Hinterteil und ließ ihn zu Boden gehen.
Es war verblüffend, wie schnell sich die Menge teilte, um den Polizisten fallen zu lassen. Jetzt lag auch der andere Polizist auf dem Boden, und wie durch Zauberei tauchten aus der schneeerfüllten Luft weitere Polizisten auf, sechs im ganzen.
Zwei davon packten Jimmy an den Armen und stießen ihn durch die Menge, die sich jetzt beinahe willig teilte.
Jimmy wehrte sich mit Händen und Füßen. »Schauen Sie, Sie irren sich«, rief er. »Lassen Sie mich los, Mann, hören Sie? Ich habe nichts getan, und Sie wissen nicht, wer ich bin.«
»Du hast ‘ne Menge Zeit, uns das zu sagen, Kamerad.«
Als sie ihn die Barrington Street entlang zur Polizeistation schleppten, folgten ihnen die beiden Mädchen und riefen: »Er hat bloß Weihnachtslieder gesungen, das ist alles, er hat bloß Weihnachtslieder gesungen. Ihr habt wohl sonst nichts zu tun!«
Ein Polizist drehte sich um und rief zurück: »Wenn ihr jetzt nicht augenblicklich verschwindet, habe ich gleich noch mehr zu tun!«
Sie drängten ihn ins Polizeigebäude, und die Fröhlichkeit und das Glücksgefühl, die ihn vor kurzem erfüllt hatten, wurden von tiefer Angst ersetzt. Er

wurde eingesperrt wie sein Pa. Gott im Himmel! Er wurde eingesperrt! Er mußte alles erklären, er mußte sie überzeugen, daß das alles ein Irrtum war! »Hören Sie zu, Sir, ich habe nur Weihnachtslieder gesungen.«
»Immer mit der Ruhe!« sagte der Polizist hinter der Schranke. »Sie haben viel Zeit, mir das zu erklären.«
Was hatten sie mit ihm vor? Sie konnten ihn doch nicht in eine Zelle stecken! Er hatte doch nur Weihnachtslieder gesungen und eine Schlange angeführt. Schließlich war Weihnachten.
Er wurde in einen anderen Raum gebracht und einem Officer vorgeführt, der hinter einem Schreibtisch saß und irgend etwas niederschrieb. Wieder versuchte er zu erklären, doch der Polizist, der neben ihm stand, unterbrach ihn: »Betrunken und gewalttätig. Hat den Verkehr aufgehalten und die Polizei in der Ausübung ihrer Pflicht behindert.«
Jimmy stand einen Augenblick fassungslos da, dann schrie er: »Ich habe nichts dergleichen getan! Ich habe Sie niemals behindert; Sie haben mich gestoßen, und ich habe nicht einmal die Hand gegen Sie erhoben. Und daß ich betrunken bin, das müssen Sie erst beweisen, das ist eine Verleumdung!«
Der Polizist blickte jetzt auf Jimmys Manteltasche, und der Officer folgte seinem Blick und sagte: »Würde es Ihnen etwas ausmachen, den Mantel auszuziehen, Sir?«
»Ich sehe nicht ein, weshalb. Was hat das damit ...«
»Würde es Ihnen etwas ausmachen, Sir?«
Mit gesenktem Kopf zog Jimmy den Mantel aus, der Polizist nahm ihn, faltete ihn vorsichtig mit der Innenseite nach außen, als wolle er ihn nicht zerknittern, und dabei kam die obere Hälfte der flachen Whiskyflasche zum Vorschein.
Plötzlich spürte Jimmy, daß ihm schlecht wurde. Er legte seine Hand über den Mund und wurde sofort den Gang entlang in einenWaschraum geführt.

Es war schon dunkel, als sich die Ladentür öffnete, der Verdunklungsvorhang beiseite geschoben wurde und eine blonde Frau eilig hereingestürzt kam und zu dem Mädchen hinter dem Ladentisch sagte: »Mrs. Tollett, kann ich Mrs. Tollett sprechen?«
»Ich nehme schon an.« Teresa ging in den Vorratsraum, nahm einen Besen, richtete den Stiel zur Decke, klopfte dreimal und schrie dann: »Mrs. Tollett! Jemand will Sie sprechen.«
Als Mary in den Laden kam und die Frau sah, erkannte sie sie instinktiv: das war Jimmys Dumsi-Lally. Ihr Mund öffnete sich leicht, und sie sagte über den Ladentisch hinweg:
»Ja?«
Lally, die aussah, als würde sie gleich in Tränen ausbrechen, sagte mit einem Blick auf die neugierigen Kunden:

»Kann … kann ich Sie einen Moment sprechen?«
»Ja, ja, kommen Sie mit«, erwiderte Mary.
Sie blieb nicht im Lagerraum stehen, sondern ging in den Hinterhof voraus und die Treppe hinauf. Im Wohnzimmer sagte sie: »Setzen Sie sich, Mrs …«
»Briggs, Mrs. Briggs.«
»Oh, ja, Mrs. Briggs.«
Beide schwiegen. Dann sagte Mary: »Sind Sie in Schwierigkeiten, Mrs. Briggs?«
Lally schluckte, schob ihre Brust mit dem Unterarm in die Höhe und murmelte: »Nein, nein, ich nicht; es ist … es ist Mr. Walton.«
»Mein Bruder?«
»Mhm. Wissen Sie, ich … ich setz mich hin, wenn's Ihnen nichts ausmacht.«
»Ja, ja, natürlich.« Mary schob einen Sessel ans Feuer. »Möchten Sie eine Tasse Tee?«
»Hätte nichts dagegen. Danke. Aber ich glaube, ich denke, Sie hören besser zuerst zu. Wissen Sie, ich war unten in Shields, Alberts Tante wohnt dort. Sie ist alt und ganz allein, und wenn ich in der Gegend bin, schau ich bei ihr rein, verstehen Sie. Ich brach aber bald auf, weil ich wieder daheim sein wollte vor der Verdunkelung, verstehen Sie?« Sie nickte Mary zu, und Mary sagte: »Ja, ja, ich verstehe.« Allmählich fiel ihr auf, daß sie dauernd »Ja, ja« sagte.
»Also, es fing gerade an zu schneien, als ich am Ende der King Street in den Bus stieg. Und dann, als wir zum Marktplatz kamen, sind wir steckengeblieben. So eine Menschenmenge hab ich in meinem ganzen Leben noch nicht gesehen, ehrlich!« Sie schüttelte den Kopf. »Es war so … na ja, so, als ob der Krieg vorüber sei, verstehen Sie?« Sie lachte, wurde aber gleich wieder ernst und sah Mary entschuldigend an.
»Nun, wie gesagt«, fuhr sie fort, »der Lärm war schrecklich. Die Autos hupten, die Leute sangen und schrien und tanzten, alle gingen in einer langen Schlange herum und hielten sich einander fest. Ich habe noch nie etwas Derartiges gesehen, ehrlich.«
Wieder hielt sie inne und lächelte. Mary hätte am liebsten gesagt: »Um Himmels willen, reden Sie weiter, Frau.«
»Also, ich saß da und schaute zum Fenster hinaus, und dann sah ich Mr. Walton.« Ihre Stimme sank, und ihr Gesicht nahm wieder diesen ernsten Ausdruck an. »Er … er redete mit den Polizisten. Und dann gab's Wirbel, und er wäre beinahe hingefallen … und dann hab ich gesehen, wie sie ihn mitgenommen haben.«
Entsetzt fuhr Mary auf. »Die Polizei?« Wie betäubt sank sie auf ihren Stuhl zurück.
»Ich bin aus dem Bus ausgestiegen«, erzählte Lally weiter, »aber ich kam nicht durch die Menschenmenge durch. Als es mir dann schließlich glückte,

war er weg. Sie hatten ihn aufs Revier gebracht. Und da waren dort zwei Mädchen, die schienen alles zu wissen. Sie sagten, sie hätten bloß Weihnachtslieder gesungen mit der Heilsarmee, und das ist alles. Alle wären glücklich gewesen und hätten gesungen, und er hätte eine Art Schlangentanz rund um den Marktplatz angeführt. Es wäre wie eine riesige Party gewesen, sagten sie. Und dann sei die Polizei gekommen und wäre ganz abscheulich gewesen.«

»Oh, mein Gott!« Mary hatte den Kopf tief auf die Brust gesenkt. »Ich dachte, ich geh besser zu Ihnen«, redete Lally weiter, »und erzähl's Ihnen. Seine Frau, verstehen Sie ... nun, sie redet nicht viel mit mir. Und ich hab gehört, er kommt oft zu Ihnen, weil er Sie so gern hat ... und es lag auf meinem Weg. Ich hoffe, es macht Ihnen nichts aus ...«

»Nein, nein, ich bin froh, daß Sie gekommen sind, vielen Dank.«

»Es ist eine Schande. Er ist so nett, er würde niemandem was Böses tun, niemandem. Ich habe noch keinen Mann wie ihn gekannt, so höflich in seinem Benehmen und so.«

»Nein, er würde niemandem etwas Böses antun«, wiederholte Mary und fügte dann hinzu: »Nur sich selbst.«

Sie sahen einander an; und Lally sagte sehr nachdenklich: »Ja, nun, so ist das Leben, nicht wahr?«

Mary betrachtete die große, ziemlich füllige Blondine und dachte: Wie kommen die Leute bloß darauf, sie für beschränkt zu halten? Aber Jimmy! Oh, mein Gott, die Polizeiwache! Sie wollte, so lange sie lebte, nie mehr das Innere einer Polizeiwache sehen, aber sie mußte wohl hingehen. Ben würde ihn gegen Kaution freibekommen. Aber Betty und Alice ... mein Gott, das war Wasser auf ihre Mühlen! Schnell sagte sie zu Lally: »Würden Sie mir einen Gefallen tun, Mrs. Briggs?«

»Jeden, jeden, wenn ich kann, Mrs. Tollett, und gern, ja.«

»Nun, würden Sie weder seiner Frau noch sonst jemandem etwas davon erzählen, bis ich ihn nach Hause gebracht habe? Dann kann er das Erzählen selbst übernehmen.«

»Oh, ich sag kein Wort, Mrs. Tollett. Nein, kein Wort. Wie schon gesagt, ich wollte sowieso nicht zu seiner Frau gehen, denn die hat nichts für mich übrig. Nicht, daß ich ihr irgendwas getan hätte. Nein, ich sag kein Wort.«

»Danke. Ich mache Ihnen eine Tasse Tee.«

»Nein, nein.« Lally stand auf. »Sie werden jetzt gehen wollen. Ich habe nur fünf Minuten Heimweg. Trotzdem vielen Dank.«

»Ich bin Ihnen dankbar, sehr dankbar.« Mary schenkte ihr ein kleines, freudloses Lächeln und fügte hinzu: »Ich habe durch Jimmy von Ihnen gehört.«

»Wirklich?« Das große, blasse Gesicht leuchtete auf, die blauen Augen glänzten vor innerer Wärme, und Mary begriff plötzlich, was Jimmy anzog; das Mädchen - oder die Frau, die sie war - wirkte so freundlich, so herzlich.

»Er spricht immer sehr gut von Ihnen.«
»Das tut er? Na sowas! Aber ich kann mir nicht vorstellen, daß er von irgend jemand nicht gut spricht. Ich sag das nicht nur, weil er Ihr Bruder ist, Mrs. Tollett, aber ich finde, er ist ein Gentleman, wirklich, und es ist mir gleich, wer hört, daß ich das sage.«
Mary starrte einen Moment in Lallys sanftes Gesicht, dann sagte sie: »Es ist sehr liebenswürdig, daß Sie das sagen. Nun, nochmals vielen Dank. Ich mache mich jetzt fertig. Ich … ich werde meinen Mann holen, damit er mich begleitet. Ich bringe Sie hinaus.«
Sie brachte Lally zur Hintertür, schüttelte ihr die Hand und bedankte sich noch einmal, dann eilte sie zurück ins Haus und ins Eßzimmer zu Kusine Annie, die dort genießerisch ihren Tee schlürfte.
»Ich muß zu Ben«, sagte sie rasch; »paß auf sie auf, ja?« Sie machte eine Kopfbewegung zur Wand hin.
»Was soll die Eile? Wer ist da gekommen … Mrs. McArthur? Wieso rennst du wie der Teufel hinaus, um Ben zu besuchen? Er wird sowieso gleich da sein.«
Mary stand schon an der Tür. »Ich erzähl dir alles, wenn ich zurückkomme.« Sie ging in ihr Zimmer, schnappte sich Hut und Mantel und zog beides an, während sie die Treppe hinunterrannte. Dann stolperte sie durch die dunklen Straßen zur Flake Street, zu Ben.
Jimmy im Gefängnis! Er würde die ganze Zeit an ihren Pa denken. Oh, der Trottel! Der Trottel! Aber in gewisser Weise kam das nicht unerwartet; sie hatte schon lang mit so etwas gerechnet. Und das war nur der Anfang. Ja, das war nur der Anfang des Weges, den er ging. Auf dem Markt von Shields mit der Heilsarmee Weihnachtslieder zu singen!

3

»Was hat er angestellt?« Alice sah Betty an.
»Seit Tagen kichern die alle hier in der Gegend. Und heute morgen hat die von gegenüber, dieses Cooper-Stück, mir zugerufen: ›Und den Menschen ein Wohlgefallen. Mensch! Euer Jimmy, das ist ein Kerl!‹ … Was hat er angestellt?«
»Woher soll ich das wissen? Den Menschen ein Wohlgefallen? Was hat sie damit gemeint?«
»Genau das frage ich dich, Mädchen.«
Betty sah sich im Wohnzimmer um, betrachtete die dreiteilige Couchgarnitur, das glänzende moderne Sideboard, ihren Porzellanschrank mit der Glastür; dann senkte sie den Blick auf ihre Hände, die feuchte Stellen auf der lackierten Politur des Ausziehtisches hinterließen.

»Weißt du«, sagte sie, »wenn man genau darüber nachdenkt, er ist komisch, so still, stiller als sonst, man bekommt kein Wort aus ihm raus.«
Sie sahen einander prüfend an, dann sagte Alice bitter: »Nun, was immer es ist, ich wette, diese Mary steckt dahinter. Er hätte nie den Mumm, irgend etwas selbständig zu tun. Er ist mein Sohn, und Gott verzeih mir, daß ich das sage, und ich hätte nie gedacht, daß ich es tun müßte, aber er ist ein Waschlappen, er gerät ihm nach, er ist ein Waschlappen.«
»Den Menschen ein Wohlgefallen.« Betty nickte vor sich hin. »Ja, er war schon vor Weihnachten so komisch. Er sah teigig aus, als bekäme er Grippe oder sowas.«
»Wo ist er hingegangen?«
»Ich weiß nicht. Heute morgen ist er fein angezogen weggegangen.«
»Fein angezogen?«
»Psst! Da kommt er.«
Sie lauschten. Die Tür wurde geöffnet, er blieb in der Halle stehen und zog seinen Mantel aus. Dann kam er ins Zimmer und stand ihnen gegenüber.
Alice redete als erste. »Was soll das alles?« fragte sie leise.
»Was soll was?«
»Das frage ich dich. Weshalb ruft mir jemand über die Straße hinweg zu: ›Den Menschen ein Wohlgefallen. Mensch! Euer Jimmy, das ist ein Kerl!‹ Was hast du ausgefressen?«
»Oh, das!« Er sah mit hochgezogenen Augenbrauen von einer zur anderen, dann sagte er ruhig: »Das werdet ihr früh genug erfahren.«
»Was früh genug erfahren?«
Sie waren beide aufgesprungen.
»Hol die Abendzeitung, es wird drinstehen.«
»Wovon redest du?«
Er sah Betty an. »Davon, daß ich wegen Verursachung einer Verkehrsstörung vor Gericht geladen wurde; es steht alles in der Zeitung.«
»Was?!?« Gleichzeitig brachten beide das Wort heraus.
»Ja. Ich dachte, ich überrasche euch damit. Wenn ich euch davon erzählt hätte, als es passierte, hättet ihr euch vielleicht Sorgen um mich gemacht.«
»Jimmy Walton, was hast du getan?« Alice tat einen drohenden Schritt auf ihn zu.
»Es hat keinen Sinn, wenn ich es erzähle, Ma, ich würde alles verderben, die Reporter machen das viel besser. Warum läufst du nicht schnell zu Mary rüber, die Zeitungen sind im Laden. Du ersparst dir damit den langen Weg zur Ellison Street, und Mary wird dir alle Einzelheiten berichten; sie hat mich letzte Woche gegen Kaution freibekommen. Oder noch besser ...« - jetzt wandte er sich an Betty - »geh nach nebenan und frag Mrs. Briggs. Sie ist eine liebenswürdige Frau, diese Mrs. Briggs, sie war heute morgen im Gerichtssaal.«

Es machte ihm Spaß, die beiden ein bißchen zu quälen; selten genug bot sich ihm eine solche Gelegenheit. Aber als Betty die Hand nach einem Messer ausstreckte, das auf einem Tablett mit Geschirr und Besteck lag, sagte er drohend: »Wenn ich du wäre, Betty, würde ich das lieber sein lassen, denn weißt du, wenn man erst mal vor Gericht war, verliert man die Angst davor, und es macht einem gar nichts aus, wieder dorthin zurückzukehren. Komisch, was?« Nach diesen Worten wandte er sich von den beiden ab, ging hinaus auf den Gang, zog seinen Mantel an und verließ erneut das Haus. Sprachlos starrten ihm die beiden Frauen nach.

Mit zitternden Knien setzte sich Alice hin, aber ihre Stimme klang hart, als sie befahl: »Geh! Geh, hol die Zeitung.«

Das ließ sich Betty nicht zweimal sagen. Binnen weniger Minuten war sie draußen in der Dunkelheit und suchte sich ihren Weg zum Zeitungsladen. Im trüben Licht des Ladens überflog sie die Schlagzeilen. Dann legte sie die Zeitung zusammen und eilte so schnell sie konnte durch die Verdunklung nach Hause zurück.

Sie ging direkt ins Zimmer und knallte die Zeitung auf den Tisch. Hastig blätterten sie die Seiten um, konnten aber nicht finden, wonach sie suchten.

Langsam fingen sie noch einmal von vorne an, und da war es, in einer Ecke, am Ende einer Seite:

Lehrer wegen Unruhestiftung auf dem Marktplatz
zu Geldstrafe verurteilt.

Das Magistratsgericht von Shields verurteilte heute James Arthur Walton von 25 Haydon Terrace, Jarrow, zu einer Geldstrafe von fünf Pfund und machte ihm zur Auflage, während der kommenden zwölf Monate den Frieden zu wahren. James Walton erklärte sich vor Gericht nicht schuldig, einem Polizisten den Hut vom Kopf gestoßen und diesen Polizisten zu Boden geworfen zu haben, aber schuldig, einen Aufruhr verursacht zu haben, indem er eine singende und tanzende Menschenmenge um den Marktplatz geführt und solchermaßen den Verkehr zum Stillstand gebracht habe.

Gefreiter Rene Willsden und Korporal Millicent Bailey sagten zu seiner Verteidigung aus, es habe ganz harmlos angefangen, nämlich mit dem gemeinsamen Gesang von Weihnachtsliedern.

Polizeiwachtmeister Tatting sagte aus, daß der Angeklagte schwer betrunken war und daß eine Viertelflasche Whisky bei ihm gefunden wurde, als er in Gewahrsam genommen wurde. Das Beweisstück legte er dem Gericht vor.

Wie erschlagen setzten sich die beiden Frauen hin.

Dann begann Betty zu weinen, und sie verwandelte sich wieder in das kindische kleine Mädchen, das sie vor ihrer Hochzeit gewesen war. »Die Schan-

de! Die Schande!« jammerte sie. »Ich kann mich nie wieder in der Öffentlichkeit sehen lassen! Wenn ich nicht diese Erkältung gehabt hätte und diese Woche in der Arbeit gewesen wäre, hätte ich dort davon erfahren. Ich kann den Leuten nicht mehr vor die Augen treten! Und er sagt, daß sie, diese fette, ausgebleichte, miese … sie war dort im Gerichtssaal. Oh, Mam!«
Alice weinte nicht; ihr Blick war kalt, und entschlossen sagte sie: »Es muß was geschehen, und zwar etwas Drastisches. Du wirst nicht mit ihm fertig. Ich muß es leider sagen, Betty, du wirst nicht mit ihm fertig. Er braucht eine feste Hand, er ist durch und durch sein Vater. Er gleicht ihm jeden Tag mehr. Oh«, sie schloß die Augen und ließ den Kopf nach hinten fallen, »warum mußte das mir passieren! Ein Mann wie Alec und dann zwei mißratene, undankbare Kinder; was habe ich getan, daß mich der Himmel so straft?«
Dann gab sie sich einen Ruck, beugte sich zu Betty und sagte sachlich: »Ich werde dir sagen, was du zu tun hast. Als erstes wirst du der da drüben mal zeigen, wo sie hingehört.«
Betty trocknete ihre Augen und nickte leidenschaftlich. »Das werd ich, bei Gott, das werd ich.«

»Dies ist nicht gerade das, was wir von unseren Lehrkräften erwarten, Mr. Walton.« Der Direktor saß hinter seinem Schreibtisch und blickte Jimmy unwillig an.
»Nein, Sir, dessen bin ich mir bewußt.«
»Das Ministerium wird Fragen stellen, das ist Ihnen doch klar?«
»Ja, Sir.«
»Abgesehen von Ihrem eigenen Ruf wirft es ein schlechtes Licht auf die Schule und macht einen schlechten Eindruck auf die Jungen …« Was die Kollegen im Lehrerzimmer betraf - dort schieden sich die Geister. Einige waren für ihn, einige gegen ihn. Nicht so die Schüler. Für einige Tage erreichte das Prestige von Bohnenstange Walton fast das der toten Helden der Battle of Britain und jener Männer, die auf dem Feld den Heldentod gestorben waren.
Aber wie alle Ereignisse dieser Art wäre auch das Heilsarmee-Zwischenspiel mit Jimmy Walton in der Hauptrolle allmählich in Vergessenheit geraten, hätte nicht Albert Briggs eine Party gegeben … Doch ehe dieses Ereignis das erste wieder lebhaft in Erinnerung brachte, geschah etwas, was sich in Jimmy unauslöschlich einbrannte und Mary fast das Herz brach.

Es war Anfang des neuen Jahres, und zahlreiche Nächte hindurch war alles ruhig geblieben. Zwar hatte die Luftschutzsirene in der vergangenen Woche zweimal aufgeheult, aber es hatte sich jedesmal als falscher Alarm herausgestellt. Dann, in jener entsetzlichen Nacht, ertönte die Sirene um Viertel nach sieben.

Jimmy war gerade im Hinterzimmer der Methodistenkapelle zum Dienst erschienen. Ned Pritchard drehte sich vom Tisch um, auf dem zwei Telefone und eine provisorische Schalttafel standen und sagte: »Los geht's, Jimmy!«
Jimmy, der gerade seinen Mantel auszog, antwortete: »Wurde ja auch Zeit; ich hab mich schon gewundert, wo die bleiben.«
»Bill!« rief Ned Pritchard, rief dem Mann nach, der eben aus der Tür ging. »Sag Arthur Pilby, er soll am Ende der Bolton Street bleiben. Die verdammte Bande dort will nicht in die Bunker gehen. Na ja, manche werden sich schwer tun, reinzukommen, mit all dem Zeugs, was die da reingestopft haben. Aber sag ihm, er soll auf der Hut sein.«
»Mach ich.«
»Und du, Jimmy, du bleibst besser hier in der Gegend, bis wir wissen, wo sie ihre Visitenkarten abgeben.«
Es dauerte nicht lange, da hörten sie, wo die Visitenkarten abgegeben wurden, und als der dumpfe Schlag im Gang widerhallte, sagte Ned Pritchard: »Du meine Güte, die waren schnell, die müssen durchgewischt sein. Wo ist diese verfluchte Flugabwehr? Eingeschlafen?« Pop-pop-pop machte es. Die verfluchte Flugabwehr war doch nicht eingeschlafen. Pop-pop-pop. Dann noch ein dumpfer Schlag, diesmal näher.
Ned Pritchard stand von seinem Stuhl auf und meinte, während er sich den Stahlhelm aufsetzte: »Die werden frech.«
»Ja, die brauchen ein paar Ohrfeigen«, antwortete Jimmy, und sie sahen einander an und grinsten.
Der nächste Schlag war nicht mehr so dumpf; sie warfen sich flach zu Boden und rollten unter den Stahltisch. Das Gebäude erbebte, und der Putz bröckelte von der Decke.
Als sie ihre Köpfe wieder hoben, spähte Ned Pritchard zu Jimmy hinüber und bemerkte: »Der Schuft will wirklich eine in die Fresse.«
»Ich geh besser hinaus«, sagte Jimmy rasch, »und sehe nach, was los ist.«
»Mhm«, sagte Ned, »diesmal hat irgend jemand Pech gehabt.« Draußen rief Jimmy einigen düsteren Gestalten zu, die die Straße hinaufrannten: »Wo war es?«
»Felton Street, glaube ich«, rief eine Stimme zurück.
Und es war Felton Street - oder das, was Felton Street gewesen war. Die Flammen erhellten den Himmel. Drei Kinder standen an eine Wand gepreßt, die noch nicht eingestürzt war. Sie weinten, aber ihr Weinen klang gedämpft, als träumten sie. Männer rammten mit ihren Schultern festgeklemmte Türen, während über ihnen die Flammen aus den Fenstern schlugen. Man hörte Rufe, Befehle, Schreie; vom anderen Ende der Straße kam aufjaulend die Feuerwehr.
Jimmy scheuchte die Kinder von der Mauer weg und begann dann einen wirren Haufen zersplitterter Balken und Ziegelsteine abzutragen, aus denen eine

Hand herausragte. Zwei andere Männer kamen und arbeiteten neben ihm, und als sie die Frau herauszogen, war sie tot. Sie trug ein rosa Nachthemd und hielt mit einer Hand eine Frauenzeitschrift umklammert.

Der Mann neben Jimmy fluchte mit Tränen in der Stimme: »Sie wollen nicht in die verdammten Bunker gehen. Sie denken, es ist vorbei.« Jimmy sagte heiser: »Die Bunker!« Sie stolperten über die rauchenden Ruinen. Männer waren bereits dabei, die verschütteten Eingänge zu den Bunkern freizuschaufeln, und als er fieberhaft zu helfen begann, sagte einer: »Sie haben die Wearside Row erwischt, es heißt, sie ist flach.«

Jimmy hielt in seiner Arbeit inne, packte den Mann am Arm und stieß hervor: »Wearside Row? Sind Sie sicher?«

»Der Luftschutzwart hat es gerade gesagt.«

Grannie und Grandpa Walton waren in der Wearside Row; sie waren vor noch nicht zwei Monaten dorthin gezogen, nachdem ihr Haus in der Bingley Street zerstört worden war. Wearside Row! Oh, mein Gott, nein!

Jimmy drehte sich um, kletterte über die Trümmer, rannte durch die mit Chaos erfüllten Straßen, um Ecken, Hintergassen entlang und durch Seitengassen, bis er zur Wearside Row kam, oder dahin, wo die Wearside Row gewesen war. Die acht kleinen Häuser sahen aus wie ein zusammengefallener Haufen Spielkarten. Nur von einem Haus am Ende standen noch ein paar Mauern, und drinnen loderte das Feuer; es sah aus wie eine Zauberlaterne. Jimmy stand da, eine Hand am Stahlhelm, die andere über seinem Mund, bis ein vorüberkommender Mann barsch zu ihm sagte: »Steh nicht da und halt Maulaffen feil, Bursche, mach, daß du weiterkommst.«

Jimmy schluckte und packte den Mann. »Alle draußen?«

»Was meinst du mit alle draußen? Wenn du meinst tot, dann ja, traf mitten ins Zentrum. Diese verfluchten Bastarde! Ich wünschte, einer käme mit ‘nem Fallschirm runter, bloß einer. Christus! O ja, bloß einer. Kennst du jemand hier?«

Jimmy schüttelte die Ohnmacht ab, die ihn zu überwältigen drohte. »Nummer, Nummer s-sieben. Meine Grannie und mein Grandpa.« Der Mann blickte auf die rauchenden Trümmer und auf die Männer, die daran herumzerrten. Nummer 7 war eines von diesen Häusern gewesen. »Komm, Junge, wir sehen nach.« Sie brauchten zwei Stunden, bevor sie es sahen, und dann drehte sich Jimmy der Magen um. Er wandte sich ab, taumelte über die Straße, lehnte sich gegen die noch stehende Mauer und würgte sich das Herz aus dem Leib …

Es war gegen zehn Uhr, als er sich mit schleppenden Schritten zur Cornice Street aufmachte. Er wußte nicht, ob Mary informiert worden war oder nicht, aber er mußte zu ihr gehen.

Er hörte sie, bevor er sie sah. Das verzweifelte Weinen traf ihn, als er Schritt für Schritt müde die Treppe hinaufstieg. Er öffnete die Tür und sah sie auf

der Couch sitzen, Annie auf dem Schoß, die sie weinend hin und her wiegte. Ihr gegenüber saß Kusine Annie und hielt ihre Arme um sich geschlungen. Tränen liefen ihr über die Wangen. Teresa stand am Tisch und schenkte Tee in die Tassen. Auch über ihr Gesicht liefen die Tränen. Und Mrs. McArthur stand mit nassem Gesicht am Kopfende der Couch und sagte immer wieder: »Sie müssen es hinnehmen, Mädchen, Sie müssen es hinnehmen.«
Alle wandten sich ihm zu, als er das Zimmer betrat. Er ging langsam auf Mary zu, ließ sich neben ihr nieder und sagte: »Du weißt es?«
Sie machte eine unbestimmte Kopfbewegung und stöhnte: »Oh! Jimmy, Jimmy. Er war so ein guter Mann. Es wird nie wieder einen wie ihn geben, niemals ... Und David. David liebte das Geschäft ... Beide liebten es. Oh, mein Gott! Warum? Warum? Warum, Jimmy?«
Sein Mund öffnete sich weit, er starrte sie ungläubig an und drehte dann langsam den Kopf zur Seite.
Für einen Augenblick kam sie zu sich. »Was ist? Wo warst du? Was ist, frage ich dich! Du bist voller Dreck.«
Ihm wurde wieder schlecht. Als er aus dem Zimmer stürzte, riß sie sich von Annies klammernden Händchen los und folgte ihm.
In der Küche beugte er sich über den Ausguß; Mary packte seinen Arm und schüttelte ihn: »Was ist? Wer? Wer noch?« Er antwortete nicht, er konnte nicht, er mußte sich übergeben. Woher nahm er das alles nur? Wieder würgte er, richtete sich schließlich auf und wischte sich den Mund ab. Er sah sie an, sein Kopf baumelte hin und her, endlich brachte er heraus: »Grannie und Grandpa.«
»Nein!« Sie wich vor ihm zurück. »Nein!« Ihre Stimme war hoch, abgehackt, als wolle sie das Wissen von sich stoßen. »Nein! Vier! Die ... die einzigen guten Menschen, vier. Nein, Jimmy! Nein!«
Sie stürzte an ihm vorbei, er rannte ihr nach und nahm sie in seine Arme und hielt sie fest an sich gepreßt, und sie klammerten sich aneinander wie Kinder, die im Finstern alleingelassen wurden.

4

Sie konnten Ben und David richtig beerdigen, denn seltamerweise hatten sie keinen Kratzer davongetragen. Es war der Luftdruck gewesen. Er hatte das Geschäft erfaßt und sechs Menschen getötet: den jungen Manager, drei Kunden, Ben und David. Zwei Kunden hatten überlebt und lagen im Krankenhaus.
Auf dem Friedhof wurden unzählige Beerdigungen abgehalten, und unzählige Menschen waren da, schwarz gekleidete, gebeugte Menschen, alle mit gesenkten Köpfen, die Blicke zu Boden gerichtet.

Sie begruben Mary und Peter Walton in einem Massengrab mit den Überresten von vierzehn anderen Menschen. Ben und seinen Sohn legten sie gemeinsam in ein Grab; den kleineren Sarg obenauf, und als die Särge in die Erde gesenkt wurden, glaubte Mary, verrückt zu werden.

»Ben, Ben, komm zurück.« Die Worte wirbelten ihr im Kopf herum. »Ben, Ben, komm zurück.«

Er war für immer fort, er und David. Sie hatte David geliebt wie ihr eigenes Kind. Er hatte zu ihr wie zu einer Mutter aufgesehen; er hatte sie Mam genannt. Er hatte niemals, nicht ein einziges Mal nach seiner wirklichen Mutter gefragt. Und er hatte Ben ähnlich gesehen. David wäre ein gutaussehender hübscher junger Mann geworden.

Ben ... Im Dunkel der Nacht, wenn er sie umschlungen hielt und flüsterte: »Ich liebe dich, Mary. Es gibt nicht eine Faser an meinem Körper, die dich nicht liebt, dich verehrt. Für mich bist du das Allerschönste auf der Welt« - dann dachte sie: Du bist auch wunderschön, Ben. Durch und durch bist du schön. Aber sie hatte es ihm nie gesagt, nicht mit Worten hatte sie es ihm gesagt.

Ben liebte es, im Dunkeln zu reden. Während des Tages drückte er seine Zuneigung durch einen Klaps auf den Hintern aus, oder er nahm plötzlich ihr Gesicht zwischen seine beiden Hände und sah ihr tief in die Augen. Aber nachts war seine Liebe etwas, wovon eine Frau träumte; in der Nacht wußte sie, daß sie glücklich war. Wenn sie sich nur nicht an seinem Gesicht mitschuldig gefühlt hätte, oder daran, daß Pa ins Gefängnis gekommen war, sie wäre glücklicher als jede Frau auf der Welt gewesen.

Und jetzt war er tot.

Sie hatte zu ihm gesagt: »Wozu willst du noch hinaus? David findet allein nach Hause, er ist oft genug bei Verdunkelung draußen.«

Und er hatte erwidert: »Ich will wissen, wie es läuft.«

Sie hatte gelacht und gesagt: »Ach, du!«

Dann war er hinausgegangen, lächelnd ...

Es war vorüber. Sie gingen den Weg entlang, Jimmy stützte Mary; die kleine Annie und Kusine Annie gingen hinter ihnen, und Kusine Annies Weinen klang wie das einer Betrunkenen.

Mary wußte nicht, was sie in diesen vergangenen paar Tagen ohne Jimmy getan hätte. Er hatte sich um alles gekümmert, war nüchtern und sachlich geblieben und hatte gehandelt, als sei er doppelt so alt, wie er war.

An der Wegkreuzung stieß ein Mann beinahe mit ihnen zusammen, denn er ging mit gesenktem Kopf wie sie. Als Mary aufblickte, erkannte sie ihn. Hughie Amesden. Er hatte sich verändert, war größer und breitschultriger als früher. Er sah noch immer gut aus, aber auf andere Weise ...

Er weinte. Sie sahen einander durch Tränen an, und sie sagte mit spröder Stimme: »Du?«

Er senkte den Kopf wieder und sagte: »Meine Tochter; sie war sieben.« Dann drehte er sich um und schaute der kleinen Gruppe entgegen, die den Weg entlangkam. Eine ältere Frau und ein Mann gingen zu beiden Seiten einer jungen Frau und stützten sie. »Meine Frau«, sagte er. Er schluchzte tief auf. »Es war unser einziges.«
Dann ging er langsam auf seinem Weg fort, und Jimmy und sie bogen in den anderen ein.
Das Leben war komisch. Nein, nicht komisch! Nein, schrie es in ihr. Niemals wieder würde sie dieses Wort gebrauchen, wenn sie vom Leben sprach. Das Leben war in keiner Weise komisch. Aber es mußte gelebt werden, irgendwie ... Es dehnte sich vor ihr aus, und sie wußte nicht, wie sie damit fertigwerden sollte. Wäre nicht Annie gewesen, um die sie sich kümmern mußte, und Pa ...
Als hätten ihre Gedanken ihn herbeigezaubert, entdeckte sie Alec halb verborgen hinter einem Strebepfeiler der Kirchenmauer. Als er merkte, daß sie ihn gesehen hatte, zog er sich schnell zurück. Sie sah Jimmy an und sagte mit brüchiger Stimme: »Pa ... dort hinter der Ecke. Geh und hol ihn.«
Und Jimmy holte ihn.
Mit sechsundvierzig sah Alec aus wie ein Mann von sechzig. Tief in seinen Augen flackerten Angst, Verwirrung. Er saß im Auto Mary und Jimmy gegenüber, und er hob weder den Kopf, noch sagte er ein Wort. Als der Wagen sie vor dem Laden absetzte, wollte er davongehen, aber wie blind faßte Mary nach seiner Hand und führte ihn ums Haus herum, durch den Hof und die Treppe hinauf und auf diese Weise zum erstenmal in ihr Haus.
Lieber als alles andere wäre sie jetzt allein gewesen, hätte sich aufs Bett geworfen und geweint. Aber dazu war während der kommenden langen Nächte noch Zeit genug. Sie mußte sich ins Gedächtnis rufen, daß sie ja nicht die einzige war, die einen Verlust erlitten hatte. Ihr Pa hatte alles verloren, er hatte auf einen Schlag Vater und Mutter und damit seinen Halt verloren.
Er saß auf der Couch und schaute fast verblüfft um sich; seine Augen wanderten zu ihr und blieben an ihr haften, und er sagte leise: »Ich habe ... ich habe das Haus zehn Minuten vorher verlassen, Mary. Wenn ich doch nur dort geblieben wäre, wenn ich nur geblieben wäre, das ist alles, worum es mir leid tut.«
»Red nicht so dumm daher!« Ihre Stimme war scharf.
Mrs. McArthur kam herein und sagte: »Der Tee ist fertig, Kindchen.« Sie gingen alle ins Eßzimmer und setzten sich um den Tisch: Kusine Annie, ihre eigene Annie, Jimmy und ihr Pa. Mary sah einen nach dem anderen an, und sie wünschte sie alle weit weg, selbst ihre eigene Tochter, die Tee schluckte, während sie weinte. Sie hatte den einzigen Menschen verloren, der wirklich wichtig war; sie hatte den einzigen Menschen verloren, der sie an diesem Ort festhielt. Da kam ihr eine für diesen Augenblick äußerst seltsame Idee. Wenn

jetzt der Krieg vorüber wäre, dachte sie sich, würde ich alles verkaufen und reisen. Ich wollte schon immer reisen. Ben hat dafür gesorgt, daß ich genug habe, um für den Rest meines Lebens versorgt zu sein. Ich würde reisen, ja, das würde ich tun, und zum Teufel mit allen.
»Trink deinen Tee!« Jimmy riß sie aus ihren Gedanken.
Sie trank ihren Tee und landete wieder auf dem Boden der Tatsachen. Da saßen sie alle, und sie brauchten sie, so wie sie selbst Ben gebraucht hatte. Trotzdem wünschte sie, sie loswerden zu können. Die Verantwortung war zu schwer, würde sie altern lassen. Ben hatte sie immer wie ein junges Mädchen behandelt. Selbst jetzt, da sie sechsundzwanzig war, hatte er immer die Vision von ihr als Sechzehnjähriger aufrechterhalten. Aber Ben war fort; es war Zeit, wirklich erwachsen zu werden.

5

»Hörst du das?«
»W-was?«
»Dieses Spektakel von nebenan. Oder bist du taub?«
»Nein, ich bin nicht taub, aber ich habe geschlafen, und wenn du auch schlafen würdest, würdest du auch nichts hören.«
»Wie kann dabei jemand schlafen! Möchte wissen, warum die Polizei nicht kommt. Die schläft wahrscheinlich auch.«
»Polizei?«
Jimmy drehte sich um, richtete sich auf, stützte seine Ellbogen auf die Knie, legte den Kopf in die Hände und sagte geduldig: »Sie haben eine Party … man kann keine leise Party haben … bei einer Party darf man ein bißchen Krach machen.«
»Tu deine Knie runter! Du könntest ebensogut überhaupt nichts anhaben. Vielleicht kannst du auch mal auf einen anderen außer dir Rücksicht nehmen. - Party, sagst du? Das geht schon seit Stunden so. Weißt du, wie spät es ist? Es ist fünfundzwanzig Minuten vor vier. Party! Ich hab noch kein Auge zugetan. Mach endlich was dagegen!« Er drehte sich zu ihr um. »Was kann ich denn tun?«
»Du kannst aufstehen und ihnen sagen, daß sie aufhören sollen.«
»Ich soll aufstehen und ihnen sagen, daß sie aufhören sollen?«
»Genau das hab ich gesagt. Wenn du ein Mann wärst, wärst du schon vor Stunden drüben gewesen, schon als sie angefangen haben.«
Seit den Massenbegräbnissen auf dem Friedhof waren vierzehn Tage vergangen, und sie war seitdem ruhig gewesen, sogar nett zu ihm, so sehr, daß er allmählich dachte, wenn nicht seine Mutter wäre, hätten sie vielleicht eine Chance. Seine Mutter … Am Tag nach dem Bombardement hatte sie in der

Küche gestanden, ihn angesehen und fast triumphierend gesagt: »Gottes Mühlen mahlen langsam, aber sicher; er zahlt nicht mit kleiner Münze zurück. Endlich hat sie bekommen, was sie verdient.«
Haß war in ihm hochgestiegen. Irgend etwas in ihm hatte sich auf sie gestürzt und hatte sie an der Kehle gepackt und erwürgt; und er hatte sich zurückhalten müssen, um nicht wirklich auf sie loszugehen. Er hatte gespürt, wie ihm das Blut aus dem Gesicht wich, als er sie anstarrte, und dann hatte er gesagt: »Ich hoffe, Gott verzeiht dir, aber ich bin sicher, er wird noch mit dir abrechnen.« Dann war er gegangen und hatte seitdem nicht mehr mit ihr gesprochen.
Er ging hier im Haus an ihr vorbei, als existiere sie nicht. Wenn sie mit ihm redete, ihn zu reizen suchte, ignorierte er sie. Er spürte, es war besser, sie zu ignorieren, denn wenn er einmal den Mund aufmachte, war er vielleicht nicht mehr verantwortlich für das, was er sagte oder tat. Er hatte seit Weihnachten sehr wenig getrunken und war entschlossen, ganz mit dem Trinken aufzuhören, besonders mit den harten Sachen. Er wußte, er konnte sie nicht vertragen und dabei er selbst bleiben. Keiner konnte das wirklich, aber er noch weniger als alle anderen.
»Was sitzt du da herum, als ob du meilenweit weg wärst? Steh auf, geh an die Tür und schrei rüber ... Hör dir das an. Sie sind verrückt. Ein Wunder, daß Barney Skelton noch nicht unten war. Oh, natürlich, er wird dabeisein. Und die Pinchers von nebenan auf dieser Seite und Wilsons von nebenan auf der anderen Seite ... Geh schon!« Sie boxte ihn in den Rücken, daß er beinahe aus dem Bett gefallen wäre. Wütend drehte er sich zu ihr um und schrie sie an: »Laß das! Einmal platzt mir noch der Kragen, und dann gnade dir Gott!«
Langsam stieg er aus dem Bett, zog seine Hausschuhe an und ging hinaus auf den Flur. Der Lärm des Singens und Schreiens hallte durchs Haus; dann wurde mit verblüffender Plötzlichkeit die Tür vor ihm aufgerissen. Der Krach überflutete ihn wie eine Woge.
Unter der Tür stand Albert Briggs, seine Arme um eine Frau gelegt. Sie sangen beide in den höchsten Tönen. Hinter ihm erschienen noch zwei Männer und eine Frau, dahinter noch zwei, und noch zwei ... »Ho! Wen haben wir denn da?« Albert Briggs ließ die Frau los und wedelte mit den Händen über seinem Kopf herum, dabei schrie er: »Schaut! Es ist' Mis-ter Walton. Mis-ter Walton will auch bei der Party dabeisein. Möchten Sie auch zur Party, Mister Walton?«
Albert Briggs setzte seine einhundertsieben Kilo in Richtung Jimmy in Bewegung. Er hatte keine Jacke an, seine Hemdsärmel waren aufgerollt und ließen knotige Muskelstränge sehen. Albert war Dockarbeiter und stolz darauf, und stolz auf seine Kraft, und jetzt packte er mit einer schweren Hand Jimmys Schulter.

Obwohl sie beide gleich groß waren, ·wirkte Jimmy im Vergleich zu Albert Briggs wie ein Schilfrohr und gut zehn Jahre jünger als der bullige Mann. Briggs schüttelte ihn jetzt tatsächlich.
»Mis-ter Walton«, sagte er, »Mis-ter Walton is' gekommen, um uns die Ehre seiner Anwesenheit zu erweisen. Wißt ihr was, Leute?« Er drehte sich zu den übrigen Partyteilnehmern um, die sich in die Halle drängten, die Gesichter blöde vor Lachen. »Mis-ter Walton is' ein Gen-leman, das is' er. Lally sagt, er is' 'n Gen-leman, weil Mis-ter Walton Gedichte schreiben kann. Was haltet ihr davon?« Er versetzte Jimmy einen halb scherzhaften Hieb in die Magengegend.
Nach Atem ringend trat Jimmy zur Seite und zwang sich zu sagen: »Also, was genug ist, ist genug. Es ist beinahe vier Uhr morgens; ich denke, es wäre allmählich Zeit, daß Sie aufhören, meinen Sie nicht?«
»Hört! Mis-ter Walton spricht. Bill, du alter Gauner, komm mal 'ne Minute her.« Ein Mann kam nach vorne, und Briggs sagte zu ihm: »Dies ist Mis-ter Walton, der Gen-leman.«
»Albert, Albert, hör doch auf!« Das war Lallys Stimme.
»Hörst du, Albert? Komm rein.«
Albert nahm keine Notiz von seiner Frau, sondern redete weiter auf seinen Kumpan ein. »Was sollen wir mit Mis-ter Walton machen, Bill, hm? Was sollen wir mit ihm machen? Schaut, schaut.« Er packte Jimmys Pyjama-Beine. »Er trägt Püschamas! Mis-ter Walton, der Gen-leman, trägt Pü-scha mas! Ha, Bill, komisch, ein Mann, der Püschamas trägt! Die sind einem doch bloß im Weg, was, Junge?« Grölendes Gelächter brandete auf. »Ob mir die wohl passen?«
Jimmy sah sich unter den vom Bier aufgedunsenen Gesichtern furchtsam um. Dann blickte er zu seiner Tür. Aber Briggs versperrte ihm den Weg.
Als Briggs' Hände nach vorne schnellten und ihn um die Taille packten, kämpfte er mit Händen und Füßen, aber Briggs hatte den Griff eines Gorilla, und außerdem wurde er mittlerweile von drei anderen Männern unterstützt. Wie die Irren lachend drückten sie Jimmy zu Boden und zogen ihm seine Pyjamahosen aus, während Lally über das Getöse hinweg schrie: »Hört auf! Hört alle auf! Ihr dreckigen, verdammten Schweine, hört auf!«
»Stopft ihr endlich das Maul!« brüllte Briggs, und einer der Männer ergriff Lally und stieß sie unsanft ins Zimmer zurück. Dann knallte er die Tür zu und hielt die Klinke fest. »Wie wär's mit dem Mülleimer, hä? Wie wär's mit dem Mülleimer?«
Der ganze Chor rief: »Aye, aye, das ist 'ne Idee! Kommt, faßt mit an.« Vier der Männer hievten Jimmy hoch, der nur noch mit seiner Pyjamajacke bekleidet war.
»Hört auf, ihr Verrückten!« brüllte er sie an. »Laßt mich runter! Hört ihr? Briggs! Briggs! Das werden Sie mir büßen, Briggs!«

»Schrei dir deinen verdammten Kopf nur weg, Bursche. Kommt, hinten hinaus. Denkt an die verfluchte Verdunkelung. Die Tonnen sind im Hinterhof.«
Es war Barney Skelton, der die Mülltonne ausleerte. Während Jimmy noch immer um sich schlug, legten sie ihn zusammen wie einen Drahtkleiderbügel und rammten ihn, das Hinterteil zuerst, in die Tonne hinein. Plötzlich war er ganz ruhig.
»Macht die Hoftür auf. Mach schon, du blöder Hammel, wir können ihn hier drin nicht herumrollen, nicht genug Platz, und ein bißchen Dalli-Dalli, sonst kriegen wir die verdammten Bullen auf den Hals.« Schwankend und mit unterdrücktem Lachen trugen sie die Tonne auf die Hintergasse.
»Seine Beine sehen aus wie Streichhölzer«, jubelten sie. »Kein Fleisch auf dem Arsch, nichts als Knochen. Ab mit dir!«
Sie kippten die Tonne zur Seite und rollten sie die Gasse hinunter. Aber sie hatte sich nur ungefähr dreimal gedreht, als Lally herausgestolpert kam und sich ihr quer in den Weg stellte. Sie hielt einen glühenden Eisenstab in der Hand, ließ ihn durch die Luft zischen und schrie: »Hört auf, ihr dreckigen Sauhunde! Hört auf! Ich hab hier einen Schürhaken, und ich schwör's euch, ich zieh ihn dem ersten drüber, der näher kommt.« Dann öffnete sie weit den Mund und brüllte: »Polizei! Polizei!«
Sie überschütteten sie mit Flüchen, noch immer lachend, und taumelten zurück durch die Hintertür, Briggs mitten unter ihnen.
Als die Tür zuschlug, bückte sich Lally, legte das Eisen auf die Pflastersteine und halb Jimmy sanft aus der Tonne, wobei sie die ganze Zeit murmelte: »Oh, mein Gott! Mister Walton. Oh, es tut mir so leid, so leid, wirklich.«
Jimmy war unfähig, auf den Füßen zu stehen. Er war von Kopf bis Fuß zerschlagen. Wenn sie ihn die ganze Gasse hinuntergerollt hätten, wäre er vermutlich tot gewesen. Seine Nase war zerschunden und blutete, von einem Backenknochen hing die Haut in Fetzen weg, und was noch schlimmer war, in diesem Augenblick hatte er das Gefühl, sein Körper ließe sich niemals mehr geradebiegen.
O Gott, Gott! Diese Demütigung. Ihm war kalt, innerlich und äußerlich, eiskalt. Es war, als hätte die Kälte sein Herz eingeschlossen. Was war los mit ihm? Warum passierten ihm derartige Dinge? »Kommen Sie, versuchen Sie zu stehen. Sie müssen hinein; sie werden sterben hier in dieser Kälte.« Lally nahm seinen Arm und zog ihn hoch.
Als er stand, wurde ihm plötzlich bewußt, daß er nackt war, und er dankte Gott für die Dunkelheit.
Wie ein Kind, das barfuß über Kies läuft, stolperte er über das Kopfsteinpflaster zur Hintertür. Sie hatte einen Arm um ihn gelegt, um ihn zu stützen, und versuchte mit der anderen Hand die Tür zu öffnen. Sie war verschlossen.
»Macht die Tür auf, ihr dreckigen Schufte! Macht die Tür auf!« schrie sie laut. Aber nichts rührte sich drinnen.

»Kommen Sie«, sagte sie jetzt schnell. »Wir gehen vorn hinein. Ihre Frau wird Sie reinlassen. Auch wenn sie die Tür abgeschlossen haben, sie wird … sie wird aufmachen.«
Noch immer humpelnd und zähneklappernd stolperte er zum Ende der Gasse und um die Ecke herum; da fiel plötzlich das Licht einer Fackel auf sie.
»He! Können Sie mir verraten, was Sie um die Zeit hier zu suchen haben? Was ist denn *das*?«
Das Licht zeigte dem Konstabler einen Mann, nackt bis auf eine Pyjamajacke, und eine Frau in hautengem Kleid mit tiefem Rückenausschnitt, eine Blondine.
»Was treiben Sie da?«
»Ist schon alles in Ordnung, Kon … Konstabler, die … die Hintertür war abgeschlossen, wir konnten nicht hinein.«
Lally schnatterte vor Kälte.
»Wie sind Sie herausgekommen?« Er richtete seine Frage jetzt an Jimmy. »Sie scheinen was vergessen zu haben. Wie heißen Sie?«
»Ich sage Ihnen doch, es ist alles in Ordnung, Konstabler.«
Lallys Stimme war hoch, mit einer Spur Angst darin.
»Ich rede mit ihm. Wie heißen Sie?«
Jimmy konnte einen Moment wegen seiner klappernden Zähne nicht antworten, dann sagte er: »Schauen Sie, da hat sich jemand einen der … derben Scherz erlaubt.«
»Einen derben Scherz! Da haben Sie recht! Und wo sind die derben Scherzer? Ich sehe nur einen nackten Mann und eine Frau um diese Zeit morgens auf der Straße! Wie heißen Sie?«
Jimmy schloß die Augen. Oh, lieber Gott! Eine Stimme aus der Tiefe seines Innern schrie wie im Gebet um Hilfe aus dieser Situation. Er stammelte wieder: »E-es ist … a-alles ein Mißverständnis, Kon … Konstabler, sie …«
»Hören Sie auf, rumzustottern. Wie heißen Sie?«
»Wal … Walton.«
»Wo wohnen Sie?«
»Sieb … siebzehn, Haydon … in dieser Straße.«
»Na, dann gehen wir mal nach Nummer siebzehn.«
Die Tür zur Halle war offen, aber die Türen der beiden Wohnungen waren geschlossen. Jimmy drehte den Knauf an seiner Wohnungstür; sie war versperrt. Er rüttelte heftig daran, dann schrie er stotternd vor Kälte: »Be … Betty! Betty? M … m-mach die Tür auf, Betty!«
»Ich … ich wohne dort drüben.« Lally deutete auf die andere Tür.
»O ja!« sagte der Polizist.
»Ja!« fuhr sie ihn an und versuchte es an ihrer Tür. Aber auch die war versperrt. Und jetzt schrie sie: »Albert! Albert! Du verdammtes Schwein, du! Mach die Tür auf!« Aber noch immer war kein Ton zu hören, nicht einmal

ein betrunkenes Kichern. Sie drehte sich um und sah den Polizisten in stummer Verzweiflung an.
Plötzlich öffnete sich Jimmys Tür, und da stand Betty in einem Morgenmantel. Als sie ihren Mann sah, der vergeblich versuchte, seine Nacktheit zu verbergen, stieß sie einen mädchenhaften Schrei aus, als habe sie ihn noch nie unbekleidet gesehen. Klagend rief sie: »Oh, oh!«
»Sie kennen diesen Mann, Missis?«
»Diesen Mann kennen?« Sie wandte den Kopf ab, als Jimmy an ihr vorbeistürmte.
»Können Sie erklären, wieso er um diese Morgenstunde nackt auf der Straße anzutreffen ist?«
»Nein, das kann ich nicht.« Sie schickte einen bösen Blick durch die spärlich erleuchtete Halle zu Lally. »Noch kann ich erklären, wieso sie bei ihm ist.«
So war das also. »Darf ich eine Minute reinkommen?«
Betty legte den Kopf zur Seite, aber ehe sie sprechen konnte, erschien Jimmy wieder an der Tür, sich eine Hose zuknöpfend.
»Nein, Sie können keine Minute reinkommen,« sagte er kalt. »Was immer Sie für Einzelheiten wissen möchten, Sie können sie hier bekommen. Mein Name ist Jimmy Walton, Sie kennen meine Adresse. Sie wissen, wie Sie mich gefunden haben, machen Sie daraus, was Sie wollen. Geh hinein!« Er drehte sich um und stieß Betty ins Zimmer. Dann, mit der Tür in der Hand, deutete er auf seine blutende Nase, seine zerschundene Wange und seine verkratzten Füße und sagte: »Ich hatte ziemlich viel Spaß, wie Sie sehen. Ich wurde ausgezogen und in eine Mülltonne gesteckt und die Hintergasse hinabgerollt. Schreiben Sie das in Ihr kleines Buch. Sie werden es mir nicht glauben, aber schreiben Sie es rein, denn das ist meine Geschichte.« Und mit diesen Worten knallte er dem Polizisten die Tür vor der Nase zu. Der Polizist drehte sich zu der blonden Frau um, die an der Wand lehnte, als sei sie betrunken. »Und was haben Sie zu all dem zu sagen?« fragte er.
»Genau das, was er sagte, Wort für Wort.«

6

Die halbe Stadt lachte über die Geschichte. Nach dem Grauen der Bombennächte war so ein Vorfall willkommen. Der arme Kerl hatte wirklich Pech. So stand es in den Zeitungen. Es war der gleiche Mann, hieß es, der vor Gericht gebracht und verurteilt worden war, weil er kurz vor Weihnachten die halbe Einwohnerschaft von Shields zu den Klängen der Heilsarmee-Kapelle in einem Tanz um den Marktplatz geführt hatte. Jetzt hatte man ihn nackt auf der Straße aufgegriffen, wenn auch nicht durch seine eigene Schuld. Er war um halb vier Uhr morgens aufgestanden, um wegen einer lautstarken Party zu reklamieren, die in der Wohnung gegenüber stattfand; und die Teilnehmer an dieser Lustbarkeit hatten ihn nach draußen geschleppt, ausgezogen, in eine Mülltonne gesteckt und die Hintergasse entlanggerollt. Derartige Scherze kann man mit einem jungen Burschen machen, aber wenn man es mit einem Einmeterneunzig-Mann macht, bleiben notgedrungen Teile von ihm außerhalb der Tonne, und diese Teile des armen Mr. Walton waren tagelang eine äußerst schmerzhafte Angelegenheit gewesen.

Der Reporter des Berichts besaß einen ausgeprägten Sinn für Humor.

Obgleich der Vorfall sehr lustig gewesen sei - fuhr er fort hätte es ohne Mr. Barney Skelton, der an dem handgreiflichen Spaß teilgenommen hatte, für Mr. Walton vielleicht weniger lustig werden können, der, daran mußte erinnert werden, gerichtlich verpflichtet worden war, während der Dauer von sechs Monaten friedfertig zu sein. Barney Skelton hatte ausgesagt, sie seien alle ein bißchen beschwipst gewesen, und sie hätten nur ein bißchen Spaß haben wollen, niemand hätte etwas gegen Mr. Walton. Mr. Skelton hatte betont, daß Mr. Walton ein anständiger Bursche sei und daß es ihm, Barney Skelton, leidtäte; und ja, es stimmte, sie hatten den Hintereingang zugesperrt und Mrs. Briggs aus ihrer Wohnung ausgeschlossen.

Der Friedensrichter hatte ausgeführt, die Partyteilnehmer hätten wohl einen etwas verdrehten Sinn für Humor und er bedaure, daß die alte Regel ›Auge um Auge, Zahn um Zahn‹ nicht mehr gelte. Er fragte sich, wie es Mr. Skelton und seinen Freunden wohl gefallen würde, nackt in Mülltonnen gesteckt und um vier Uhr an einem Wintermorgen eine holprige Hintergasse entlanggerollt zu werden. Und ob es Mr. Skelton und seinen Freunden eigentlich bewußt sei, daß noch immer Krieg herrschte. Und ob sie etwa, hatte er scharf gefragt, am nächsten Tag von der Arbeit weggeblieben seien, weil sie dicke Köpfe hatten? Es sei sehr schade, hatte er abschließend festgestellt, daß die betroffenen Männer nicht in der Armee seien; in diesem Augenblick ließen Männer ihr Leben für Leute ihres Schlages.

Als Barney Skelton aus dem Gerichtssaal gekommen war, hatte er jedem, der es hören wollte, gesagt: »Das hat man nun davon, wenn man das Richtige tut; ich war der einzige verdammte Idiot, der sich gestellt hat …«

Der Direktor konnte nicht viel machen. Er ließ Jimmy nicht rufen, aber Jimmy war sich darüber im klaren, daß dies wieder ein Minuspunkt für ihn war. Der üble Streich, den ihm die Briggs-Bande gespielt hatte, nahm ihn viel mehr mit als die Geschichte auf dem Marktplatz. Aus jener Affäre war er noch mit einiger Würde hervorgegangen, aber jetzt kam er sich vor wie ein Idiot, jetzt war er Zielscheibe des allgemeinen Spottes.

Wenn er nur ein bißchen mehr Courage hätte, er würde zusammenpacken und verschwinden, weg von hier, weg von Betty vor allem. Aber wohin sollte er gehen? Es gab nicht einen Platz in England, wohin er in diesen Tagen gehen konnte, ohne durch seine Identitätskarte oder das Zuteilungsbuch aufgespürt zu werden. Und wenn es das letzte wäre, was sie täte, Betty würde ihn ausfindig machen und sicherstellen, daß er zahlte. Sein einziger Trost war Mary. Nein, das stimmte nicht; es gab noch jemanden, der Trost für ihn bedeuten konnte, großen Trost. Aber er konnte nicht zu ihr gehen; so sehr er es sich auch wünschte. Komisch, wie man Leute allmählich liebgewinnen konnte, und vom Liebgewinnen zum Lieben war es nicht mehr weit. Die ungewöhnlichsten Leute konnte man liebgewinnen, Leute, die scheinbar gar nicht zu einem paßten …

Als Jimmy bei Mary war, fragte er wie nebenbei: »Nun, Zeitung gelesen?«

»Oh, Jimmy!« antwortete sie.

»Aye, armer Jimmy.«

Liebevoll sah sie ihn an und sagte leise: »Weißt du, wenn der Krieg vorüber ist, gehst du weg von hier, weit weg.«

»Keine schlechte Idee.«

Sie blickte aus dem Küchenfenster hinaus auf die Dachfirste von gegenüber, wo die Schindeln von verschiedener Form und Größe das Flickwerk nach der Zerstörung durch den Luftdruck zeigten, und murmelte: »Das ist es, was ich tun möchte, meilenweit, meilenweit weggehen.« Sie wandte ihm ihr Gesicht zu, das naß war von Tränen und sagte: »Pa ist im vorderen Zimmer, geh und rede ein Wort mit ihm.«

»Wie geht es ihm?«

»Oh, immer gleich. Er ist wie ein Kind; so dankbar für alles, was man tut; das schmerzt. Ich erinnere mich, wie er mich als kleines Mädchen zu den Schrebergärten mitnahm. Zu den Schrebergärten zu entkommen, war immer wie kleine Ferien. Und seltsam, in gewisser Weise fühle ich mich in diese Tage zurückversetzt; außer daß … daß die Vorzeichen umgedreht sind. Ich bin es jetzt, die ihn an der Hand nimmt.«

»Vielleicht reißt er sich jetzt zusammen, wenn er bei dir ist.«

»Warten wir's ab.«

»Willst du ihn für immer dabehalten?«

»Wo soll er sonst hin?«

»Ja, wo soll er hin? Es wird schwer für dich werden.«

»Das macht mir nichts aus.« Meistens machte es ihr wirklich nichts aus, aber es gab Zeiten, da glaubte sie, es nicht mehr ertragen zu können. Wenn sie nur Ben wiederhätte! Sie war so einsam, verloren, leer ohne ihn … Ben.

Jimmy sagte: »Ich weiß, wie Pa zumute ist. Jetzt weiß ich's, nach allem, wie es ist, wenn einem die Würde genommen wird. Ich erinnere mich, ich war vielleicht dreizehn, da hab ich ihn zum erstenmal richtig gesehen. Er stand mit einer Gruppe anderer Männer an der Ecke, und ich dachte, er hat einen krummen Rücken, er ist grau und mager, und ich schämte mich seiner. Aber nur einen kurzen Moment; dann merkte ich, daß alle die andern auch

gebeugt, grau und mager waren, und sie alle hatten die Hände in ihren Taschen. Ich fing an, mir alle Männer anzusehen. An jeder Ecke standen Gruppen, und sie alle sahen gleich aus, und ihnen allen fehlte es an einem. Damals konnte ich dem keinen Namen geben, jetzt weiß ich es. Würde, das war es, was ihnen fehlte. Manche von ihnen haben sie wiedergewonnen, als der Krieg ihnen Arbeit verschaffte, aber Pa nicht. Und deshalb weiß ich, wie er sich fühlt.«
»Rede nicht so, Jimmy. Reiß dich zusammen. Man hat sich einen dummen Spaß mit dir erlaubt; keiner denkt deshalb schlecht von dir.«
»Nein, nein«, sagt er, »sie denken nicht schlecht von mir, sie sehen mich nur ohne Hosen. Besonders fünfhundert Paar junger Augen in der Pausenhalle der Schule werden Bohnenstangen-Walton ohne Hosen vor sich sehen.« Er wandte sich von ihr ab und ging ins Wohnzimmer.
Sie blickte wieder aus dem Fenster und flüsterte:
»Ich werde es tun, ganz bestimmt. Gleich nach dem Krieg geh ich, nur Annie nehm ich mit. Ich werde Pa in ein nettes kleines Haus stecken, zusammen mit Kusine Annie. Eine Weile können sie für sich selbst sorgen. Und ich werde reisen, und vielleicht finde ich eine Gegend, in der ich gern leben möchte, irgendwo, wo es weicher, weniger rauh ist, wo ich nicht auf Dachfirste schauen muß.«
Die Tür öffnete sich und Kusine Annie kam herein. Sie hinkte mehr als üblich, ließ sich in einen Sessel plumpsen und sagte: »Oh, meine Beine spielen nicht mehr mit. Man hat mir gesagt, ich soll das Hüftgelenk untersuchen lassen, und es wird mir wohl nichts anderes übrigbleiben. Ich hätte es schon vor ewiger Zeit machen lassen, aber ich hatte Angst, dann überhaupt nicht mehr gehen zu können. Aber ich nehme an, ich muß der Sache endlich ins Auge sehen. Machst du eine Tasse Tee, Kindchen?«
»Ja«, sagte Mary. »Ja, ich mache eine Tasse Tee.«
»Und ich möchte ein Hörnchen und Butter«, sagte Kusine Annie.
»Heute gibt's Margarine«, sagte Mary.
Wenn eine Bombe in die Küche gefallen wäre, Kusine Annie hätte nicht überraschter dreinsehen können. »Warum?« fragte sie, und ihr kleiner Körper wurde ganz steif.
»Weil es allmählich Zeit dafür wird, Annie.«
»Zeit dafür?« fragte Annie. »Aber du bist doch nicht knapp mit Butter?«
»Nein, aber wir sollten es sein. Wir sollten nur unsere Rationen haben wie andere Leute auch.«
»Oh!« Kusine Annie wackelte mit dem Kopf. »So ist das jetzt?«
»Ja, Annie, so ist das jetzt.«
Es war das Jahr 1944. Trotz der herrschenden Lebensmittelknappheit hatten sie sich bisher nicht einschränken müssen; sie hatten gelebt wie vor dem Krieg. Ihr neuer, moralischer Standpunkt würde sie sehr unbeliebt machen,

das wußte sie; es würde heißen, sie habe sich in eine heilige Johanna verwandelt.
Es war ihr nicht erst in diesen Tagen zum Bewußtsein gekommen, daß viel zu viel geschoben und gemauschelt wurde, daß es viel zu viele gab, die an diesem Krieg verdienten. Sie konnte kaum etwas dagegen tun, und schließlich hatte sie selbst ja auch davon profitiert. Aber jetzt hatte sie das Gefühl, dem ein Ende setzen zu müssen.
Sie konnte nicht recht erklären, weshalb ... vielleicht, daß ihre Haltung ein bißchen dazu beitrug, jene zu treffen, die am Tod der vier Menschen schuld waren, die sie am meisten geliebt hatte.
Kusine Annie humpelte aus dem Zimmer und maulte: »Das sind trübe Aussichten für uns alle, wenn du anfängst, scheinheilig zu werden. Ich hätte dich für klüger gehalten.«
Mary mischte den Tee und überhörte die Bemerkung. Dann ging sie in den Laden hinunter, rief Teresa in den Vorratsraum und sagte zu ihr: »Ich hab eine Tasse Tee gebrüht. Geh hinauf und trink etwas; ich mach hier weiter. Und übrigens, Teresa, wieg in Zukunft Mr. Gregsons Rationen genau ab. Das betrifft auch die Richardsons, die Browns und die Connellys; wenn sie eine Erklärung wollen, sag ihnen, das sei meine Anweisung und sie sollen sich an mich wenden.«
Teresa kniff die Augen zu und sah zu Mrs. Tollett auf, aber sie antwortete nicht sofort; sie dachte nur, ihre Arbeitgeberin müsse ein bißchen übergschnappt sein, diese Bombengeschichte hatte wohl ihren Kopf in Mitleidenschaft gezogen. Dann murmelte sie: »Wie Sie meinen, Mrs. Tollett, wie Sie meinen.«
Mary hatte etwa seit fünf Minuten im Laden bedient, als die Tür aufging und ein großer Mann eintrat. Sie hatte das Licht noch nicht angedreht und es war düster im Laden, aber sie spürte, das war keiner der regelmäßigen Kunden. Als er näherkam, sah sie, daß es Hughie Amesden war.
Es war zehn Jahre her, seit er das letztemal im Laden gewesen war. Während dieser Zeit hatte sie ihn ein- oder zweimal auf der Straße mit einem Mädchen gesehen, mit einem hübschen Mädchen. Sie wußte nicht, ob es diejenige war, die seine Frau geworden war, denn damals auf der Beerdigung hatte sie nur einen kurzen Blick auf sie geworfen.
Er wartete, bis der Rest der Kunden bedient war, ehe er zur Theke kam. Er verlangte nicht sofort etwas, sondern sah sie an und sagte: »Wie geht es Ihnen?«
»Oh, ganz gut, Mr. Amesden. Und Ihnen?«
Er warf den Kopf hoch. »Finde mich damit ab.«
»Wie geht es Ihrer Frau?«
»Sie trägt sehr schwer daran. Sie ... wir, sie war unser ein und alles, Christine, wissen Sie.«

»Ja, ja, ich weiß«, sagte Mary. Und sie hätte am liebsten hinzugefügt: »Aber es gibt einen Trost für Sie und Ihre Frau. Sie können noch weitere Kinder haben.« Aber sie schwieg, denn sie wußte, das war im Augenblick kein Trost.

Sie sahen einander über die Theke hinweg an, dann sagte sie: »Es wird dunkel« und kam hinter der Theke hervor, ging zum Fenster, zog das Verdunklungsrollo herunter, zog den grauen Stoffvorhang vor die Tür und drehte das Licht an. Die ganze Zeit beobachtete er sie, bis sie die Klappe hob und wieder hinter die Theke trat.

Dann sagte er ruhig, indem er sie fest ansah: »Es hat mir sehr leid getan, das mit Ihrem Mann und Ihrem Sohn. Ich ... ich kannte ihn nicht, aber ich hatte von ihm gehört, er war sehr geachtet.«

»Ja, das war er.«

»Und ... und ich bin heute hereingekommen, weil ... nun, ich habe gerade erfahren, daß Sie zur selben Zeit Ihren Großvater und Ihre Großmutter verloren haben. Das war ein schrecklicher Angriff.«

»Danke, das ist sehr nett von Ihnen. Ja, es war ein schrecklicher Angriff.«

Er lächelte sie an. »Ich kann mich an die alten Leute erinnern. Sie sind damals viel zu ihnen gegangen. Ich habe Sie gesehen, wenn wir hier herumliefen, Paul Connelly und ich. Erinnern Sie sich an ihn?«

»An Paul Connelly? O ja.«

»Er ist letztes Jahr mit seinem Schiff gesunken.«

»Nein!«

»Ja.«

»Oh, das tut mir leid.«

»Er war der einzige Sohn. Es ... scheint Jahre her zu sein seit damals, als wir uns auf der Straße trafen.«

Sie starrte ihn an, und ihre Augen wurden immer weiter. Als wir uns auf der Straße trafen, hatte er gesagt. Nie hatte er ihr gegenüber den Mund aufgemacht; nur einmal in all den Jahren hatte er »Hallo« gesagt. Sie erinnerte sich an die Karte von einem stillen Bewunderer. Sie war irgendwo oben. Jimmy hatte sie mitgebracht, als er ihre wenigen Habseligkeiten aus dem Haus geschmuggelt hatte.

Sie fragte sich, ob er es war, der sie ihr geschickt hatte. Aber nein, nein; es wird Paul gewesen sein, Paul Connelly.

Die Ladenglocke läutete, und zwei Kinder traten ein.

Er sagte jetzt: »Ich wollte eigentlich nur sagen, wie leid es mir tut.«

»Danke, Mr. Amesden.«

Er sah sie noch immer an, und als ihr Blick von den Kindern wieder zu ihm zurückkehrte, sagte er leise: »Ich hätte nie gedacht, daß ich noch einmal in diesen Dreck zurück möchte. Ich wurde letztes Jahr entlassen.« Er tippte auf seine Brust. »Ein Stückchen Schrapnell tat sein Bestes, um mir das Lebens-

licht auszublasen.« Er lächelte schwach. »Aber jetzt, jetzt würde ich nichts lieber tun, als zurückzukehren.«
Sie nickte ihm zu und sagte: »Ich weiß, was Sie empfinden, auf mich hatte es die gleiche Wirkung, nur auf andere Weise.«
»Also«, er trat einen Schritt von der Theke zurück, »ich werde jetzt gehen. Bye-bye.«
»Bye-bye, Mr. Amesden.«
Während sie bediente, dachte sie, daß er nicht gekommen war, um etwas zu kaufen. Und er hatte sich an die Zeit vor zehn Jahren erinnert, vor zehn Jahren, als sie noch jung waren.

7

Nach außen hin hatte sich Jimmys Leben wieder normalisiert. Die Wochen vergingen und zerrannen zu Monaten; der Frühling kam und ging; bald würde der Krieg zu Ende sein, der Sieg war in Sicht. Der Tag D hatte im Juni stattgefunden, jedermann auf der Welt, der Zugang zu Schwarzsendern und der BBC hatte, wußte alles über die Landung bei Arromanches. Die Leute redeten noch immer von Montecassino, das im Mai eingenommen worden war, und es wurde prophezeit, daß der Krieg bis Weihnachten vorbei sein würde, das heißt, Hitlers Krieg, da waren natürlich noch immer die Japaner. Die Dinge entwickelten sich wundervoll - die halbe Menschheit war auf der Flucht, Menschen starben noch immer zu Tausenden - aber alles entwickelte sich prachtvoll.
Jimmy lehrte so gut wie immer, zumindest glaubte er das. Sein Temperament ging ein wenig öfter mit ihm durch, aber das war die einzige Veränderung, die er selbst an seinem Umgang mit den Schülern feststellen konnte, außer der Tatsache, daß er kaum mehr mit ihnen herumalberte.
Dann geschah etwas, was seine Zukunft in einem helleren Licht erscheinen ließ. Es war ein schwaches Licht und sehr entfernt, aber es war da.
Albert Briggs starb, er hatte einen Unfall. Er arbeitete an Deck eines Schiffes, als sich die Kette von einem Ladekran löste. Sie wickelte sich um seinen Körper wie eine Schlange, und er war bereits tot, als man ihn aufhob.
Jimmy sprach Mrs. Briggs sein Beidleid aus, aber er ging nicht zum Begräbnis, obwohl es an einem Samstagmorgen stattfand. Mrs. Briggs wurde zum Gesprächsthema der Straße und seines eigenen Heims, denn sie war zur Beerdigung ihres Ehemannes in ihren gewöhnlichen Kleidern gegangen, nicht einmal mit einem schwarzen Trauerband am Ärmel ihres grauen Mantels!
Unschicklich! sagte Betty. Durch und durch unschicklich. Aber sie war ja schließlich nicht ganz richtig da oben. Sicherlich trug sie den Namen Dumsi-

Lally zu Recht. Jeder wußte, daß es schwer war, Kleidung zu bekommen, aber sie hätte immerhin ein schwarzes Band tragen können, nicht wahr?
»Vielleicht«, warf Jimmy rasch ein, »vielleicht ist sie keine Heuchlerin.«
»Natürlich, du machst dich stark für sie«, fuhr ihn Betty wütend an.
»Natürlich«, erwiderte er ruhig.
In der Zeit zwischen der Mülltonnengeschichte und Briggs' Tod war er Lally nur drei- oder viermal begegnet. Als er sie das erstemal wiedersah, hatte er ihr dafür gedankt, daß sie in den Gerichtssaal gekommen war, und sie hatte gesagt: »Nun, das war herzlich wenig, was ich für Sie tun konnte, Mr. Walton.«
Zweimal war er mit ihr durch die Verdunkelung nach Hause gegangen. Aber bei jeder dieser Gelegenheiten war er nüchtern gewesen und hatte daher weder Gedichte gelesen noch versucht, ihr deren Geheimnisse zu erklären.
Aber nach Briggs' Tod machte er es sich zur Gewohnheit, in ein ganz bestimmtes Pub in der Nähe der High Street zu gehen, wo er sie das letztemal gesehen hatte. Jeden Dienstagabend und jeden Freitagabend schlenderte er zufällig hinein, und jedesmal saß da in einer Ecke des Pubs Mrs. Briggs, und jedesmal entspann sich der gleiche Dialog.
»Oh, Mrs. Briggs, hallo«, sagte er, als sei er überrascht, sie hier zu sehen.
»Oh, hallo, Mr. Walton«, erwiderte sie, »wie geht es Ihnen?«
»Würde es Ihnen etwas ausmachen, wenn ich mich zu Ihnen setze?« sagte er.
»Nein, natürlich nicht, Mr. Walton. Überhaupt nicht«, sagte sie.
Die höfliche Anredeform kam ihm allmählich lächerlich vor, und an einem Dienstagabend sagte er zu ihr: »Wissen Sie, es ist blöd, dieses Mr. Walton und Mrs. Brriggs. Ich werde Sie Lally nennen.«
»Oh!« Sie errötete mädchenhaft. »Das ist nett von Ihnen, Mister Wal -« Und dann lachten sie miteinander.
»Wie ist Ihr richtiger Name?«
»Jessie. Ich hieß früher Jessie MacAnulty; es war Albert, der mir den Spitznamen Lally gab. Ich mochte ihn zuerst nicht, weil Lally-Tap bedeutet, daß … Sie wissen ja.« Sie tippte sich mit dem Finger an die Stirn. »Ich bin nicht sehr schlau, aber andererseits bin ich schlau genug, um zu wissen, daß ich nicht das bin, was es bedeutet, oder?« Er sah sie einen Moment traurig an, und er haßte Briggs, den er in Gedanken heraufbeschwor. Vielleicht hatte es der Mann anfangs nur im Spaß gesagt, als sie irgend etwas Dummes gemacht hatte. Aber er hatte den Namen beibehalten; andere hatten ihn aufgeschnappt, und er war ihr geblieben.
»Nicht, daß es mir wirklich etwas ausmachte.«
»Ich werde Sie Jessie nennen.«
»Nein, nein, nennen Sie mich Lally. Mir gefällt Lally, es klingt so weich.« Sie legte den Kopf zur Seite. »Was ich wieder daherrede! Ich verurteile mich selbst, nicht wahr?« Er antwortete nicht, er blickte sie an, blickte in ihre

freundlichen blauen Augen. Ihr großes, blasses Gesicht sah verwaschen aus, blaß. »Wie alt sind Sie, Lally?« fragte er.
»Fünfundzwanzig, fast sechsundzwanzig, aber ... aber ich weiß, ich sehe älter aus.« Sie lächelte ergreifend. »Ich habe gerade in den Spiegel geschaut, und ich weiß, ich sehe älter aus. Das sind die Verluste, wissen Sie, die Fehlgeburten«, erklärte sie ihm flüsternd, und er nickte ihr zu und dachte: und Briggs' Fäuste.
»Das ist komisch mit den Namen, wissen Sie. Ich wette, Sie glauben mir nicht« - sie beugte sich über den kleinen Tisch zu ihm hinüber - »aber ich kenne Ihren nicht, ehrlich, ich kenne ihn nicht.«
»Nicht?«
»Nein, Ihren Vornamen nicht. Manchmal hab ich gehorcht und versucht, ihn aufzuschnappen, wissen Sie, wenn, wenn ... Ihre Frau ...« Sie senkte den Kopf, dann sah sie ihn wieder an und sagte sanft: »Wir gehen alle manchmal in die Luft ... Den Namen jedenfalls konnte ich nie aufschnappen.«
Fast zärtlich erwiderte er ihren Blick. Sie hatte gelauscht, um seinen Namen zu erfahren, während Betty auf ihn losgegangen war. Aber wenn sie die Gerichtsreportage gelesen hätte, würde sie ihn wissen.
»Mein Name ist Jimmy.«
»Jim-my! Jimmy! Nein.«
»Doch. Was ist an Jimmy nicht in Ordnung?« Er richtete sich in gespielter Entrüstung auf.
»Jimmy!« Ihr voller Busen wackelte, als sie schallend lachte. »Ah, nein!« Sie streckte die Hand aus, ihr Gesicht war jetzt ernst. »Das sollte keine Beleidigung sein, aber ... jeder könnte Jimmy heißen. Jimmy - nun, das ist gewöhnlich.«
»Ich bin gewöhnlich.«
»Nein, nein, Mr ...« Sie lachte wieder und sagte dann weich: »Nein, Sie sind nicht gewöhnlich.« Sie sahen einander schweigend an, bis der Barkeeper kam und nach ihrer Bestellung fragte.
Nach einer Weile sagte Jimmy: »Was werden Sie jetzt machen?«
»Oh, so weitermachen. Ich werde wieder arbeiten. Der Arzt sagt, ich sollte ein paar Wochen nicht, ich hätte eine Schwäche, aber ich hab's satt, zu Hause zu sitzen. Die Tage sind lang, und man kann schließlich nicht dauernd saubermachen.«
»Nehmen Sie mir meine Frage nicht übel«, sagte er, »aber wie stehen Sie finanziell?«
»Oh, ganz gut.« Sie sah ihn einen Augenblick schweigend an. »Es ist nett von Ihnen zu fragen. Aber in Kürze werde ich noch besser dastehen, besser als in meinem ganzen Leben. Man wird mir eine Entschädigung für Albert zahlen. Und dann« - sie schüttelte sich vor unterdrücktem Lachen - »dann kann ich wieder durchdrehen. Ich werde einfach verrückt, wenn ich Geld

habe, wissen Sie. Ich möchte fortgehen und kaufen und kaufen. Nicht, daß man jetzt viel kaufen kann; aber es ist wie eine Geisteskrankheit, ich möchte nur ausgeben. Ich will nicht so sehr Dinge für mich kaufen, verstehen Sie; ich mag gern Geschenke kaufen, Sachen hergeben.«

Sie war selbst ein großes Geschenk. Nur dadurch, daß sie sie selbst war, war sie ein Geschenk. Er wollte seine Arme ausstrecken und sie an sich ziehen, ihre Weichheit, ihre Wärme spüren.

Auf dem Heimweg durch die dunklen Straßen hielt er Abstand von ihr, achtete peinlich darauf, daß sein Arm den ihren nicht berührte. Als sie die Halle betraten, stand Betty an der Tür. Bei seinem Anblick drehte sie ihm den Rücken und marschierte in die Wohnung. Er folgte ihr und sagte: »Ich traf sie an der Straßenecke.«

»Du bist ein verdammter Lügner!«

»In Ordnung, ich bin ein verdammter Lügner.«

»Weißt du, was du bist?«

»Ein verdammter Lügner, denke ich.« Er begann, seine Kleider auszuziehen.

»Und ein verdammter Idiot dazu. Die Leute reden schon. Sie lachen; Mam sagt, sie lachen über den Lehrer, der mit so einer gesehen wird, einer, die nicht ganz dicht ist! Aber wenn du meine Meinung hören willst, da ist nicht viel Unterschied zwischen euch. Ihr seid ein feines Paar, zwei, die nicht ganz dicht sind. Aber eines sag ich dir, du wirst mich nicht bloßstellen. Ich warne dich, wenn du nicht aufhörst, sie zu treffen, werde ich ...«

»Ja, Betty?« Seine Stimme war ruhig.

»Oh!« Sie ergriff das Nudelholz, das auf dem Ablaufbrett lag.

»Ich habe dich gewarnt, Betty, niemals irgendwas zu werfen; du könntest dich wundern ...«

Das war letzten Dienstag gewesen, vor mehr als einer Woche, und seitdem war sie jeden Abend über ihn hergefallen, und von Lally hatte er nicht einen Schimmer gesehen. Lally war an diesem Dienstag nicht im Pub gewesen, vielleicht fühlte sie sich nicht wohl. Er hatte niemand, bei dem er sich erkundigen konnte und war schon drauf und dran gewesen, an ihre Tür zu klopfen und nachzufragen. Aber an sechs der sieben Abende hatte er bei seiner Heimkehr von der Schule seine Mutter bereits im Haus angetroffen. Hauptgesprächsthema war wie schon in den letzten Monaten die Tatsache, daß Alec bei Mary lebte.

»Wäre eine Schande, zwei Häuser an die zu verschwenden!« sagte Alice mit einem Atemzug und mit dem nächsten: »Diese Hexe hat ihn nur deshalb zu sich genommen, um mir eins auszuwischen.«

Jimmys Gedanken wurden immer kriegerischer. Seine Hauptfeinde waren zwar Betty und seine Mutter, aber sie bekamen zahlreiche Verstärkung: in Gestalt des Schulleiters, der ihn mindestens einmal wöchentlich wegen eines geringfügigen Vergehens zu sich rufen ließ, in Gestalt einiger Lehrerkollegen, und am Rande, sozusagen als Mitläufer, ausgestattet mit den Waffen ihrer Jugend, die Jungen, nervtötend, grausam - obwohl er sich sagte, er dürfe den Kindern nichts vorwerfen. Außer einem oder zwei, wie Crockford zum Beispiel. Und Crockford, dieses junge Schwein, er sollte lieber aufpassen, er ging ihm unter die Haut.

Es war wieder Freitag. Für diesen Nachmittag sollten die Jungen ein Essay schreiben, mit einem Thema aus den letzten Schulnachrichten, oder ein Gedicht.

»Nun, Youlden, laß uns dein Stück hören«, sagte Jimmy und dachte bei sich: fünf nach drei, nur noch eine Stunde. Heute waren seine Nerven empfindlicher denn je. Jede Faser schien innen an seiner Haut zu scheuern und verursachte unkontrollierte Zuckungen. Schon zweimal hatte er die Augen der Jungen auf sich gezogen, als sich sein Hals ruckartig aus dem Kragen streckte. Der kleine Felton hatte ihn mit einiger Besorgnis angesehen, und Burrows hatte ihn so lange angestarrt, daß Jimmy ihm mit ausgestrecktem Finger bedeutet hatte, mit seiner Arbeit fortzufahren.

In seinem Kopf drehte sich alles, er war müde. Er hatte bis spät Feuerwache gehabt und dann, als er schließlich im Bett lag, bis fünf Uhr morgens kein Auge geschlossen. Als der Wecker läutete, konnte er nicht glauben, daß er aufstehen mußte. Er haßte es, am Morgen aufzustehen, denn dann fing die Qual wieder von vorne an.

Hätte er nur zu Mary gehen und alles loswerden können, ihr von Lally erzählen und wie er fühlte, aber er fürchtete sich vor dem Ausdruck auf ihrem Gesicht, denn zu einer gewissen Zeit hatte er über Lally gelacht; wie jeder andere hatte er sich über sie lustig gemacht. Und Mary hatte im Moment sowieso alle Hände voll zu tun. Sie wirkte verändert seit Bens Tod. Es war natürlich, daß sie sich verändert hatte, aber sie hätte sich das Leben nicht absichtlich noch schwerer machen müssen. Kusine Annie machte jedesmal eine Szene, wenn Mary die Lebensmittelrationen zur Sprache brachte. Und dann war da Alec, der wie eine verlorene Seele im Haus umherirrte, sich nützlich machen wollte, aber meistens im Weg stand ...

»Das ist sehr gut, Youlden, aber du hast den Wagen vor das Pferd gespannt. Du hast den Bombenangriff beschrieben, dann erzählst du uns in einer Reihe von Rückblenden von den Gefühlen der Menschen in den Bunkern vor dem Luftangriff. Diese Technik würde in einem Roman sehr gut funktionieren, aber in diesem kurzen Essay kompliziert sie die Sache nur. Das Thema erfordert seiner Kraft wegen eine direkte Behandlung. Du verstehst, was ich meine?«

»Ja, Sir.«

»Trotzdem, es ist sehr gut. Du hast Gefühl hineingelegt ... Du, Riley.«

Crockfords Augen waren unverwandt auf ihn gerichtet; er hatte eine Anzahl Blätter auf seinem Pult und war offen sichtlich gut vorbereitet. Crockford wollte ihn zwingen zu sagen: »Nun du, Crockford.« Riley sagte: »Es war mir nicht möglich, Sir.«

»Warum?«

Der Junge ließ einen Augenblick den Kopf hängen, dann murmelte er: »Wir … wir mußten …«

»Schon gut, schon gut.« Er wollte Rileys häusliches Leben nicht in die Grausamkeit des Klassenzimmers zerren. Rileys Vater war bei der Marine, und seine Mutter betrachtete es als ihren Kriegsdienst, die Bedürfnisse eines jeden Mannes in Uniform zu befriedigen. Ihr dauernder Wohnungswechsel war daher nicht durch Feindeinwirkung verursacht, sondern durch die moralischen Einwirkungen ihrer Nachbarn.

Jimmy ließ seinen Blick von Crockford zu Felton wandern.

»Felton!«

»Ja, Sir.«

Felton stand auf, trat von einem Fuß auf den anderen, dann sagte er ziemlich belämmert: »Ich habe ein Gedicht gemacht, Sir.«

»Tatsächlich?«

»Ja, Sir.«

Von einigen Pulten kam leises Kichern, und Jimmy sagte kühl: »Wir wollen nicht jetzt schon lachen, vielleicht ist es gar kein lustiges Gedicht. Fang an, Felton.«

Felton, das Blatt Papier in der Hand, sah Jimmy an und begann zu erklären: »Es war, als ich im Bus saß, Sir, von …«

»Lies dein Gedicht, Felton; es sollte uns berichten, was du getan hast.«

»Ja, Sir.« Der Junge begann zögernd:

»Von Birtley nach Prudhoe:
allein,
zu zwein,
in Gruppen,
dunkel gekleidet,
Mützen auf dem Kopf;
Sonntagmorgen.
In den Höhlen der Türen,
die Hände in den Taschen verborgen.«

Der Junge blickte nervös zu Jimmy auf, und Jimmy nickte ihm zu, da fuhr er fort:

»Weshalb
ist der Gang dieser Männer so hart?
Steif von der Schulter zur Hüfte,

kein müßiges Schlendern …
den Arm an die Seite gepreßt.«

Wieder blickte der Junge empor. Dann befeuchtete er sich die Lippen und las mit mehr Selbshertrauen weiter:

»Waren es die Kinder
mit kalten Nasen, blau und taub,
mit Augen, ausgelöscht vom Reif im Winter,
mit Beinen wie langes, totes Fleisch,
die ihren Händen geboten,
sich zu verbergen?
Entlang des Weges
an diesem Sommertag
wie Sklaven in Fesseln,
die Hände in den Taschen verborgen,
glanzlos die Gesichter.
Die Männer aus dem Norden.«

In der Klasse herrschte Stille. Einige der Jungen hatten sich umgedreht und sahen den kleinen Felton an; ihre Augen wanderten zurück zu Jimmy, erwarteten seine Beurteilung. Als sie nicht sofort erfolgte, schluckte Felton und stammelte:
»Es … es war, es war nur eine Beobachtung, Sir, keine wirkliche Poesie.«
»Du hast keinerlei Grund, dich zu entschuldigen, Felton. Wenn das keine Poesie ist, dann habe ich noch nie Poesie gehört. Einige kluge Leute, die sich selbst vielleicht Autoritäten nennen, würden witzeln und spötteln, indem sie sagen, das Gedicht habe kein zehnsilbiges Versmaß, weder Pentameter noch Tetrameter. Sie würden es auseinandernehmen, bis es saft- und kraftlos ist. Du hast das Wort Beobachtung gebraucht. Poesie ist Beobachtung, Felton. Beobachtung, in einen Schmelztiegel gegeben. Und die Essenz, die daraus gewonnen wird, ergibt ein Etwas, was wir nur als Poesie bezeichnen können. Ich strebe danach, meine Beobachtungen in Worte zu kleiden, aber die entstehende Essenz ist unglücklicherweise keine Poesie. Doch dir, mein Junge, ist die Essenz gelungen. Hege und nähre diese Gabe.« Das Gesicht des kleinen Felton war rot vor Freude, sein Kopf baumelte verlegen hin und her, dann setzte sich der Junge.
Irgendwie wurde Jimmy in diesem Augenblick an seinen Großvater erinnert. Sein Grandpa hatte Poesie geschrieben, und Jimmy besaß nicht ein Stück, das ihn daran erinnert hätte. Die Essenz und das Ergebnis, welche der Großvater in zwei Schuhschachteln aufbewahrt hatte, waren in Stücke zerrissen worden. Warum hatte er, Jimmy, nicht vor Jahren mit ihm über Poesie

gesprochen? Aber er hatte ja damals nicht viel davon gehalten, da sein Pa für ihn das große Vorbild gewesen war, und Alec hatte die ›Reime‹ seines Vaters abgelehnt. Trotzdem - er selbst hätte etwas merken müssen, hätte das Besondere an seinem Grandpa erkennen müssen. Und er hatte es erkannt, kurz vor dem Ende. Eines Nachts waren er und der alte Mann ins Reden gekommen, und die Jahrzehnte zwischen ihnen waren dahingeschmolzen. Jimmy hatte erkannt, daß er das, was er besaß, von diesem unerschrockenen Mann geerbt hatte. Er erinnerte sich lebhaft an einiges, was der Großvater damals gesagt hatte:
»Verfall ist die Substanz; was wir heute verwenden, ist der Verfall von gestern. Ein einfacher Klumpen Kohle ist die Essenz verrotteter Bäume.«
Jimmy wußte wie jeder Schuljunge, wodurch Kohle entstand, aber er hatte nie daran gedacht, es in poetischer Sprache auszudrücken: »Verfall ist die Substanz.«
Crockfords Augen zogen die seinen magnetisch an. Crockford war wie ein Dorn in seinem Fleisch. Er hatte ihn gestern Melton gegenüber erwähnt, der Geschichte unterrichtete. Es gebe in jeder Klasse einen Crockford, hatte Melton gesagt, er habe sogar zwei davon. Und manchmal hoffe er, der Krieg würde lange genug dauern, damit diese beiden eingezogen und dann weggepustet würden. Melton lachte, als er das sagte, obgleich in ihm, wie in Jimmy in bezug auf Crockford, der Keim des Wunsches schlummerte, dies möge wirklich geschehen. Die Klassenzimmertür öffnete sich, und ein Junge kam herein. Er trat ans Pult und fragte: »Kann ich das Klassenbuch haben, Sir, das Klassenbuch für Mr. Smith?«
Jimmy sah ihn an. Nicht nur, daß er eine Zielscheibe brauchte, um sich für den Augenblick von Crockford abzulenken, es war dieses grammatikalische Problem. Wie oft hatte er es ganz besonders diesem Jungen eingetrichtert. Er sah ihn kalt an. »Was hast du gesagt?«
»Kann ich das Klassenbuch nehmen, für Mr ...«
»Was hast du gesagt? Dein Name ist Beechwood, nicht wahr?«
»Ja, Sir.« Der Junge sah jetzt mürrisch drein.
»Also, was hast du gesagt, Beechwood?«
Beechwood warf einen Blick in die Klasse. Die Gesichter strahlten erwartungsvoll, jetzt gab's Spaß. Sie wußten, worauf Bohnenstangen-Walton hinauswollte, sie hatten es alle selbst erfahren. Beechwood hätte darauf vorbereitet sein müssen.
»Sag es noch einmal.«
»Kann ich ... das Klassenbuch ... nehmen?«
»Sag es noch einmal ... noch einmal.«
Da ging dem Jungen ein Licht auf, sein Kinn ruckte zur Seite, als sei er soeben aus dem Schlaf erwacht, und er sagte mit gedämpfter Stimme: »Darf ich das Klassenbuch für Mr ...?« Seine Stimme verlor sich.

»Ja, du darfst, Beechwood. Bedenke, du stellst nicht dir selbst die Frage, ob du das Klassenbuch nehmen kannst. Natürlich kannst du es nehmen; du bist fähig, es zu nehmen, nicht wahr? Aber du fragst um meine Erlaubnis, das Klassenbuch mitzunehmen: *Darf* ich das Klassenbuch nehmen. Kannst du mir folgen, Beechwood?«

»Ja, Sir.«

»Nimm das Klassenbuch.« Er deutete auf die andere Seite des Pultes. Der Junge nahm das Buch und ging hinaus.

Die Klasse kicherte leise, und Jimmy schämte sich ein wenig seiner selbst. Das war genau das, was er bekämpfte, Sarkasmus ... Nun zu Crockford.

Wieder öffnete sich die Tür. Es war der Junge aus dem Direktorat. »Sir, der Direktor möchte Sie sprechen, wenn Sie eine Minute Zeit haben.«

»In Ordnung, Ramsey. Burrows, du übernimmst die Aufsicht, und wenn irgendeiner von diesen ... Gentlemen aufmuckt, schreibe ihn auf. Das gilt vor allem für dich, Mulligan.«

»Ja, Sir.« Mulligan grinste von der hintersten Reihe her, fügte dann frech hinzu: »Aber Sie brauchen sich keine Sorgen zu machen, Sir, ich hab meine Gasmaskenbüchse nicht dabei.«

Jimmy blieb neben der Tür stehen und starrte Mulligan an, dann ging er hinaus. Und einen Augenblick war er versucht, durch das schmale Glasfenster in der Tür zu schauen, um festzustellen, was Mulligan trieb. Es war einfacher, einen Regimentsfeldwebel einzuschüchtem als Mulligan. Weshalb schleppte er bloß dauernd diese leere Gasmaskenbüchse mit? Es konnte nicht seine Originalbüchse sein, die mußte schon vor langer Zeit in Stücke gekickt worden sein. Jimmy lächelte verkrampft, dann fragte er sich, was der Direktor jetzt wieder von ihm wollte.

Als ihm der Direktor ein paar Minuten später seinen Monatsscheck aushändigte, dachte er: ich muß in schlechter Verfassung sein. - Er hatte vergessen, daß Zahltag war.

Jimmy hatte das Klassenzimmer wieder erreicht; seine Hand legte sich auf die Türklinke, als er bei einem Blick durch das Glasfenster eine Gestalt hinter seinem Pult mit dem Gesicht zur Tafel stehen sah. Es war Crockford. Er schrieb etwas an die Tafel, und Burrows machte ihm offen sichtlich Vorhaltungen, denn er fuchtelte wild mit den Armen herum und deutete auf die Tür. Als Crockfords Hand aufhörte, sich über die Tafel zu bewegen, und zum Abschluß einen schwungvollen Kreidestrich quer über den unteren Teil der Tafel zog, erkannte Jimmy, daß Crockford ihn nachahmte. Crockford stand da, wo er selbst für gewöhnlich zu stehen pflegte, erhob sich jetzt auf den Zehen, schwankte leicht hin und her, beugte seinen langen Körper nach vorn, stemmte die Hände auf die Hüften, fuhr sich dann erst mit der einen, dann mit der anderen Hand durchs Haar. Das war er selbst, bis aufs I-Tüpfelchen genau.

Er spürte eine Welle des Zorns über sich hinwegschwappen. Er stieß die Tür auf, sein Eintritt verursachte totales Schweigen.
Die Jungen saßen stocksteif, mit weit aufgerissenen Augen, manchen blieb der Mund offenstehen, sie warteten. Burrows begann, etwas zu sagen, Jimmy hob die Hand, um Burrows zum Schweigen zu bringen. Dann ging er zu seinem Pult, stellte sich davor hin und sah Crockford an, der jetzt neben der Tafel stand und dieses eine Mal unsicher wirkte, sogar ein wenig ängstlich aussah. Dann wandte Jimmy seine Augen zur Tafel und las: »Feuchte Bohnenstangen-Waltons Kehle mit Whisky, und er schwafelt über Warwick, Westmorland, Wellington oder Watt; nicht zu vergessen Poesie - Poesie, Prosodie, Pentameter - der Trunkenbold. Warum stellt ihn die Heilsarmee nicht ein, um ihre Mülltonnen zu leeren?«
Die letzten Worte konnte er nicht mehr lesen, blinder Zom verdunkelte seinen Blick.
Dann geschah alles so schnell, daß die Jungen sich sekundenlang nicht in ihren Bänken rührten. Mit einem Satz stürzte sich Jimmy auf Crockford, packte ihn am Kragen, beutelte ihn, als sei er ein junger Hund, zerrte ihn zur Tafel, stieß sein Gesicht dagegen und rieb es gnadenlos über die Kreideworte.
Je mehr Crockford strampelte und kämpfte, um sich zu befreien, desto fester rieb Jimmy sein Gesicht hin und her. Er merkte nichts von dem Höllenlärm hinter sich, von Felton und Burrows und Cook und Riley und Fawcett und Youlden, die an seinen Armen zerrten und schrien: »Sir! Sir! Lassen Sie los, Sir! Lassen Sie los, Mann!« Er bemerkte weder die aus dem Zimmer stürzenden Jungen noch die ins Zimmer stürzenden Lehrer. Nur undeutlich war er sich ihrer Versuche bewußt, seine klammernden Hände von Crockfords Kragen zu lösen, nur wie durch einen Nebel hörte er Bennetts alles übertönende Stimme: »Walton! Walton! Sind Sie verrückt geworden? Beherrschen Sie sich, Mann! Lassen Sie los. Hören Sie mich? Lassen Sie los!« und die besänftigenden Worte des alten Mathelehrers »Komm schon, Jimmy. Komm schon, Jimmy.«
Aber nicht ihretwegen ließ er Crockford los, sondern weil die Wut plötzlich aus ihm hinausströmte, als habe jemand eine Falltür an den Sohlen seiner Füße geöffnet. Er spürte die Kraft aus seinen Armen fließen, aus seinen Rippen und seinen Beinen, er blieb schlaff und zitternd zurück. Er wußte nicht, wie er aus dem Klassenzimmer ins Lehrerzimmer kam, aber er erinnerte sich, daß er beim Verlassen des Klassenzimmers jemand hatte sagen hören: »Seine Nase blutet. Es ist nur seine Nase.« Und er erinnerte sich, daß er mit der Hand sein Gesicht befühlt hatte, aber es war nicht seine Nase, die blutete, es mußte die von Crockford sein. Der Direktor kam herein, sah ihn eine Weile schweigend von oben bis unten an, dann sagte er steif: »Sie sollten lieber nach Hause gehen, Mr. Walton, und Ihren Arzt aufsuchen.«

Man hatte ihm Mantel und Hut gebracht, und als er beides anzog, sagte der Direktor: »Sie begleiten Mr. Walton nach Hause, Mr. Quilter?« und der Lehrer antwortete: »Selbstverständlich, Sir.«
Da streckte Jimmy abwehrend seine Hand aus. Er sprach nichts, aber er machte eine kleine Bewegung mit dem Kopf, und dann ging er an seinen Kollegen und dem Direktor vorbei und ging durch die Halle und hinaus in den Schulhof, hinaus in den Sonnenschein, hinaus aus dem Schultor und hinaus aus dieser Art von Leben, hinaus für immer. Er war fertig, vollkommen fertig. Ein Teil von ihm war gestorben. Aber ein anderer stand erst am Beginn. Er wußte, was er tun würde. Ihm war, als hätte er das seit Wochen einstudiert und jetzt gerade die erste Vorstellung gegeben ...
Es war halb fünf Uhr, als er nach Hause kam. Er sah sich um; er war nicht mehr benommen, aber er zitterte noch immer. Er ging zu einem Schrank unter der Treppe, zog ein paar Koffer heraus und packte sie mit seinen Habseligkeiten voll. Er suchte alle seine Bücher zusammen und legte sie in Pappkartons. Er stellte die Pappkartons in den Gang unter die Treppe, und seine gepackten Koffer stellte er in den Schrank zurück. Es war jetzt fünf Uhr.
Er blickte in den Spiegel. Sein Gesicht war blaß und finster. Er war fünfundzwanzig Jahre alt, er war ein Mann, und er fing an, wie ein Mann zu handeln. Verschwunden war Jimmy Walton, das Kind, der junge Bursche, der seiner Mutter dankbar sein mußte, daß sie ihn geboren und aufgezogen hatte; verschwunden war Jimmy Walton, der junge Ehemann, der sich hatte einschüchtern lassen von der Tochter einer Hexe, von einhundertfünfzig Zentimetern purer Bosheit.
Er rückte seine Krawatte zurecht, glättete sein Haar, und dabei wurde er an Crockford erinnert. Es tat ihm nicht leid, was er ihm angetan hatte. Crockford hatte es sich selbst zuzuschreiben. Er hätte es schon vor Monaten tun sollen. Aber nein, er hatte es genau im richtigen Moment getan. Er ging hinaus, durchquerte die kleine Halle und klopfte an die gegenüberliegende Tür. Lally öffnete, er sah sie eine Weile an und sagte dann: »Hallo. Darf ich reinkommen?« Sie antwortete nicht, öffnete aber die Tür ein Stück weiter, und er ging an ihr vorbei und ins Zimmer, dann drehte er sich um und sah sie an.
»Ich ... ich habe Sie diese Woche nicht gesehen, ging es Ihnen nicht gut?«
»Nein. Ich hatte mich erkältet und mußte im Bett bleiben.« - »Oh.«
»Kommen Sie, setzen Sie sich.«
Er sah sich um. Er war vorher noch nie in diesem Zimmer gewesen. Es sah gewöhnlich aus, billig. Er drehte sich zu ihr um, nahm ihre Hand und führte sie zum Kamin, wo ein niederes Feuer kokelte. Dann drückte er sie in einen Sessel, zog einen weiteren an ihre Seite, nahm wieder ihre Hand, sah ihr ins Gesicht und sagte: »Ich liebe dich, Lally.«
Ihre blauen Augen wurden dunkel vor Verlegenheit, ihre Pupillen weiteten sich.

Sie schüttelte verwirrt den Kopf und zog das Kinn ein; dann sagte sie: »Eh, nein, Jimmy. Eh! Nein. Also, ich meine ...«

»Hör zu. Ich liebe dich, ich brauche dich. Gott weiß, wie ich dich brauche. Ich habe mich danach gesehnt, meine Arme um dich zu legen, so.«

Er glitt vom Sessel hinab auf seine Knie und zog sie an sich, und als er ihre Nähe spürte, ihren weichen, warmen Körper, wurde er innerlich ruhig. Wie lange hatte er dies tun wollen, seit wie vielen Monaten, seit wie vielen Jahren, seit wie vielen Ewigkeiten? Seit seiner Geburt hatte er sich danach gesehnt, dies zu tun, sich an Lally zu schmiegen. Es war ein Bedürfnis in ihm, es war schon immer dagewesen, und seit er sie zum erstenmal gesehen hatte, wußte er, daß sie es befriedigen konnte. Das Verlangen kam aus Urquellen, es reichte hinab bis zu seinen Anfängen, vorbei an Betty, vorbei an seiner Mutter, vorbei an jenen qualvollen Tagen in der Oberschule, als seine langen Arme aus den Puffärmeln baumelten und sich die Stulpen seiner Hosen immer mehr vom oberen Rand seiner Stiefel entfernten; vorbei an diesem Leben und in ein anderes, nur vage erahntes Leben zurück. Sie sagte:

»Aber Jimmy, deine Frau, ich will nicht, daß du Ärger bekommst.«

Er löste sein Gesicht von ihrem Hals und sah ihr in die Augen. »Was denkst du über mich, Lally?«

»Ah.« Sie schloß einen Moment die Augen, und ihr Gesicht zerfloß zu unendlicher Zärtlichkeit. »Das solltest du wissen. Ich finde, du bist wundervoll. Ich habe immer gedacht, daß du wundervoll bist, so klug, so ...«

»Das meine ich nicht, Lally. Was hältst du von mir als ... als Mann, nicht als Lehrer?«

Sie biß sich auf die Lippen, ihr Kopf senkte sich einen Moment, dann sagte sie schnell: »Ich ... ich liebe dich, Jimmy. Ich hab dich schon immer geliebt, von dem Augenblick an, als ich dich auf dem Gang sah. Albert wußte es, er ahnte es, deshalb ...«

Er tat einen tiefen, langen Atemzug und zog sie heftig an sich. »Das ist alles, was ich wissen will, was ich jemals wissen will.«

Als er sie küßte, fühlte er sich wie ein Gott. Und küßte er nicht eine Göttin? Sie war geschaffen wie eine Göttin, wie eine jener alten Göttinnen. O Wunder aller Wunder! Ihr Mund war weich und warm und einhüllend. Wie in aller Welt hatte er die ganze Zeit ohne sie auskommen können? Aber jetzt, jetzt würde er sie nie mehr loslassen. Von nun an würden sie keinen Tag und keine Nacht mehr getrennt sein. Er löste seine Lippen von den ihren, schaute in ihre großen blauen Augen und sagte: »Und jetzt ... jetzt will ich, daß du folgendes tust. Du wirst einen Koffer packen, nur mit dem, was fürs erste notwendig ist; dann gehst du zu Mary, du weißt, in den Laden, und wartest dort auf mich.«

»Aber ... aber, Jimmy, wird sie ... wird sie nicht ...?«

»Keine Einwände.« Er legte seine Finger auf ihre Lippen.

»Aber Jimmy, hör doch!« Sie zog seine Hand herunter und hielt sie fest. »Weißt du wirklich, was du tust? Denn du weißt ja, was man sagen wird, man wird sagen, du hast sie nicht alle - manche hier in der Gegend denken, ich hätte 'ne weiche Bime und ich hab nicht viel getan, um ihnen das Gegenteil zu beweisen. Ich hab dir ja schon gesagt, ich bin blöd in Geldangelegenheiten, zum Beispiel. Und dann ist da deine Schwester. Wird die nicht außer sich sein?«
»Nein, Mary wird nicht außer sich sein.« Er war sich zwar nicht so sicher, aber er sagte es mit Überzeugungskraft.
»Aber die anderen Lehrer in der Schule, Jimmy, sie werden meinetwegen auf dich herabschauen.«
»Mit der Schule bin ich fertig.«
»Du bist gegangen?«
»Ja, man könnte sagen, ich bin gegangen. Wir werden neu anfangen. Wir werden irgendwo ein Haus finden, wir werden uns niederlassen, und ich werde einen Job bekommen. Im Augenblick ist das nicht schwer, mach dir darüber keine Sorgen. Jetzt tu, was ich dir gesagt habe.«
Er stand auf und zog sie hoch. »Pack deine Sachen und geh zu Mary und warte dort; wenn wir eine Bleibe gefunden haben, kannst du das Zeug holen lassen.« Er wollte schon hinzufügen: »Was du davon haben willst«, aber da wurde ihm klar, daß sie vielleicht froh drum waren, denn man konnte weder für Liebe noch für Geld neue Möbel kaufen. Sie gingen zur Tür und umarmten sich noch einmal. Lally berührte zart sein Gesicht. »Ich kann es nicht glauben, Jimmy. Ich saß hier und fühlte mich verloren, einsam - ich hab die letzten drei Tage keine Menschenseele gesehen, alle sind in der Arbeit oder mit ihren eigenen Angelegenheiten beschäftigt. Und mir war nicht nach Ausgehen zumute ...«
»Ist dir jetzt danach zumute?«
»O ja!« Sie lehnte den Kopf gegen seinen Hals und sagte schlicht: »Ich würde über glühende Kohlen gehen, um zu dir zu kommen, Jimmy.«
»Oh! Lally, Lally.«
Er mußte sich zwingen, sie loszulassen. Dann ermahnte er sie noch einmal: »Jetzt beeil dich und verschwinde so schnell wie möglich, denn später geht es hier vermutlich etwas hoch her. Warte, ich bring noch diese Schachteln rein.« Er öffnete die Tür und deutete auf die Pappkartons.
»Das sind meine Bücher.«
Eine Minute später packte sie ihn am Arm und fragte: »Aber was soll ich zu deiner Schwester sagen?«
»Sag einfach, Jimmy schickt dich, und ob du bleiben kannst, bis ich komme. Das ist alles. Sag sonst nichts. Mary wird keine Fragen stellen.«
»Ich kann's immer noch nicht glauben.« Sie schüttelte den Kopf. »Es ist phantastisch, daß du mich willst ... oh! Jimmy!«

Betty kam um sechs Uhr nach Hause. Das erste, was sie sah, war der leere Teetisch. Sie ging ins Schlafzimmer, wo Jimmy dabei war, Papiere aus einer Schachtel zu nehmen und zu zerreißen.

»Oh, du bist da!« sagte sie. »Warum ist der Teetisch nicht gedeckt? Was machst du mit dieser alten Schachtel auf der sauberen Bettdecke?«

Seine Antwort war knapp. »Ich bleibe nicht zum Tee.«

»Du bist heute abend nicht dran.«

»Nein, ich bin heute abend nicht dran.«

»Wieder eine deiner Launen, wie?« Sie warf ihren Mantel hin und ging in die Küche. Er hörte das Knallen des Teekessels auf dem Ofen und das Klappern von Geschirr.

Er sammelte die zerrissenen Papiere ein und legte sie wieder in die Schachtel zurück, die übrigen band er mit einer Schnur zusammen und steckte sie in die Tasche seines Übermantels, der über einem Stuhl lag; dann ging er in das Zimmer, wo Betty geräuschvoll den Tisch deckte, und sagte: »Du brauchst nicht für mich zu decken, aber du kannst für zwei decken; ich möchte, daß du gehst und Ma holst.«

»Du möchtest was?«

»Du hast es gehört. Ich möchte, daß du Ma holst.«

»Jetzt?«

»Ja, jetzt.«

»Was ist mit dir los? Sie wird um sieben rum sowieso kommen.«

»Ich werde nicht bis sieben Uhr warten.« Seine Stimme wurde lauter. »Geh endlich und hol Ma.«

»Bist du vollkommen verrückt geworden? Warst wohl an der Flasche?« Sie sah ihn prüfend an, und als sie merkte, daß er nicht an der Flasche gewesen war, fragte sie: »Warum willst du Mam denn so plötzlich hierhaben?«

»Das wirst du erfahren, wenn du sie bringst; ich werde meinen Atem nicht an euch beide einzeln verschwenden.«

»Was?«

»Muß ich alles wiederholen? Ich sagte, ich werde meinen Atem nicht an euch beide einzeln verschwenden. Geh und hol Ma, wenn du hören willst, was ich zu sagen habe.«

Er ging ins Schlafzimmer, brachte ihr Hut und Mantel, warf ihr beides in die Arme und sagte: »Geh schon.«

Sie wich vor ihm zurück, starrte ihn mit offenem Mund an und zog sich den Mantel über, während sie die Tür öffnete. Dann sah sie ihn noch einmal aufmerksam an und wiederholte die Worte des Direktors: »Du solltest lieber einen Arzt aufsuchen, und zwar bald.« Dann war sie fort.

Sie kamen schneller zurück, als er erwartet hatte.

Als sie ins Zimmer traten, sahen sie ihn neben dem Tisch stehen, in seinem besten Anzug, sein Mantel hing über einer Stuhllehne, und neben dem Stuhl

standen zwei Koffer. Dieser Anblick verschlug ihnen beiden für einen Augenblick die Sprache, aber wie gewöhnlich war es Alice, die als erste die Worte wiederfand.
»Was soll das? Was hast du jetzt wieder vor? Und dies, und dies?«
Sie deutete auf die beiden Koffer.
»Du hast mir während der letzten Jahre ständig damit in den Ohren gelegen, daß du hier wohnen willst, nicht wahr, Ma?«
Alice antwortete nicht. Sie preßte ihre Lippen zusammen und verengte die Augen zu Schlitzen.
Jimmy fuhr fort: »Schön, jetzt gebe ich dir die Gelegenheit. Du kannst alles für dich haben, ihr beide«, er nickte von einer zur anderen, »denn ich verlasse dieses Haus.«
Die beiden Frauen tauschten Blicke, dann sahen sie wieder ihn an.
Betty reagierte als erste. Sie erkannte, daß dies tatsächlich das Ende sein konnte und daß sie schnell etwas unternehmen mußte - daß sie die gleiche Taktik anwenden mußte, die ihn anfangs eingefangen hatte. Sie ließ den Kopf auf die Brust sinken und wimmerte: »Das kannst du doch nicht wirklich meinen, Jimmy! Natürlich hatten wir manchmal Streit, aber du kannst doch nicht wirklich ...?«
Alice schnitt ihr das Wort ab.
»Abhauen, was?« brüllte sie. »Das würde dir so passen! Du wirst hier mit diesem Zeug«, sie gab den Koffern einen Fußtritt, »nur über meine Leiche rauskommen.«
»Nun, wenn du darauf bestehst ...« Er machte einen Schritt auf sie zu, was sie mehr beeindruckte als seine Worte. »Ich werde dir jetzt etwas sagen, Ma. Jahrelang mußte ich mich beherrschen, mühsam beherrschen, nicht auf dich loszugehen. Jahrelang, seit jenem Abend, als du mich im Schlafzimmer eingesperrt und meinem Pa ein Klappbett im vorderen Zimmer angeboten hast. Da hatte ich das größte Verlangen, dir dein Gesicht zu zerkratzen. Und jetzt - ich kann dir nicht garantieren, daß ich jetzt noch fähig bin, mich zu beherrschen. An deiner Stelle würde ich's nicht drauf ankommen lassen. Ich bin am Ende meiner Kräfte, und Gott weiß, was ich tun würde, wenn man mich zu weit treibt. Ich war zweimal vor Gericht, ich laß es auch ein drittes Mal sein. Pa wäre auch nicht dort gelandet, hättest du ihn nicht so weit getrieben. Stille Männer sind so, Tiger unter der Haut, das weißt du. Oder nicht? Nein, du lernst niemals. Du hast Alec dazu getrieben, Ben beinahe zu erschlagen, dabei hättest du mit ein paar vernünftigen Worten die ganze Situation ändern können. Du hättest sagen können: Solche Dinge passieren. Ben ist noch ein junger Mann, und er ist eine wundervolle Partie für unsere Mary. Aber nein, das hast du nicht getan, denn du hattest ja selbst ein Auge auf ihn geworfen. Und noch etwas - ich brauche dir nicht dankbar zu sein für das, was du für mich getan hast. Was du für mich getan hast, hast du aus Eitelkeit getan,

wenn du weißt, was ich meine. In einfachen Worten - um alle anderen in der Straße auszustechen.«

»Du gottverdammter Schlappschwanz! Das ist alles, was du bist. Genau wie sie. Gleich und gleich. Du gehst zu ihr, nicht wahr? Sie hat uns das eingebrockt. Sie hat dich seit Jahren aufgehetzt … Du langer, klappriger Einfaltspinsel … !«

Betty schluchzte laut auf, sie saß am Tisch, den Kopf in den Händen, ihre Schultern bebten.

Jimmy sah auf sie hinunter und sagte: »Dafür ist es jetzt zu spät, Betty. Spiel mir nicht die sanfte, zerknirschte kleine Frau vor, denn in dir ist keine Sanftheit, du bist hart wie Stahl. Das hätte ich von Anfang an erkennen sollen. Aber Ma hat in einem Punkt recht, ich bin ein Einfaltspinsel - zumindest war ich einer. «

Er drehte sich um, nahm den Mantel vom Stuhl, warf ihn über die Schulter, dann hob er die Koffer hoch, sah seine Mutter an und versetzte ihr den letzten Schlag:

»Es wird dich vielleicht interessieren, daß ich nicht mehr unterrichte. Ich wischte die Tafel mit dem Gesicht eines Jungen ab, und das mochte der Direktor nicht … Mary hat zwar nichts mit dieser Sache zu tun, aber du hast recht, ich gehe zu ihr. Es wartet dort jemand auf mich.«

Er ging auf die Tür zu, ohne daß sich ihm jemand in den Weg stellte, und dort drehte er sich noch einmal um. »Ich sag es euch lieber gleich, denn ihr würdet es ohnehin bald erfahren - die Feuerwehr wird nötig sein, um das Feuer zu löschen, wenn es sich erst einmal herumgesprochen hat. Ich gehe mit Lally weg.«

Betty sprang auf die Füße, ihr Gesicht verzerrte sich.

»Nein!« schrie sie. »Das tust du nicht, du wirst mich nicht mit diesem widerlichen, verrückten …!«

»Sie, diese unverschämte, schwachsinnige Blondine, und du! Du!«

Alice stürzte zum Tisch; er öffnete die Tür, als dicht neben ihm am Türrahmen eine Tasse klirrend zersprang.

Er biß die Zähne zusammen und spürte den Zorn vom Nachmittag wiederkehren. Er war drauf und dran, die Koffer abzustellen, besann sich dann aber eines Besseren, zog die Vordertür auf und trat hinaus auf die Straße. Er konnte das Geschrei und Gekreische hinter sich immer noch hören, aber er wußte, keine von ihnen würde ihm auf die Straße folgen. Seine beiden Frauen gehörten nicht zu den gewöhnlichen Typen, die ihre Streitigkeiten in der Öffentlichkeit austrugen. Daß man ihr Gekeife bis auf die Straße hinaus hörte, war ja schließlich etwas ganz anderes …

Als er um die Ecke bog, verlangsamte sich sein Schritt. Er war frei. Er war frei. In seinen Gedanken erhoben sich die Worte in einem Crescendo zu einem einzigen Aufschrei, und er blieb einen Moment stehen, um sie entwei-

chen zu lassen, aber als sie über seine Lippen kamen, waren sie nur ein leidenschaftliches Flüstern, das seinen Körper von einer Last befreite.
Als er Marys Haus erreicht hatte, war er wieder ein bißchen auf den Boden der Tatsachen zurückgekehrt. Er war noch immer mit Betty verheiratet, und sie würde ihn vermutlich durch eine Unterhaltsverfügung zahlen lassen, bis er schwarz wurde. Aber nichts auf Gottes Erdboden konnte ihn dazu veranlassen, zu ihr zurückzukehren. Er war entkommen, er war frei, frei zu lieben und geliebt zu werden, von Lally.
Erst als er bei Mary die Treppe hinaufstieg, merkte er, daß er seinen Scheck dabeihatte. Vor Schreck hatten die beiden vergessen, daß heute Zahltag war. Er kicherte vor sich hin und kicherte noch immer, als er die Halle betrat und Mary aus dem Wohnzimmer kam. Aber das Lächeln rutschte ihm aus dem Gesicht, als er sie sah.
Mary schaute ihn schweigend an. Er stellte die Koffer ab, warf seinen Mantel darüber, straffte den Rücken und sah ihr gerade ins Gesicht. »Was soll das alles?« fragte sie leise.
»Komm in die Küche.«
Er schloß die Küchentür hinter sich, wandte sich um und sagte: »Ich hoffe, du hast nichts dagegen, ich habe Lally gesagt, sie soll hierherkommen und auf mich warten.«
»Lally. Du meinst ...?«
»Ja, ich meine genau das, was du denkst. Ich habe Betty verlassen. Großes Finale. Ich habe sie Ma holen lassen, und als sie kam, habe ich ihr gesagt, sie könne gern bleiben. Du weißt, wie sie mich seit Jahren damit gequält hat, bei uns zu leben. Jetzt können sie miteinander glücklich werden.« Er senkte die Stimme. »Ich konnte es nicht mehr ertragen, Mary. In der Schule bin ich dann durchgedreht. Ich ... ich hab einen Jungen mißhandelt.«
»Du hast was?«
»Oh, er hatte es verdient.« Jimmy drehte den Kopf zur Seite. »Er schrieb etwas über mich an die Tafel, und das habe ich mit seinem Gesicht ausgewischt.«
Mary legte entsetzt die Hand an ihre Wange, dann sagte sie finster: »Du weißt, was für gewöhnlich geschieht, wenn man jemand im Gesicht verletzt.«
»Oh, so war das nicht«, erwiderte er scharf. »Ich habe seine Nase zum Bluten gebracht, das ist alles, und ihm Angst eingejagt.«
»Man wird dich vermutlich entlassen.«
»Oh, natürlich, ich gehe nicht zurück.«
»Und«, Mary deutete mit dem Kopf zur Tür, »du gehst mit ihr weg?«
»Ja.«
»Oh, mein Gott! Jimmy!« Ihr Tonfall, ihr Benehmen, ihre Miene, alles drückte Mißbilligung aus.

»Nun fang du nicht auch an, Mary, du bist meine einzige Hoffnung. Sie ist in Ordnung. Sie - sie ist wundervoll. Vielleicht ist sie nicht besonders klug, aber ich hab genug Klugheit für uns beide. Betty war klug, berechnend, schlau. Ich fühle, daß Lally das ist, was ich brauche. Sie ist ehrlich, und sie ist gut.«
»Ich bestreite das alles nicht.« Mary wandte den Kopf ab.
»Sie mag vielleicht all das sein ...«
»Sie ist all das. Wenn du sie erst kennst, kannst du nicht anders als sie mögen.«
»Das mag stimmen, das mag ja alles stimmen, aber hast du überlegt, was du tust? Betty wird das nicht einfach so hinnehmen. Und selbst wenn sie's täte, Ma wird schon dafür sorgen, daß sie den letzten Heller aus dir rausholt; du hast zwei Haushalte zu unterhalten.«
»Irgendwie schaff ich das schon. Das ist meine geringste Sorge. Brot und Schmalz und ein Bretterbett tun mir nicht weh. Es sind die Menschen, die mir weh tun, Mary. Du solltest das wissen. Es ist die gleiche, die dir weh getan hat ... sie! Selbst Betty, so schlecht sie ist, wäre nicht bis zum Äußersten gegangen, wenn Ma sie nicht dazu ermutigt hätte. In Ma ist der Teufel. Es ist schrecklich, so etwas zu sagen.« Er wandte sich ab und sah zum Küchenfenster hinaus. »Ja, es ist schrecklich, wenn du sagen mußt, daß diejenige, die dich geboren hat, schlecht, verdorben ist.«
Es herrschte jetzt Stille zwischen ihnen; dann fragte Mary leise: »Wohin gehst du?«
Er drehte sich zu ihr um. »Das ist der springende Punkt; bis jetzt habe ich noch keine Unterkunft. Ich wollte dich um einen Gefallen bitten. Der Laden in der Flake Street, die Räume darüber, die sind zerstört, ich weiß, aber ... aber ich könnte sie fürs erste instand setzen. Es ist doch niemand drin, oder?«
Mary blinzelte, biß sich auf die Lippen, dann sagte sie ruhig:
»Nein.«
»Dann ... dann überläßt du sie uns, nur, bis ich etwas anderes gefunden habe?«
Sie sah ihn an. Was konnte sie sagen? Der Gedanke an den Laden in der Flake Street weckte den Schmerz in ihr.
»Sie sind leer; es ist keine Schlafgelegenheit dort, nichts.«
»Wenn du uns ein paar Decken geben könntest oder irgend etwas, bis wir morgen Lallys Sachen mit dem Laster abholen lassen.«
Sie stieß einen Seufzer aus. »Ja, das könnte ich tun.«
Er ging zu ihr, nahm ihre Hände und sagte sanft: »Danke, Mary. Weißt du, ich war in meinem ganzen Leben noch nie glücklicher als jetzt. Ich kann mich nicht an einen einzigen wirklich glücklichen Tag erinnern, nicht einmal«, er stieß ein Lachen aus, »nicht einmal der Tag, an dem ich Betty heiratete, denn irgendeine Kleinigkeit, die sie am Abend zuvor gesagt hatte, klickte in meinem Hirn und brachte sie mit Ma in Verbindung, und wenn ich da

noch hätte ausbrechen können, ich hätte es getan … Du willst mich glücklich sehen, nicht wahr, Mary?«
»Das weißt du.«
»Nun, mit Lally werde ich glücklich sein. Wo ist sie?«
»Im Eßzimmer bei Pa. Komisch« - Mary lachte ein bißchen – »sie sprechen miteinander, als würden sie sich seit Jahren kennen; ich habe Pa noch nie so viel reden hören, seit er in dieses Haus kam.«
Jimmy lächelte, als habe sie ihm ein Kompliment gemacht. »Bitte sehr, was hab ich dir gesagt?«
Sie wandte sich von ihm ab. »Komm schon. Zieh deine Jacke aus und trink eine Tasse Tee …«
Zwei Stunden später waren sie zum Gehen bereit. Jimmy war mit dem Laster zur Flake Street gefahren, um eine Matratze, etwas Bettzeug und ihre Koffer hinzubringen.
Einen Augenblick war Mary mit Lally allein im Wohnzimmer. Sie standen da und sahen einander an. Diese Frau ist ein Jahr jünger als ich, dachte Mary, erst sechsundzwanzig, aber sie sieht wie dreißig aus, wenn nicht älter. Und sie ist schwabbelig, überhaupt nicht Jimmys Typ. Jimmy ist geistreich, klug, intellektuell. Er sollte etwas mit seinem Geist anfangen. Aber was hatte er getan? Seine Stelle verloren. Er würde nie wieder einen Job als Lehrer bekommen. Und jetzt fing er ein neues Leben an mit dieser Frau mit dem Spitz namen Dumsi-Lally, und man bekam hier in der Gegend keinen Spitznamen, wenn kein Grund dafür vorhanden war. Was ging in Jimmys Kopf bloß vor?
Sie erschrak, als Lally plötzlich ihre Hand ausstreckte und sie sanft berührte und - als könne sie Gedanken lesen - sagte: »Ich weiß, ich bin nichts Besonderes. Die Leute werden sagen, er ist verrückt. Und vielleicht ist er das auch, denn ich bin nicht klug. Aber ich weiß doch einiges, was andere nicht wissen. Ich glaube nicht, daß man sehr schlau sein muß, um einen Mann glücklich zu machen, und ich werde Jimmy glücklich machen. Ich werde meine ganze Zeit, mein ganzes Leben darauf verwenden, ihn glücklich zu machen. Und … und ich sag Ihnen noch was. Wenn er mich nach 'ner Weile verlassen will, werde ich ihn nicht aufhalten. Ich werde einfach dankbar sein für das, was ich gehabt hab. Es passiert einem nicht jeden Tag, einem Mann wie Jimmy zu begegnen.«
»Ihre Bescheidenheit war überwältigend, sie machte einen verlegen und schnürte einem die Kehle zu.
Mary konnte jetzt verstehen, was Jimmy faszinierte, die Schlichtheit, die Wahrheit und die Güte, die sich in diesem großen, plumpen Körper verbargen. Sie schluckte heftig, ehe sie sagte: »Ich glaube, Sie werden ihn glücklich machen, Lally; er … er braucht ein bißchen, ein kleines bißchen Liebe. Er hat viel mitgemacht.«

Sie nickten einander zu, und als die Tür aufging, sagte Mary schnell: »Na ja, ihr geht jetzt wohl lieber. Aber« - sie sah Jimmy an - »kommt morgen zum Frühstück, dann besprechen wir alles. Wenn ich ein bißchen Zeit zum Nachdenken hab, fällt mir vielleicht ein passenderer Ort ein als Flake Street.«
Jimmy lächelte sie an; dann nahm er Lally am Arm und führte sie in die Halle, wo Alec stand.
»Wir gehen jetzt, Pa.«
»Aye, Junge, aye.« Alec nickte ihm zu und dann Lally. »Bis später, Mädchen«, sagte er.
»Oh ja, bis später, Mr. Walton«, antwortete Lally. »War mir 'ne Freude, Sie kennenzulernen. «
»Mir auch, Mädchen, mir auch.«

8

Es war vorüber. Die Welt hatte aufgehört, verrückt zu spielen. Das heißt, alles außer den Japanern. Aber die würden auch bald auf ihren Platz verwiesen werden, und der beste Platz für sie war das Grab. So sagten alle, die in den Laden kamen.
War es nicht wundervoll? Bald würden sie kommen und sagen können: »Zwei Pfund von der besten Butter, Mädchen; drei Pfund Käse; zwei Pfund vom besten Schinken, geräuchert natürlich; ein halbes Dutzend Tafeln Schokolade; nein, geben Sie mir gleich ein Dutzend; zwei Pfund Biskuits, gemischt, mit Cremefüllung, Schokolade, Zitrone, alles. «
Mary machte sich unbeliebt, als sie einer Kundin, die diese Prophezeiung aussprach, antwortete: »Ja, Mrs. Jacobson, aber bis dahin bekommen Sie Ihre Rationen, für vier, nicht wahr?«
Es gab Siegesteepartys auf den Straßen, eine Straße wetteiferte mit der anderen beim Aufstellen von Tischen für die Kinder, ein Tisch war verschwenderischer gedeckt als der andere, um zu demonstrieren, daß der Krieg zu Ende war und daß sie die Sieger waren.
»Kommen Sie, Mary.« Mrs. McArthur lächelte sie an. »Rücken Sie ein bißchen was raus. Es ist für die Kinder, ein bißchen extra Fett und Zucker. Sie werden überrascht sein, was ich mit ein paar Pfund von beidem anfangen kann. Es heißt, auf der anderen Straßenseite verwenden sie flüssiges Paraffin, um ihre Kuchen zu backen, aber die Monika von unserer Lizzie, sie ist Krankenschwester in Harton, wissen Sie, also, die sagte unserer Lizzie, sie soll vorsichtig sein und nicht zu viel davon verwenden, innen drin kann einem da was passieren. Wie ich zu Mrs. Wright und Mrs. Farthers gesagt habe, wir haben so was nicht, deswegen müssen wir uns auch keine Vorwürfe machen.« Sie lachte. »Allerdings weiß auch keiner, was in der verdammten

Margarine drin ist, und der Zucker besteht vielleicht zur Hälfte aus Sand, aber das ist schließlich die Schuld der Regierung. Was ist nun, Mädchen?«
Mary lächelte traurig. »Schon gut, ich will sehen, was ich tun kann.«
»Gutes Kind.« Mrs. McArthur schickte sich an, die Küche zu verlassen, drehte sich dann noch einmal um und sagte: »Und Sie kommen runter und schauen vorbei? Das Trübsalblasen hat keinen Sinn, Mädchen. Sie können sie nicht zurückholen.«
Sie hat recht, dachte Mary, man kann sie nicht zurückholen. Aber sie ging ins Schlafzimmer und nahm Bens Foto und das von David von der Kommode und sah sie lange an, ehe sie sie wieder zurückstellte. Dann packte sie plötzlich Bens Foto noch einmal, preßte es an ihre Brust und murmelte: »Oh, Ben, Ben!«
Sie war einsam. Sie schien mit jedem Tag, der verging, einsamer zu werden. Die Zeit half ihr nicht. Hier war sie, umgeben von Menschen, die sie alle brauchten, die Forderungen an sie stellten und sie mit Schuldgefühlen erfüllten, weil sie den Wunsch hatte, sie wegzustoßen. Während der vergangenen Monate war das Bedürfnis, von allen wegzugehen, immer stärker geworden. Und jetzt war der Krieg vorüber, die Welt lag offen vor ihr; sie konnte reisen. Sie hatte schon immer reisen wollen, und sie besaß genügend Geld. Bens Hobby, seine Aktien, würde sich jetzt auszahlen. Er besaß Anteile an etwa fünfzehn verschiedenen Gesellschaften; insgesamt waren es gar nicht so viele, vielleicht zwei- oder dreihundert, und einige davon waren im Augenblick nicht mehr wert als ein paar Shilling.
Aber Ben hatte ihr immer wieder gesagt: »Laß den Krieg erst vorbei sein, dann werden die meisten sehr schnell im Wert steigen. Verkauf sie nie, Mary, auch wenn du denkst, sie sind nichts wert, weil sie niedrig stehen.«
»Wovon um alles in der Welt redest du?« hatte sie entgegnet. »Warum sollte ich sie verkaufen?«
Und er hatte gesagt: »Nun, man weiß nie, was geschieht. Ich warne dich nur.« Sie würde diese Warnung beachten, er hatte gewußt, wovon er sprach.
Dann waren da noch die Geschäfte, die sechs Häuser und das Burggraben-Cottage. Sie wußte, was sie mit dem Cottage machen würde. An dem Tag, an dem Jimmy und Lally dort einzogen, würde sie ihnen die Schenkungsurkunde überreichen.
Das würde eine nette Überraschung werden, ihm ein Gefühl der Sicherheit geben und vollends glücklich machen.
Manchmal beneidete sie Jimmy ein wenig um sein Glück. Er lief herum wie ein großer, von innen erleuchteter Leuchtturm. Er hatte recht gehabt, Lally war genau das, was er brauchte. Und Lally selbst, Lally mußte man einfach mögen. Sie war naiv und liebenswert, und sie war jemand, der umsorgt und geleitet werden mußte, und Jimmy hatte nie jemand gehabt, den er hätte leiten, dem gegenüber er sich als Meister hätte erweisen können. Er war sein

ganzes Leben lang eingeschüchtert, beherrscht und herumkommandiert worden.
Während des vergangenen Jahres hatte sie beobachtet, wie ihr Bruder zum Mann geworden war. Die Verträumtheit war verschwunden, und seit das Kind geboren war … man hätte meinen können, es sei das erste Kind, das in diese Welt kam. Aber es war eben Lallys erstes Kind.
Es war seltsam, wie sich die Dinge für ihn entwickelt hatten, seit er mit Ma und Betty gebrochen hatte. Er hatte einen Job als aufsichtsführender Wärter im Krankenhaus gefunden und war angesehen und beliebt bei seinen Mitarbeitern. Außerdem war es ihm gelungen, das Interesse der Ärzte auf Lally zu lenken wegen ihrer drei Fehlgeburten. Daraufhin hatte sie die beste Pflege bekommen und durfte während der letzten Zeit ihrer Schwangerschaft im Krankenhaus bleiben. Bei der Geburt mußte zwar ein Kaiserschnitt gemacht werden, und es war fraglich, ob Lally jemals wieder ein Kind bekommen könne. Aber das spielte keine Rolle, sie hatte ihm einen Sohn geschenkt, und er hatte ihn Ben genannt.
Mary war sehr gerührt darüber gewesen. Und damit der kleine Ben in anständiger Umgebung aufwachsen konnte, hatte sie Jimmy vorgeschlagen, ins Burggraben-Cottage einzuziehen. Wenn er etwas eigene Arbeit dran verwenden, altes Holz und Bretter von ausgebombten Häusern nehmen und das Cottage frisch streichen würde, und sei es auch nur mit Schlachtschiffgrau, müßte es sich gut darin wohnen lassen. Sein Entzücken war so groß gewesen, daß man meinen konnte, sie habe ihm den Buckingham-Palast angeboten.
Ja, sie war froh, daß sich die Dinge für Jimmy so gut entwickelten, selbst wenn ihr seine schwärmerische Verliebtheit in Lally manchmal ein bißchen zu viel war.
Als sie leise aus dem Schlafzimmer ging, sah sie, wie ihre Tochter hastig eine Tüte mit Bonbons in die Manteltasche steckte und das eine, das sie im Mund hatte, hinunterschluckte.
»Annie!« rief sie.
»Ja, Ma.« Annies Gesichtsausdruck war mürrisch.
»Ich dachte, du würdest deine Ration für den Siegestee hergeben?«
»Na ja, tu ich auch; hab ich schon.«
»Und was hast du da gerade in deine Tasche gesteckt?«
Mary ging zu ihr hin und zog eine Tüte mit Toffees aus Annies Manteltasche. Sie legte den Kopf zur Seite und betrachtete ihre Tochter.
»Du bist ein Geizkragen, Ma«, sagte Annie.
Ja, vermutlich war sie ein Geizkragen. Wer sonst in ihrer Stellung würde seiner Tochter ein paar Süßigkeiten wegnehmen? Was war überhaupt mit ihr los? Sie gab Annie die Tüte zurück, fragte aber: »Wer hat sie dir gegeben? Teresa oder dein Grandpa?«
»Grandpa.«

»Lauf schon.« Sie schubste sie fort, und sie lächelte bitter, als sie das Kind die Treppe hinunterhüpfen sah. Ihr Pa hätte das gleiche vor Jahren für sie getan.

Ein paar Minuten später betrat sie den Vorratsraum. Alec war dabei, an einem Seitentisch Zucker abzuwiegen, dabei summte er das Lied vor sich hin, das einst das Lieblingslied seines Vaters gewesen war, das Lied, das ihr auf die Nerven ging, das Lied, das sie in einer gewissen Weise als Vorwurf empfand:

»Ich liebe ein Mädchen,
ein schönes, schönes Mädchen;
so rein wie die Lilie im Tal;
so süß wie die Heide,
die schöne, purpurne Heide,
Mary, meine schottische Glockenblume.«

Es gab Zeiten, da würde sie ihn am liebsten anschreien: »Oh Pa! Sing um Himmels willen endlich was anderes!«

Sie erinnerte sich, wie sie einmal den Schlackenpfad zu den Schrebergärten entlanggegangen waren; er hatte den Arm um ihre Schultern gelegt, sie angeblickt und gesungen:

»So rein wie die Lilie im Tal.«

Einmal war ihr der Gedanke gekommen, daß er Ben vielleicht auch ohne das Drängen ihrer Mutter zusammengeschlagen hätte. Aber wenn man ihn jetzt ansah, diesen kleinen, gebeugten, stillen, gutartigen Mann, diesen vor der Zeit gealterten Mann - konnte man sich da vorstellen, daß er jemals fähig gewesen war, so zu handeln, wie er gehandelt hatte?

Seit sie ihm das Abwiegen der Lebensmittel und das Auflisten der Bestellungen übertragen hatte, hatte sie manchmal einen Funken seines früheren Selbst entdeckt. Vor allem an den Abenden, wenn Jimmy und Lally vorbeikamen, lebte er auf. Dann saß er da, Annie zwischen den Knien, und redete, lachte sogar. Mary wußte, daß er in solchen Augenblicken glücklich war, umgeben von seiner Familie, wie er es nie zu hoffen gewagt hatte, und wie er es auch niemals erlebt hatte, als sie und Jimmy noch Kinder waren.

Was Mary am meisten schmerzte, war Alecs unterwürfiges Benehmen ihr gegenüber. Es hieß immer: »Ja, Mary. Aye, Mary. Ja, das werde ich tun, Mary.« Dadurch wurde sie zum Boß, und irgendwie wollte sie das nicht sein. Nicht für ihn und nicht für Annie und Kusine Annie und Jimmy und Lally. Und doch sahen sie alle in ihr das Oberhaupt der Familie. Dabei wollte sie nichts als ihr eigener Herr sein.

»Wie findest du das?« fragte Alec und deutete auf die Reihe der Zuckerpakete, die er verpackt hatte.
»Fein, fein, Pa. Geh jetzt hinauf, ich hab dir deinen Kakao gemacht.«
»Oh, danke, Mary; den kann ich jetzt vertragen. Gibt's irgendwas Besonderes, was ich tun soll, wenn ich wieder zurückkomme?«
»Du könntest mit den Keksen anfangen. Mach Päckchen von einem halben Pfund.«
»Aye, aye, mach ich, Mary. Ich bin gleich wieder da.«
»Laß dir Zeit. « Ihre Stimme klang ungeduldig. Dann sah sie ihn zärtlich an und lächelte. »Es eilt nicht, laß dir Zeit, Pa.«
»Aye, Mädchen. Schon gut.«
Alec ging hinaus.
Mary seufzte tief und blieb einige Augenblicke in Gedanken versunken stehen.
»Da ist ein Mann im Laden, der möchte mit Ihnen reden.« Teresa war eilig hereingekommen.
Mary folgte ihr in den Laden. An der Theke stand zwischen lauter weiblichen Kunden aus der Gegend Hughie Amesden.
»Guten Morgen, Mrs. Tollett.«
»Guten Morgen, Mr. Amesden.«
»Sie möchten mit mir sprechen, Mr. Amesden?«
»Ja, Mrs. Tollett.«
»Würden Sie bitte hier durchkommen?«
Sie übersah die Blicke der Frauen, hob die Klappe und ließ ihn an ihr vorüber und in den Lagerraum gehen.
Einen Moment standen sie da und sahen einander an. Er hielt seinen Hut in der Hand. Es war ein weicher Schlapphut. Ihr war aufgefallen, daß er niemals eine Kappe trug, wodurch er sich von den anderen Männern aus der Gegend irgendwie unterschied. Er knetete den Rand des Schlapphutes zwischen seinen Fingern und sagte: »Ich … ich wollte Ihnen nur auf Wiedersehen sagen.«
»Auf Wiedersehen? Sie gehen weg?«
»Ja.« Er nickte. »Die erste Station ist Southampton. Wir reisen morgen ab, und … und dann Amerika.«
»Amerika?«
Ungläubig sah sie ihn an.
»Ja, wissen Sie, meine Frau hat drüben eine Tante. Ihr Sohn kam während des Krieges herüber und heiratete ein englisches Mädchen. Sie leben in Southampton. Er ist dort angestellt. Nun, der langen Rede kurzer Sinn - meine Frau fühlt sich hier nicht mehr wohl, seit wir unser Mädchen verloren haben, sie will weg. Verstehen Sie?«
Mary nickte langsam mit dem Kopf.

»Ihr Vetter will sich um die Überfahrt kümmern. Wir müssen vielleicht ein bißchen warten, aber Rene, das ist meine Frau, meint, drüben hätten wir mehr Chancen. «
»Amerika, das ist weit weg.«
»Ja, es ist weit weg.«
»Freuen Sie sich darauf?«
Er sah ihr lange ins Gesicht. »Nein«, sagte er dann, »aber Sie wissen ja, wie das ist.«
Wieder nickte sie, aber sie wußte nicht, wie das war.
Sie würde es erst wissen, wenn sie auch einmal zu jemand sagen konnte: »Ich gehe weg, ich gehe nach Amerika.«
Er drehte seinen Hut zwischen den Händen und sagte mit einem halben Lächeln: »Es ist komisch. Wir haben uns während der ganzen Jahre nicht oft getroffen, obwohl wir miteinander aufgewachsen sind ... na ja, ziemlich nahe beieinander. Aber ich dachte, also, ich dachte, ich geb Ihnen Bescheid, daß ich fortgehe.«
»Das war sehr nett von Ihnen, Mr. Amesden, und ich wünsche Ihnen alles Glück der Welt.«
Er antwortete nicht. Stille breitete sich zwischen ihnen aus und wurde so groß, so schwer, daß Mary spürte, wie sie errötete. Verzweifelt suchte sie in ihren Gedanken nach irgend etwas, was sie sagen konnte, um dieses unheimliche Schweigen zu brechen.
»Sie werden froh sein, von hier wegzukommen. Es ist deprimierend hier.«
»Nein. Nein«, er schüttelte heftig den Kopf, »ich finde es überhaupt nicht deprimierend. Nun, jedenfalls nicht mehr als irgendeinen anderen Ort während des Krieges. Orte machen keinen besonderen Eindruck auf mich, es sind die Menschen.«
Die Hintertür öffnete sich, und Alec trat ein. Sie drehten sich um und sahen ihn mit ausdruckslosen Gesichtern an.
»Oh«, sagte Alec.
»Dies ist Mr. Amesden, Pa. Er geht nach Amerika.«
»Oh, aye.« Alec legte den Kopf zurück und sah zu dem großen Mann auf. »Ich wünsche Ihnen Glück, Junge.« Er streckte seine Hand aus. Hughie nahm sie, und sie schüttelten einander ernst die Hände.
Hughie drehte sich jetzt mit seiner ausgestreckten Hand zu Mary um, und sie legte die ihre hinein. Es war das erste Mal, daß sie einander berührten. Seine Hände fühlten sich groß, warm und fest an.
»Nun, dann verabschiede ich mich, Mrs. Tollett.«
»Auf Wiedersehen, Mr. Amesden. Ich hoffe, es geht Ihnen dort gut.«
»Ich hoffe es auch.«
»Wenn ... wenn Sie jemals in den Ferien hierher kommen, müssen Sie bei uns vorbeischauen. «

»Das werde ich, Mrs. Tollett, das werde ich bestimmt.« Er hielt noch immer ihre Hand und sah sie an, dann wandte er sich ab und ging auf die Tür zu, die in den Laden führte. Sie folgte ihm nicht, um ihn hinauszubegleiten.
»Scheint ein netter Bursche zu sein«, sagte Alec. »Ich meine, ich kenne sein Gesicht. Ist er aus dieser Gegend?«
»Ja«, sagte Mary. »Ja, er ist aus dieser Gegend.«
Als sie hinaufging, steckte Kusine Annie den Kopf aus der Küche und fragte: »Willst du Rüben zu den Kartoffeln haben?«
Mary sah sie abwesend an. »Was? Oh ja. Ja, das wäre gut, Annie.« Dann ging sie ins Schlafzimmer, setzte sich aufs Bett und betrachtete Bens Foto. Was war los mit ihr? Sie hatte das Gefühl, als habe sie soeben einen weiteren großen Verlust erlitten.

9

»Komm, Liebling, setz dich und nimm ein Stück Toast.«
Jimmy zog Lally in einen Sessel neben dem Tisch. Dann zeigte er auf das Feuer und sagte: »Das ist ein Feuerchen für dich, nicht wahr? Und draußen ist noch genügend verrottetes Holz, das reicht für einen Monat. Ich hatte vielleicht Glück, diese Ladung zu bekommen! Arthur Stanhope, der aus dem Kesselhaus, weißt du, verschafft mir noch mal so viel. Sein Bruder hilt mit, die Bombenruinen aufzuräumen, und gibt ihm Tips, wo was zu holen ist. Noch ein paar Shilling auf der hohen Kante, und wir sind gemachte Leute.« Er boxte sie fröhlich in die Seite.
Mit strahlendem Gesicht sah er sich im Raum um. »Es ist wundervoll! Unseres! Daß Mary uns das gegeben hat! Einfach toll. Ich kann es noch immer nicht glauben, Mensch! Sie ist gut.«
»Sie ist wundervoll, das ist sie.« Lally blickte in ihre Tasse und rührte langsam um, bevor sie nachdenklich sagte: »Weißt du, Jimmy, die meisten Frauen sind Hexen. O doch!« Sie schaute ihn an und nickte, als habe er es abgestritten. »Aber wenn man einer netten begegnet, entschädigt sie einen für all die anderen.«
Er griff über den Tisch hinweg nach ihren Händen.
»Das sagst du mir? Für mich gibt es nur zwei gute Frauen auf der Welt, dich und unsere Mary.«
Lally sah ihn einen Moment liebevoll aus ihren großen, klaren Augen an; dann entzog sie ihm ihre Hände, setzte sich aufrecht hin und verkündete, als sei sie eben zu einem ernsten Entschluß gekommen: »Ich werde mich in Zukunft nicht mehr so auffallend anziehen, ich werde ganz dezente Sachen tragen.«

Jimmy brach in dröhnendes Lachen aus, warf sich in seinem Sessel zurück und hätte beinahe einen Purzelbaum nach rückwärts geschlagen. Er hielt sich am Tisch fest, die Tränen liefen ihm übers Gesicht.
»Lally, du bist unbezahlbar!«
Und sie war unbezahlbar für ihn. Er hatte ein Jahr unvorstellbaren Glücks hinter sich. Er hätte sich nie träumen lassen, daß irgendein menschliches Wesen zur gleichen Zeit so viele wundervolle Eigenschaften in seinem Körper vereinen könne. Warum, warum nur liebte er sie so? Gemessen an modernen Bildungsbegriffen war sie, wie sie selbst sagte, dumm, zumindest in bezug auf manche Dinge; aber in anderer Beziehung war sie so tiefgründig, daß sie ihn erstaunte. Dann spürte er, daß es in ihrem Bewußtsein irgendwo eine Tür gab, die fest verschlossen war und die etwas verbarg, das noch nicht ans Licht kommen wollte. Eines Tages aber würde sie sich öffnen, und dann würde all die verborgene Klugheit, ja Weisheit hervorkommen ...
Aber wollte er das denn? Nein, er wollte seine Lally einfach so, wie sie war, er wollte keine Veränderung, denn so, wie sie war, hatte sie ihn zum Mann gemacht. Und daß sie ihn brauchte, daß sie ihn liebte - das war die Garantie dafür, daß er auch weiterhin ein Mann blieb.
Während des vergangenen Jahres hatte er so vieles getan,was er sich zuvor nie zugetraut hätte. Er hatte seine Hände gebraucht. Man mußte sich nur einmal ansehen, was er während der letzten sechs Monate hier geschafft hatte. Er hatte Schränke gebaut; er hatte die altmodische Senkgrube verschalt; er hatte die großen Steinfliesen in der Küche mit Sand bestreut und alles Fett und allen Dreck damit entfernt; er hatte die Treppen verstärkt und ausgebessert; er hatte Lally sogar eine Art Ankleidetisch in die komische kleine Nische im Schlafzimmer eingebaut. Und jetzt, da für den Wiederaufbau jedem neues Holz im Wert von monatlich einem Pfund zustand, gab es nichts, was er während der nächsten Jahre nicht fertigbringen würde. In diesem großen Haufen von angekohltem und öligem Holz vor der Tür waren zwei riesige Balken, die er aufheben wollte - er hatte auch schon eine Idee, was er damit anfangen würde. Das vordere Zimmer war fast sechs Meter lang und hatte noch immer einen altmodischen Eisenofen. Sobald er Zeit dazu hatte, würde er ihn herausreißen, einen von den Balken in die Decke einziehen und einen offenen Kamin bauen. Er hatte ein Bild in einer Zeitschrift gesehen, siebzehntes Jahrhundert. Oh, die Ideen, die er in seinem Kopf herumtrug!
Und dann der Garten, hinten und vorne. Vor Einbruch des Winters sollte alles umgegraben sein. Er würde im hinteren Teil einen Sandspielplatz für Ben anlegen und, wenn er etwas Zement in die Finger bekam, auch noch einen kleinen Teich. Er würde den Sand von South Shields in seinen Hintergarten transportieren - und noch tausend andere Dinge tun!

Lally sah vom lodernden Feuer zu ihm und sagte: »Oh Jimmy, ich möchte nicht weggehen. Jetzt, wo das Feuer brennt, fühle ich, daß wir zu Hause sind, für immer. Es kommt mir so lange vor bis Montag, bis die Sachen kommen.«
Jimmy, der dicht bei ihr saß und ihre Hand hielt, blickte ebenfalls ins Feuer und sagte: »Ich war ein Trottel, die Möbelpacker erst für Montag zu bestellen. Ich weiß nicht, warum ich Montag sagte. Oh doch, ich weiß es.« Er drückte sie an sich. »Ich dachte, wir würden alle zusammen hierherkommen, und da wir Ben nicht vor Montag aus dem Krankenhaus holen können, dachte ich, wo immer wir hingehen, was immer wir tun, wir wollen es gemeinsam tun, wir drei.«
»Ah, das ist ein netter Gedanke, Jimmy, alles gemeinsam zu tun, du und ich und Ben. Glaubst du, sein Ohr wird gut sein?«
»Ja, bestimmt.«
»Ich möchte nicht, daß er taub ist, Jimmy.«
»Er wird nicht taub sein.« Jimmy schüttelte ihren Arm. »Er hat eine kleine Ohreninfektion, das ist alles. Und wir haben Glück, wir sind bevorzugt. Vergiß nicht, sie nehmen nicht jedes Kind und kümmern sich darum.«
»Es ist deinetwegen.«
»Unsinn!« Er stand auf. »Komm jetzt, es wird schon dunkel; wir sollten lieber gehen, wenn wir noch bei Mary vorbeischauen wollen.«
»Ja. Wirst du das Feuer löschen, Jimmy, bevor wir gehen?«
»Darauf kannst du wetten.«
»Es ist so schade drum, so eine wundervolle Glut!«
Er sah sie an, wie sie ins Feuer blickte, dann drehte er sie um und zog sie an sich.
»Weißt du was? Billy Sollop hat morgen nichts vor, er hat mir die Wahl gelassen, Samstag oder Montag. Ich werde auf dem Heimweg bei ihm vorbeischauen und ihn fragen, ob er den Umzug morgen machen kann. Es wäre sowieso vernünftiger, alles in Ordnung zu haben, wenn Mister Benjamin Walton nach Hause kommt, was meinst du?«
»O Jimmy, machst du das?«
Er nahm sie in seine Arme. »Du möchtest gern schon morgen hier einziehen, nicht wahr?«
»Ich möchte gern jetzt gleich einziehen.«
Sie schnitt ihm ein Gesicht.
Er lächelte sie an, dann sagte er lässig: »Nun, Mrs. Walton, das ließe sich ohne weiteres machen. Sie können hier auf dem Steinfußboden schlafen oder, wenn es Ihnen lieber ist, auf dem Bretterboden oben, aber ich für mein Teil, ich mit meinen alten Knochen brauche eine Matratze.«
Lally gab ihm einen Stoß und schob ihn zur Tür, und sie gingen hinaus, wobei er sich bücken mußte, um sich den Kopf nicht an dem niederen Türstock zu stoßen.

Nach einigen Schritten drehten sie sich noch einmal um und betrachteten das Cottage. Es war geräumiger, als es aussah. Im Erdgeschoß lagen ein großes Wohnzimmer, eine große Küche, noch ein kleinerer Raum, eine Spülküche und ein Waschhaus mit Zugang zu einem hölzernen Nebengebäude, das Jimmy bereits als Werkstatt eingeplant hatte. Im oberen Stockwerk gab es drei Schlafräume.
Es war ein Haus mit vielen Möglichkeiten, und der Künstler in Jimmy sah, das Burggraben-Cottage würde ein Schmuckstück werden. In Gedanken sah er es bereits vollendet.
Arm in Arm und eng aneinandergeschmiegt machten sie sich in der stärker werdenden Dämmerung auf den Weg in die Stadt, die jetzt von Straßenlampen erhellt war, aber noch immer die Wunden des Krieges zeigte. Der nächste Weg zu Mary wäre die Abkürzung durch Haydon Terrace gewesen, aber Jimmy hielt sich von Haydon Terrace fern und nahm immer den langen Weg außen herum.
Während des letzten Jahres war er zweimal mit Betty zusammengetroffen. Das erstemal an dem Tag, an dem sie ihn wegen einer Unterhaltsklage vor Gericht gebracht hatte. Er war dazu verurteilt worden, ihr wöchentlich fünfzehn Shilling zu zahlen. Das zweitemal sah er sie im Bus. Sie saß ihm gegenüber, und ihre Augen bohrten sich in ihn hinein, als wollten sie ihn aufspießen. Er war aufgestanden und aus dem Bus gesprungen, und der Schaffner hatte ihm nachgerufen: »Was ist los, Junge! Willst dir wohl den Hals brechen?«
Seine Mutter hatte er in dieser Zeit nur einmal gesehen, und hoffentlich sah er sie nie wieder. Es war an dem Tag, an dem alle vor Siegesfreude verrückt spielten. Er hatte sich durch eine Menge hindurchgeboxt, die die Straße zur Ellison Street blockierte. Er hatte Lally an der Hand hinter sich hergezogen, und da starrte ihn ein Gesicht aus der Menge heraus an. Das einzige Gesicht, das nicht lachte, der einzige Mund, der nicht geöffnet war. Er sah, wie sie mit den Zähnen knirschte, die Lippen zurückgezogen wie ein knurrender Hund, und es durchzuckte ihn der Gedanke, daß sie aussah wie eine Verrückte.
Sie bogen jetzt in die Cornice Street ein, gingen vorbei am Haus seiner Kindheit, hinunter zu Marys Laden. Es war für ihn jedesmal wie ein Schlag ins Gesicht, wenn er mit Lally die Straße entlangging. Er wußte, was die Leute redeten, er hörte sie geradezu:
»Unverschämtes Pack! Habt ihr die beiden gesehen? So eine Schamlosigkeit! Na schön, na schön, Betty war bestimmt ein Ekel, und seine Mutter … na ja, was die ist, wissen ja alle … aber er, daß er von ihnen weggeht und sich mit der da herumtreibt, Dumsi-Lally, er muß genauso verrückt sein wie sie. Und immer Arm in Arm, eine Unverschämtheit! Na, er hat sie wahrscheinlich wirklich nicht alle. Erinnert ihr euch an diese Heilsarmee-Geschichte? Und

dann die Mülltonne! Und die Tafel mit dem Gesicht von einem Jungen abzuwischen! Wenn ihr mich fragt, die passen gut zusammen.«
Er konnte es hören, als würden sie es ihm in die Ohren schreien. Aber es machte ihm nichts aus; sie konnten nicht in seine private Welt eindringen, auf seine Insel, seine wundervolle Insel, genannt Lally.
Bei Mary angekommen, verkündete er laut: »Wir werden morgen einziehen, Mary. Ich war blöd, wir haben das ganze Wochenende, um Ordnung zu schaffen.«
»Jetzt sagst du mal was Vernünftiges.« Sie nickte den beiden zu. »Ich habe mich schon gewundert, warum ihr bis Montag warten wolltet.«
»Ach, das war bloß eine Laune, ein verrückter Einfall. Ich bin hier nicht ganz richtig.« Er tippte sich an die Stirn.
»Das wissen wir doch alle, Jimmy.« Mary lachte. »Geh, iß etwas. Gib mir deinen Mantel, Lally.«
»Du, Mary.«
»Ja, Lally?«
»Ich hab gerade zu Jimmy gesagt, die nächsten Sachen, die ich mir von meinen Coupons kaufe, werden ganz still und dezent sein, und ich hätte gern, daß du mitkommst und ...«
»Komm, komm, du großer Dummkopf.«
Jimmy riß sie so heftig am Arm, daß sie gegen ihn fiel, und Mary lachte in sich hinein. Lally in unauffälligen Kleidern! Wenn man sie in eine Nonnentracht stecken würde, sie würde noch immer wie Lally aussehen. Wie konnte sie jemals hoffen, diese Brüste und dieses Hinterteil zu verbergen! Aber immerhin, sie hatte zumindest den guten Willen. Als sie ins Eßzimmer kamen, sagte Mary zu Alec: »Sie ziehen morgen um, du könntest ihnen zur Hand gehen.«
»Oh, natürlich.« Alec nickte Jimmy zu. »Klar, Junge, ich helf dir gern, damit alles in Ordnung kommt. Und ich sag dir was, ich komm und grab dir deinen Garten um. Oh« - er sah Mary an- »das heißt, wenn du nichts dagegen hast, Mädchen?«
»Nein, ich habe nichts dagegen, Pa«, sagte Mary weich.
»Ich möchte so gern meinen Spaten wieder in die Erde stecken.«
»Na, ich verschaff dir 'ne Menge von dem, was du möchtest, Pa«, sagte Jimmy. »Da kannst du auf mich zählen, ich verschaff dir 'ne Menge davon.«

10

Alice saß neben dem Fenster und blickte durch die dicken Vorhänge aus Nottingham-Spitze auf die Straße. Auf der anderen Straßenseite putzte Peggy Hurst ihr Fensterbrett. Wurde allmählich Zeit, dachte Alice, aber selbst jetzt fummelt sie nur so drüber weg. Eine Drecksau, diese Peggy Hurst. Und da war diese Mrs. Keely mit ihren zwei Bälgern, vermutlich auf dem Weg nach Shields, um auf dem Markt ihr Geld für Unsinn auszugeben. Sie brachte es einfach nicht fertig, die Kinder nett anzuziehen, dabei war ihr Mann seit Jahren in einer guten Stellung.

Diese Frauen! Die Männer schufteten sich ab für sie, arbeiteten von Montagmorgen bis Samstagabend für sie, und die Frauen taugten alle nichts. Und sie, Alice Walton, sie mußte für sich selbst sorgen, hatte weder Mann noch Kind noch Kegel, die ein Wort mit ihr geredet oder ihr auch nur einen Penny gegeben hätten.

Schlechtigkeit und Sünde machten sich bezahlt. Es hieß, Gott sei gut; war er jemals gut zu ihr gewesen? Was lag vor ihr? Arbeit und wieder Arbeit, fünf Tage in der Woche, bis sie starb. Sie war erst sechsundvierzig, das war kein Alter. Aber sie fühlte sich alt; und kein Wunder, sie hatte in ihrem Leben genug erlebt, das einen Menschen altern ließ. O Gott, wenn sie es ihnen nur heimzahlen könnte, nur einmal, nur ein einziges Mal. Das war alles, worum sie bat.

Sie erhob sich vom Stuhl und begann im Zimmer auf und ab zu gehen. Sie waren jetzt alle beisammen, ihr Mann, ihre Tochter und ihr Sohn, nicht zu vergessen seine Nutte, alle beisammen wie ein Pack von Dieben. Die Leute erzählten, daß Jimmy und dieses blöde Stück immer im Laden seien. Warum war keine Bombe auf sie und den Laden gefallen? Anständige, schwer arbeitende, gottesfürchtige Menschen mußten dran glauben, während andere, wie sie, wie diese Mary, übrigblieben. Sie war ihr eigenes Fleisch und Blut, aber bei Gott, sie haßte sie! Alles Unglück in ihrem Leben hatte seinen Ursprung in Mary.

Alice hörte auf, herumzulaufen.

Wo blieb nur Betty? Die war seit neuestem auch kaum mehr zu Hause. Sie hatte irgendeinen Kerl; das machte ihr doch keiner weis, daß die keinen Kerl hatte.

Da öffnete sich die Tür, Betty kam herein und stellte einen Korb mit Lebensmitteln auf den Tisch.

»Wo warst du? Du hast dir ziemlich viel Zeit gelassen.«

»Oh, um Himmels willen! Mam, du kontrollierst mich doch nicht etwa mit der Stoppuhr?«

»Schon gut. Kein Grund zur Aufregung.«

»Ich rege mich aber auf. Seit wann muß ich dir über meine Zeit Rechenschaft ablegen?«

Alice wandte sich von Betty ab, hielt sich mit beiden Händen den Kopf und sagte:

»Fang du nicht auch noch an. Ich halte das einfach nicht mehr aus.«

»Du bist es doch, die dauernd davon redet. Du gehst mir auf die Nerven.«

Alice ließ sich langsam auf einen Stuhl sinken. Ihr Gesicht war verkniffen, ihre Lippen schmal und zittrig.

Betty riß sich Mantel und Hut vom Leib, ging ins Schlafzimmer und kam dann wieder heraus, wobei sie sagte: »Du bist nicht die einzige, die allmählich genug hat. Was glaubst du, was ich gerade gehört habe?«

Alice fuhr herum, die Augen vor Neugier geweitet. »Was?« fragte sie.

»Deine Mary hat ihnen das Cottage gegeben.«

»Sie hat was?«

»Sie hat ihnen das Cottage gegeben, Burggraben-Cottage, weißt du, das, worüber du so viel geredet hast.«

Alice war aus dem Sessel hochgefahren und stand jetzt aufrecht, wie erstarrt. »Burggraben-Cottage? Mary hat ihnen das Burggraben-Cottage gegeben?«

»Genau das. Phyllis Bradley hat es mir erzählt. Offensichtlich besaß Mary das Cottage schon lange, sie oder ihr Mann. Aber Master Jimmy richtet es her, und deine Tochter hat es ihm geschenkt, mit Schenkungsurkunde und allem Drum und Dran. Wie findest du das? Phyllis Bradleys Mädchen spielt mit dem McArthur-Kind, dadurch hat sie's erfahren.«

»Burggraben-Cottage!« Alices Augen waren weit aufgerissen, ihr Unterkiefer hing herab. Sie sah Betty an, sah aber durch sie hindurch, dann sagte sie noch einmal: »Burggraben-Cottage,!«

Das Burggraben-Cottage war das Ziel aller ihrer Wünsche gewesen. Sie hatte in der Church Bank gewohnt, dann in der Hope Street und in der Cornice Street; aber sie waren alle lediglich Stationen auf dem Weg zum Burggraben-Cottage gewesen.

Sie konnte sich zu Alec sagen hören: »Es ist für elf und sechs Pence wöchentlich zu haben«, und er hatte darauf erwidert: »Doppelt so viel, wie wir hier bezahlen. Bist du verrückt, Frau?«

Und jetzt hatte Mary es Jimmy geschenkt, und er brachte diese Frau dorthin, diese große, fette, schlabbrige Hexe. Nein! Nein! Nicht ins Burggraben-Cottage!

»Mary …«, brachte Alice schließlich heraus, »sie hat es absichtlich gemacht. Sie wußte, daß ich dieses Haus immer haben wollte. Einmal hätte ich es beinahe geschafft, dort zu wohnen. Sie wollte mir eins auswischen, verstehst du.« Alice beugte sich über Betty und packte ihre Arme.

»Hör auf, Mam, du tust mir weh!« schrie Betty. Dann fragte sie neugierig: »Du hättest einmal fast dort gewohnt?«

»Ha, vor vielen Jahren, aber Alec hatte Angst vor der Miete. Mary wußte, wieviel mir an diesem Haus lag. Als Mary und Jimmy noch Kinder waren, hab ich sie oft hingeführt und es ihnen gezeigt. Es hat einen langen Garten nach vorne und nach hinten hinaus. Damals lag es draußen auf dem Land, mit offenen Wiesen drum herum, und der Hirnmel …« Sie hob die Hand und beschrieb einen weiten Kreis.

»Mam! Mam!« sagte Betty scharf. Alice starrte sie an, als sei sie aus einer fernen Zeit, von einem fernen Ort zurückgeholt worden, und fragte: »Sind sie schon drinnen?«
»Nein, sie ziehen am Montag ein, soviel ich weiß. Das McArthur-Kind sagte, sie ziehen am Montag ein und geben eine Art Party. Übrigens« - Betty drehte Alice den Rücken zu, ihre Stimme bebte - »es gibt noch eine kleine Neuigkeit. Das Kind ist vor zwei Wochen auf die Welt gekommen; du bist wieder Großmutter ... es ist ein Junge.«
»Mein Gott!« Es herrschte eine Weile Stille im Raum. Dann murmelte Alice tonlos: »Burggraben-Cottage. Burggraben-Cottage.«
»Ist das alles, was du sagen kannst, Burggraben-Cottage?« schrie Betty, sprang auf und rannte in die Küche. Alice blieb sitzen und wiederholte immer wieder: »Burggraben-Cottage. Burggraben-Cottage.«

11

»Mam! Mam!«
»Was? Was ist denn?« Mary tauchte aus den Tiefen des Schlafs auf. »Was willst du, Kind?«
»Horch, Ma; da klopft jemand unten an der Ladentür.«
Mary richtete sich auf und horchte. Dann stand sie aus dem Bett auf, zog ihren Morgenmantel an, rannte ins Wohnzimmer, drehte dort das Licht an, ging zum Fenster, öffnete es und sah hinunter auf die dunkle Straße.
»Wer ist da?«
Ein Licht leuchtete ihr ins Gesicht. »Mrs. Tollett?«
»Ja, das bin ich.«
»Könnten Sie einen Augenblick herunterkommen? Hier ist die Polizei.«
Polizei. Schon bei dem Wort drehte sich Mary der Magen um.
»Eine Sekunde.« Sie schloß das Fenster und sah Annie einen Augenblick verwirrt an. »Polizisten«, sagte sie. Ihre Augen hoben sich zur Uhr auf dem Kaminsims. Viertel nach drei Uhr morgens. In der Halle warf sie sich einen Mantel über den Morgenrock und sagte zu Annie. »Du bleibst hier, und weck nicht deinen Grandpa oder Kusine Annie.«
»Aber Alec stand schon an seiner Schlafzimmertür und fragte: »Was ist los? Ist ihr nicht gut?« Er sah Annie an.
Mary sagte: »Nein, nein. Es klopft jemand an die Ladentür. Jetzt bleibt, wo ihr seid, bis ich erfahren habe, was los ist.« Ma, dachte sie; Ma war etwas zugestoßen. Sie verbot sich zu denken: endlich. Aber ihre Gedanken gingen weiter - natürlich wollte man ihren Pa holen.
Als sie die Ladentür entriegelt hatte, sagte der Polizist: »Ich komme einen Augenblick rein, wenn Sie nichts dagegen haben.« Er ging an ihr vorbei,

blieb dann stehen und sah sie an. »Es ist wegen Ihrem Bruder, Mrs. Tollett.«
»Jim … Jimmy?«
»Ja, Jimmy, und seine Frau. Es hat einen Unfall gegeben … ein Feuer.«
»Ein Feuer? Das Cottage?«
»Ja, ja, ich fürchte.«
»Sie sind doch nicht … sie sind nicht verletzt?«
Der Polizist öffnete seinen Mund, dann senkte er den Kopf.
»Oh nein. Lieber Gott! Nein!« Mary verbarg ihr Gesicht in den Händen. »Sie sind nicht …?«
»Ihr Bruder ist in Ordnung - das heißt, er hat schwere Verbrennungen, aber er lebt. Aber ich fürchte, Mrs. Tollett, seine Frau ist tot.«
»Lally? Seine Frau? Ich meine, Lally? … Nein!«
Der Polizist starrte sie an. Sie stürzte an ihm vorbei zur Theke und preßte ihren Rücken dagegen, bohrte sich die Kante ins Kreuz, fuchtelte mit den Händen vor dem Polizisten herum und sagte: »Nein, nein, nein. Er wird ver rückt. Lally … Was ist passiert?«
»Soweit wir das feststellen konnten«, sagte der Polizist sanft, »brannte es bereits lichterloh, als Ihr Bruder erwachte. Er versuchte, das Fenster zu öffnen und sie auf diesem Weg hinauszubringen, aber das konnte er nicht, und dann - nun, soviel ich vermuten kann, hat er sie die Treppe hinuntergetragen. Sie muß fast schon tot gewesen sein, als er sie nach draußen brachte. Und es ist eine kalte Nacht, Gegensätze, verstehen Sie. Er versuchte, sie wiederzubeleben. Einige Leute, die im Auto auf der Hauptstraße vorbeikamen, sahen die Flammen, und als sie hinkamen, konnten sie nichts mehr tun. Nun, es ist verständlich, er war wie ein Wahnsinniger. Bis die Feuerwehr ankam, war nicht mehr viel von dem Cottage übrig.«
Mary spürte, wie sie in Dunkelheit versank, dann hörte sie ihren Pa: »Mädchen! Mädchen, trink das.«
Sie öffnete die Augen. Der Polizist war noch immer da. Sie konnte sich nicht erinnern, daß man sie nach oben gebracht hatte. Sie sah ihren Vater an. Tränen liefen ihm übers Gesicht, und Annie weinte und wimmerte: »Oh! Onkel Jimmy. Onkel Jimmy. Und meine Tante Lally.«
Kusine Annie kam mit einem Tablett aus der Küche gehumpelt. Sie hatte die unvermeidliche Tasse Tee zubereitet. Auch sie weinte.
»Wo ist er?« Marys Stimme war kaum hörbar.
»Im Krankenhaus in der Frederick Road in Shields. Ich habe den Wagen draußen, ich kann Sie hinbringen.«
»Ja, ja.«
»Trink eine Tasse Tee, Kind«, sagte Kusine Annie.
»Ich will keinen Tee.«
Mary ging an ihnen vorbei ins Schlafzimmer, und während sie ihre Kleider anzog, dachte sie: Was ist los mit uns? Über uns liegt ein Fluch. Er wird ver-

rückt werden. Ich hoffe, er stirbt. Er wird ohne sie nicht leben wollen; sie war seine Stütze, seine große, warme, tröstliche Stütze.

Tagelang lag Jimmy von Schmerzen betäubt, seelischen und körperlichen Schmerzen. Er betete darum, zu sterben. Falls man irgendwelche Mittel in seiner Nähe hätte liegenlassen, er hätte dafür gesorgt, daß er starb. Sie stachen ihm Nadeln in den Arm, um ihn zu beruhigen, aber das löschte nicht den Schmerz in seiner Seele. Er hatte Lally umgebracht, sie bei lebendigem Leib verbrannt.

Zum tausendstenmal war er wieder in dem Zimmer. Er stellte das Grammophon an und sagte zu ihr: »Ein Glück, daß wir das Grammophon haben. Und wir bekommen ein mit Batterien betriebenes Radio; ich möchte weder Elektrizität noch Gas haben, ich mag das Licht der Petroleumlampe, du nicht auch?«

»Es ist wundervoll, Jimmy, wundervoll«, sagte sie.

»Du bist wundervoll.« Er zog sie aus dem Sessel hoch und tanzte mit ihr über den unebenen Fußboden, und sie schrie: »Du bist beschwipst.«

»Du auch«, antwortete er. »Wir sind beide beschwipst. Komm, beschwipsen wir uns noch mehr. Machen wir eine Feier, eine Hauseinweihung ganz allein für uns.« Er schenkte die Gläser voll Whisky und sagte: »Als ich das letzte Mal in diesem Zustand war, führte ich die Heilsarmee um den Marktplatz von Shields, erinnerst du dich?« Sie fielen einander um den Hals und lachten, und sie sagte:

»Du bist ein großer Junge, Jimmy.«

»Und du bist ein kleines Mädchen, Lally, und ich liebe dich ...«

Danach hatten sie sich auf den Teppich vor das lodernde Feuer gesetzt, sie lehnte sich an ihn, sah in die sprühenden Funken und sagte: »Ich möchte niemals sterben.«

Und dann waren sie nach oben gegangen, und sie war gestorben. Und es war seine Schuld, denn er hatte noch einmal Holz nachgeschürt. Sie hatte ihn davor gewarnt. »He«, hatte sie gesagt, »leg nichts mehr drauf.«

Aber er hatte sie ausgelacht und gesagt: »Dieser alte Kamin hält das schon aus. Er ist bis obenhin aus Ziegeln. Und das Feuer wird bald verlöschen, und am Morgen ist es dann warm, wenn wir aufstehen.«

Als er das nächstemal über die Brüstung in den Raum blickte, war es der Blick in ein loderndes Inferno. Er hatte ihren schweren Körper aus dem Bett gezerrt und versucht, ihn aus dem Fenster hinauszustoßen, aber das Fenster war zu klein und nur auf einer Seite zu öffnen. Dann trug er sie zur Treppe und an dem brennenden Geländer entlang nach unten und durch den Stoß brennender Möbelstücke. Der größte Teil der Schlafzimmermöbel stand noch unten, denn die Männer konnten sie nicht die schmale Treppe hinaufbekommen, sie hatten schon Mühe genug mit dem Bett gehabt. Er hatte gesagt, er würde das mit den Möbeln schon allein schaffen. Er konnte die Schrauben lösen und oben alles wieder zusammensetzen. Und da standen sie jetzt wie ein mächtiges Freudenfeuer, und nachdem er die Tür geöffnet hatte, war da noch mehr brennendes Holz. Es lag kreuz und quer vor der Tür und brannte lichterloh. Er hatte sich nicht gefragt, wie es dahin gekommen war, er wußte nur, daß er sie darüber hinweg trug. Und dann hielt er sie in seinen Armen, schüttelte sie, schrie …

Als er am Abend des dritten Tages zu sich kam, sah er Mary neben seinem Bett sitzen. Sie sagte: »Hallo, Kleiner«, und er starrte sie nur an. Er konnte wegen der Verbände weder seine Hände noch seine Arme bewegen, auch sein Kopf war bandagiert. Er erinnerte sich daran, daß sein Haar Feuer gefangen hatte und in dem Moment lichterloh zu brennen anfing, als er ins Freie trat. Er hatte mit einer Hand danach geschlagen, während er noch immer Lally festhielt.

»Fühlst du dich besser?«

Statt einer Antwort sagte er: »Ich bin schuld, Mary.«

»Nein, nein, Jimmy. «

»Doch.«

»Aber nein. Was bringt dich auf diesen Gedanken?«

»Das Feuer, ich … ich habe es geschürt. Ich war betrunken«, er schloß die Augen, dann wiederholte er: »Ich war betrunken, Mary. Immer, wenn ich betrunken bin, passiert etwas.«

»Psst, psst!« sagte sie. »Red nicht, schlaf. Es war nicht deine Schuld, es war niemandes Schuld.«

Als er das nächstemal zum Bewußtsein kam, saß sie wieder an seinem Bett. Es waren zwei Tage vergangen.

Seine Gedanken waren jetzt klarer.

Er sah sie an und sagte: »Das konnte nicht von Dauer sein, Mary; es war zu schön, um zu dauern, zu wundervoll.«

Sie schluckte den Kloß in ihrer Kehle hinunter, konnte aber nicht sprechen.

»Ich war ihrer nicht wert und … und ich hätte wissen müssen, daß etwas Derartiges passiert, denn … denn ich habe meine Mutter gesehen, am Nachmittag habe ich meine Mutter gesehen. Sie kam aus der Brookers Lane, nicht weit vom Cottage entfernt. Sie hat mich nicht gesehen, ich ging ihr aus dem Weg, aber ich kann mich erinnern, daß ich mir wünschte, ich hätte sie nicht gesehen. Ich hätte es wissen müssen. Sie hat mich mit einem Fluch belegt.«

»Sie still. Sei still. Sag nicht so etwas«, sagte Mary abwehrend. Aber ihr Geist arbeitete fieberhaft. Ihre Mutter in der Brookers Lane? Die Brookers Lane mündete in die Schotterstraße, an der das Cottage stand. Was hatte ihre Mutter dort zu suchen?

Drei Tage später wußte sie es.

Der Versicherungsmann kam vorbei, zusammen mit dem örtlichen Versicherungsinspektor und noch einem Mann, der aus Newcastle gekommen war und dessen besondere Aufgabe darin bestand, Brandfälle zu bearbeiten.
»Es tut mir leid, Mrs. Tollett«, sagte er, »aber wir müssen uns mit dieser Angelegenheit noch näher befassen; es steckt mehr dahinter, als auf den ersten Blick zu vermuten wäre. Wir sind noch nicht vollkommen sicher und müssen noch weitere Nachforschungen anstellen. Im Augenblick sieht es so aus: Es gibt eine Theorie, nach welcher das Feuer nicht im Kamin im Hausinnern ausbrach, sondern von dem Holzstoß vor dem Haus ausging, der unter Verwendung von Paraffin in Brand gesteckt wurde.«
Mary starrte die drei Männer an.
»Unter Verwendung von Paraffin?« wiederholte sie benommen.
»Ja, Mrs. Tollett, so lautet der Verdacht. Kennen Sie jemand, der Grund gehabt hätte, das Feuer zu legen?«
Mary antwortete nicht, sondern starrte sie weiter fassungslos an.
Der Versicherungsmann sagte jetzt: »Sie haben mir gesagt, Mrs. Tollett, daß es der ursprüngliche Plan ihres Bruders war, erst am Montag einzuziehen. Wer immer den Brand gelegt hat, das heißt, falls es jemand getan hat« - er sah seine beiden Vorgesetzten an - »wußte sehr wahrscheinlich nicht, daß jemand im Haus war.«
Jemand legte von außen den Brand mit Hilfe von Paraffin, und Jimmy sagte: »Ich sah meine Mutter aus der Brookers Lane kommen. Sie hat mich nicht gesehen«, und der Mann fragte: »Kennen Sie jemand, der Grund gehabt hätte, das Feuer zu legen?«
Oh nein. Nein! Das konnte sie nicht getan haben! Aber doch, sie konnte, sie war dazu fähig, jemanden zu entstellen oder bei lebendigem Leib zu verbrennen - ihre Ma war zu allem fähig.
»Machen Sie sich keine Sorgen, Mrs. Tollett«, sagte der Inspektor jetzt. »Ihrem Anspruch wird stattgegeben. Darüber besteht kein Zweifel, es müssen nur noch Nachforschungen angestellt werden.«
Höflich verabschiedeten sich die Herren. Mary blieb zurück, wie betäubt vor sich hinstarrend, aufgewühlt von einer unsagbaren Wut; und sie wußte, wenn sie sich nicht beherrschte, würde sich diese Wut in lautem Schreien Luft machen.
Annie kam ins Zimmer. »Mam, darf ich mit Bella spielen?«
»Ja.«
»Mam, ist alles in Ordnung?«
Mary sah ihre Tochter an. »Ja, alles in Ordnung. Schätzchen. Geh und spiel mit Bella, ich gehe für eine Weile weg. Ich geh hinten hinaus. Wenn dein Grandpa mich will, sag ihm, ich bleibe nicht lange fort. Sag auch Teresa, daß ich für eine Weile weg mußte.«
»Wohin gehst du, Mam?«

»Nur schnell was erledigen, Liebes.«
»Nicht ins Krankenhaus?«
»Nein, jetzt nicht, nicht ins Krankenhaus. Ich bin bald wieder da.« Sie zog Hut und Mantel an und ging hinaus.
Auf dem Weg von der Cronice Street zur Haydon Terrace ermahnte sie sich immer wieder: »Rühr sie nicht an. Rühr sie nicht an. Leg nicht Hand an sie.« Doch aus allen Winkeln ihrer Gedanken stürmte die Frage auf sie ein, wie sie diesem Wunsch widerstehen könne.
Sie war noch nie in dem Haus in der Haydon Terrace gewesen, aber aus Jimmys Beschreibung kannte sie die Anlage.
Sie ging in die Halle, blieb vor der Tür zur Linken stehen und klopfte einmal; ein hartes, scharfes Klopfen. Die Tür ging auf; Betty stand da. Als sie erkannte, wer ihr Besuch war, legte sie die Hand über den Mund und murmelte:
»Nein, Nein.«
»Aus dem Weg.« Mary schob die junge Frau beiseite und betrat die Wohnung.
Betty packte sie am Arm. »Es hat keinen Sinn. Lassen Sie sie in Ruhe.«
»Wo ist sie?«
Betty deutete mit dem Kopf auf eine Tür. »Aber Sie können nichts tun, es hat keinen Sinn.«
Mary stieß sie heftig weg, ging zur Tür und öffnete sie. Und da, ihr gegenüber, lag ihre Mutter in einem Doppelbett, beide Arme schlaff auf der Patchworkdecke, den Kopf zur Schulter hin geneigt und einen Mundwinkel nach oben gezogen.
»Sehen Sie. Sehen Sie.« Betty plapperte drauflos. »Sie kann nicht sprechen, nichts tun, sie bekam einen Schlaganfall, als sie erfahren hat, daß …«
»Daß …? Daß was?« Mary sah auf Betty hinab. »Als sie erfahren hat, daß sie Lally verbrannt und Jimmy beinahe verbrannt hat? Das meinen Sie doch, oder?«
Wieder sah sie zum Bett, dann trat sie einen Schritt vor. In ihr war keinerlei Mitleid mit dieser gelähmten Gestalt. »Du hast Paraffin genommen, nicht wahr, Ma, eine Kanne mit Paraffin, und du hast das Holz vor dem Haus in Brand gesteckt und versucht, sie bei lebendigem Leib zu verbrennen. Niemand sollte das Burggraben-Cottage bekommen, am wenigsten Jimmy und Lally.
Du hattest schon immer ein Auge darauf geworfen. Und du konntest es nicht ertragen, daß sie dort glücklich sein sollten. Nun, ich werde dir was sagen. Dein Sohn war in diesem einen Jahr glücklicher als je zuvor in seinem ganzen Leben. Er hatte ein Jahr, wie es wenigen Männern vergönnt ist.« Sie wandte jetzt ihr Gesicht Betty zu. »Und das ist auch für Ihre Ohren bestimmt.«

Wieder zu ihrer Mutter gewandt, fuhr sie fort: »Deine ständige Redensart war ›jeder bekommt, was er verdient‹. Das hat sich ja jetzt wohl bewahrheitet, meinst du nicht?«
Alices Augenlider flatterten, das Gesicht verkrampfte sich, der Speichel lief aus dem Winkel des verzerrten Mundes, gutturale Laute erfüllten den Raum.
Mary stand da und sah ihr mitleidlos zu. Langsam sagte sie: »Ich hoffe, du lebst noch jahrelang, Ma, Jahre um Jahre, bis du eine sehr alte Frau bist.« Mit diesen Worten drehte sie sich um und ging hinaus.
Sie öffnete gerade die Tür, um in die Halle hinauszutreten, als Betty hinter ihr hergelaufen kam.
»Sie wußte es nicht«, heulte sie, »sie wußte nicht, daß sie dort drinnen waren. Ich sagte ihr, sie würden nicht vor Montag einziehen; sonst hätte sie's nicht getan.«
»Also wußten Sie, was sie vorhatte? Sie sind ebenso schlecht wie sie. Es ist vollkommen gleichgültig, was sie wußte, sie wollte Jimmys Heim niederbrennen, und im Grunde ihres Herzens hat sie sich gewünscht, sie wären drinnen. Und sie bekam ihren Willen. Nun, ich sagte, ich hoffe, sie lebt noch jahrelang. Ich hoffe, auch Sie leben noch sehr lang; sie sind einander gute Gesellschaft.«
Mary starrte in Bettys verkniffenes, bebendes Gesicht, dann öffnete sie die Tür und ging in die Halle hinaus, und als sie durch die Haustür trat, folgte ihr Bettys wimmernde Stimme: »Ich mach das nicht mit, ich bin nicht für sie verantwortlich. Ich mach das nicht mein ganzes Leben lang mit. Sie muß nach Harton, ich ertrag das nicht. «

12

Als Mary das Baby aus dem Krankenhaus nach Hause brachte, kam der ganze Haushalt durcheinander. Alles mußte auf ein zartes Kind eingestellt werden, das eine Ohreninfektion hatte, alle vier Stunden gefüttert werden mußte und den größten Teil der Nacht schrie; und selbst wenn es nicht schrie, spürte Mary seine Nähe, denn sie hatte das Körbchen neben ihrem Bett stehen.
Dann mußte Annie aus ihrem Zimmer ausziehen. Ihr Bett wurde zu Kusine Annie hineingestellt, was nicht ohne Protest von beiden Seiten abging. Obwohl die kleine Annie ihren Onkel Jimmy innig liebte und Kusine Annie ihn wegen seines Kummers bemitleidete, wollte keine von beiden seinetwegen Unbequemlichkeiten ertragen müssen.
Warum, fragten sie beide, konnte Jimmy nicht zu Grandpa ziehen?
Weil er eben nicht zu Grandpa ziehen konnte.
Mary gab keine weiteren Erklärungen. Jimmy, das wußte sie, würde lange

Zeit brauchen, um sein Gleichgewicht wiederzufinden. Es würde Nächte geben, in denen er im Zimmer umhergehen und weinen wollte. Deshalb mußte er allein sein.
Zehn Tage später brachte sie ihn nach Hause. Er saß da wie ein Kind, so verloren, so allein, daß ihr Herz um ihn weinte, auch wenn sie sagte: »Was geschehen ist, ist geschehen, du kannst es nicht ändern. Ich habe Ähnliches durchgemacht, und man kann es nicht ändern, du mußt damit fertigwerden.«
»Mit was fertigwerden, Mary?« sagte er still.
»Mit dem Leben«, antwortete sie.
»Mit welchem Leben?«
»Jimmy«, sie seufzte schwer, »du hast ein Kind, um das du dich kümmern mußt. «
»Ein Kind? Oh, ja.« Es war, als erinnere er sich eben jetzt erst an den kleinen Ben. Flehend sagte er zu ihr: »Du kümmerst dich doch um ihn, nicht wahr, Mary?«
»Nein, Jimmy. Nein.« Sie ließ ihre Stimme barsch klingen. »Du bist für ihn verantwortlich, damit mußt du dich abfinden.«
Sie fügte nicht hinzu: Ich hab selbst schon genug am Hals mit Pa, Kusine Annie, einer Tochter und zwei Geschäften, um die ich mich kümmern muß.
Er blickte zu ihr auf und sagte, als sei das Kind niemals erwähnt worden: »Mary, es geht mir nicht aus dem Kopf, was ich getan habe. Wenn ich nur nicht betrunken oder zumindest beschwipst gewesen wäre. Und wenn ich doch nur auf sie gehört hätte. Sie hat es mir gesagt.«
»Sei still, Jimmy; es war nicht deine Schuld.«
»O Mary!« Er schüttelte verzweifelt den Kopf.
Mary schaute auf seinen teilweise kahlen, narbenbedeckten Schädel hinunter und fragte sich, ob das Haar jemals wieder nachwachsen würde. Von vorne sah er nackt aus, es machte ihn älter.
Sie setzte sich vor ihn hin und sah ihn an. Sie kämpfte mit sich, ob sie ihm sagen sollte, wer wirklich die Schuld an dem Feuer trug. In seinem gegenwärtigen Zustand bedurfte es nicht viel, um ihn völlig aus dem Gleis zu werfen.
Vielleicht war es besser, ihn die Schuld noch für eine kleine Weile tragen zu lassen, bis sie ihn wieder hochgepäppelt hatte. Der Arzt hatte ihr gesagt, er sei in sehr schlechtem Zustand, er brauche Pflege, sanfte Behandlung und Pflege. Am folgenden Morgen war Mary schon früh im Laden unten. Sie war bereits vor sechs mit dem Kind aufgestanden und danach nicht mehr ins Bett gegangen. Sie öffnete in diesen Tagen den Laden nicht vor acht Uhr und war gerade dabei, die Rolläden hochzuziehen, als die Post durch den Briefkastenschlitz gesteckt wurde. Sie ging nicht sofort, um sie aufzuheben; zweifellos waren es Rechnungen und Prospekte; sie bekam niemals persönliche Briefe, von wem denn auch? Sie hob ein halbes Dutzend braune Umschläge

auf und einen weißen, der an Mrs. Mary Tollett adressiert war. Sie drehte ihn um, kein Absender. Neugierig öffnete sie ihn.
»Liebe Mary«, las sie. »Ich habe Sie noch nie vorher Mary genannt, aber so habe ich immer an Sie gedacht. Ich wollte nur sagen, wie leid es mir tat, von der Tragödie zu hören, die Ihrem Bruder und seiner Frau widerfahren ist - meine Mutter hat geschrieben und es mir berichtet. Wir segeln morgen nach Amerika, und ich gehe mit gemischten Gefühlen. Ich wollte nur noch einmal auf Wiedersehen sagen in Erinnerung an die alten Tage, in denen wir jung waren. Immer der Ihre, Hughie Amesden.«
Mary ging ins Hinterzimmer und setzte sich auf eine umgestülpte Kiste. In Erinnerung an die alten Tage. Welche alten Tage? In den alten Tagen, in denen sie jung, wirklich jung waren, hatte er nur ein einziges Mal mit ihr gesprochen. Dann war er zweimal in den Laden gekommen, und einmal hatten sie sich auf dem Friedhof getroffen, und jetzt war er nach Amerika gegangen. Weshalb hatte er diesen Brief geschrieben? Um ihr zu sagen, daß es ihm wegen Jimmy und Lally leid täte? Sie hatte gedacht, er sei bereits in Amerika. Es war fraglich, ob sie einander jemals wiedersehen würden.
In Erinnerung an die alten Tage, in denen wir jung waren. Sie rief sich das weiße Licht in Erinnerung, das ihn umgeben, und das Gefühl, das sie empfunden hatte. Aber davon wußte er nichts; und das Licht war sowieso verblaßt und erloschen, als sie Ben traf. Sie wollte den Brief in der Hand zerknüllen, dann hielt sie sich zurück. Er war nur höflich gewesen, liebenswürdig zu jemand, der im selben Boot saß wie er. Er hatte sein einziges Kind verloren; sie hatte Ben und David und ihre Großeltern verloren. Er sah sie als jemand, der allein war, eine Witwe, und deshalb zeigte er ihr sein Mitgefühl.
Allein! Sie blickte zur Decke. Da oben waren jetzt fünf Menschen. Annie war zwölf, in fünf oder sechs Jahren konnte sie heiraten und weggehen, aber die anderen - ihr Pa, Kusine Annie und Jimmy und das Kind -, die blieben ihr fürs ganze Leben.
Plötzlich bedeckte sie ihr Gesicht mit den Händen; die Tränen quollen ihr zwischen den Fingern hindurch und liefen ihr das Handgelenk entlang und tropften auf den Brief, der auf ihren Knien lag, und als sie aufhörte zu weinen, sah sie, daß die Tränen die Schrift hatten verlaufen lassen, einen Buchstaben in den anderen.

Beinahe drei Monate später erzählte sie Jimmy, wer für Lallys Tod verantwortlich war.
Physisch hatte er sich allmählich erholt, und auch sein Geist schien sich seinen Weg in die Normalität zurückzuerobern. Gestern hatte Jimmy zu ihr gesagt: »Ich muß irgendwann wieder anfangen zu arbeiten, irgendwann muß ich meine Hände wieder gebrauchen.«

»Dafür ist noch genügend Zeit«, hatte sie geantwortet. »Hilf Pa im Laden, dadurch kommst du in Übung.«
Er hatte Launen, schwarze Stimmungen, wenn er von Selbstvorwürfen niedergedrückt wurde. Dann saß er da und starrte vor sich hin, niemand bekam ein Wort aus ihm heraus. Und er konnte achtundvierzig Stunden lang keinen Bissen essen. Wenn er wieder zu sich kam, sah er sie immer an und sagte: »Kann ich einen Drink bekommen, Mary, nur einen kleinen?« Und sie gab ihm einen Tropfen Whisky. Es war etwa vier Uhr nachmittags, als Mary mit dem Kind zurückkam. Sie hatte es für die wöchentliche Behandlung seines Ohres ins Krankenhaus gebracht. Sie war müde von der Fahrt, außerdem hatte sie zu wenig geschlafen. Seit Monaten hatte sie keine ruhige Nacht mehr gehabt. Das Haus schien zum Bersten voll. Kein Platz, um irgendwo allein zu sein. Und erst gestern hatte Kusine Annie ihr aus heiterem Himmel erklärt, sie habe ihr Haus in Wallsend verkauft, was bedeutete, daß sie bis an ihr Lebensende hier bleiben würde. Mary hatte es zwar immer schon gewußt; aber daß die alte Frau diesen Verkauf ganz im geheimen abgeschlossen hatte! In gewisser Weise konnte es Mary verstehen; vermutlich hatte Kusine Annie sich davor gefürchtet, irgendwann doch wieder weggeschickt zu werden. Jetzt war es ein fait accompli. Ben hatte diesen Ausdruck oft benützt. Sie hatte nicht gewußt, was er bedeutete, bis er es ihr erklärte. Aber jetzt wußte sie es nur zu gut, denn jeder schien auf diese Weise in ihr Leben getreten zu sein.
Als sie mit dem Baby nach oben kam, fand sie Jimmy vor dem Feuer sitzen und in die Flammen starren. Er wandte nicht einmal den Kopf, als sie das Zimmer betrat.
»O nein«, sagte sie laut, ging wieder hinaus, legte das Baby ins Körbchen, zog sich ihren Mantel aus, marschierte ins Zimmer zurück, setzte sich ihm gegenüber, ergriff seine Hand und sagte:
»Jetzt hör mal zu, Jimmy.« Sie mußte ihn herumreißen, um seinen Blick in ihre Richtung zu bringen.
»Tauch auf. Hörst du mich? Ich muß dir etwas erzählen. Hör mir zu.« Sie schüttelte ihn grob, er blinzelte und sagte: »Aye. O ja, Mary.«
»Hör mir zu, Jimmy. Es ist wegen … wegen des Brandes.«
Er starrte sie an.
»Du hast das Feuer nicht verursacht, du hast das Haus nicht in Brand gesetzt. Erinnerst du dich an die Versicherungsmenschen, die ständig hier herumliefen? Ich ließ sie nicht mit dir sprechen, du warst noch nicht gesund. Das Cottage wurde in Brand gesteckt, Jimmy, absichtlich in Brand gesteckt.«
Er schloß die Augen, kniff sie zusammen und riß sie dann weit auf. »In Brand gesteckt?«
»Ja.« Sie hielt seine Hände jetzt ganz fest, sah ihm unverwandt ins Gesicht. »Mit einer Kanne Paraffin, die über das Holz von den Bombenruinen

geschüttet wurde, das du draußen liegen hattest. Erinnerst du dich? Zu beiden Seiten der Tür lag je ein Haufen.«
»Paraffin? Auf das Holz?«
»Paraffin auf das Holz, absichtlich dort hingeschüttet. Du hast das Haus nicht in Brand gesteckt. Es hatte nichts mit dem Kamin zu tun. Du hättest in diesem Feuer einen Ochsen braten können, der Kamin hätte es ausgehalten. Vergiß nicht, du hattest ihn sauber gemacht, du hattest den ganzen Ruß runtergeräumt. Das Feuer begann nicht drinnen, Jimmy.« Sie ließ seine Hände los und wiederholte: »Das Feuer begann nicht drinnen, es wurde absichtlich von draußen gelegt.«
»Aber wer? Von wem denn?« Sein Gesicht war jetzt angespannt, seine Augen weit.
Sie starrte ihn lange an, schluckte, räusperte sich und stieß dann hervor: »Ma.«
Sie sah zu, wie der Ausdruck auf seinem Gesicht wechselte, von Verblüffung zu Grauen, zu Ungläubigkeit und wieder zu Grauen, ehe er sagte: »Nein! Nein! *Das* würde sie doch nicht tun! So schlecht wie sie ist, doch nicht *das*!«
»Sie hat es getan. Sie wollte immer das Cottage haben, erinnerst du dich? Vor vielen Jahren wollte sie, daß Pa es nimmt, aber die Miete war zu hoch. Und als sie erfuhr, daß du einziehen würdest, konnte sie es nicht ertragen, sie ... Jimmy! Jimmy!«
Er war aufgesprungen und rannte auf die Tür zu.
»Jimmy!«
Sie packte ihn und klammerte sich an ihm fest und schrie: »Hör doch! Es hat keinen Zweck, zu ihr zu gehen.«
Er sah in ihr Gesicht hinunter.
»Du sagst, sie hat das Haus angezündet, sie hat Lally verbrannt, und es hat keinen Zweck ...!«
Unter Aufbietung all ihrer Kräfte stieß sie ihn gegen die Wand. »Sie wußte nicht, daß du drin warst. Offensichtlich hat sie Wind davon bekommen, daß ihr am Montag einziehen wolltet; sie wußte nicht, daß ihr schon am Sams tag eingezogen seid. Sie wollte bloß das Haus niederbrennen.«
»Aber ... aber sie hat Lally umgebracht.«
Er hob die Hand, um sie erneut wegzustoßen, sie warf sich zwischen ihn und die Tür und schrie jetzt aufgebracht: »Es hat keinen Zweck, daß du zu ihr gehst, ich sag es dir; sie hat einen Schlaganfall gehabt, sie ist gelähmt, sie muß dafür büßen. Ich ... ich bin hingegangen, ich wollte sie selbst umbringen - und dann sah ich sie. Sie konnte sich nicht bewegen, ihr Gesicht war ganz verzerrt, das einzige, was noch Leben hatte, waren ihre Augen. Es nützt nichts, wenn du hingehst. Laß sie. Ich hab ihr gesagt, ich hoffe, daß sie noch jahrelang lebt, und ich hoffe es wirklich. Ich hoffe, sie liegt eingepökelt im Gift ihrer Gedanken. O ja, ich hoffe, sie lebt noch lange.«

Sie spürte, wie er erschlaffte. Er schien zu schrumpfen. Dann taumelte er zurück zum Sessel am Feuer. Plötzlich begann er zu lachen. Es war kein Lachen, das sie schon einmal gehört hatte.
Angstvoll flehte sie ihn an: »Jimmy! Jimmy! Hör auf.« Aber er lachte weiter. Zuerst war sie sanft zu ihm und sagte: »Komm schon, Junge, komm. Ich hatte das Gefühl, du solltest es wissen. Ich mußte es dir sagen, du hast dich gequält. Es ist besser, du weißt die Wahrheit. Ich habe gewartet. Hör auf! Hör auf! Hör doch auf!«
Das Lachen wurde lauter und lauter. Sie nahm ihn bei den Schultern und schüttelte ihn heftig, und allmählich ebbte es ab. Aber an seine Stelle trat ein Schluchzen, und sie wußte nicht, was schlimmer war. Er weinte laut, wie ein Kind. Und zwischen den Schluchzern stieß er immer wieder zwei Worte aus: »Meine Ma! Meine Ma!«
Die lauten, jammernden Schreie erfüllten das ganze Haus, drangen bis unten in den Laden und riefen Alec und Kusine Annie nach oben. Die Kundinnen im Laden sahen einander an und sagten: »Er ruft nach seiner Ma. Ja, ja, da zeigt sich's wieder, Blut ist dicker als Wasser; wenn du in Schwierigkeiten bist, willst du dein eigen Fleisch und Blut um dich haben.«
Jimmy blieb bis zum folgenden Mittag im Bett, dann ging er ohne Marys Wissen aus. Beinahe wahnsinnig vor Angst wartete sie den ganzen Nachmittag darauf, daß die Polizei kommen und ihr die neuesten Nachrichten mitteilen würde, aber es kam niemand. Sie wartete den ganzen Abend, und um halb zehn Uhr war sie drauf und dran, selbst zur Polizei zu gehen.
Dann kam er. Zwei Männer brachten ihn heim. Einer der Männer wohnte weiter oben in der Straße, der andere war ein Fremder. Sie selbst hatten auch getrunken, aber sie schienen nicht betrunken zu sein. Einer von ihnen sagte: »Es braucht nicht viel, um Jimmy zur Strecke zu bringen.« Sie ließen ihn auf dem Treppenabsatz zurück und wünschten ihr eine gute Nacht, und als sie auf ihn niederschaute, wußte sie, daß dies der Anfang eines langen Endes war.

DRITTES BUCH
DIE NEUE GENERATION • JARROW 1972

1

»Willst du damit sagen, daß du noch niemals, *niemals* …«
»Oh, halt den Mund, Maggie, bei dir klingt alles so … Ah!«
»Selber Ah!
Aber ehrlich, sag. Also, ich dachte, du und Cliff …«
»Na, dann hast du eben falsch gedacht.«

Maggie Pearce sprang vom Teppich hoch, auf dem sie vor dem elektrischen Ofen gesessen hatte, und begann mit auf dem Rücken verschränkten Händen zwischen den beiden Couchbetten auf und ab zu gehen. Mit halb nach vorn geneigtem Körper und vorgestrecktem Kinn äffte sie eine Figur nach, die ihnen beiden sehr wohl bekannt war, die des alten Dodgett, Professor für angewandte Mathematik. Maggie leckte sich mit der Zunge erst den einen Mundwinkel, dann den anderen, dann sagte sie: »Meine Herren, es scheint, daß ich heute *virginibus puerisque canto*, denn wir haben bei uns ein Exemplar, eine gewisse Patricia Ridley, natürlich mit der Vorsilbe Miß, die eine Jungfernschaft zu verkaufen hat, und wenn wir die Studenten dieser Universität als die allgemeine Gruppe E bezeichnen, dann ist sie in der Gruppe Weiblichkeit, groß W, das einzige Element, ich wiederhole, das einzige Element der Untergruppe Jungfrauen, groß J.«
»Hör auf! Du bist verdammt widerlich, Maggie!«
»Ah! Sie ist zum Leben erwacht! Weißt du was?« Mit weit ausgebreiteten Armen ging Maggie auf das große Mädchen zu. »Es ist das erste Mal, daß ich dich habe fluchen hören. Komm zur Herde, hinab in unsere Niederungen, tritt unserer Gruppe bei, du bist eine von uns.« Pat versetzte den Händen, die sich um ihre Schultern legten einen Schlag, und sagte: »Danke für die Einladung, aber ich will der Gruppe nicht beitreten. Was seid ihr denn anderes als eine Bande von geistig minderbemittelten Tieren. Es ist nur zu wahr, was Tim Hanley gestern sagte, die Hälfte eurer sogenannten Gruppe sollte nicht an der Universität sein, denn ihr macht sie zu einer Kreuzung aus Freudenhaus und Abtreibungsklinik.«
»Oh, Allmächtiger!« Maggies Stimme klang jetzt etwas gereizt. »Du redest wie die heilige Magdalena. Aber weißt du was? Ich glaube, das ist alles Quatsch, du spielst uns Theater vor, denn du kannst mir nicht erzählen, daß du von Freitag abend bis Montag früh mit einem Burschen wie Cliff Spencer beim Klettern« - das Wort Klettern betonte sie besonders - »warst und in … takt geblieben bist. Cliffs Version klingt jedenfalls anders. Er erzählte Reg …«
»Er ist ein Lügner. Ich sage dir, er ist ein Lügner. Was immer er Reg erzählt hat, es ist nichts passiert. Wir blieben im Hotel, das weißt du.«
»Mein Gott! Sei doch nicht so infantil.« Maggie legte ihre Hand an die Stirn. »Ehrlich, du bringst mich zum Lachen, Pat; es ist, als würde man mit einer Sechsjährigen sprechen - nicht mit einer Siebenjährigen, denn die wissen alles. Du hättest deine Mutter dazu überreden sollen, dich zuschauen zu lassen, als man es ihnen im Fernsehen beibrachte. - Um Himmels willen, Pat! Du wirst doch nicht anfangen zu heulen, oder?«
»Nein, ich werde nicht anfangen zu heulen.« Pat marschierte durchs Zimmer, warf sich auf ihr Bett und schrie ihrer Zimmergenossin zu: »Aber ich werde dir eines sagen, ich ziehe aus.«

Es folgte eine angespannte Stille; Maggies Unterkiefer sank langsam nach unten, dann schrie sie: »Hör zu, Pat, sei kein Schaf, ich hab dich bloß ein bißchen auf den Arm genommen.«
»Du hast es einmal zu oft getan, Maggie. Du denkst, ich bin eine Idiotin, was? O ja, das denkst du, ›die Einfalt von Jarrow‹ hast du mich einmal genannt.«
»Oh!« Maggie zog ihre Schultern bis zu den Ohren empor. »Das war vor Jahren, als du hierherkamst. Wir waren damals alle neu und blöd.«
»Das ist nicht Jahre her, sondern nur etwas mehr als achtzehn Monate.« Pat seufzte und starrte auf die gegenüberliegende Wand, dann sagte sie langsam: »Aber manchmal kommt es mir wie Jahre vor ... na ja, jedenfalls hau ich jetzt ab.« Ihr Kinn reckte sich herausfordernd.
»Was meinst du mit abhauen?« fragte Maggie. »Redest du von dem Zimmer oder dem Kurs?«
»Von beidem.«
»O nein!« Maggie setzte sich jetzt neben sie. »Das kannst du nicht machen, Pat. Na schön, such dir eine neue Bleibe, aber schmeiß doch den Kurs nicht hin. Du bist der einzige Lichtblick in dem ganzen Mathehaufen; es heißt, du bekommst eine Eins. Und um dir die Wahrheit zu sagen, das ist es, was mich wurmt.« Sie senkte die Stimme und sagte sanft: »Ich bin eifersüchtig, eifersüchtig auf das, was du in deinem Schädel drin hast.« Sie tappte Pat zweimal auf die Stirn. »Es hat keinen Zweck, Maggie. Ich hab schon einige Zeit darüber nachgedacht. Der Kurs ist nicht das, was ich mir vorgestellt hab; ich meine, es ist nicht das, was ich tun möchte.«
»Was willst du denn tun?«
»Ich weiß nicht, ich bin ratlos. Ich weiß nur eines, ich will nicht weitermachen.«
»Bloß weil ich dich aufgezogen habe?«
»Nein, nein, Maggie.« Pat drehte sich um und sah das rothaarige Mädchen an, das sie manchmal mochte und manchmal haßte, und sagte: »Alles in allem hat es Spaß gemacht, ich meine, das Zusammenleben mit dir. Du hast mir eine Menge beigebracht, außer«, sie senkte den Kopf und zog die Augenbrauen hoch, »außer den drei einfachen Arten, die Unschuld zu verlieren.«
»Es gibt nur eine, Schätzchen.«
Pat mußte unwillkürlich lachen. Dann sagte Maggie ernst haft: »Bist du sicher, daß es nicht das ist, was ich getan oder ... gesagt habe?«
»Ja, ganz sicher.«
»Aber Mathe aufzugeben! Man schreit doch nach solchen Leuten; die nehmen dich überall! Denk an diese Anzeige, die wir gestern gelesen haben, für den Versicherungsstatistiker. Und man füttert jetzt Computer mit Slogans einzig und allein für Mathematiker: ›Komm, komm, ich will nur dich!‹«

»Oh, Maggie, hör auf damit, ich will nicht lachen.«
»Hast du ein anderes Fach im Sinn?«
»Nein.«
»Was werden bloß deine Leute sagen? Hast du daran schon gedacht?«
»Ja, sie werden durchdrehen, besonders meine Mutter. Ich kann sie hören: ›Nach allem, was wir für dich getan haben!‹ Du weißt schon, das übliche.«
Sie nickten einander zu.
»Es ist nicht, weil du eine so geringe Beihilfe bekommst?«
»Guter Gott! Nein. Das Geld hat nichts damit zu tun.«
»Na, ich würde es mir jedenfalls noch einmal überlegen, bevor ich es ihnen sage; laß sie dieses Wochenende noch in Ruhe. Und bis Montag siehst du die Dinge vielleicht auch anders.«
»Ich habe nicht vor, dieses Wochenende nach Hause zu fahren.«
»Aber du hast gesagt ...«
»Es ist schon gut, Maggie, schon gut. Reg kann kommen und sich hier einnisten, solange er«, sie boxte mit der Faust auf ihr Bett, »solange er nicht hier drin schläft, nachdem ihr euer wöchentliches Saufgelage abgehalten habt. Und es hat keinen Sinn, es glattzustreichen, ich merk es doch, denk dran.«
»Hand aufs Herz und hoch und heilig versprochen, er wird keinen Zehennagel in die Nähe deiner jungfräulichen Laken bringen ...«
»Oh«, Pat verzog das Gesicht, »rede doch nicht immer davon. Es ist so blöd. Sex, Sex, da wird einem ganz schlecht davon.«
»Nun«, Maggie erhob sich vom Bett, »jeder nach seinem Geschmack, wie die Frau sagte ...«
»Ja, ja, ich weiß ... die die Kuh küßte.« Sie sagten die letzte Zeile gemeinsam auf, dann lachten sie.
»Es hängt alles davon ab, wie du es betrachtest«, fuhr Maggie fort. »Mir zum Beispiel macht es Spaß, ich meine, keine zu sein, du weißt, was ich meine?«
»Ich weiß, was du meinst, Maggie. Aber wenn du einen Rat von jemand so Unerfahrenem wie mir annehmen willst, würde ich sagen, paß lieber auf. Falls Ma Smith eines Abends früher zurückkommt und Reg hier findet, wird sie dich melden.«
»Sie nicht. Wenn Ma Smith an einem Freitag- oder Samstagabend vor zwölf Uhr heimkommt, weiß ich, daß sie sich jemand geangelt hat und Mr. Nummer vier heiratet, Gott steh ihm bei.«
»Hast du keine Angst, sie könnte reinschauen?«
»Nein, sie ist sehr rücksichtsvoll.« Maggie lachte. »Sie geht auf Zehenspitzen an der Tür vorbei. Außerdem stellen wir einen Stuhl unter die Klinke, und bis sie die bewegt hat, ist Reg entweder unterm Bett oder über die Mauer.« Sie legte den Kopf zurück und lachte schallend. »Eines Abends hielten wir eine Probe ab: hinein in seine Kleider, raus aus dem Fenster und über die hintere Mauer, drei Minuten auf den Schlag.«

»Na, ich kann nur sagen, ihr habt Glück, daß dahinter eine Sackgasse ist.«
»Ja, nicht wahr? Nebenbei, wenn du nicht nach Hause gehst, wohin gehst du dann, nach Jarrow?«
»Ja, zu Gran Tollett.«
»Oh«, Maggie nickte, »da ist etwas, was ich dir sagen wollte. Ich habe sie gestern gesehen, in der Northumberland Street.«
»Tatsächlich? Hast du mit ihr gesprochen?«
»Nein, ein großer Bursche war bei ihr.«
»Blond, schwedisch aussehend?«
»Genau.«
»Das ist mein Vetter Ben.«
»Oh, das ist also Ben. Er sieht gut aus. Und deine Grannie, das ist nur schwer zu glauben, daß sie deine Grannie ist. Sie versteht sich anzuziehen, das muß man sagen.«
»Was hatte sie an?«
»Eine Art maulwurffarbenen Mantel mit Fuchsbesatz, sehr schick, und einen Pelzhut. Sie muß hübsch gewesen sein, sie ist es noch. Ist der Blonde verheiratet?«
»Ben? Nur mit Gran. Er trottet immer um sie herum. Ich glaube, manchmal hat sie ihn ziemlich satt.«
»Übrigens, warum gehst du nicht nach Hause?«
»Sie fahren nach Scarborough, zu den Leuten meines Vaters.«
»Weiß deine Grannie, daß du kommst?«
»Nein.«
Pat lachte jetzt fröhlich. »Das brauche ich ihr nicht zu sagen, ich kann jederzeit hin.«
»Nett, so eine Grannie zu haben. Triffst du Philip, bevor du gehst?«
»Ja, ich habe versprochen, bei ihm vorbeizukommen.«
Maggie schaute über die Schulter zurück; ein Grinsen lag auf ihrem Gesicht, als sie sagte: »Aha! Paß auf.« Dann legte sie schnell die Hand über den Mund und murmelte: »Entschuldige, entschuldige … das Thema ist tabu.«
Zwanzig Minuten später waren sie beide fertig; Maggie, um ihren gegenwärtigen Freund zu empfangen, und Pat zum Ausgehen. Sie trug einen dunklen, halblangen Mantel, der sie noch größer erscheinen ließ, als sie mit ihren einssiebzig ohnehin schon war.
Maggie sah sie an und sagte langsam: »Überleg es dir gut, ich meine, alles hinzuschmeißen. Es ist ein schwerwiegender Schritt, du könntest ihn bereuen. Du kannst lange suchen, bis du was Besseres findest, es ist eine ordentliche Universität. Oh, wir meckern und schimpfen, aber das ist ja schließlich das Vorrecht der Jugend. Ich hätte zu drei anderen gehen können, und meine Schulleiterin schlug sogar Oxford oder Cambridge vor, aber weil es unserem Brian hier so gut gefallen hatte, und der Ort und die Menschen …«

»Maggie! Was willst du mir schmackhaft machen? Es ist meine Stadt, mein Zuhause, du brauchst mir weder den Norden noch die Universität anzudrehen!«

»O Gott! Ich trete doch immer ins Fettnäpfchen. Na schön, na schön. Jetzt spiel um Himmels willen nicht die wackere Geordie, die den Fremden auf seinen Platz verweist. Es tut mir leid. Alles, was ich sagen wollte - du hast das Privileg, daß du dir etwas zunutze machen kannst, was direkt vor deiner Türschwelle liegt, also stoß es nicht weg, ohne gründlich darüber nachzudenken.«

Sie sahen einander an und lächelten etwas verkrampft. Dann, als Pat sich der Tür zuwandte, änderte Maggie ihr Verhalten auf die ihr eigene quirlige Art und rief: »Grüß den Schweden von mir. Frag ihn, ob er irgendwelche unanständigen Bücher hat, die ich noch nicht gelesen habe. Er sieht mir danach aus, als würde er die Matratze damit ausstopfen.«

Pat ging hinaus und knallte die Tür zu, aber sie lachte leise vor sich hin, als sie auf die Straße hinaustrat. Während sie durch die beißende Kälte auf die Bushaltestelle zuging, dachte sie darüber nach, ob Maggie nicht doch etwas mit ihrem gegenwärtigen Gemütszustand zu tun hatte, der sie dazu bewog, die Universität zu verlassen. Dann wies sie diesen Gedanken von sich. Nein, es war nicht Maggie, nicht mehr als irgend jemand von den anderen. Vielleicht war sie selbst schuld. Vielleicht lag die Schwierigkeit darin, daß sie in die falsche Clique hineingeraten war. Sie hatte sie durch Maggie kennengelemt, und Maggie hatte sie durch die ›Digs‹, die Entdecker, kennengelernt. Vielleicht wäre ihr Platz bei den ›Brows‹, den Grüblern gewesen, aber damals war sie sich noch nicht intellektuell genug vorgekommen, um sich unter die ›Brows‹ zu mischen; und die ›Fuds‹, die neuen Evangelisten, die versuchten, das Pendel von Sex nach Seele herumzuschwenken, paßten ihr auch nicht.

Warum war sie nur so unruhig, so unausgeglichen, seit sie an dieser Universität war? Aber erzeugten nicht alle Universitäten Unruhe? Sie nannten es Erwachsenwerden, Reifen, die vollständige Entwicklung der Persönlichkeit. Vielleicht war es genau das, vielleicht wollte sie nicht erwachsen werden, sich nicht ausbilden lassen, um das Leben in Angriff zu nehmen. Wenn sie ehrlich war - die Aussicht ödete sie an, ein Leben lang Kindern Mathematik einzutrichtern oder Programme in einen Computer einzufüttern oder den ganzen Tag als Versicherungsangestellte in einem Büro zu sitzen. Aber abgesehen davon - vielleicht würde sie gar keinen Job finden. Sie hatte immer wieder davon gehört, daß die meisten Jobs schon weg waren, wenn man sich darum bewarb. Einige der Studenten im dritten Jahr hatten diese Erfahrung bereits gemacht.

Vielleicht war sie wirklich in gewisser Weise rückständig. Sie verglich ihr gegenwärtiges Leben immerzu mit ihrer Schulzeit. Auf der High School hatte es ihr gefallen, aber es war vor allem die Tatsache, daß sie in Jarrow lebte, zehn Minuten von ihrer Grannie entfernt, die sie glücklich machte. Alles war so eng miteinander verbunden, so über schaubar, man kannte die Leute … Und die Tür zu ihrer Grannie stand immer offen.

Als sie einen Platz auf der Universität bekam, hatte sich nicht nur ihr Leben, sondern auch das ihrer Familie verändert. Ihre Mutter ergriff die Gelegenheit, endlich von Jarrow wegzukommen, und ihr Ziel war Gosforth in Newcastle.

Damals zeigte es sich, daß ihre Mutter Jarrow nie gemocht hatte, obwohl sie jahrelang jenseits der Bahnhofstreppen in der York Avenue gewohnt hatte und ihre Schwiegerleute in der Nähe von Laburnum Grove. Und sehr viel höher hinauf konnte man in Jarrow nicht kommen.

Pat ahnte, daß ihre Mutter vergessen wollte, daß sie über einem Laden im ärmsten Viertel der Stadt aufgewachsen war und das Studium ihrer Tochter als Vorwand nahm, diese Stadt zu verlassen.

»Wir werden dort ganz in der Nähe der Universität sein«, hatte sie gesagt, »es wird dir also möglich sein, an den Wochenenden zu Hause vorbeizuschauen.«

Zu Hause vorbeischauen! Dabei waren sie jedes zweite Wochenende, manchmal jedes Wochenende in Scarborough, wo ihre Großmutter und ihr Großvater Ridley jetzt lebten.

Die Mutter, überlegte Pat, hielt mehr von den Leuten ihres Mannes als von ihren eigenen. Natürlich, die hatten ja auch viel mehr Geld … Jetzt war sie ekelhaft. Außerdem war es gar nicht so sicher, daß sie wirklich mehr Geld hatten. Sie gaben mehr damit an, das war aber vielleicht auch schon alles.

Ihre Mutter hatte sich Grannie gegenüber recht schäbig benommen. Sie habe es nicht nötig, weiterhin über dem Laden zu wohnen, hatte sie gesagt, vor allem, nachdem Grannie ihn vor drei Jahren geschlossen hatte. Es sei ein Jammer, daß die Comice Street nicht schon längst abgerissen worden sei, aber das würde jetzt wohl nicht mehr lange dauern.

Sie alle fragten sich, was Grannie tun würde. Dreimal war sie in den vergangenen zehn Jahren kurz davor gewesen, wieder zu heiraten. Pat wußte, daß ihre Mutter froh darüber war, daß es nie wirklich geklappt hatte, auch wenn sie nach außen hin Ben die Schuld daran gab. Denn wenn Grannie wieder geheiratet hätte, hätte sie vermutlich ihr Testament geändert.

Sie war ganz schön gehässig heute abend!

Als sie aus dem Bus stieg, zog sie sich ihre Kapuze fester ums Gesicht; die Kälte war schneidend. Sie wünschte, sie hätte nicht versprochen, bei Philip vorbeizuschauen. Sie fühlte sich dort immer etwas unbehaglich. Vermutlich, weil sie ihn kaum allein sah; fast immer waren die beiden anderen Studenten in seinem Zimmer, die fachsimpelten oder über den Unsinn irgendwelcher Universitätsregeln diskutierten.

John Summers machte ihr nichts aus, aber Angus Mills konnte sie einfach nicht ausstehen.
Sie betrat die Eingangshalle und klopfte an die erste Tür zu ihrer Rechten, und als Philip Smyths Stimme »Herein!« rief, öffnete sie die Tür, und da saß rittlings auf seinem Lieblingsstuhl Angus Mills. Ihr Eintreten hatte ihn offensichtlich mitten im Satz unterbrochen. Er wandte den Kopf und sah sie an, aber er begrüßte sie nicht. Auch Philip blieb auf der Couch sitzen, als er sie begrüßte: »Hallo, du! Himmel, siehst du verfroren aus. Komm zum Feuer.«
»Es ist scheußlich kalt draußen, wird immer schlimmer.« Sie zog Kapuze und Mantel aus, aber noch ehe sie sich gesetzt hatte, begann Angus Mills wieder zu reden - gerade so, als habe er nie aufgehört oder als sei sie überhaupt nicht ins Zimmer gekommen.
»Was den Exodus der Priester betrifft - es geht beim Zölibat weniger um eine sittliche Frage, eigentlich ist das sogar völlig nebensächlich im Vergleich zu einem viel fundamentaleren Problem - denn die, die nicht schon jenseits von Gut und Böse sind, praktizieren irgendeine Form von Erotik -, es geht um das viel grundsätzlichere Problem der Beichte. Natürlich ist auch das eng mit der Frage der Eheschließung verbunden. Vielleicht würde sich ein gewisser Prozentsatz der männlichen katholischen Laien mit der Priesterehe abfinden, aber die Frauen würden strikt dagegen sein.«
Hier machte er eine Pause und starrte Pat an, die sich neben Philip auf die Couch gesetzt hatte und ihn aus schmalen Augen betrachtete. Seine Pausen enthielten immer ein riesiges, schweigendes Fragezeichen, das er, wenn er meinte, die Spannung sei groß genug, selbst auflöste. »Keine katholische Frau«, fuhr er jetzt fort, »keine katholische Frau würde jemals wollen, daß ein Priester heiratet, denn der Priester, das laß dir gesagt sein, ist der andere Mann in ihrem Leben, er ist ihr heimlicher Geliebter. Er ist der eine, vor dem sie ihre Gedanken ausspucken kann, dunkle, furchterregende Gedanken; lustvolle, sehnsuchtsvolle Gedanken; und sie beichtet sie nicht Gott - oder, wie sie sich selbst einredet, dem Priester - sie spricht mit dem anderen Mann, mit ihrem anderen Mann, wohl wissend, er wird sie verstehen, beruhigen und trösten. Und es ist alles legal, der Segen Gottes ruht darauf. Man kann nicht wegen eines Geplauders mit dem Priester geschieden werden. Mehr noch, er erspart ihr einen Besuch beim Psychiater. Aber gib ihm eine Ehefrau, oh! Was dann? Er hat eine andere Frau genommen ...«
»Halt den Mund!« Pat rappelte sich von der Couch hoch. »Du bist ein Nichts! Du bist nichts als ein Schwein mit einer dreckigen Fantasie! Du bist ...«
»Pat! Pat!« Philip zerrte an ihrem Arm.
»Laß mich in Ruhe!« Sie riß sich von ihm los und beugte sich zu dem noch immer sitzenden Angus Mills und schrie: »Was weißt du von der katholischen Religion? Du liest hier und dort ein bißchen was, schnappst Bruch-

stücke aus Fernsehsendungen auf und wirbelst alles in deinem voreingenommenen, schmutzigen kleinen Gehirn herum ...«

»He, he!« Philip packte sie wieder an den Armen und schüttelte sie, aber als sie einen plötzlichen Ruck mit ihrem Körper machte, taumelte er und wäre fast hingefallen. Verblüfft starrte er sie einen Moment lang an. Sie sah so schlank und zerbrechlich aus, wie ein zartes Stück Alabaster, doch ihr Zorn hatte ihr ungeahnte Kräfte verliehen.

Angus Mills hatte sich vom Stuhl erhoben. Er streckte seinen kurzen, dicken Hals aus seinem Kragen heraus, sah sie mitleidig an und verließ mit einem kurzen, verächtlichen Lachen das Zimmer. Er knallte nicht die Tür hinter sich zu, sondern schloß sie leise, was Pat noch mehr ins Unrecht zu setzen schien.

Pat ging zum Feuer. Sie kam sich lächerlich vor, war aber trotzdem noch wütend genug, um zu sagen: »Ich kann diesen Kerl nicht ausstehen. Was weiß er denn über die Katholiken?«

Philip stand mit verschränkten Armen da und sagte steif:

»Mehr als du, würde ich sagen. Du hast mir erzählt, daß dein Vater Katholik ist und deine Mutter Protestantin, und daß keiner von beiden praktiziert. Du sagtest erst letzte Woche, du hättest das Glück, die Dinge von außerhalb betrachten zu können. Das hast du gesagt, nicht wahr?«

Sie antwortete nicht.

»Nun, was du nicht weißt, ist, daß Angus auf seiner Seite des Zauns ganz und gar eingeschlossen ist, er ist ein praktizierender Katholik, ein sehr frommer Katholik.«

»Er!«

»Er.«

»Das kann nicht sein, dann würde er nicht derartige Dinge sagen.«

»Mein Gott! Rede keinen solchen Blödsinn. Wir haben das Jahr 1972. Man kehrt den Dreck nicht mehr unter den Teppich.«

Philip warf sich jetzt auf die Couch, breitete die Arme auf der Rückenlehne weit aus und sah zu ihr hinauf. Er nahm ihre dünnen Beine in sich auf, die kleinen, spitzen Brüste, die reine Blässe ihrer Haut, ihre dunkelbraunen Augen und ihr Haar, das im Nacken zu einem losen Knoten geschlungen war, und er wußte, was er schon seit einiger Zeit wußte, daß er sie begehrte und daß er sie bekommen würde. Es verlangte ihn, die starre Haltung ihres Geistes und ihres Körpers zu brechen. Sie war so verdammt eng in ihrem Denken, so plebejisch, kleinstädtisch. Ja, es war eigenartig; obwohl sie diesen überraschend scharfen mathematischen Verstand besaß, war sie noch immer ein Kleinbürger. Hinterhofgeprägt würde er es nennen. Und sie war eine Jungfrau. Darüber hatte er keinen Zweifel, nach allem, was Cliff gesagt hatte.

Alles in allem war sie Mangelware.

Übertrieben schleppend sagte er jetzt: »Weißt du, Pat, du verwirrst mich, du machst mich besorgt, und du erfüllst mich mit, nun ja, mit einer gewissen Art von Mitleid.«
Als sie die Stirn runzelte und das Kinn nach vorn schob, sagte er: »Ja, Mitleid, weil du so viel versäumst. Du läßt dich nicht gehen ... Aber zur gleichen Zeit habe ich Angst, ich habe Angst vor deinem Verstand.«
Er hatte herausgefunden, daß dieser Trick immer funktionierte. »Ich scheute mich immer vor weiblichen Mathematikern. Frauen sollten sich nicht mit Mathematik beschäftigen. Oh ... ich weiß schon, Gleichheit, Gleichberechtigung, Frauenbewegung.« Er klopfte jetzt neben sich auf die Couch. »Komm und setz dich, komm schon in meine Niederungen. Aber du mußt dich dazu schon etwas entspannen.« Er lachte.
Langsam, wie ein Kind, das man gezüchtigt in seine Schranken verwiesen hatte, kam sie und setzte sich auf die Kante der Couch, und er legte seine Arme um sie und drückte sie fest an sich.
»Was ist? Wovor fürchtest du dich? Schau mich an, Pat. Ich werde dich etwas fragen, und ich möchte eine ehrliche Antwort, nur ja oder nein. Aber versprich mir«, er tupfte mit den Fingern auf ihre Lippen, »versprich mir, daß du die Wahrheit sagen wirst.«
»Ich spreche immer die Wahrheit.«
»Oh, mein Gott« Er senkte den Kopf und legte die Stirn in die Hand. »Das ist auch sowas; du bist ein derartiges Bündel von Widersprüchen.« Er zog sich von ihr zurück und betrachtete sie mit halbgeschlossenen Augen. »Es heißt, du wirst dieses Jahr Jahrgangsbeste, trotzdem bist du so ver dammt naiv, es ist, als wärst du in einem Mönchsfrauenkloster erzogen worden.«
»In was?«
»Ein Mönchsfrauenkloster«, er lachte, »ist eine Kreuzung zwischen einem Mönchskloster und einem Frauenkloster, denn das Männliche in dir versucht, über das Weibliche zu dominieren, und das Weibliche ist erstarrt.«
»Red keinen solchen Blödsinn ... Und versuch nicht, ein zweiter Angus Mills zu sein.«
»Angus sagt die Wahrheit, und ich sage sie auch, und du weißt es. Und was dein Verhältnis zur Wahrheit angeht - das ist der Grund, warum du mit den Leuten nicht zurechtkommst, stimmt's? Oh, ich weiß, es ist ungerecht, denn du bildest dir ein, ein wahrheitsliebender Mensch müsse geliebt werden, aber genau das Gegenteil ist der Fall - ein Wahrheitsfanatiker erzeugt eher Haß ... Begreifst du nicht, daß die Menschen die Wahrheit nicht wissen wollen, über sich selbst schon gar nicht, und erst recht nicht, wenn sie's von einem anderen zu hören bekommen.
Hast du jemals dieses wunderschöne, wunderschöne Wort Diplomatie gehört? Es ist ein wundervolles Wort. Na schön, es bemäntelt Lügen, aber es tut mehr Gutes, als es Schaden anrichtet, denn es ist der sanfte, warme Regen

auf dem Kopfsteinpflaster der Wahrheit … Das gefällt mir.« Er lachte. »Das Kopfsteinpflaster der Wahrheit. Aber Takt und Diplomatie, das ist es, was du dir aneignen solltest, Pat, Takt und Diplomatie.«
»Danke sehr.« Ihr Mund war verkniffen.
»Bitte sehr. Nun, wo war ich? O ja, ich bat dich, die Wahrheit zu sagen, aber zum letzten Mal. Laß es das letzte Mal sein.«
Er schwieg und blickte ihr in die Augen, dann fragte er langsam und weich: »Warst du jemals mit einem Mann zusammen?«
Die Alabasterhaut errötete zu einem tiefen Purpur.
»Na! Na!« Er wich vor ihr zurück und lachte etwas gereizt. »Komm schon, sag es, ja oder nein. Sag es. Ich kenne die Antwort, du hast sie mir soeben gegeben, aber ich möchte hören, wie du sie sagst.« Er beugte sich nach vorn und zog sie in seine Arme, sie verloren die Balance und fielen der Länge nach auf die Couch zurück, und als er ihren steifen Körper an sich drückte, wiederholte er immer wieder, wobei er ihr ins Gesicht lachte: »Sag es. Mach schon, sei ein Teufel und sag es.«
Er wußte nicht, wie es kam, daß er plötzlich auf den Boden rollte; sie schien sich zusammenzuziehen, und dann lag er auf dem Boden. Er stand auf und sah sie an, wie sie nach ihrem Mantel griff und ihn hastig anzog; dann ging er zu ihr hin und sagte beruhigend: »Pat, schau, ich hab doch nur Spaß gemacht. Und ich bin froh darüber, daß du noch nie … Natürlich bin ich froh. Aber ich finde trotzdem, das ist ein Zustand, der sich ändern sollte, und zwar bald, zu deinem Besten. Du würdest dich besser fühlen.« Er sah ihr in die Augen, und seine Stimme sank zum Flüstern herab. »Ich verspreche es dir, du fühlst dich dann besser.«
Einen Augenblick dachte er, sie würde anfangen zu weinen, und er sagte besonders weich: »O Pat, es tut mir leid. Aber ich mag dich, ich könnte mich kopfüber in dich verlieben. Ich habe versucht, mich davor zurückzuhalten. Fast ist es mir gelungen. Aber ich fürchte, ich werde rückfällig. Und … und ich möchte, daß du glücklich bist. Du magst mich doch, nicht wahr? Oder sollte ich sagen: magst du mich?«
Mochte sie ihn? Ja, ja, vermutlich fühlte sie sich von ihm angezogen - auf eine eigentümliche Art.
»Nun?«
»Ich bin heute abend hierhergekommen, nicht wahr? Es ist scheußlich kalt draußen, und ich hab eine halbe Stunde gebraucht mit dem Bus.«
»Dann bleib.« Seine Stimme war sanft, einschmeichelnd. »Wir können es ganz für uns allein haben.« Er sah sich im Zimmer um, ging dann rasch zum Schreibtisch und zog eine Schublade auf, aus der er ein Stück Pappe herausnahm, auf dem in großen Buchstaben stand: ›Sitzung‹. »Wenn wir arbeiten wollen, heften wir das an die Tür. Wir nennen es Regel 6.« Er schnitt ihr ein Gesicht. »Wir könnten … in Frieden arbeiten.«

Ganz plötzlich wurde ihr übel, und sie hatte den Wunsch, davonzulaufen. Zur gleichen Zeit sagte sie sich: Du könntest es hier und jetzt hinter dich bringen. Keine weiteren Konflikte mehr.
Langsam ging sie auf die Tür zu.
»Ich … ich fahr nach Jarrow; ich hab ihnen versprochen, bis um acht dort zu sein.«
Er faßte sie an den Schultern und zog sie herum. »Du hast nichts dergleichen getan. Und du gehst nicht.«
»Ich habe. Und ich gehe.«
Er stand jetzt zwei Schritt von ihr entfernt. Er sah verblüfft drein; sie hatte so eine Art, ihre Arme nach unten zu klappen. Sie sah zerbrechlich aus, doch sie war kräftig genug gewesen, um ihn wegzustoßen, beinahe wegzuschleudern.
»Na schön, na schön. Gute Nacht«, sagte er laut und riß die Tür auf. Sie ging hinaus in die kleine Halle, dann hinaus auf die Straße. Während des Gehens hielt sie ihren Kopf gesenkt.
Noch nie zuvor hatte sie sich so jung gefühlt, so dumm und altmodisch … und so allein.

2

Mary stützte das Glas in Alecs Hand, und nachdem er den letzten Tropfen des heißen Whiskys ausgetrunken hatte, wischte sie ihm den Mund ab und sagte: »So, schlaf jetzt.«
»Aye, Mädchen, aye. Mensch, das war großartig, wärmt auf, herrlich; ‘s gibt doch nichts, was an ‘nem Winterabend den Körper mehr aufwärmt als’n Tropfen von was Hartem.«
Als sie die Decke unter seinem Kinn glättete, faßte er nach ihrer Hand und murmelte: »Ah, Mädchen! Mädchen.«
»Aber, aber! Schon gut«, sagte sie schnell. »Schlaf jetzt.« Sie strich die dünne Haarsträhne auf seinem Kopf zurecht und fügte hinzu: »Denk dran, läute die Glocke, wenn du in der Nacht irgendwas brauchst, hörst du?«
»Aye, Mädchen, werde ich. Gute Nacht, und Gott segne dich.«
»Gute Nacht, Pa.«
Sie knipste eine Lampe neben dem Bett an und ging dann durchs Zimmer, um die Deckenlampe auszuschalten. Da öffnete sich die Tür, und ein blonder Kopf wurde hereingestreckt.
»Gute Nacht, Grandpa.«
»Gute Nacht, Junge. Wohin geht’s heute abend?«
»Oh … in Superkneipen - Bunnies und Stripperinnen. Scampi und Chips.«
»Nimmst du den Rolls, Junge?«
»Nein, den Bentley, Grandpa.«

»Raus hier!« Mary boxte die große, schlanke Gestalt in die Seite, warf dann einen Blick zurück auf das Bett. Alec kicherte, und sie sagte: »Schlaf jetzt, du bist genauso schlimm wie er.«
Als sie im Gang an Ben vorbeikam, der sich gerade seinen Mantel anzog, sagte sie: »Ich verstehe ja nichts von Bunnies und Stripperinnen, aber du wirst nicht in den Klub kommen, bevor er schließt, wenn du jetzt nicht endlich verschwindest.«
»Wär auch nicht schlimm; ich weiß sowieso nicht recht, ob ich gehen soll. Schau, warum läßt du nicht Eva herüberkommen, um ein Auge auf Grandpa zu haben, und kommst mit mir? Es ist sicher was los. Und wenn nicht, dann gibt's immer noch Bingo. Was sagst du dazu?« Was sagte sie dazu? Konnte sie sagen, daß die Klubs mit ihren Flauschteppichen, ihrem letzten Schrei an Möblierung, ihren Konzerträumen, ihren Orgeln ihr eher auf die Nerven gingen, als sie zu unterhalten?
Warum konnte sie nicht ganz normal sein und sich gehen lassen, einen Drink nehmen und ein bißchen lachen, sich ein bißchen amüsieren? Sie konnte es nicht, in welchen Klub auch immer sie ging. Und sie kannte etliche von Shields bis Sunderland und Newcastle, von den Gesellschaftsklubs, wie man jetzt die glorifizierten Arbeiterklubs nannte, bis zu den Nachtklubs, wo es sie immer amüsierte, ganz normale Hausfrauen auftreten zu sehen, Frauen die vor zwanzig Jahren nur eine Sorge kannten: ob sie am Montag genügend Geld für den Mietenkassierer haben würden. Aber in all diesen Klubs empfand sie eine seltsame Verbitterung, und sie fragte sich, ob es daher kam, daß sie sich als Außenseiterin fühlte, da sie nicht ihren eigenen Mann dabei hatte, denn der junge Ben konnte diese Rolle nicht ausfüllen, so sehr er sich auch Mühe gab. Oder war es das, daß sie die Frauen, die sie an den Tischen sah, nicht von denen trennen konnte, die in den vergangenen Jahren Schulden gemacht hatten? Solche Leute hinterließen immer einen häßlichen Geschmack in ihrem Mund, ähnlich wie diejenigen, die auf Cremetörtchen und gekochtem Schinken bestanden, wenn sie lieber Brot und Käse hätten kaufen sollen. Und sie wußte, man konnte keine Nacht in einem Klub verbringen, ohne weniger als drei Pfund auszugeben, und das war niedrig gerechnet. Und manche von ihnen gingen zwei oder dreimal wöchentlich hin. Bei genauer Überlegung, mußte sie zugeben, daß die Gesellschaftsklubs den Frauen eine neue Lebensweise eröffneten, und weiß Gott, nach allem, was sie damals durchgemacht hatten, brauchten sie Abwechslung. Aber trotzdem, sie waren nicht ihre Kragenweite. Konnte es sein, daß ihr die Trauben zu sauer waren? Denn die Klubs waren zu spät entstanden, als daß sie sich wirklich hätte darin amüsieren können. Andererseits brauchte man sich bloß die alten Schachteln anzuschauen, die dorthin gingen, manche von ihnen aufgedonnert wie junge Mädchen … Ach, was ging sie das an?
»Was stehst du da rum und träumst?«

»Wer träumt? Ich? Mach, daß du rauskommst.« Sie gab ihm einen Schubs, dann rief sie: »Du hast keinen Schal an! Geh und zieh dir einen Schal an.«
»Ich will keinen Schal, mir ist nie kalt, das weißt du.«
»Geh und zieh dir einen Schal an!«
»Ah, du!« Ben puffte sie zärtlich und ging in sein Schlafzimmer, um sich den Schal zu holen.
Mary ging ins Wohnzimmer. Es war anders möbliert als vor achtundzwanzig Jahren, teurer, aber es atmete noch immer die Behaglichkeit vergangener Zeiten. Eine Chesterfield-Couch, deren Rückenlehne aus einzelnen, farblich zur Sitzfläche passenden Daunenkissen gebildet wurde, stand im rechten Winkel zum Kamin. Der Teppich war dick und pflaumenfarben; ein kleines, modernes Klavier stand rechts neben dem Fenster. Es gab zwei Kaffeetischchen mit Stühlen und zwei Beistelltischchen, die hier und da wie zufällig herumstanden; und zumindest die Beistelltischchen waren Stilmöbel.
Auch Mary selbst hatte sich verändert. Sie war jetzt fünfundfünfzig, sah aber gut zehn Jahre jünger aus. Ihr Gesicht war immer noch glatt, bis auf einige Falten um die Augen, die man gut für Lachfältchen halten konnte. Ihr Haar, das vor ein paar Jahren angefangen hatte, grau zu werden, tarnte sie jetzt mit einer leichten braunen Tönung. Jeder, der sie seit zwanzig Jahren nicht mehr gesehen hätte, würde finden, daß die größte Veränderung in ihrer Kleidung lag. Die teure Garderobe, die sie für Annies Hochzeit im Jahre 1952 gekauft hatte, schien ihren Geschmack für Kleidung geweckt zu haben. Vorher hatte sie sich nie viel darum gekümmert, sie hatte keine Zeit gehabt. Aber innerhalb eines Jahres schien sich das Haus geleert zu haben.
Anfang 1952 war Kusine Annie gestorben und kurz danach Jimmy. Und später im Jahr hatte die kleine Annie mit neunzehn geheiratet. Von da an mußte Mary sich nur noch um Ben und ihren Pa kümmern, und keiner von ihnen hatte ihr viel Schwierigkeiten gemacht. Sie erinnerte sich daran, daß sie eine Zeitlang wie verrückt alles gekauft hatte, was ihr unter die Augen kam. Rückblickend vermutete sie, daß dies die Erlösung von dem Ärger und den Sorgen war, die ihr Kusine Annie und Jimmy aufgebürdet hatten.
Sie hatte in der vergangenen Woche viel über Jimmy nach gedacht. Beim Aufräumen des Schranks im Vorratsraum waren ihr seine Bücher und all seine Manuskripte in die Hände gekommen. Sie hatte jetzt schon damit begonnen, das Haus aufzuräumen, eine Menge unnützer Dinge auszusortieren und wegzuwerfen. Sie wollte keinen Berg von Plunder mitnehmen, wo immer sie auch hinging.
Es war seltsam. Je näher die Zeit heranrückte, zu der sie diesen Ort verlassen mußte, um so größer wurde ihr Widerwillen umzuziehen. Und doch hatte sie dieses Haus jahrelang beinahe als Gefängnis betrachtet, hatte sich gefragt, wann sie frei sein würde, wann es ihr möglich sein würde, ihr eigener Herr zu sein und zu gehen, wohin sie wollte. Aber jetzt, kurz vor dem bevorste-

henden Abriß, benahm sie sich wie ein sentimentales Mädchen, das seine Souvenirs an sich drückt.
Sie hatte gerade die Füße auf die Couch gelegt, als Ben hereinkam. Sie sah zu, wie er mit langen Schritten durchs Zimmer auf sie zukam, und wie immer, wenn sie ihn aus der Entfernung betrachtete, war sie betroffen von seiner Ähnlichkeit mit Lally. Es war fast unheimlich, wie sehr er ihr glich, abgesehen davon, daß er nicht auffallend wirkte, dazu war er zu schlank. Auch in seinem Wesen war er wie Lally, freundlich, großherzig. Aber es war auch ein gut Teil von Jimmy in ihm. Er besaß Jimmys Lebenseinstellung, seinen Humor. Doch in einer Beziehung war er ganz und gar nicht wie sein Vater, denn er hatte keinen Sinn für Poesie. Auch träumte er nicht. Er war praktisch veranlagt, dieser Ben, und er hatte gewußt, was er tun wollte, seit er zwölf Jahre alt war. »Ich möchte Autos bauen, Mam«, hatte er gesagt. Er hatte sie immer Mam genannt, niemals Tante. Nun, er hatte nicht Autos gebaut, aber er hatte eine Lehrzeit gemacht und verkaufte sie nun, und zwar in seinem eigenen Geschäft, dafür hatte sie gesorgt. Der junge Ben war mehr ihr Sohn als Annie ihre Tochter. Annie war das Kind ihres einzigen Ben, und deshalb hätte sie sie heiß lieben sollen. Aber Annie war nicht nach ihrem Vater geraten, seltsamerweise kam sie auf ihre Großmutter heraus, nicht zu sehr, aber gerade genug, um sie geizig und eigensinnig und selbstsüchtig werden zu lassen.
Aber den kleinen Ben hatte Mary mit einer Leidenschaft geliebt, wie sie nur eine Mutter für ihren einzigen Sohn hat. Vielleicht weil er sie in seinen frühesten Jahren so sehr gebraucht hatte. Wie oft war sie bis zu seinem fünften Lebensjahr mit ihm hinunter ins Krankenhaus von Shields gefahren?
Sie konnte die Male nicht mehr zählen, die sie mit ihm die Talbot Road entlang zu jenen Eisentoren gewandert war. Und ihre Fahrten waren umsonst gewesen, denn er war jetzt auf einem Ohr stocktaub. Weil sie ihn so sehr liebte, wußte sie, daß sie versuchen mußte, ihn wegzustoßen. Am besten wäre es gewesen, sie hätte selbst wieder geheiratet. Aber jedesmal, wenn es ernst wurde, hatte sie es nicht fertiggebracht. Dreimal hatte sie sich selbst und die Männer zum Narren gehalten. Und Ben war in der Hinsicht ebenso unfähig und inkonsequent wie sie. Man brauchte sich nur die Mädchen anzusehen, die er gehabt hatte, sie umschwärmten ihn wie die Fliegen. Sie hielten sich einen Monat oder zwei. Mit einer hatte es sogar ein Jahr gedauert, aber wenn er anfing, Hochzeitsglocken läuten zu hören, bekam er es mit der Angst zu tun und nahm Reißaus.
Mary wußte, daß die Leute in der Umgebung ihr die Schuld dafür gaben. Ein großer, bulliger Kerl wie er, siebenundzwanzig Jahre alt, sollte nicht ständig mit seiner Tante herumsitzen, die doppelt so alt war wie er, sagten sie. Das ist nicht natürlich, sagten sie. Er sollte eine Familie haben, sagten sie ... Oh, sie wußte, was sie alles sagten.

Sie fuhr ihn jetzt an: »Was hast du hier noch zu suchen? Mach, daß du wegkommst, ich hab's dir schon gesagt.«
Er sah auf sie hinunter. »Ich laß dich nicht gern allein, du siehst so verloren aus.«
Sie tat einen tiefen Atemzug, dann deutete sie auf ein Seitentischchen. »Ich habe ein gutes Buch, eine Schachtel mit Pralinen, da drüben was zum Trinken, wenn ich will«, sie deutete mit dem Finger auf die Eßzimmerwand, »und den Fernseher. Und wenn du nichts dagegen hast, ich habe auch gern mal eine Stunde für mich.«
»Du bist ein undankbares, altes ...« Er legte seine Hände zu beiden Seiten ihrer Schultern auf die Lehne und beugte sein Gesicht zu dem ihren hinunter. Dann sagte er, wobei er mit dem Kopf wackelte: »Ich weiß nicht, ob ich Weib sagen soll oder Hexe.«
»Ich wäre dir dankbar, wenn du keines von beiden sagen würdest.« Er stülpte die Lippen vor und küßte sie leicht, dann grinste er sie an und meinte: »Du bist eine undankbare alte Schachtel.«
Sie erwiderte sein Grinsen, aber mit zusammengepreßten Lippen, dann sagte sie: »Ich geb dir gleich eine alte Schachtel.«
Er ging auf die Tür zu, drehte sich aber dann noch einmal um. »Übrigens, ich habe vergessen, es dir zu erzählen. Weißt du, was der junge Taylor an dem Tag sagte, als du kamst, um abzurechnen?«
»Nein, was hat der junge Taylor an dem Tag gesagt?«
»Er sagte, du siehst umwerfend aus, und du riechst gut. Was sagst du dazu, von einem Siebzehnjährigen?«
»Ich würde sagen, er braucht mal eine hinter die Ohren.«
Ben ging lachend hinaus, und sie lehnte ihren Kopf zurück in die Beugung der Couch und wiederholte: »Sie sieht umwerfend aus und riecht gut.« Frank hatte das zu ihr gesagt. »Hui, Mädchen, du siehst umwerfend aus. Was ist das, was du da anhast? Du riechst gut.« Auch wenn sie kein Parfüm benützt hatte, sagte er »Du riechst gut«. Manchmal bedauerte sie, daß sie Frank nicht geheiratet hatte. Nicht, daß sie in ihn verliebt gewesen wäre, sie würde sich niemals mehr in jemanden verlieben, zumindest bezweifelte sie es sehr, und die Zeit flog dahin, aber Frank war nett und geduldig gewesen bis zu jenem Mittwoch im Mai vor zwei Jahren.
Sie sollte ihn am Abend treffen, um ihm ihre Antwort zu geben. Und sie sollte ja lauten. Als sie zum Ausgehen bereit war, war sie noch einmal ins Schlafzimmer gegangen, um sich ein Taschentuch zu holen. Die oberste Schublade der Kommode pflegte zu klemmen, und deshalb zerrte sie immer daran. An jenem Abend zerrte sie zu fest, und die ganze Schublade kam ihr entgegengeflogen, fiel ihr auf den Fuß, und der Inhalt verstreute sich über den ganzen Fußboden. Einen Moment war sie vor rasendem Schmerz im Zimmer umhergehopst. Als sie die Siebensachen vom Boden aufsammelte,

kamen ihr auch zwei Briefumschläge in die Hände, die so etwas wie Meilensteine in ihrem Leben darstellten. Einer enthielt die verblaßte Valentinskarte »Von einem stillen Bewunderer«. Sie öffnete ihn und sah die Rose an. Sie erweckte keine sentimentalen Erinnerungen in ihr, und Mary fragte sich wie schon früher, weshalb sie das Ding aufhob. Der andere Umschlag enthielt die letzten zwei Gedichte, die Jimmy geschrieben hatte. Sie hatte die beiden für sich genommen, das übrige seiner späteren Schriften war in Bens Besitz, was in Ordnung war. Als sie sie ansah und wieder las, erkannte sie zum erstenmal, daß Jimmys Leben nicht das verpfuschte Leben gewesen war, für das sie es gehalten hatte. Er hatte ein Jahr des wundervollsten Glücks gehabt. Viele hatten gesagt, es sei falsch gewesen, daß er seine Frau verlassen hatte und mit Lally weggegangen war. Und manche sagten, man muß immer für derartige Dinge bezahlen. Nun, falls sie recht hatten, er hatte bezahlt. Gott! Wie hatte er bezahlt! Er hatte von Zeit zu Zeit immer wieder versucht, sich zusammenzureißen, aber er fiel immer wieder in seine Depressionen zurück. Er hatte keine Stütze gehabt, an der er sich hätte festhalten können. Sie selbst war nur eine Ersatzmutter und eine Krankenschwester gewesen.

Auch sie hatte für sein eines Jahr des Glücks bezahlt, mit unzähligen ermüdenden Versuchen, ihn davor zu bewahren, sich zu Tode zu trinken; und schließlich hatte sie doch versagt. Aber hatte er selbst wirklich versagt? Denn gegen das Ende zu hatte er anscheinend etwas gefunden. Er hatte zu ihr gesagt: »Glaubst du, ich werde Lally wiedersehen, ich meine, wenn ich sterbe?« Es war ihr nicht möglich gewesen, ihm zu antworten. Wie konnte sie? Sie wußte es nicht. Aber nachdem er gestorben war, hatte sie zwischen anderen Gedichten in seiner Schublade zwei gefunden, die für den Wandel in ihm bezeichnend waren. Eines trug den Titel: ›Ich glaube‹ und lautete folgendermaßen:

»Wohin gehe ich von hier?
Sag mir nicht
ins Nichts,
in das kein Gedanke von mir weht.
Tod, tot, getötetes Fleisch,
verwoben in zermahlenes Holz
und Erde,
verrottet, verloren,
zusammengepreßt,
gut für Geologen
künftiger, nebelverhangener Zeiten.

Oder ins Nichts,
verbrannt,
während langsam

verklingende Musik
der Trauernden Tränen erweckt,
und die Angst aufsteigt
vor dem Tag,
an dem die Reihe an ihnen.

Asche, um eine Rose verstreut,
kann nicht denken,
wenn sie in die Erde sinkt.
Es muß mehr noch sein,
es muß.
Und wenn es nur um des Trostes willen wäre:
Ich glaube an Gott.«

Das andere Gedicht war noch bezeichnender, es war seine Version des Vaterunser und hieß: ›Wie ich es sage‹:

»Vater unser,
Du Kraft des Universums,
ich will Dich verehren
und mein Heil darin finden.
Wir wissen, daß Gutes allein kommt von Dir
und nichts Böses.
Gib uns die Kraft, unser Brot zu verdienen
auf eine Weise, die uns Zufriedenheit bringt,
und die Kraft,
der Versuchung zu widerstehen,
Mensch und Tier zu verletzen;
und die Kraft,
uns selbst unsere Missetaten zu verzeihen;
und die Kraft,
allem zu widerstehen,
von dem unser innerstes Herz sagt,
daß es falsch ist;
und die Kraft,
unsere Gedanken zur Erkenntnis zu führen,
daß wir Teil sind eines großen Geheimnisses,
das uns eines Tages klar wird;
und die Hoffnung,
daß dies uns helfen wird,
zu Dir zu kommen und in aller Demut zu sagen:
Dein Wille geschehe.«

Was sie bei diesem letzten Gedicht betroffen machte, war die Tatsache, daß er »Wie wir vergeben unseren Schuldigern« nicht übersetzt hatte ... Kein Gedanke an Gott konnte die von seiner Mutter mit offenen Augen begangene Tat des Bösen aus seinem Gedächtnis löschen. Vielleicht hatte er nicht lange genug gelebt, um den Punkt zu erreichen, wo die Vergangenheit verschwimmt und der Friede der Ewigkeit an Bedeutung gewinnt.

Jedenfalls mußte sie an jenem Abend, nachdem sie die Schublade wieder an ihren Platz geschoben hatte, ihren schmerzenden Fuß baden, und während sie dies tat, begann sie zu weinen. Sie wußte eigentlich nicht, warum, nur, daß der Schnerz in ihrem Fuß nicht für ihre Tränen verantwortlich war.

Als Frank um neun Uhr anrief und sie ihm sagte, daß sie nicht kommen könne und daß es keinen Sinn habe, prasselte sein verletzter Stolz förmlich durchs Kabel.

Frank war seit vier Jahren Witwer; er war ein gesunder Sechziger, kurz vor der Pensionierung, und sie hatten geplant, nach der Hochzeit eine Weltreise zu unternehmen. Der Gedanke an die Weltreise hatte sie erregt, genauso wie sein prächtiges Haus im besten Teil von Westoe in Shields, doch auch am folgenden Morgen bereute sie es nicht, die Sache beendet zu haben.

Später, als sie Ben die Nachricht überbrachte, sagte er: »Gottseidank. Oh, bin ich erleichtert, er war viel zu alt für dich. Und bei meinem Leben - ich konnte wirklich nicht verstehen, was du an ihm gefunden hast ... er war beinahe kahl.«

Sie hatte gelacht und gesagt: »Du hast recht.«

Auch wußte sie, sie hätte es sich niemals verziehen, wenn ihr Pa gestorben wäre, während sie sich in der Weltgeschichte herumtrieb. Seitdem hatte sie sich einige Male gefragt, ob sie das Richtige getan hatte, denn abgesehen von Ben und ihrem Pa war sie einsam. Aber wenn Alec einmal von ihr ging, und Gott möge verhindern, daß dies bald geschah, aber man mußte sich damit befassen, wenn also ihr Pa einmal von ihr ging und Ben heiratete - und Ben mußte heiraten -, lag der Weg klar vor ihr, sie wußte, was sie dann mit sich selbst anfangen würde. Jahrelang hatte sie sich schon danach gesehnt, frei zu sein und zu reisen. Sie würde reisen.

Fahrkarte kaufen - reisen.

Sie lachte jetzt vor sich hin, griff nach ihrem Buch und den Pralinen. Sie wollte das genießen, sich vollstopfen. Was machte das schon aus, noch ein paar Zentimeter? Sie war darüber hinaus, sich deswegen Sorgen zu machen.

Sie hatte es sich gerade gemütlich gemacht, als sie die Treppentür aufgehen hörte. Ich wette, er kommt zurück, dachte sie. Ist das zu glauben? Sie blickte zur Zimmertür, dann schwang sie ihre Beine zu Boden, stand auf und rief: »Pat! Oh, wie reizend, dich zu sehen, Liebes. Ich dachte, du fährst nach Hause. Komm herein, komm herein, du siehst ganz erfroren aus.«

»Sie sind nach Scarborough. Es macht dir doch nichts aus, Gran?«
»Mach dich nicht lächerlich!« Sie klopfte ihrer Enkelin auf die Hände. »Hast du all die Jahre jemals danach gefragt? Was ist los mit dir?« Dann rief sie aus. »Oh, du bist wie ein Eisklotz. Komm zum Feuer. Du hast gerade Ben verpaßt.«
»Er ist ausgegangen! ... Allein! Er wird sich verirren.«
»Du freches Äffchen.«
Mary schubste sie auf die Couch. »Setz dich hin. Wärm dich auf. Zieh deine Schuhe aus. Ich mach dir was Heißes zu trinken.«
»Danke, Gran ... Wo ist Urgroßvater?«
»Er ist im Bett, er hatte die ganze Woche eine Erkältung. Ich hatte den Arzt hier, er muß vorsichtig sein.«
»Oh! Ich geh hinein und begrüße ihn.«
»Nein, nein, er wird jetzt schlafen. Laß ihn nur, du wirst ihn am Morgen sehen. Was möchtest du? Kaffee, Kakao, Tee?«
»Tee, bitte.«
»Ich auch.«
Pat lehnte sich in die Kissen der Couch zurück, ihre Schultern entspannten sich. Die Spannung ihrer Bauchmuskeln ließ nach, und ihre Füße fielen seitwärts auseinander, sie seufzte. Das war es. Das war es, was sie brauchte, einfach für immer und ewig hier zu bleiben. Dies war echt, begreifbar echt.
Als Mary mit einem Tablett das Zimmer betrat, fragte Pat:
»Weißt du schon, wann du ausziehen mußt?«
»Nein, es kann nächste Woche sein, nächsten Monat oder nächstes Jahr.«
»Hast du schon irgendeinen anderen Platz gefunden?«
»Nein, ich habe noch nicht danach gesucht.«
»Möchtest du keines der Objekte, die sie anbieten? Es gibt hübsche Wohnungen, Zentralheizung, Lift, all das.«
»Nein, danke. Wo immer ich auch hingehe, ich möchte meine eigene Haustür haben, meine eigene Vordertür. Und es ist komisch«, sie lachte. »Ich hatte nie meine eigene Vordertür, nur eine Hintertür.«
»Stellst du dir einen besonderen Ort vor, etwa Shields? Es gibt in Shields ein paar hübsche Gegenden.«
»Weißt du«, Mary hörte auf, Tee einzuschenken, »ich habe noch nicht viele Gedanken daran verwandt. Es ist ganz eigenartig, ich kann es nicht erklären. Ich weiß, ich sollte mich umsehen, denn dies alles«, sie sah sich im Zimmer um, »dies alles kann mir in allernächster Zeit um die Ohren fliegen. Aber ich will mir einfach keine Mühe geben. Es ist gerade so, als ob ...« Sie goß den Tee in die Tasse.
»Na, was, Gran?«
»Oh, ich weiß nicht, Pat, ich weiß nicht. Aber in mir ist überhaupt keine Eile, mich umzusehen ... Wahrscheinlich werd ich alt.«

»Sei nicht dumm, du und alt! Aber du mußt einen Ort finden. Du und Ben, ihr könntet in ein Hotel gehen, aber da ist Urgroßvater.«
»Ja, ja, du hast ja recht. Ich muß darüber nachdenken, sonst landen wir noch in einem von diesen Wohnblocks. Jedenfalls, wo immer ich hingehe, es muß irgendwo in der Nähe sein, damit Ben zur Garage und zurück kann.«
»Er kann in seinem Auto von überall her zur Garage und zurück, und so oft wie er hingeht, würde es keine Rolle spielen, wenn es John o'Groats wäre.«
»Oh, ich denke, wir werden etwas finden, was näher liegt.« Mary lachte jetzt, und als sie sich niedersetzte und an ihrem Tee nippte, sagte sie: »Aber eines will ich dir sagen, sobald er heiratet, werde ich eine lange, lange Ferienr ...«
»Hat er jemand?« Pats Stimme war scharf.
»Nein, eigentlich nicht. Im Augenblick gibt es eine namens Irene, aber das geht schon einen Monat, ich würde sagen, die Zeit ist also fast abgelaufen.«
»Wie ist sie?«
»Klein, dunkel, was man petite nennen würde.«
»Ich kann kleine Frauen nicht ausstehen, sie sind immer Luder.«
»Ich hab ein paar große kennengelernt, die das auch sind.«
»Oh, Gran!« Sie lachte und lehnte sich an Mary.
»He, hallo!« protestierte Mary. »Schau, was du gemacht hast. Der Tee, über mein gutes Kleid!«
»Oh, das tut mir leid. Es ist wunderhübsch. Aus welchem Material ist es?«
»Man hat mir gesagt Angora, Liebes; und man hat mir auch gesagt, es sei - beinahe - ein Modellkleid. Aber was man mir nicht gesagt hat, was ich aber vermute, ist, daß man mich übers Ohr gehauen hat.«
»Du kannst es dir leisten, übers Ohr gehauen zu werden.«
»Hört euch die an!«
»Jedenfalls siehst du wunderhübsch drin aus. Ich sehe in Kleidern nie so gut aus wie du.«
»Ich hoffe es.«
»Du weißt, was ich meine. Ich bin, na ja, ich bin das, was Urgroßvater die sieben mageren Jahre Ägyptens nennt.«
»Sei nicht blöd, du bist modern.«
»Nicht mehr, Gran. Wo man auch hinfährt, man kommt vor lauter Busen nicht in die Busse rein. Manche brauchen schon Stützbalken dafür.«
Lachend lehnten sie sich wieder aneinander, während Pat weiterplapperte: »Aber ehrlich, Gran, du solltest Maggies falsche Busen sehen, sie sind wie die altmodischen Bilder von Sperrfeuerballons, weißt du. Das hab ich Maggie auch gesagt.«
»Was hat sie gesagt?«
»Nicht, was man erwarten würde. Sie sagte, sie habe sich schon immer gewünscht, sie wäre alt genug gewesen, um den Krieg miterleben zu können, denn ihre Mutter redete immer von den großartigen Zeiten damals, und ihr

Vater auch. Offensichtlich hatten die beiden im Krieg die schönste Zeit ihres Lebens. Sie haben jede Minute genossen, so sehr, daß ich mir nicht denken kann, daß ihr gemeinsames Leben im Frieden damit konkurrieren kann.«

»Nach allem, was du mir erzählt hast, sieht es aber schon so aus, als würde sich diese Maggie auf die Kunst verstehen, sich zu jeder Zeit zu amüsieren.«

»Oh, sie schon. Sie hat ihren derzeitigen Liebhaber übers Wochenende bei sich ...«

»Patricia!«

Marys Verhalten änderte sich schlagartig. Sie lachte nicht mehr, rückte ein wenig von Pat ab, und für ein paar Minuten herrschte Stille. »Ich bin nicht spießig«, sagte sie dann, »das weißt du, Pat. Und es würde mir nichts ausmachen, wenn sie bei demselben Burschen blieben. Aber wie das klingt, benehmen sie sich wie eine Horde halbwilder, hitziger Wölfinnen.«

»O Gran!«

»Nichts da, o Gran. Und noch etwas, ich wünschte, du würdest nicht mit diesem Mädchen zusammenwohnen.«

»Das tue ich auch nicht mehr lang.«

»Oh?«

Mary warf ihr einen fragenden Blick zu. »Du hast ein anderes Zimmer gefunden?«

»Nein, nein, Gran. Ich weiß genausowenig wie du, wo ich hingehen soll. Ich glaube, wir sitzen beide im selben Boot, und beide auf hoher See.«

»Was meinst du damit?«

»O ...h! Ich wünschte, ich könnte es dir sagen. Gran. Wenn ich es jemand sagen könnte, dann dir. Ich bin ganz durch einander.«

»Irgendein Bursche?«

»Ja und nein. Aber das ist es eigentlich nicht; jedenfalls betrifft es ihn nicht wirklich. Gran«, sie stellte ihre Tasse ab, nahm dann Mary die Tasse aus der Hand und sagte: »Ich will nicht riskieren, daß du die wieder ausschüttest. Aber ... also, Gran, ich glaube, ich gebe auf.«

»Gibst auf? Du meinst, die Universität?«

»Ja.«

»Aber Kind!«

»Das ist es, Gran, ich bin kein Kind, ich bin fast zwanzig.«

»Na, du bist trotzdem ein Kind. Zwanzig oder nicht zwanzig, du handelst wie ein Kind, wenn du daran denkst, deine Karriere aufzugeben. Ich hätte es verstehen können, wenn du das nach einigen Monaten an der Universität gesagt hättest, als alles noch so neu war, aber du bist in deinem zweiten Jahr und machst dich prächtig. Dein Vater sagt, du machst es ausgezeichnet.«

»Oh, steh nicht auf, Gran, bleib sitzen.« Pat packte Marys Arm. »Ja, wie du sagst, vermutlich mache ich es ausgezeichnet. Aber, Gran, ich mache etwas ausgezeichnet, was ich gar nicht ausgezeichnet machen will, wenn du ver-

stehst, was ich meine. Ich will einfach nicht mit Mathematik weitermachen. Ich bin kein ehrgeiziger Mensch, und man muß ehrgeizig sein.«
»Ah, Pat.« Mary lehnte sich zurück und starrte Pat scharf an, als versuche sie, ihre Gedanken zu lesen. Dann sagte sie langsam: »Da wird der Teufel los sein. Das weißt du, nicht wahr? Deine Mutter wird verrückt. Du kannst vielleicht deinen Dad herumkriegen, nicht aber deine Mutter. Es war der größte Tag ihres Lebens, als du auf die Universität kamst.« Mary schwieg plötzlich, denn ihre Worte riefen ein Echo aus vergangenen Jahren wach. Es war die Stimme ihrer Mutter, die sagte: »Unser Jimmy ist auf die höhere Schule gekommen. Was sagen Sie dazu? Und das ist erst der Anfang, er wird noch ganz woanders hinkommen, unser Jimmy, dafür sorge ich schon.«
Wenn Annie diese Nachricht erhielt, würde sie genauso reagieren, wie ihre Mutter reagiert hätte, wenn Jimmy erklärt hätte, er ginge nicht aufs Lehrerseminar. Aber vielleicht war sie ein bißchen zu hart mit Annie, ganz so wie Alice war Annie nicht. Aber trotzdem, die Hölle würde losbrechen.
»Was hat dich dazu gebracht, Kleines?« Sie rückte ein Stück näher zu Pat, und Pat lehnte sich wieder gegen ihre Schulter.
»Ich weiß es wirklich nicht, Gran«, sagte sie, »da ist so vieles. Ich scheine einfach nicht hinzupassen. Vielleicht bin ich undankbar; die anderen kommen aus allen Teilen des Landes und halten sich für Glückspilze, dort einen Platz bekommen zu haben. Es ist nicht die Universität; ich bin schuld, und«, sie lächelte schwach, »und ich ... ich vermute, meine Umgebung, die Jahre, die ich hier in der Gegend verbracht habe.«
Sie machte eine weit ausholende Bewegung mit dem Arm. »Dieses Haus, der Laden, selbst das Viertel haben mich geprägt, denn ich war hier glücklich, es war eine andere Welt ... du, Gran, und Urgroßvater - und irgendwie auch Onkel Jimmy, denn obwohl ich ihn nie kennengelernt habe, fühle ich, daß ich ihn kenne, weißt du; irgend jemand sprach immer von ihm. Ich glaube, Mam liebte ihn, obwohl sie schimpfte, sie hätte ihn niemals nüchtern gesehen. Sie hat immer gesagt, wenn er heute noch leben würde und jung wäre, er wäre an der Universität und gefeiert wegen seiner Gedichte.«
Mary schüttelte den Kopf und sagte:
»Es ist komisch, wie das Blut in einer Familie läuft. Jimmy und du, ihr wart beide auf dem College, und ihr seid beide von meiner Seite, und da bin ich mit so viel Hirn wie eine Fliege.«
»Oh, Gran!«
»Es ist wahr. Und da ist Ben, Jimmys Sohn. Alles, was er will, ist, mit seinen Händen arbeiten.«
»Onkel Jimmy ist mit einer Frau weggelaufen, nicht wahr? Mit Bens Mutter, und sie waren nicht verheiratet.«
»Wer hat dir das erzählt? Ich habe es dir gegenüber niemals erwähnt.«
»Nein; Mam war es.«

Mary konnte sich gerade noch zurückhalten, sonst hätte sie »Natürlich!« gesagt.
»Weiß es Ben?«
»Ja, ja, er weiß es. Er war gerade sechs Jahre alt, als sein Vater starb. Aber da wußte er schon, daß seine Mutter die wunderbarste Frau der Welt gewesen war, und es machte später keinen Unterschied, als er herausfand, daß sie und sein Dad nicht verheiratet waren, denn er wußte, daß Jimmy sie angebetet hatte, und das ist das einzig richtige Wort dafür. Ich habe noch nie etwas Derartiges gesehen wie die Liebe zwischen Jimmy und Lally.«
»Aber Mam sagte, man nannte sie Dumsi-Lally, Gran, und das bedeutet ...«
»Ich weiß, was es bedeutet, Pat.« Marys Stimme klang scharf. »Deine Mutter hatte keinerlei Recht, das zu sagen. Es war ein Spitzname, den ihr Mann ihr gab, genauso, wie man zu jemand sagt, ›du spinnst‹ oder ›du hast nicht alle Tassen im Schrank‹, und der blieb ihr einfach. Lally war nicht dümmer als du. Sie war zärtlich und einfach, weise und schlicht. Manche Menschen verstehen Schlichtheit und Liebenswürdigkeit und Zärtlichkeit nicht, sie halten sie für Einfalt und Dummheit; sie glauben, bei dir sitzt eine Schraube locker, wenn du nicht auf sie einschlägst. Die Menschen sind grausam, Frauen sind grausam, Pat, denk dran, Frauen sind grausam. Meiner Schätzung nach sind fünfundsiebzig Prozent der Frauen Miststücke ... große und kleine, und das ist noch freundlich ausgedrückt. Der Rest aber«, Mary lächelte schief, »die wenigen anderen, die sind wundervoll, und Lally war eine der wundervollen. Jimmy sagte, sie sei eine Fee und daß Feen zwischen vergangenen Jahrhunderten und dem Tod hin und her schweben. Ich konnte daraus nie ganz schlau werden.«
»Und Ben gerät ihr nach?«
»Ja«, Mary nickte heftig, »Ben gerät ihr nach. Und sag das nicht in einem solchen Ton. Und mach, daß dieses Lächeln aus deinem Gesicht verschwindet.«
»Ich sage ja gar nichts.«
»Nein, aber trotz allem, was du da im Oberstübchen hast, mein Kind, bist du noch immer eifersüchtig auf ihn und warst es, seit du kriechen konntest.«
»Oh, wirklich? Ich und eifersüchtig auf Ben?«
»Ja, du und eifersüchtig auf Ben.«
»Oh, Gran. Schenk mir noch eine Tasse Tee ein, das muß ich runterspülen.«
Sie sah zu, wie Mary den Tee einschenkte, und dachte: Viel entgeht ihr ja nicht, aber da ist ihr doch etwas entgangen. Ja, sie war eifersüchtig auf Ben gewesen; aber nicht in der Weise, wie ihre Grannie glaubte oder sonst jemand dachte. Sie konnte sich an die ersten Gefühle der Eifersucht erinnern, die sich auf ihn bezogen hatten; es war, als sie gerade fünf und er elf oder zwölf Jahre alt war. Sie hatte dagestanden und ihn angeschrien, warum er nicht mit ihr spielen wollte, und er hatte gesagt: »Weil ich bei meiner Mam

im Laden sein möchte.« Und dabei hatte er sie in den Hintern getreten, und sie hatte weiter gebrüllt, nicht aus Schmerz, sondern aus Wut. Und so war es die ganzen Jahre über. Sie war nicht eifersüchtig, weil er die ganze Zuneigung ihrer Großmutter besaß, sondern weil er die ihre zurückwies. Sie hatte mit ihm gerauft, bis sie zehn war, und ihre Grannie hatte immer wieder zu ihr gesagt: »Du bist ein schlimmes Mädchen, Patricia. Warum magst du Ben nicht? Was hat er dir getan?« Komisch, daß die Menschen die Gefühle anderer niemals wirklich verstanden. Nun, man konnte ihnen keine Schuld geben; man verstand sie ja selbst nicht. Sie hatte ihre Gefühle erst verstanden, als sie sechzehn war und davon geredet wurde, daß er heiraten würde.

»Ben ist der Stern an deinem Himmel, der niemals niederstürzen wird, Gran, nicht wahr?«

»Da haben wir's schon wieder.«

»Aber er ist es doch, oder?«

»Ich habe ihn großgezogen, seit er ein paar Wochen alt war. Er ist wie mein eigener Sohn, kannst du das nicht verstehen?«

»Doch, Gran.« Sie schloß die Augen und biß sich auf die Lippen, und im nächsten Augenblick lag sie in Marys Armen.

»Was ist, Kleines«, murmelte Mary, »was ist? Was macht dich so unglücklich? Komm, erzähl es mir. Du weißt, das kannst du, du kannst mir alles sagen. Du kannst mich nicht schockieren. Komm, hör auf zu weinen.« Sie nahm ein Taschentuch und wischte die Tränen von dem blassen Gesicht. »Was ist? Irgend etwas mit zu Hause?«

Pat schüttelte den Kopf und schluckte.

»Ist es ein Mann?«

Sie drehte den Kopf weg und blickte ins Feuer; dann sagte sie ruhig: »Was würdest du sagen, Gran, wenn ich dir erzählte, daß ich zum Wochenende weggehe, nächstes Wochenende … mit einem Mann?« Marys Arme glitten langsam von ihr ab. Pat fuhr fort: »Ich … ich war noch nie mit einem zusammen, Gran, du weißt, was ich meine, und … und ich finde, es ist Zeit. Ich …«

»Hör auf! Hör auf, wie eine Vollidiotin zu reden. Warum sagst du nicht, du seist bisher noch nicht auf einem Trip gewesen oder hättest noch nie LSD genommen und findest es sei nun allmählich Zeit dafür? Du sitzt da und sagst, du gehst mit diesem Mann, weil du findest, es sei Zeit … Zeit! Was meinst du mit Zeit? Liebst du ihn?«

Pat drehte sich jetzt abrupt um und schrie: »Ich dachte, du hast gesagt, nichts könne dich schockieren …«

»Ich bin nicht schockiert, Pat, ich bin bloß verdammt wütend. Du findest, es ist Zeit, so etwas zu tun. Du tust es nicht, weil du aus Liebe oder Leidenschaft nicht anders kannst, du glaubst bloß, es sei Zeit dafür. Mein Gott! Ich will dir etwas sagen, ich finde, es ist Zeit, daß du diese Universität verläßt, wenn es das ist, was man dir dort beibringt … Ich könnte verstehen, daß du

mit einem Mann gehst, weil deine Gefühle dich zu ihm treiben, aber kühl festzustellen ...«
»Was ist denn das? Was ist denn hier los?«
Keine von beiden hatte gehört, daß sich die äußere Tür geöffnet hatte und Ben hereingekommen war. Langsam trat er ins Zimmer, legte den Schal ab und knöpfte seinen Mantel auf. Dann fragte er im Ton höchster Überraschung, indem er von einer zur anderen sah: »Ihr beide zankt euch? Ich hab euch schon am Fuß der Treppe gehört.«
»Nein, wir zanken nicht.« Mary stieß einen langen und zittrigen Atemzug aus und fragte: »Was hat dich zurückgetrieben?«
»Oh, Pardon.« Er schnappte sich seinen Schal und legte ihn wieder um. »Ich gehe hinaus und setze mich auf die Treppe, bis du mich hereinläßt.«
»Du bist noch keine Stunde weg.« Ihre Stimme war jetzt ruhig.
»Nein, ich bin noch keine Stunde weg, und wenn ich gewußt hätte, daß Pat hier ist, wäre ich nicht zurückgekommen.« Er sah Pat an. »Bleibst du?«
»Ja.«
»Ein Jammer, daß ich nicht angerufen habe, ich hätte eine ganze Nacht draus machen können ... wie ich zu Mam sagte, tolle Bienen, Plüsch und Pleureusen, alles ...«
»Oh, halt den Mund!« brüllte Mary.
Er drehte sich rasch um und starrte sie an. Dann sagte er: »Na schön« und ging hinaus.
Eine Minute später folgte Mary ihm in sein Zimmer und sagte: »Es tut mir leid, es tut mir leid, Ben, ich bin völlig fertig.«
»Schon gut, Liebes.« Er lächelte sie an. »Ich weiß das, ich hab euch ja am Fuß der Treppe gehört. Selbst mit einem Ohr konnte ich euch hören. Was hat sie angestellt?«
»Nichts, nichts, und versuche nicht, es aus mir rauszukriegen. Es ist nichts, was ich dir sagen kann.«
»Oh! Dann ist es schlimm.« Er beugte sich zum Spiegel hinab, fuhr sich mit einem Kamm durch sein dichtes Haar und sagte: »Ich hätte nicht gedacht, daß sie irgendwelche Probleme haben könnte, nicht mit ihrem Verstand, der alles erklären kann ... Ridleys Computer.« Mary stellte sich dicht neben ihn und sagte: »Sie wird diesen Verstand über Bord werfen, sie wird die Universität aufgeben. Und das ist nur ein Teil ihres Problems.«
»Was? Nein!«
»Ja. Und stell dir bloß vor, welche Wirkung das auf dein Tantchen Annie haben wird.«
»Oh, Mann! Was hat sie dazu veranlaßt?«
»Ich weiß es wirklich nicht, sie ist ganz durcheinander.«
»Sind wir das nicht alle?«
»Sei jetzt nicht zynisch.«

»Oh! Oh!« Er neigte den Kopf und sah sie schief an. »Machst große Worte, was?«
»Ja, und ich weiß, was sie bedeuten. Wenn du hereinkommst, sei nett zu ihr, zieh sie nicht auf. Immer ziehst du sie entweder auf, oder du übersiehst sie. Sie ist kein Kind mehr, sie ist nicht einmal ein Mädchen, sie ist eine Frau.«
»Was du nicht sagst!« Er legte seine Hand an die Hüfte und wackelte mit dem Hintern.
Mary mußte lächeln. Zärtlich streichelte sie seine Wange und sagte noch einmal: »Sei nett zu ihr, Ben, sie ist in Schwierigkeiten.«
»Was meinst du mit Schwierigkeiten?« Sein Gesicht war ernst. »Sie wird doch nicht ...«
»O nein, um Himmels willen! Herrgott, schon den ganzen Abend geht das so - Männer, Sex und jetzt Babys. Nein, sie erwartet kein Baby.«
»Männer, Sex und jetzt Babys«, wiederholte er nachdenklich; dann sagte er strahlend: »Oh, schön, keine Babys; das ist eine Sorge weniger für uns, Mrs. Tollett. Unser guter Name ist gerettet.«
»Trottel! ... Aber denk dran«, sie drehte sich noch einmal um, als sie zur Tür ging, »sei nett.«
»Schon gut, Mam.« Er nickte ihr zu. »Was du befiehlst, werde ich servieren, Tee und Sympathie ...«
Während der nächsten halben Stunde war die Unterhaltung im Wohnzimmer steif und gekünstelt. Mary saß in einer Ecke der Couch, Pat in der anderen, und gegenüber dem Kamin räkelte sich Ben in einem Sessel, seine Beine bis zur Hälfte des Kaminteppichs ausgestreckt. Als er seine Beschreibung der Verkaufstaktiken von Bill Thompson, seinem einstigen Mechaniker, den er zum Verkaufsdirektor befördert hatte, beendete, löste Mary zufällig ihren Blick von ihm und sah Pat an und merkte, daß ihre Enkelin nicht auf der Hut war.
Es war, als sei sie wieder sechzehn, als sie hierherzukommen und sich hinzukuscheln pflegte und all die aufregenden Neuigkeiten des Tages heraussprudelte. Ihr Gesicht war entspannt. Sie lächelte über Bens Imitation von Bill Thompson.
Mary betrachtete sie, und ein seltsamer Gedanke durchdrang ihr Gehirn. Er kam herauf wie durch Schichten von Jahren, und als er die Oberfläche durchstieß, erschrak sie.
Sie sah hinüber zu Ben, dann zu ihrer Enkelin, dann wieder zu Ben, und sie dachte: Niemand ist so blind wie jene, die sich weigern zu sehen. Dann stand sie auf, streckte sich und sagte: »Hier ist jemand, der ins Bett verschwindet.«
»So bald? Es ist noch nicht zehn.« Ben war aufgestanden.
»Wenn du weiter von Bill Thompson und seinen Possen erzählst, wird's ein Uhr oder später. Ihr beide kommt vielleicht ohne Schlaf aus, ich nicht.« Sie ging jetzt zu Pat, beugte sich hinunter, gab ihr einen Kuß und sagte: »Gute

Nacht, Liebes. Ich dreh die Heizung und die elektrische Heizdecke an; bis du kommst, wird es mollig warm sein.«

»Danke, Gran.« Patricia streckte ihr die Arme entgegen und erwiderte den Kuß.

Dann sah Mary zu Ben. »Gute Nacht, du«, sagte sie. »Und gute Nacht, du auch.«

Als Pat ihnen zusah, wie sie einander küßten und boxten, spürte sie einen fast körperlichen Schmerz. Die spielerischen Handlungen der beiden waren beinahe kindisch, aber sie stellten das äußere Zeichen einer so tiefen Zuneigung dar, daß sich Pat noch einsamer fühlte, als sie schon den ganzen Tag über gewesen war.

»Also!« Ben hatte seinen Platz im Sessel nicht wieder eingenommen, sondern saß jetzt in der von Mary verlassenen Ecke der Couch, sah Pat an und wiederholte: »Also!«

»Also ... Was soll das heißen?«

»Nichts, nichts; nur, wie steht's mit dir?«

»Oh, wie bei jedem anderen auch, denke ich, auf und ab. Die Schaukel bleibt nicht in der Mitte stehen.«

»Es wäre langweilig, wenn sie's täte.«

Als sie darauf keine Antwort gab, sondern ihren Kopf wegdrehte und anfing, ihre Fingernägel zu untersuchen, sagte er: »Was habe ich da gehört, du willst aufhören?«

Ihr Kopf fuhr herum. »Na! Gran hat ja nicht lange gebraucht, um die Neuigkeit weiterzugeben.«

»Nun, sie hat es ganz zufällig erwähnt.«

»Du warst keine fünf Minuten aus dem Zimmer, drei Minuten.«

»Gran ist eine schnelle Rednerin.«

»Allerdings.«

»Also, wirst du abgehen?«

»Ich habe mich noch nicht entschlossen.« Sie stieß einen langen Seufzer aus.

»Es wäre natürlich eine Verschwendung von guter grauer Gehirnmasse, außer du hast etwas Besseres im Sinn.«

»Du meinst, ich habe ... gute graue Gehirnmasse?«

»Sie jagt mir Angst ein.«

Das war heute abend das zweitemal, daß ein Mann ihr das sagte. Doch nach allem, was sie auf der Universität gesehen hatte, ließ sich die Mehrheit der männlichen Wesen nicht von Gehirnen abschrecken, sie heirateten sie und sicherten sich so ein doppeltes Einkommen. Ärzte, Lehrer, Wissenschaftler - ihr Motiv für eine Eheschließung war, soweit sie das sehen konnte, weniger biologischer als finanzieller Natur.

Sie hatte neulich versucht, nicht allzusehr mit denjenigen Studenten zu sympathisieren, die zusammenlebten und die Unverfrorenheit besaßen, vom Staat zu verlangen, er solle ihren Wunsch nicht nur nach Butter auf beiden Seiten des Brotes, sondern auch nach Marmelade befriedigen. Dieses Verhalten schien zumindest weniger berechnend … Und sie hatten Mut. Sie wünschte, sie hätte auch Mut, nur ein kleines bißchen.

Sie blickte Ben aus schmalen Augen an. »Sag bloß!«

»Ich sag's und ich meine es auch so.« Er stemmte sich mit dem Rücken gegen die Couch. »Das hat mich schon immer verängstigt.«

Sie sah Ben gerade ins Gesicht und sagte langsam: »Nur, weil ich Mathe studiere?«

»Ja.« Er nickte, senkte dann den Blick. »Ich war ein hoffnungsloser Fall in Mathe, sogar im einfachen Rechnen.«

»Und doch kannst du ein Auto bauen, sogar den Motor.«

»Oh - das, ja.«

»Nun, das ist Mathematik; dieser Motor wäre ohne Mathematik überhaupt nicht erschaffen worden.«

»Das ist mir schon klar, aber er ist bereits erschaffen, wenn ich mich damit beschäftige. Alles, was ich tue, ist, ihn zusammenzusetzen.«

Er beugte sich jetzt nach vorn, die Ellbogen auf den Knien, die Hände ineinander verschlungen und lose zwischen den Knien herabhängend. Dann drehte er den Kopf und sah sie an. »Was hat dich dazu gebracht?«

»Oh, ich weiß nicht. So vieles.« Herausfordernd sah sie ihn an und fragte: »Hat Gran dir alles erzählt?«

Er machte eine Pause, dann sagte er vorsichtig: »Sie hat mir genug erzählt.«

»Und du redest noch immer mit mir?«

»Warum sollte ich nicht?«

»Ich hätte gedacht, du würdest Männchen machen, wo du doch so pingelig bist.«

»Was meinst du?« Seine Stimme erhob sich scharf. »Pingelig! Ich und pingelig? Was bringt dich dazu, so etwas zu sagen?«

»Weil du's bist.« Ihre Stimme war ruhig, klar und aufreizend.

»Jetzt fang bloß nicht an!« Er drohte ihr mit dem Finger. »Wir sind niemals auch nur zwei Minuten beisammen, ohne daß du anfängst zu streiten. Warum können wir nicht freundlich miteinander reden?«

»Weil du immer aufbraust.«

»Ich brause auf?«

»Da haben wir's, schon bist du wieder auf der Palme. Wundert's dich, daß ich dachte, du würdest einen Tobsuchtsanfall bekommen?« Er sah sie aus zusammengekniffenen Augen an. Er war neugierig; er wollte wissen, was ihn ihrer Meinung nach dazu bringen könnte, einen Tobsuchtsanfall zu bekommen. Er sagte ausweichend: »Einen Tobsuchtsanfall im Jahre neunzehnhundertzweiundsiebzig?«

»Gran bekam jedenfalls einen.«

»Na ja, Gran, ich meine Mam, sie ist, nun, sie stammt eben aus einer anderen Generation, von dir aus zwei Generationen zurück. Auch wenn man's bei ihr nicht glauben würde.«
»Du überraschst mich wirklich!« Pat schob sich auf die Kante der Couch vor, und jetzt sahen sie einander direkt in die Augen. »Ich komme in diesen Hort der Reinheit und sage, ich gehe übers Wochenende zu einem Burschen, um meinen ersten Trip zu machen oder sowas, und du nimmst es so ruhig auf, als würdest du eine Schule für Prostituierte leiten …«
Ich rede schon wie Maggie, dachte sie, und das Lächeln glitt ihr aus dem Gesicht, als sie sah, daß er den Kopf senkte wie ein zum Angriff übergehender Stier. Sie sah, wie er seine großen, viereckigen Zähne zusammenbiß, wie die Farbe über sein blasses Gesicht hochstieg bis unter die Haare. Einen Augenblick dachte sie, er würde sie schlagen, und sie lehnte sich zurück.
»Du … du hast gesagt, du weißt es«, murmelte sie, »du hast mich in eine Falle …«
Sie sprang auf und er mit ihr, und als er sie an den Schultern packte, krümmte sie sich unter dem Druck seiner Finger. Aber sie machte keinen Versuch, ihn wegzustoßen. Sie beobachtete, wie seine Zunge herauskam. Sie schien sich ihren Weg zwischen den Zähnen hindurchkämpfen zu müssen. Und dann feuchtete er seine Lippen an, wie um die Worte hinausschlüpfen zu lassen.
»Du … du bist heute abend hierhergekommen, und du hast Mam das gesagt, du hast ihr gesagt, daß du übers Wochenende zu einem Kerl gehen willst?«
»Nun, wem sonst sollte ich es sagen? Ich habe ihr immer alles gesagt.«
»Du … du Schlampe, du!«
»Nimm deine Hände von mir runter und nenn du mich nicht Schlampe. Jedenfalls habe ich vor, in dieser Sache etwas Definitives zu unternehmen, nicht wie du von einer zur anderen herumzugaukeln, zitternd vor Angst …«
Als seine flache Hand mit einem hallenden Klatschen in ihrem Gesicht landete, war sie einen Moment wie blind, die Knie wurden ihr weich und sie fiel zurück auf die Couch. Nachdem ihr Blick wieder klar geworden war, starrte sie zu ihm auf. Er sah wütend, wild aus. Die Tränen liefen aus ihren Augen; er drehte sich um und stakste aus dem Zimmer, und das Zuknallen der Tür erschütterte das Haus. Als das Rat-Tat an Marys Tür erklang, rief sie hastig: »Eine Sekunde. Nur eine Sekunde!« Dann sprang sie ins Bett und sagte: »So!«
Ben taumelte ins Zimmer, und sie erschrak über seinen Gesichtsausdruck.
»Was ist los? Was ist passiert?«
»Du … du solltest lieber zu ihr hineingehen.«
»Was ist passiert?« Schon war sie aus dem Bett und packte ihren Morgenmantel.
»Ich habe sie gerade zusammengeschlagen.«

»Du hast sie gerade zusammengeschlagen?«
»Genau.« Sie sah ihm zu, wie er schwankend das Zimmer verließ.
»Er … er hat sie gerade zusammengeschlagen!« Ihr Mund öffnete sich langsam, sie lächelte zärtlich. »So etwas; hält man so etwas für möglich!«

3

»Schon gut, schon gut, Dad, ich verspreche, noch einmal darüber nachzudenken.«
»Tu das, Liebes. Sie ist schrecklich bestürzt und … und ich fürchte, ich bin es auch ein bißchen.«
»Du hast es sehr gut hingenommen.«
»Vielleicht; trotzdem finde ich, daß du sehr dumm handelst. Aber schön, vermutlich ist das ein Zeichen der Zeit.« Tom Ridley lächelte schwach. »Vor ein paar Jahren hätte ich sagen können, du bist minderjährig, Fräuleinchen, und du wirst tun, was ich sage; aber jetzt, nun, nach dem neuen Gesetz dieses Landes bist du mündig und allein für dich verantwortlich. Aber bitte«, er senkte die Stimme, »denk sorgfältig darüber nach. Ich habe sie noch nie so bestürzt gesehen. Und nimm nicht zu viel Notiz von dem, was sie sagte, sie meint nicht die Hälfte davon ernst. Hör, soll ich dich wirklich nicht in die Stadt fahren?«
»Nein, Dad, wirklich nicht. Außerdem«, sie lächelte, »sie braucht dich mehr als ich.« Pat deutete zurück zum Haus und sagte dann: »Ich nehme den Bus an der Ecke, er wird in ein paar Minuten kommen.«
»Wenn Maggie sich so mies fühlt, hättest du sie übers Wochenende herbringen sollen; ein Wochenende im Bett hier und ein bißchen Verwöhntwerden hätten sie wahrscheinlich wieder auf die Beine gebracht.«
»O nein, das hätte sie nicht gewollt. Außerdem - sie ist ja nicht wirklich krank, aber … aber ich dachte, es sollte jemand bei ihr sein, verstehst du, nachts.«
»Ja, Liebes, ich verstehe.«
Patricia konnte den Ausdruck in den Augen ihres Vaters nicht ertragen. Takt und Diplomatie, keine Lügen, nur Takt und Diplomatie. »Bye-bye, Dad. Und danke, daß du so nett warst. Ich werde tun, was du sagst, und gut darüber nachdenken.«
»Bye-bye, Liebes. Paß auf den Weg auf, es ist eisig. Bye bye.« Während Pat zur Bushaltestelle eilte, dachte sie, wer weiß? Nach dieser Nacht ändere ich vielleicht meine Meinung. Der Zweck heiligt die Mittel. Angeblich soll es die Ansichten verändern, einen anderen Menschen aus einem machen. Es erweiterte den Horizont, sagte Maggie … Und Maggie sagte noch viel, viel mehr.

Es war fast zehn Uhr, als sie im Vorort Low Fell aus dem Bus stieg. Diese Seite des Flusses war neu für sie. Philip hatte gesagt, falls er nicht an der Bushaltestelle sei, könne sie den Weg leicht nach Bailey Close finden, die erste Seitenstraße auf der linken Seite, die zweite rechts und schon sei sie da, und er würde nach ihr Ausschau halten. Er war nicht an der Haltestelle, und er hielt nicht nach ihr Ausschau. Sie klopfte an die Tür von Nummer 5. Ein junger Mann öffnete. Bei seinem Anblick wäre sie am liebsten umgekehrt und davongelaufen, nicht, weil er wie ein hart arbeitender Bursche aussah, sondern wegen des wissenden Blicks in seinen Augen.
»Ist … ist Mr. Philip Smyth da? Er … er wohnt bei seinem Vetter, Arth …«
»Oh, aye. Erster Stock und dann die Tür direkt gegenüber. Sie können's nicht verfehlen.«
Sie dankte ihm und stieg die Treppe hinauf. Das Haus war gut beleuchtet, ein Teppich lag auf Treppe und Treppenabsatz, alles sah sauber aus, überraschenderweise.
Sie klopfte an die Tür, die der Treppe gegenüber lag.
»Herein«, sagte eine Stimme.
Pat öffnete die Tür. Philip lag auf einer schmalen Couch, seine Beine hingen über das untere Ende herab. Er schwang sie auf den Boden, kam auf Pat zu und sagte: »He! Du bist früh dran.«
»Früh!« Sie sah ihn verächtlich an.
»Bist du. Den Zehn-Uhr-zwei, hast du gesagt; du wirst den Zehn-Uhr-zwei-Bus nehmen.«
»Ich sagte, ich werde den Neun-Uhr-zwei nehmen und etwa um zehn Uhr hier sein.«
»O mein Gott!« Er hämmerte sich mit dem Handballen auf die Stirn, dann sagte er: »Na, ja, jetzt bist du da, komm.« Er zog sie herein, nahm ihr den Übernachtungskoffer aus der Hand, warf ihn auf das Bett in der Zimmerecke und half ihr dann aus dem Mantel.
»Du willst sicher einen Drink, du siehst erfroren aus … Ah, komm her, ich wärme dich zuerst auf.« Er zog sie an sich, drückte sie fest und küßte sie; seine Lippen schienen ihr Gesicht einzuhüllen.
»Nun, wie ist das für den Anfang?« Er hielt die Daumen nach oben zum Zeichen des Erfolgs, dann sauste er durch eine Tür und sagte dabei: »Du brauchst einen Auftauer, heißen Whisky und Zucker, das ist es, was du brauchst, heißen Whisky und braunen Zucker.«
Sie stand mit dem Rücken zum elektrischen Ofen und sah sich im Zimmer um. Auch hier war es sauber. Nirgends lag Mist herum wie in Philips eigenem Zimmer oder in ihrem Zimmer zum Beispiel. Aber die Unordnung dort war Maggies Werk, nicht ihres. Die Möblierung war sparsam; die schmale Couch, das Diwanbett - davon hielt sie ihre Augen abgewandt -, eine Kommode, ein Lehnsessel, ein kleiner Tisch.

Philip kam mit einem dampfenden Glas in jeder Hand ins Zimmer zurück, merkte schnell, daß sie sich umgesehen hatte und sagte: »Nett, nicht wahr? Geräumig. Mein lieber Vetter weiß, was er will, und bekommt es. Er muß jedoch bis aufs Blut dafür zahlen. Ein alter Mann und sein Sohn führen das Haus, machen die Arbeit, alles, sie kochen sogar die Mahlzeiten. Da, schluck das runter.«
Sie nippte an dem heißen Whisky und hustete.
»Mach schon, schluck. Wo der herkommt, gibt's noch eine Menge mehr.«
»Ich bin nicht gerade wild auf Whisky; er ist wie Medizin.«
»Dann behandle ihn eben als solche. Hinunter damit, so«, er goß das Glas voll Whisky hinunter, schloß seine Augen, hustete, rang nach Luft, krümmte sich dann zusammen und brach in ein krampfartiges Gelächter aus. Sie lachte ebenfalls: »Schöner Trottel, ich!« Er wischte sich die Tränen aus den Augen. »Man könnte meinen, ich kann's nicht. Ist mir in die falsche Kehle gekommen, wumm!«
Er trat jetzt ganz nahe an sie heran und sah ihr in die Augen. Dann tippte er ihr mit der Spitze seines Zeigefingers auf die Nase und wackelte damit herum, ehe er weich sagte: »Ich geh und mach uns Kaffee, ja? Irish Coffee, und dann machen wir es uns gemütlich.«
Sie sah ihm nach, als er durch die Tür ging, hinter der vermutlich die Küche lag. Er war amüsant, attraktiv, nett; aber sie wußte auch, daß er ein bißchen verschlagen und listig war. Trotzdem mochte sie ihn. Aber liebte sie ihn? Liebe, was hatte Liebe damit zu tun? Ihre Grannie hatte gesagt, sie könnte es verstehen, wenn man es aus Leidenschaft oder aus Unerfahrenheit täte, aber nicht, weil man dachte, es sei Zeit. Nun, Grannie wußte auch nicht alles, und es *war* Zeit.
Dreckige Schlampe hatte er sie genannt und dann zusammengeschlagen. Warum hatte sie das zugelassen, warum hatte sie ihn nicht auf den Rücken gelegt? Sie hätte es gekonnt. Oh, sei still! Die Stimme in ihrem Kopf schrie. Frag nicht dauernd nach dem Weg, der zu ihm führt, du weißt, er ist gesperrt; Ben ist blind, tot, unzugänglich, er weiß nicht, daß du existierst, Gran ist für ihn die einzige Frau.
Ein Jammer, daß ein Mann nicht seine Großmutter heiraten kann … oder seine Mutter … oder seine Tante, was immer sie für ihn sein mag. Sei still! Sei still!
Sie setzte sich auf die schmale Couch, lehnte den Kopf zurück und schloß die Augen.
»Das ist mehr nach unserem Geschmack, das ist das Richtige für uns.«
Philip kam mit einem vollbeladenen Tablett herein. »Irish Coffee. Südirland, nichts von eurem nordirischen Zeug.« Er versetzte ihr einen leichten Rippenstoß. »Erinnert mich an Roley bei der Debatte von gestern. Gott! War der zum Schreien komisch! Die Iren, sie sind so verdammt dämlich, man kann

sie direkt sagen hören, die aus dem Süden, daß Nordirland irgendwo bei den Fidschis herumschwimmt. - Übrigens, Angus hat nach dir gefragt.«
»Angus hat nach mir gefragt? Angus Mills?«
»Ja, Angus Mills. Er hat eine sehr hohe Meinung von dir.«
»Nach dem, was ich letzte Woche zu ihm gesagt habe?«
»Seitdem hält er noch mehr von dir. Weißt du was?« Er lehnte sich an sie und begann mit seinen Lippen der Rundung ihres Kinns nachzuspüren, während er murmelte: »Er ist in dich verknallt. Er verrät sich nicht, o nein, aber ich, Philip Andrew Smyth, ich bin sehr erfahren in den Feinheiten verborgener Leidenschaften. Ist dir aufgefallen, daß er dich nicht anschaut, wenn du in ein Zimmer kommst?«
»Nein, das ist mir nicht aufgefallen.« Ihr Ton war kühl.
»Nun, mir schon, und eine Menge von seinem klugen Gerede ist nur, um dich zu beeindrucken. Er denkt, du hast einen Männerverstand. Aye, mein Liebling Pat«, er rieb seinen Mund an ihrem Ohr, »und das hast du auch, aber du hast einen weiblichen Aufbau. Und dafür ist er auch nicht blind ...«
»Oh! Oh!« Sie erschauerte. »Tu das nicht.«
»Ah!« Er lachte sie an. »Habe ich eine der Leitungen erwischt, hm?«
»Sei nicht so roh.«
»Aber ich bitte dich, roh! Wir werden darüber noch reden. Das ist auch etwas, was du loswerden mußt, diese Unterscheidung zwischen Roheit und feinem Zartgefühl. Warte, bis ich den Kaffee eingeschenkt habe.«
Er schenkte den Kaffee ein, fügte einen guten Schuß Whisky hinzu und krönte das Ganze mit Sahne, dann reichte er ihr die Tasse und sagte: »Hier. Das wird dein Getriebe 'n bißchen ölen. Schon gut, schon gut«, er nahm einen Schluck aus seiner Tasse.
»Roheit!« fuhr er dann fort. »Das sagst du immer, weißt du. Dies ist roh und das ist roh. Nun, es hängt alles mit dem anderen zusammen, es ist der Reflex eines unbenützten Mechanismus, denn schließlich sind wir nur Maschinen, weißt du, das ist alles, bloß Maschinen. Wie Autos. Laß ein Auto in einer Garage stehen und benütze es nicht, was passiert? Es wird kalt, ja Schätzchen, es wird kalt, und wenn du auf den Starter drückst, bumph!« Er hopste auf der Couch hoch. »Das ist alles, was dabei herauskommt, bumph!« Er hopste wieder. »Spaß beiseite. Maschinen müssen benützt werden, Schätzchen.«
»Philip, bitte! Hör auf, solchen Unsinn zu reden, und ... und nenne mich nicht Schätzchen. Ich bin ... ich ... nun, ich bin nervös.«
»Aber, aber.« Seine Stimme war jetzt sanft. »Es tut mir leid. Du mußt keine Angst haben.«
Er zog sie in seine Arme und begann, ihr Haar zu streicheln, während seine Lippen sich in kleinen Kreisen auf ihren Schläfen bewegten. »Wir gehen es langsam an. Wir haben das ganze Wochenende. Denk nur, das ganze

Wochenende. Wir brauchen uns nicht aus dem Zimmer zu rühren. Da hinten«, er deutete mit dem Daumen über seine Schulter, »gibt's massenhaft Eßbares und ein Klo und eine Dusche. Hör zu, ich erzähl dir was, das wird dich zum Lachen bringen. Olive hat es mir erzählt, es ist sehr komisch. Da war einmal ein Mädchen, sie war fünfzehn, sie war in einem Internat, und eines Nachts ...«

»Philip! Ich will keine von Olives Geschichten hören.«

»Nein?«

»Nein.«

»Sie ist wirklich komisch; eher gewagt als schmutzig.«

»Mag sein, aber ich will sie nicht hören.«

»Roh?«

»Ja, vielleicht, roh.«

Er tat, als müsse er tief aufseufzen, und sagte: »Da steht mir ja eine Menge harter Arbeit bevor, das sehe ich schon. Aber harte Arbeit hat mir noch nie etwas ausgemacht; ich bin keiner, der wegen einer Nachtschicht streikt.« Sein Mund legte sich stürmisch auf den ihren, und wieder fühlte sie sich halb verschluckt ...

Es war beinahe eine Stunde später. Sie hatte einen heißen Whisky und zwei Tassen Irish Coffee getrunken, und eigentlich hätte sie sich innerlich sehr warm und vollkommen entspannt fühlen müssen, aber das tat sie nicht, die Drinks hatten es nur fertiggebracht, das Zittern in ihrem Magen in Knoten zu verwandeln.

Philip war sehr amüsant, sehr komisch. Je mehr er trank, desto komischer wurde er. Sie konnte die Whiskys schon nicht mehr zählen, die er getrunken hatte. Er war nicht betrunken, nicht richtig, nur komisch angeheitert. Sie dachte, daß sie selbst auch ein bißchen beschwipst war. Nun, Maggie sagte immer, man sollte beschwipst sein, aber nicht zu sehr, sonst verpasse man den Spaß. Spaß! ... Was machte sie eigentlich hier? O ja, sie dachte, es sei an der Zeit. Verdammt! Zum Kuckuck mit Grannie und zum Kuckuck mit ihm! Ja, verdammt sei dieser große, blonde Ben, zum Teufel mit ihm! Verdammt, verdammt! Ben Tollett, der seine Großmutter heiraten wollte, oder seine Mutter oder seine Tante.

»Was hast du gesagt, Häschen? Was?« Philip beugte sich über sie. »Du has' gesagt, du willst ins Bett?«

»Ich habe niemals etwas dergleichen gesagt.«

»Aber ich kann deine Gedanken lesen. Du hast nicht gewußt, daß ich 'n Gedankenleser bin, oder? Oh ja ... aa, bin ich; eine von meinen v ... vielen Fähig ... Fähigkeiten. Hast du gewußt, daß ich Pschy ... Psychi ... Psychiater werden wollte? Hmm? Ja, wollte ich. Medizin, das werde ich studieren, und Pschysi ... Psychiatrie. Da ist Geld drin. Leg sie auf die Couch, und schon kriegst du Geld. Und der Spaß und all die Spiele. Und du kriegst dafür bezahlt. Komm schon, Häschen. Ich stimme ganz mit dir überein … höchste Zeit, daß du ins Bett kommst.«

Er wollte sie hochziehen, aber sie protestierte und sagte: »Hör mal, warte eine Minute. Wir haben über Reed und das Fest gesprochen.«

»Auf jetzt! Laß das Fest sausen … dreh dich um.«

Sie drehte sich um, und er öffnete den Reißverschluß ihres Kleides und zog es ihr über die Schultern herunter, und als es zu Boden fiel, stieg sie langsam heraus. Er hob es auf und hielt es wie ein Ausstellungsstück, schwenkte es hin und her, bevor er es über die Couch warf und sagte: »Artikel Nummer eins.« Er trat etwas zurück, betrachtete sie mit zusammengekniffenen Augen und sagte: »Oh! Ein Unterkleid. Wir tragen ein Unterkleid. Ich wußte nicht, daß wir ein Unterkleid tragen.«

Als seine Hände ihre Schultern berührten und er die Träger herunterziehen wollte, sprudelte sie heraus: »Laß … laß mich meinen Morgenrock holen.«

»Morgenrock? Was willst du mit einem Morgenrock?«

»Nun, es ist noch früh, ich bin müde … wir könnten uns unterhalten.«

»Unterhalten? Wir haben uns seit Stunden unterhalten.«

»Sei nicht blöd, ich bin erst etwas mehr als eine Stunde hier.«

»Erst eine Stunde? Mir … mir kommt es vor wie zehn. Außerdem, worüber sollen wir uns unterhalten? Wir sind die ganze Stufenleiter rauf und runter gegangen.«

Sie schob die Träger wieder auf die Schultern und sagte: »Schau, ich wollte dir von Reed erzählen. Er sagte, sie fangen im neuen Jahr an, und ob ich dabei helfen wollte, und …«

»Oh, um Christi willen!« Er machte eine wegwerfende Handbewegung. »Verfluchter Reed. Er mit seinen Scheißfesten.«

Philip packte sie vorn am Unterkleid und zog daran, und sie schrie: »Hör auf! Nicht!«

»Nicht was?« Er stand jetzt direkt vor ihr, seine Hände hingen schlaff herab, sein Körper neigte sich ihr zu, sein Mund stand offen.

»Ver … verwende nicht diesen Ausdruck, ich hasse ihn.«

»Was? Sch …?«

»Hör auf!«

Mit dem Fluchen war es eigenartig. Sie konnte ›verflucht‹ und ›verdammt‹ und ›zum Teufel‹ ertragen, aber wenn es sich um Vulgäres handelte, zerrte das an ihren Nerven genau wie Obszönitäten.

»Ah, um Himmels willen! Schei …«

»Hör auf! Hör auf, ja! Du hast keinen Grund …«

»So hör doch.« Er hielt sie an den Schultern. »Was hast du vor? Schau, Schätzchen, das ist doch nur Verzögerungstaktik. Sag … sag mir bloß nicht, deine Empfindsamkeit ist durch das Aneinanderreihen einiger Buchstaben erschüttert, die nur eine unbedeutende Körperfunktion beschreiben. Komm

schon.« Als seine Hand in ihren Büstenhalter schlüpfte und eine Brust umfing, war es ihr, als habe sie einen elektrischen Schlag bekommen.
Ihm ging es ähnlich. Gerade war er noch aufrecht gestanden; im nächsten Augenblick lag er, die Beine in die Luft gestreckt, auf dem Fußboden. Er schüttelte benommen den Kopf, blinzelte, schüttelte wieder den Kopf und versuchte dann aufzustehen.
»Rühr dich nicht«, zischte sie, »ich sag's dir, rühr dich nicht, sonst ... sonst schmeiß ich dich bloß noch einmal hin.«
»Was tust du?! Was? Du ...«
Als sie ihr Kleid zusammenraffte und hineinschlüpfte, brachte er sich mit einer Drehung seines Körpers auf die Knie und sprang auf.
»Ich warne dich! Denk dran, ich warne dich!« keuchte sie.
»Judo! Das ist Judo!« Sein Gesichtsausdruck war komisch, aber keiner von beiden konnte darüber lachen.
Sie zog sich den Reißverschluß ihres Kleides nicht zu, hakte es nur oben fest, riß ihren Mantel an sich, schlüpfte in die Schuhe und schnappte sich, die Augen noch immer auf ihn gerichtet, ihre Reisetasche vom Bett.
Als er sich auf sie stürzte, streckte sie ein Bein so aus, daß er stolperte, wobei er seine Hände unwillkürlich nach vorne hielt, um sich zu schützen.
Diesmal wartete sie das Ergebnis seines Sturzes nicht ab, sondern riß die Tür auf und rannte die Treppe hinunter und hinaus auf die Straße. Die Kälte traf ihren fröstelnden Körper und ließ sie einen Moment anhalten, nach Atem ringend.
Erst als sie die Hauptstraße erreicht hatte und sich fragte, ob sie den letzten Bus verpaßt hatte, merkte sie, daß sie ihre Handtasche nicht mitgenommen hatte.
O nein! Nein. Oh, du lieber Gott!
Sie hatte keinen Penny bei sich. Was sollte sie tun? Viel besser wäre es gewesen, sie hätte ihren Mantel zurückgelassen als ihre Handtasche.
Sie war gute zwei Meilen von ihrer Wohnung entfernt. Aber sie konnte ohnehin nicht in die Wohnung zurück und Maggie gegenübertreten, Reg war dort. Sie mußte zu ihrer Grannie. Nein, auch ihrer Grannie konnte sie nicht gegen übertreten ... und Ben, sie konnte einfach nicht. Wohin sollte sie nur gehen? Nach Hause konnte sie auch nicht.
Vor Kälte zitternd stand sie unter der Straßenlaterne und tat ihr Allerbestes, nicht zu heulen. Sie mußte nach Jarrow, und sie mußte zu Fuß dorthin.
Ehe sie über Gateshead hinaus war, hatten zwei Autos angehalten, um sie mitzunehmen.
Auf ihre knappe Weigerung sagte einer von ihnen: »Ihr Nachteil, Miss«, und der andere ließ sich, nachdem er eine ganze Straßenlänge neben ihr am Bordstein entlanggeschlichen war, nur durch ihre Drohung, nach der Polizei zu rufen, abschrecken.

Und dann begann es zu graupeln.
Außerdem hatte sich wohl die Ferse ihres Strumpfes aufgerieben, denn sie bekam eine Blase.
Nach einer weiteren halben Meile, als sie durch und durch naß war und die Ferse ihr mittlere Höllenqualen verursachte, wußte sie, daß sie nicht weiterkonnte.
Sie war so fertig, daß sie beschloß, auch den letzten Rest ihres Stolzes über Bord zu werfen und ein R-Gespräch mit ihrer Grannie anzumelden.
Sie humpelte noch weitere fünf Minuten, bis sie eine Telefonzelle erreichte. Sie nahm den Hörer ab und zögerte dann. »Ich kann nicht, ich kann nicht, ich kann es einfach nicht«, murmelte sie verzweifelt. Sie werden alle im Bett sein, dachte sie, als sie die Nummer durchgab; sie hören es vielleicht nicht klingeln.
Aber gerade so, als habe jemand dicht neben dem Telefon gestanden, antwortete eine Stimme beinahe sofort: »Ja?«, und die Vermittlung fragte: »Sind Sie bereit, für ein Gespräch von Miss Ridley zu bezahlen?«
Pat kniff die Augen zu, als Bens Stimme an ihr Ohr drang: »Ridley? Ja … ja. Geben Sie's durch. Hallo?«
Sie konnte nicht antworten.
»Hallo.«
»Ich … ich bin's Pat.«
»Ja, das dachte ich mir … Miss Ridley.«
»Ben.«
»Ja?«
»Ich … ich möchte mit Gran sprechen.«
»Sie ist im Bett.«
»Könntest du sie nicht holen?«
»Nein. Sie hat sich heute über irgendwas aufgeregt. Sie ging früh zu Bett, sie hat eine Schlaftablette genommen. Was ist los? Wo bist du?«
Wieder konnte sie nicht reden.
»Wo bist du?«
»Ich bin … ich bin irgendwo im Vorort Gateshead.«
»In welchem Vorort?«
»Gateshead, auf der Hauptstraße in der Nähe des Rondells.«
»Was um alles in der Welt machst du dort? Hast du den letzten Bus verpaßt?«
»Nein. Ich meine, ja. Ben.«
Es entstand eine Stille, dann sagte er mit tiefer Stimme: »Was ist denn? Bist du o. k.?«
»Ich … ich habe kein Geld und … und ich bin durch und durch naß und … und könntest du kommen und mich holen?« Wieder Stille.
»Wo, hast du gesagt, bist du?«

Sie blickte sich um, dann gab sie ihm eine ungefähre Beschreibung. »Bleib in der Telefonzelle«, sagte er. »Rühr dich nicht vom Fleck; ich bin so schnell ich kann bei dir, fünfzehn Minuten höchstens.«
»Danke. Danke, Ben.« Sie legte den Hörer nieder, lehnte sich gegen die Kabinenwand und wartete. Einmal, als ein Polizeiauto die Straße entlanggerast kam, drehte sie sich um und tat so, als würde sie telefonieren.
Es konnten nicht mehr als fünfzehn Minuten vergangen sein, als Ben seinen Wagen am Bordstein zum Halten brachte. Aber es war ihr vorgekommen wie eine Ewigkeit, wie eine Ewigkeit, während der sie Zeit hatte, ihr Leben zu überdenken, besonders jene achtzehn Monate an der Universität, die hinter ihr lagen.
Nachdem er die schwere Tür der Kabine aufgezogen hatte, stand er einige Sekunden da und sah sie bloß an und sie ihn. Dann streckte er die Hand aus, nahm ihr das Köfferchen ab, drehte sich um und ging über den Bürgersteig zum Auto.
Als sie saß, zog er eine Decke vom Rücksitz und legte sie ihr auf die Knie.
Er fuhr schon ein paar Minuten und hatte noch immer nichts gesprochen, da sagte sie zaghaft: »Danke, danke, daß du gekommen bist.« Als er noch immer keine Bemerkung machte, ließ sie den Kopf sinken und schrie jetzt mit ärgerlicher Stimme: »Oh, so sag doch etwas, irgend etwas! Frag mich, was passiert ist, warum ich dort draußen festgesessen bin.«
Er sagte: »Ich werde dir alle Fragen stellen, die du willst, wenn wir daheim sind. Ich möchte nicht, daß Mam aufwacht und entdeckt, daß ich weg bin; sie wird es daran merken, daß mein Hut und Mantel aus der Halle fort sind. «
Sie konnte sich gerade noch zurückhalten, ihn anzubrüllen: »Verdammte Mam!«
Es wurde nichts mehr gesprochen, bis sie das Haus erreichten; dann öffnete er die Treppentür und sagte: »Psst!« und sie hinkte die Treppe hinauf und ins Wohnzimmer hinein, während er ihr auf Zehenspitzen folgte.
Nachdem er die Tür leise hinter sich geschlossen hatte, trat er zu ihr. Pat knöpfte ihren nassen Mantel auf, er nahm ihn ihr ab und blickte auf den offenen Reißverschluß ihres Kleides, faßte nach der unteren Lasche und zog sie mit einer einzigen scharfen Bewegung nach oben.
Mit purpurrotem Gesicht wandte sie sich ihm zu, legte dann ihre ineinander verkrampften, zitternden Hände an ihren Mund und preßte sie gegen ihre Lippen, aber sie konnte die Tränen nicht zurückhalten, die aus ihren Augen stürzten. Als ihr Körper nach vorne sank, legte er seine Arme um sie.
»Aber, aber, nicht weinen«, sagte er. Er fügte nicht hinzu:
»Du wirst Mam aufwecken«, sondem sagte: »Reg dich doch nicht so auf.«
Er führte sie zur Couch, und sie setzten sich miteinander hin. Er hielt sie noch immer, ihr Kopf lag an seiner Schulter.
»Oh, Ben!« sagte sie leise.

Er blickte auf ihr Haar nieder und wurde still. Sie spürte die Stille und murmelte: »Nimm's mir nicht übel. Bitte, bitte, nimm's mir nicht übel.«
»Ich nehme es dir nicht übel, Pat, ich bin nur ...« er drehte jetzt den Kopf etwas, biß sich auf die Lippen und schwieg.
»Ich hab es nicht fertiggebracht«, murmelte sie, »ich bin ein Rindvieh.«
»Pat!«
Sie legte ihre Hand ans Gesicht. »Oh, ich meine nicht, daß ich ein Rindvieh bin, weil ich es nicht fertiggebracht habe, ich meine, ich bin so blöd, weil ich jemals geglaubt habe, ich könnte es. Aber zugleich komme ich mir noch immer wie bescheuert vor, altmodisch, hinter der Zeit herhinkend ...«
»Ich bin froh.«
Sie blickte zu ihm auf; ihre Blicke versanken ineinander.
»Ich ... ich bin unglücklich, Ben.«
Er nahm ihre Hände, preßte sie an seine Brust und sagte weich: »Das darfst du nicht sein, du hast doch alles: vor dir liegt die Gelegenheit zu einer großartigen Karriere; du hast einen überdurchschnittlichen Verstand ...«
»Oh, Ben, Verstand, Verstand! Halt den Mund von Verstand. Eine Frau will nicht bloß Verstand haben, ich bin sogar der Meinung, daß er ein Nachteil ist, ja, das glaube ich!« Sie schüttelte den Kopf und schniefte laut. »All dieser Quatsch von Gleichberechtigung, da rennen sie in der ganzen Universität herum und gründen Gesellschaften für dies und das und noch etwas, immer zum Zweck der Gleichberechtigung. Und diejenigen, die sie haben oder glauben, sie zu haben, die solltest du sehen. O Ben, du solltest sie sehen! Je mehr sie von dem bekommen, was sie haben wollen, um so mehr unterscheiden sie sich von jenen, denen sie gleichen wollen. Sie rotten sich zusammen, und sie reden, sie sind wie überfütterte Computer. Weißt du, seit neuestem bekomme ich Angst vor meinem Verstand.« Sie lachte leise, spöttisch jetzt. »Ich vermute, es ist ein fürchterliches Geständnis, aber da ist etwas in mir, das nicht gleichberechtigt sein will, und das ist die Wahrheit ... Ich will nur ... Oh, Ben!«
Sie sah ihn an. Stille breitete sich zwischen ihnen aus.
»Pat!« flüsterte Ben schließlich. »Pat!«
Er legte beide Hände um ihr Gesicht, dann nahm er sie in die Arme und drückte sie fest an sich.
Nach einer Weile hielt er sie ein Stückchen von sich weg und murmelte stockend: »All diese Jahre. Ich ... ich wußte es nicht. Ich dachte, es sei alles von meiner Seite aus. Warum, Pat, warum?«
Wieder umarmte er sie und legte seine Lippen hart und fordernd auf die ihren.
Als sie sich endlich voneinander lösten, nahm sie seine Hände und legte sie um ihr Gesicht.
»Willst du mich heiraten, Ben ... bald?« fragte sie zärtlich.

Seine Augen überzogen sich mit einem Schleier, er senkte den Kopf und fuhr sich mit der Hand über das Gesicht.

Sie zuckte zusammen. Angst stieg in ihr auf.

»Entschuldige«, murmelte sie verstört, »ich hätte das nicht sagen sollen. Vergiß es. Ich …«

»Sei still!« Er riß sie heftig an sich. »Es ist nur, daß ich mir niemals hätte träumen lassen, daß es möglich wäre … niemals, niemals hätte ich gedacht, du könntest … Ich habe dich mein ganzes Leben lang geliebt, aber ich sah mich Mam hofieren bis ans Ende meiner Tage.«

»O Ben! O Ben! Es ist zu komisch!« Ihre Stimme war hoch, krächzend. »Da haben wir beide das gleiche gedacht … daß du Gran, ich meine Mam, hofierst. Ich hätte dich am liebsten angeschrien … Oh, Ben!«

Wieder umarmten sie sich, wiegten sich hin und her und wußten nicht, ob der andere weinte oder lachte.

Dann, das Gesicht an seines geschmiegt, fragte sie leise: »Meinst du, Gran wird sich freuen?«

»Sie wird sich totlachen«, antwortete er. »Das heißt, wenn sie den Schock überwunden hat. Und es wird ein Schock für sie sein; bedenke, wie wir uns all die Jahre über gegeneinander benommen haben.« Sie umarmten sich lachend, dann sagte er ernst: »Jedenfalls wird es ihr helfen, ihre Gedanken von dieser anderen Geschichte abzulenken.«

»Von welcher anderen Geschichte?«

»Ihre Mutter, meine Grannie. Diejenige, die ich noch nie gesehen habe. Gestern hat man Mam ausgerichtet, sie soll zu ihr kommen.«

4

Mary erwachte am Sonntagmorgen gegen fünf Uhr früh und fühlte sich, wie sie sich selbst eingestand, wie ausgespuckt. So fühlte sie sich immer, wenn sie eine Schlaftablette genommen hatte.

Der Kampf, den sie während der letzten beiden Tage mit ihrem Gewissen ausgefochten hatte, war etwas, von dem sie geglaubt hatte, sie müßte sich nie mehr damit befassen. Es hatte damit begonnen, daß die Polizisten an der Tür erschienen waren. Es war Jahre her, daß sie einen Polizisten an der Tür gesehen hatte; der letzte war Jimmys wegen dagewesen.

»Ich möchte ihn nicht verhaften, Mrs. Tollett«, hatte er freundlich gesagt. »Er liegt in einer Ladentür in der Ormond Street. Wenn Sie ihn holen, gehe ich auf der anderen Straßenseite vorüber.«

Und nun war die Polizei wiedergekommen, vorgestern.

»Wohnt hier Mr. Alec Walton?« fragte der Polizist.

»Ja.«

»Nun, ich bedaure, Ihnen mitteilen zu müssen, daß seine Frau im Sterben liegt. Sie ist in der Krankenabteilung des Altersheims, wissen Sie, in einem Nebengebäude des Heims.«
Mary schwieg. Dann sagte sie: »Mein Vater liegt krank zu Bett.«
»Dann sind sie also die Tochter?«
»Ja.«
»Vielleicht möchten Sie hingehen?«
Wieder schwieg sie. Der Polizist sah sie einen Augenblick fragend an, dann verabschiedete er sich eilig und ging.
Ihre Mutter lag im Sterben. Mary hatte gedacht - falls sie überhaupt jemals an sie dachte - sie sei vielleicht schon tot. Das letzte Mal hatte sie sie gesehen, als sie gelähmt und sprachlos im Bett lag - damals hatte sie ihr ein langes Leben gewünscht. Offensichtlich war ihr Wunsch in Erfüllung gegangen. Aber das sollte ihr doch nicht leid tun, oder? Und es würde ihr auch nicht leid tun. Nein, es würde ihr nicht leid tun. Und es ihrem Vater zu sagen, das wäre wohl das letzte, was sie tun würde.
Das war am Donnerstag gewesen, und als sie zu ihm ging, um ihm eine gute Nacht zu wünschen, hatte er ihre Hand genommen und gesagt: »Ich habe so ein komisches Gefühl, Mädchen.«
»Ein komisches Gefühl, Pa?«
»Aye, irgendwie so etwas wie Enttäuschung, als wollten wir auf eine Reise gehen und etwas würde uns davon abhalten. Erinnerst du dich, als ich dich früher zum Strand von Shields mitnahm, sind wir immer den ganzen Weg nach Tyne Dock zu Fuß gegangen und haben von dort die Straßenbahn genommen. Und du hast jedesmal gequengelt, und ich hab dir eine Zuckerstange in dem kleinen Laden direkt vor dem Marine Park gekauft. Erinnerst du dich? Der Laden, vor dem all die Spaten und Eimer hingen. He! Das waren glückliche Tage, Mädchen.«
Sie streichelte seine Hand. Glückliche Tage, als sie nicht genug Geld hatten, um mit der Straßenbahn bis zum Tyne Dock zu fahren! Aber wenn sie die Straßenbahn genommen hätten, hätte es keine Zuckerstange gegeben.
»Zuckerstange«, sagte er. »Weißt du noch, der Bursche, der früher immer von Tür zu Tür ging und rief ›Zuckerstangen für Bohnenstangen!‹. Weißt du noch? Und wie du einmal ein Paar von meinen guten Socken mit hinausgenommen hast, und als du zurückkamst und die Zuckerstangen deiner Ma gezeigt hast, da wurde sie beinahe verrückt, als sie merkte, was du gemacht hast?«
Seine Stimme verlor sich.
Sie schaute auf ihn nieder. Soweit sie sich erinnern konnte, war es das erste Mal seit achtundzwanzig Jahren, daß er den Namen ihrer Ma erwähnte. Alice war für sie beide endgültig gestorben, als Lally starb. Schaudern durchrieselte sie, als ihr der Gedanke kam, daß sie ihm vielleicht vom Totenbett aus

noch einmal ihren Willen aufzwang, wie sie es in all jenen Jahren getan hatte.

Gestern sagte er zu ihr: »Ich habe noch immer dieses komische Gefühl, Mary.«

»Wie ist es denn?« fragte sie.

»Ich kann es nicht erklären ... irgendwie bin ich niedergedrückt.«

Und letzte Nacht, als sie gegen acht Uhr zu ihm hineinkam, setzte er sich plötzlich im Bett auf und sagte: »Ah, Mädchen, ich fühle mich besser. Weißt du was, ich werde morgen aufstehen. Ich fühl mich auf einmal wie ein Kind, das die Schule hinter sich hat.«

Er lachte sie an, sie erwiderte sein Lachen und sagte: »Ein Kind, das die Schule hinter sich hat, in deinem Alter! Du bist wohl in deiner zweiten Kindheit!«

»Sollte mich nicht wundern, Mädchen, sollte mich nicht wundern. Aber ich will dir was sagen« - er schaute sie mit strahlenden Augen an - »du brauchst mich nicht übermäßig drum zu bitten, daß ich heut abend eine doppelte Dosis meiner Medizin nehme.«

Als es tatsächlich ein doppelter Whisky war, den sie ihm brachte, sagte er zärtlich: »Ah, Mädchen, du bist die Beste auf der Welt.« Und dann hob er das Glas und sang mit krächzender Stimme:

»Ich liebe ein Mädchen,
ein schönes, schönes Mädchen,
so rein wie die Lilie im Tal ... «

Und Mary mußte sich zwingen, ihren Tränen nicht freien Lauf zu lassen.

Vor Jahren, wenn er diese Worte gesungen hatte, hatte sie sie als Anklage gehalten für den Fehler, den sie mit Ben gemacht hatte.

Aber jetzt nicht mehr, jetzt wußte sie, für ihn war sie noch immer so rein wie die Lilie im Tal, und er hatte vergessen, daß sie jemals einen Fehler begangen hatte.

Letzte Nacht hatte sie mit Ben über ihre Mutter gesprochen. »Ben«, sagte sie, »mir geht etwas im Kopf herum. Die Polizei war da und hat nach deinem Grandpa gefragt - Alice liegt im Sterben, und man erwartet, daß einer von uns hingeht.«

Er sah sie an und sagte: »Nun, was wirst du tun?« Ben wußte alles über seine Großmutter und was sie seiner Mutter angetan hatte.

»Ich weiß es nicht«, erwiderte sie. »Wenn man mir das als - wie nennt man das? - als hypothetische Frage gestellt hätte, ich hätte keinen Augenblick mit der Antwort gezögert. Nein, hätte ich gesagt, nein, nein! Und wenn sie zwanzigmal stürbe, ich ließe mich nicht an ihr Bett schleppen. Aber jetzt, jetzt bin ich im Zwiespalt, was ich tun soll.«

»Wenn du im Zwiespalt bist«, sagte Ben ruhig, »dann weißt du, was du zu tun hast. Du willst dein Gewissen mit nichts belasten, Mam.« Und er fügte hinzu: »Möchtest du, daß ich dich hinfahre?«
»Nein! Nein!« protestierte sie entschieden. »Ich muß noch darüber nachdenken. Aber ich bin so müde; ich habe letzte Nacht überhaupt nicht geschlafen.«
»Nimm eine Tablette«, sagte er, »und am Morgen siehst du die Dinge klarer. Dann wirst du wissen, was du zu tun hast.«
Als sie die Tür erreicht hatte, drehte sie sich noch einmal zu ihm um und sagte: »Bis zum Morgen wird sie vielleicht nicht mehr sein.«
»Ja, vielleicht; aber auch damit mußt du dich abfinden. Geh jetzt zu Bett.«
Quer durchs Zimmer hinweg sah sie ihn an und bemerkte: »Du siehst selbst ganz blaß aus.«
»Mit mir ist alles in Ordnung«, erwiderte er kurz.
Sie dachte jetzt, daß Ben die ganze Woche schon so blaß gewesen war; wohl wegen dieser Geschichte vom vergangenen Wochenende. Sie fragte sich, was dieses dumme Äffchen bloß angestellt haben mochte. Sie machte sich schreckliche Sorgen um sie.
In diesem Augenblick wurde an die Tür geklopft.
Als Ben mit einer Tasse Tee in der Hand hereinkam, starrte sie ihn an und sagte: »Du bist ja der reinste Frühaufsteher. Es ist gerade fünf vorbei.«
»Ja, es ist gerade fünf vorbei.«
Sie starrte ihn weiter an. Sein Gesicht strahlte, seine Augen leuchteten, und als er sich auf die Bettkante setzte und ihr die Tasse reichte, sah sie ihn scharf an: »Du bist ja richtig aufgekratzt heute morgen.«
»War's noch nie mehr, Mam.«
»Du mußt einen besonderes angenehmen Traum gehabt haben.«
»Wundervoll.«
»Schön für dich.«
»Pat ist hier, Mam.«
Sie verschluckte sich fast an dem heißen Tee, stellte die Tasse zurück auf die Untertasse und sagte: »Pat? Wann ist sie gekommen? Ich habe sie nicht …«
»Nein, du hast sie nicht gehört, die Tablette hat dich außer Gefecht gesetzt.«
»Um welche Zeit kam sie?«
»Laß mich nachdenken. Um welche Zeit kamen wir?«
»Wir?«
»Ja, das ist eine lange Geschichte.«
Er beugte sich zu ihr und flüsterte: »Aber ich will sie dir so kurz erzählen, wie ich kann.«
Und so erzählte er ihr die Geschichte, so kurz er konnte, aber auf seine eigene Weise. Und gegen Ende rief sie aus: »Judo! Unsere Pat und Judo! Einen Mann k. o. schlagen! Ich glaube das nicht.«

»Das kannst du halten, wie du willst, sie wird es dir später vorführen. Und übrigens, Mrs. Tollett, ich werde heiraten, und zwar sofort.« Er streckte seine Hände gerade noch rechtzeitig vor, um die Tasse vor dem Umkippen zu bewahren.
»Hei-ra-ten? Sofort ...«
»Hei-ra-ten, sofort ...«
»Heiraten! Wen?«
»Na, was glaubst du denn? Pat.«
Mary lehnte sich in die Kissen zurück und stieß einen langen Atemzug aus. »Oh!«
»Überrascht? Entsetzt?«
»Überrascht, entsetzt, ich? Nein, nein, wenn du Pat heiratest, dann nicht.«
Seine Augenbrauen rutschten in die Höhe, sein Gesicht wurde lang. »Nicht?«
»Nein, sie ist schon ihr ganzes Leben lang hinter dir her, na, sagen wir, seit ihrem fünfzehnten Lebensjahr.«
»Oh, Mam!« Er lehnte sich nach vorne und legte seine Hände auf ihre Schultern.
»He!« protestierte sie. »Du bringst es noch fertig, diesen Tee über mich drüber zu schütten, ehe der Morgen rum ist.«
»Und ich bin schon seit Jahren hinter ihr her.«
»Tatsächlich, Junge?«
»Ja; vermutlich weißt du das auch?«
»Nun, ehrlich gesagt, nein. Nein, das wußte ich nicht. Und ich wußte eigentlich auch nicht genau, wie es mit ihr stand, bis zum vergangenen Freitagabend, als ich ... als ich merkte, wie sie dich ansah; ich muß vorher blind gewesen sein. Und dann, natürlich, als du sie zusammengeschlagen hast ... also, da wußte ich mit Sicherheit, wie es um dich stand.«
Er nahm ihr die Tasse aus der Hand, stellte sie auf ein Seitentischchen und umarmte sie.
»Wir werden nächste Woche heiraten.«
»Nächste Woche! Na, aber!«
»Nichts aber, Mam, ich lasse mir eine Spezialerlaubnis geben.«
»Eine Spezialerlaubnis!«
»Eine Spezialerlaubnis, genau das sagte ich. Bist du auch auf einem Ohr taub?«
»Und ... und die Universität, ihre Karriere?«
»Ihre Karriere ist beendet, zumindest jene Karriere. Sie will sie nicht, Mam. Was sie will, nun, sie will das gleiche wie ich, ein Heim und eine Familie. Und natürlich dich. Du wirst mit uns kommen.«
»Nicht in euer Leben! Nie!« Sie stieß ihn grob von sich. »Jetzt laß uns das mal gleich klarstellen, Ben. Du kannst tun und lassen was du willst, ihr beide könnt das, aber versucht nicht, mein Leben in die Hand zu nehmen.«

»Wohin willst du denn gehen? Du weißt, Grandpa macht's nicht mehr lange, und du glaubst doch nicht, wir lassen dich allein leben? Du hast dich jahrelang um jeden von uns gekümmert; du warst ständig für alle da, sozusagen auf Abruf bereit.«

»Hör zu, Ben, bitte.« Sie stach mit dem Zeigefinger nach ihm. »Wie du sagst, jahrelang war ich für alle da, das ist wahr. Jahre um Jahre um Jahre fühlte ich mich angehängt. Das ist das richtige Wort, angehängt. Jetzt, wenn du versorgt bist und Pa nicht mehr ist, bin ich frei. Und auch das ist genau das richtige Wort, frei! Begreifst du mich?«

Er wich mit dem Kopf noch weiter zurück und sah sie mit zusammengekniffenen Augen an, dann sagte er leise: »So hast du schon lange empfunden?«

»Wie gesagt, jahrelang.«

»Und ich war eines der Kettenglieder?«

»Nein, nein, nicht du, Ben, du am wenigsten von allen. Allein mit dir hätte ich tun können, was ich wollte, verstehst du, ins Ausland gehen, reisen. Nein, Junge«, sie beugte sich zu ihm hinüber und nahm seine Hand, »du niemals. Du warst nicht mein Neffe, du warst wie mein eigenes Kind; und das weißt du, nicht wahr?«

Er stand von der Bettkante auf und nahm sie in seine Arme und sagte mit belegter Stimme: »Aber ich werde mir Sorgen um dich machen; ich kann einfach nicht anders, als mir Sorgen zu machen, wenn du ganz ...«

Wieder stieß sie ihn von sich, diesmal zärtlich, und sagte: »So alt bin ich noch nicht, fünfundfünfzig. Ich werde fortgehen, die Welt sehen. Und ich werde zurückkommen und bei euch bleiben, ich nehme mir vielleicht sogar ein Haus in eurer Nähe, gerade so nahe, daß ihr die Kinder bei mir abladen könnt.«

»O Mam!«

»Ich bin glücklich für dich, Ben«, sagte sie ernst. »Es ist, als sei mir eine Last von den Schultern genommen, dich versorgt zu wissen. Wie würde es dir gefallen, wenn ich dir einen kleinen Rat gäbe?«

»Von dir immer, Mam.« »Also, bringt es hinter euch, ehe ihr Annie und Tom etwas davon erzählt, denn, na ja, ich kenne meine Tochter; sie wird einen Weg finden, um euch einen Knüppel zwischen die Beine zu werfen. Sie hatte große Dinge für Pat im Sinn, und ein Mechaniker kam darin nicht vor, nicht einmal der Besitzer einer eigenen Garage.«

Sie tätschelte seine Wange. »Annie hatte schon immer ein Auge auf die Gelehrtenwelt gerichtet. Mrs. Patricia Blank, Gattin von Professor Blank, das ist es, was ihr vorschwebt. Obwohl sie es nie sagte, das ist es, was sie anstrebt. Oh, ich kenne meine Annie. Aber erkundige dich jedenfalls, was Pat dazu meint.«

»Ich denke, sie wird einverstanden sein, Mam. Oh, sie wird sicher einverstanden sein.«

»Gut. Gut. Und jetzt laß mich allein. Ich muß ein bißchen nachdenken, du verstehst?«
»Ich verstehe.«

Es war zehn Uhr desselben Morgens, als Mary den kleinen Vorraum betrat, durch den man in den Krankensaal des Altersheims kam. Die junge Schwester am Schreibtisch blickte auf.
»Kann ich etwas für Sie tun?«
Mary mußte sich die Lippen befeuchten, ehe sie heraus brachte: »Ich bin gekommen, um Mrs. Walton zu besuchen, Mrs. Alice Walton.« Das Mädchen blickte sie an, dann auf den vor ihr liegenden Aktenordner. »Würden Sie bitte Platz nehmen?«
Mary nahm nicht Platz, sondern sah zu, wie die junge Schwester hinter dem Schreibtisch hervorkam und auf eine Tür am Anfang des Ganges zuging. Mary sah sie eintreten und hörte, wie sie mit gedämpfter und unmißverständlicher vorwurfsvoller Stimme sagte: »Es ist Mrs. Waltons Tochter, sie ist gekommen.«
Dann antwortete eine andere Stimme, ebenfalls gedämpft, aber klar: »Oh! Tatsächlich?«
Die Frau, die auf den Gang hinaustrat und Mary ansah, war offensichtlich die Stationsschwester, und als ihre Blicke einander trafen, entstand zwischen ihnen eine sofortige und gegenseitige Abneigung. Die Schwester sah vor sich ›eine gut gekleidete Frau, eine von denen, die vorwärtsgekommen sind und ihre Angehörigen in Einsamkeit verrotten lassen‹, und Mary konnte ihre Gedanken so deutlich lesen, als stünden sie auf ihrer Stirn geschrieben.
»Guten Morgen. « Die Stimme war eisig.
»Guten Morgen. Ich … ich bin gekommen, um Mrs. Walton zu besuchen.«
»Oh.« Die Stationsschwester blickte zu der jungen Schwester am Schreibtisch und sagte: »War es nicht Donnerstag, als die Nachricht hinausgegeben wurde?«
»Ja, Schwester.«
Die Frau sah Mary direkt ins Gesicht. »Donnerstag war es«, sagte sie. »Ja, ich weiß, aber … aber ich konnte erst jetzt kommen.«
»Nun, das ist schade, denn Mrs. Walton starb um sieben Uhr gestern abend.«
Mary starrte sie schweigend an.
»Ja, sie starb gestern abend. Sie war sechs Jahre hier, wissen Sie, und hatte niemals Besuch.«
Ihre Augen kreuzten sich in kurzem Kampf, und Marys Lippen wurden schmal, als die Schwester fortfuhr: »Sie hat jahrelang in einem Zimmer gelebt und für sich selbst gesorgt, dabei war sie teilweise gelähmt. Arme alte Seele. Dann war sie sechs Jahre hier, ohne daß ein einziger Mensch sie je besucht hätte. Sie sind also zu spät gekommen …«

Schon viele Jahre hatte Mary keine Wut mehr in sich hochsteigen fühlen, aber jetzt schnürte sie ihr beinahe die Luft ab. Diese Frau nahm den Platz Gottes ein, verdammte sie.
»Möchten Sie die letzten Verfügungen treffen?« hörte Mary sie sagen.
»Nein, das möchte ich nicht!« Ihre Stimme erschreckte beide Schwestern.
»Ich überlasse es Ihnen, mit Ihrer Selbstgerechtigkeit fortzufahren.«
»Selbstgerechtigkeit! Was meinen Sie? Falls Sie Barmherzigkeit meinen ...«
»Zum Teufel mit der Barmherzigkeit! Was wissen Sie davon?« Mary spuckte ihr die Worte ins Gesicht. »Fanden Sie, daß Mrs. Alice Walton ein liebenswürdiger, angenehm zu behandelnder Mensch war? Na?«
Als die Schwester leicht den Kopf schüttelte und ihre Lippen schloß, schrie Mary sie an: »Nein, fanden Sie nicht! Nun, ich auch nicht. Meine Mutter, Gott möge ihr verzeihen, war ein Werkzeug des Teufels. Durch sie wurde mein Mann grauenvoll entstellt. Sie entstellte ihn fürs ganze Leben, aber mehr noch«, jetzt beugte sie sich der Schwester entgegen, »sie hat ihre Schwiegertochter bei lebendigem Leib verbrannt und ihren Sohn beinahe zum Wahnsinn getrieben und letzten Endes durch Trunksucht ins Grab. Nur zu, halten Sie nur weiter an Ihren humanitären Prinzipien fest. Sie fühlen sich dadurch prächtig, angenehm zufrieden und so edel, nicht wahr? Sie hätten mit dieser armen alten Seele in ihrer kämpferischen Zeit zusammenleben müssen, das hätte ihre Barmherzigkeit auf die Probe gestellt!«
Mary funkelte die Schwester noch einen Augenblick an, dann verließ sie mit großen Schritten das Vorzimmer. Die beiden Schwestern starrten ihr mit offenen Mündern nach. Während der Heimfahrt ebbte ihre Wut allmählich ab, sie wurde von einer Flut von Tränen weggewaschen, die sie beinahe die Kontrolle über das Auto verlieren ließ. Als sie ankam, erwarteten sie Pat und Ben mit ausgebreiteten Armen oben an der Treppe, aber Mary stieß sie zurück. »Laßt mich eine Weile in Ruhe. Laßt mich.« Blind vor Tränen stürzte sie in ihr Zimmer, warf sich aufs Bett und weinte, wie sie seit Jimmys Tod nicht mehr geweint hatte.

»He, Mädchen, ich kann das nicht verstehen. Ich fühle mich so großartig, ich fühle mich wie neu geboren. Du läßt mich doch morgen aufstehen, nicht wahr? Ich hätte heute schon aufstehen können, denn ich habe mich in meinem ganzen Leben noch nicht besser gefühlt, gerade so, als wär ich vierzig Jahre zurückversetzt, aye, vierzig Jahre.«
Mary war nicht abergläubisch, aber es war doch seltsam, dachte sie, daß Pa dieses Gefühl seit etwa sieben Uhr des vergangenen Abends hatte, genau seit der Zeit, zu der ihre Mutter gestorben war. Und er sah frisch aus; sie hatte ihn seit Jahren nicht mehr so gesehen. Konnte es sein, daß ihre Mutter, die eine teuflische Frau war - niemals würde sie anders von ihr denken - all diese Jahre auf ihm gelastet hatte? Es hieß, Gedanken hätten Macht; aber dann

wäre doch auch sie davon betroffen worden, denn ihre Mutter hatte sie mehr gehaßt als Alec, dessen war sie sich sicher. Aber sie war innerlich stark, sie konnte jeden Fluch abwehren, den Alice in ihre Richtung geschickt hatte. Pa war davon erdrückt worden. Es mochte alles Einbildung sein, aber da lag er vor ihren Augen, sah jünger aus und redete mit einer Leichtigkeit, die ihrem Herzen wohltat. Es konnte sein, daß er wieder auf die Beine kam und die letzten Jahre seines Lebens genoß. Sie hoffte es. Oh, sie hoffte es so sehr. Ungeachtet des Wunsches nach ihrer eigenen Befreiung hoffte sie das aus ganzem Herzen.

Gepolter kam aus dem oberen Stock, entweder aus dem Eßzimmer oder dem Wohnzimmer. Alec sah sie an und sagte grinsend: »Was ist das? Leert da oben jemand eine Ladung Kohlen aus?«

Sie lachte ihn an, tätschelte seine Hand und meinte: »Irgend etwas ist umgefallen, ich gehe und seh nach.«

Im Eßzimmer war nichts umgefallen, aber als sie die Wohnzimmertür öffnete, sah sie, was umgefallen war. Auf dem Boden lagen Ben und Pat ineinander verschlungen.

»Nun, das ist doch …!« sagte sie. »Habt ihr diesen Krach gemacht?«

»Ma … Mam«, Ben lachte und sprudelte heraus: »Sie hat mich geworfen, sie hat mich umgeworfen!«

»Red keinen Blödsinn! Steht auf.«

»Ich … ich kann nicht, Mam.«

»Pat! Laß ihn los!«

Als sie beide auf den Füßen standen und lachten wie zwei Kinder, sah Mary sie an und sagte: »Du hast ihn nicht wirklich umgeworfen, Pat?«

»Natürlich, Gran, schau.«

»O mein Gott!« Mary sprang zurück, als sie ihren Neffen, ihren großen, kräftigen blonden Neffen kopfüber, oder besser gesagt: beinüber auf dem Rücken landen sah.

»So, Gran.« Pat wischte sich die Hände ab. »Das ist eine Demonstration eines Hüftwurfes. Jetzt zeig ich dir eine Rückwärtsrolle.«

»Nein, das wirst du nicht.« Ben stieß sie weg. »Nein!« Dann trat er einen Schritt auf sie zu und rief über die Schulter: »Dies ist die einzige Art, wie ich mit ihr fertigwerde, Mam.«

Und er preßte Pat mit beiden Armen fest an sich. Als seine Füße im nächsten Augenblick erneut den Boden verließen, protestierte er schreiend, und wieder lagen beide am Boden.

Mary stand da und sah mit kaum verhaltenem Lachen auf die beiden hinunter. »Das gehört sich nicht, Pat.«

»Da gebe ich dir recht, Gran.«

Mit dem Gesicht am Boden liegend, sagte Ben: »Kein Sorge, Mam. Dagegen werde ich was unternehmen, und zwar sofort. Eines habe ich gelernt: Jede

Bewegung, die sie ausführt, kann abgewehrt werden, und ich werde lernen, sie abzuwehren, oder bei dem Versuch sterben.«
»Das ist gut möglich. Steht auf, alle beide, und hört mir zu ... Oh«, sie hielt inne und versetzte Pat einen leichten Klaps, »ich kann es nicht glauben. Sieh dich bloß an, dünn wie ein Ofenrohr und fähig, ihn umzuwerfen.«
»Schleudern ist der richtige Ausdruck, Gran.«
»Schleudern oder werfen, was auch immer, es ist nicht richtig, es ist unschicklich, es ist ...«
»Nicht weiblich, Gran?« Patricia legte ihre Arme um Marys Schultern. »Das ist das Wort, das du gesucht hast, nicht wahr? Weiblich. Nun, genauso empfinde ich auch. Aber, oh, es verleiht dir ein angenehmes Gefühl, wenn du in einer dunklen Nacht eine Allee entlanggehst.«
Als sie aufhörten zu lachen, sagte Mary zu ihnen: »Hört mir einen Augenblick zu. Euer Grandpa ist wie neu geboren. Ich kann es einfach nicht verstehen nach allem, was der Arzt gesagt hat. Jedenfalls werde ich ihn morgen aufstehen lassen ...«
Als sie am folgenden Morgen mit der üblichen Tasse Tee zu ihm hineinkam, wäre ihr die Tasse beinahe aus der Hand gekippt. Alec lag auf dem Rücken. Ein Lächeln lag auf seinem Gesicht, und unter seiner Hand auf der Bettdecke war ein kleiner, gerahmter Schnappschuß von ihr selbst, aufgenommen am Strand von Shields, als sie etwa sechs Jahre alt war. Alec war zu seiner letzten, langen Reise aufgebrochen.

5

Ein Beamter war zu Mary gekommen und hatte gefragt, ob sie für das Begräbnis ihrer Mutter irgendwelche Anordnungen treffen wolle, und sie hatte geantwortet, nein, das wolle sie nicht.
»Überhaupt keine?« hatte er gefragt, und sie hatte noch einmal mit seinen Worten geantwortet: »Überhaupt keine.« Sie spürte jetzt, daß es ein Fehler gewesen war, ins Krankenhaus zu gehen. Sie wußte, es bestand kein Grund für Gewissensbisse. Menschen würden sagen, es sei Herzenskälte; wenn Gott verzeihen konnte, warum nicht auch sie? Aber sie war nicht Gott. Die Menschen waren dumm, die von einem erwarteten, daß man wie Gott handelte. Doch wußte sie, daß es Männer und Frauen gab, die von den Japanern mißhandelt worden waren und trotzdem keinen Groll gegen ihre Peiniger hegten. Sie wußte, daß es Juden gab, die unter den Deutschen so gelitten hatten, wie kein menschliches Wesen oder Tier leiden durfte, und die danach in ihren Herzen keine Bitterkeit trugen. Aber andererseits wußte sie auch von solchen, die verrückt geworden waren durch die Erinnerung daran, was sie und ihre Angehörigen gelitten hatten. Und es gab noch immer Menschen, die

nachts ihrer Erinnerungen wegen nicht schlafen konnten. Aber das Grauen, das diesen Menschen widerfahren war, hatte im Krieg stattgefunden; die Grausamkeit ihrer Mutter jedoch war nicht durch Krieg verursacht worden, sie war aus persönlicher Rache geboren. Nein, sie würde nicht heucheln. Sie würde sich keine Vergebung abringen, um sie aus Angst wie Balsam auf ihr Gewissen zu legen.

Sie beerdigten Alec am Donnerstag. Außer Ben und Patricia waren nur Annie und Tom und ein paar Nachbarn anwesend. Als die Totengräber den Sarg zum Grab trugen, folgte Mary mit Bens Hand auf ihrem Arm, und während sie gingen, bemerkte sie, daß parallel zu ihnen auf einem Seitenpfad vier Männer einen anderen Sarg trugen. Und sie hatte keinen Zweifel, daß in diesem Sarg ihre Mutter lag. Sie mußte das Gefühl der Bedrückung bekämpfen, das sie überfiel. Und als sie neben dem offenen Grab stand und zusah, wie ihr Pa hinabgelassen wurde, da betete sie - sofern man das beten nennen konnte - es möge keine Wiedervereinigung geben im großen zukünftigen Leben; ihr Pa war lächelnd gestorben und sie wollte, daß er auch weiterhin lächeln konnte.

»Es ist skandalös«, sagte Annie, »äußerst, äußerst skandalös, zwei Tage nach Grandpas Beerdigung zu heiraten. Und dann diese Heimlichtuerei, und ihre vertane Karriere. Das ist die Belohnung, die ich für all die Jahre bekomme, die ich ihr gewidmet habe. Und nur ein Mensch ist schuld daran.«

»Und das bin ich«, sagte Mary.

»Ja, ja, das bist du, Mam. Du hast sie ermutigt.«

»Es hätte keinen Sinn zu sagen, ich habe nichts damit zu tun, nicht wahr?«

»Nein, weil ich dir nicht glauben würde. Ben. Ausgerechnet Ben!« Annie stürmte im Zimmer hin und her, während ihr Mann mit gesenktem Kopf und den Händen zwischen den Knien Mary gegenüber saß, die ihre Tochter aufmerksam beobachtete.

Nach einigen Minuten sagte Mary: »Und wenn sie um die ganze Welt gereist wäre, einen besseren als Ben hätte sie nirgends gefunden.«

»Keinen besseren als Ben!« Annie blieb abrupt stehen.

»Einen Mechaniker!«

»Einen Garagenbesitzer; er hat seine eigene Garage, und das ist nur der Anfang.«

»Er konnte nicht einmal seine mittlere Reife machen.«

»Nein, er konnte nicht einmal seine mittlere Reife machen. Aber trotzdem hat er einen Kopf auf seinen Schultern, einen Kopf fürs Geschäft, und noch ehe ein paar Jahre um sind, wird er Garagen in jeder Stadt zu beiden Seiten des Flusses haben; er wird ein zweiter Adams und Gibbon.«

»Adams und Gibbon! Das muß sich erst noch herausstellen. So wie es jetzt aussieht, ist das nichts als hochfliegendes Wunschdenken.«

»Na, und wenn schon, und wenn er nur das eine Geschäft hat, wird er trotzdem wohlhabend sein, denn ich kann es dir ebensogut jetzt sagen, dann wird es später kein Schock für dich sein, er wird alles bekommen, was ich habe, wenn ich sterbe … alles!«
»O Mam!«
»Ja, o Mam. Tom hier«, sie nickte zu ihrem Schwiegersohn hinüber, der sie jetzt aus halbgeschlossenen Augen ansah, »ist fähig, dich mit allem zu versorgen, was du brauchst und noch mehr, und wenn Ben mein Geld bekommt, wird er fähig sein, Pat mit allem zu versorgen, was sie je braucht. Aber wie ich es sehe, wird er das aus seiner eigenen Tasche schaffen, schon bald.«
»Du hast dir schon immer mehr aus ihm gemacht als aus irgendeinem von uns, Pat oder mir oder … oh!«
Mary sah ihre Tochter an und dachte: Sie sieht genau wie meine Ma im Jahr 1933 aus.
»Er war für mich wie ein Sohn, Annie.«
»Und ich war nie wie eine Tochter?«
»Du hast geheiratet, als du kaum neunzehn warst, und bis dahin wurdest du von deinem Vater, von deinem Großvater und von deinem Onkel Jimmy verwöhnt.«
»Aber nie von dir?«
»Irgend jemand mußte dich ja erziehen.« Und versuchen, die Charakterzüge deiner Großmutter auszumerzen, die von Kindheit an in dir vorhanden waren, fügte sie in Gedanken hinzu.
»Wohin sind sie gefahren, weißt du das, Mam?« fragte Tom.
»Ja, ich weiß es, Tom, aber ich werde es nicht sagen. Sie werden am Wochenende wieder zurück sein.«
»Wo werden sie wohnen?« Das war eine Frage von Annie.
»Über der Garage; sie haben schon alles vorbereitet …«
»Über der Garage!« Annie warf verächtlich den Kopf in den Nacken und sandte einen Blick zum Himmel.
»Ja, über der Garage; vergiß nicht, Annie, daß du über einem Laden großgeworden bist, und es hat dir keineswegs geschadet.«
»Sie ist anders.«
»Ja, sie ist anders«, sagte Mary jetzt scharf, »weil sie nicht aus ihrer früheren Umgebung fort will. So seltsam dir das auch erscheinen mag, sie möchte in Jarrow leben, denn hier war sie glücklich. Sie wurde hier geboren, sie fühlt sich als ein Teil dieser Gegend. Newcastle war für sie wie ein fremdes Land. Und die Universität … oh, für einige mag sie ja gut und schön sein, aber sie paßte nicht dorthin.«
»Paßte nicht dorthin? Mit ihrer Begabung!« fuhr Annie auf. »Paßte nicht hin! Sie hätte überall hingepaßt, nach Cambridge, überallhin. Und jetzt über einer Gar …«

»Hör auf, Annie. Hör endlich auf. Sie kann ihren Verstand noch immer gebrauchen.«
»Wofür, frage ich dich, für ein Kind jedes Jahr?«
»Nun, es gibt Schlimmeres.«
»Das ist Ansichtssache.«
»Schön, das ist Ansichtssache. Du hast deine Ansichten und ich habe die meinen.«
In die folgende Stille fiel Toms ruhige Stimme: »Was wirst du tun, Mam, jetzt, wo du allein bist?«
»Leben, hoffe ich, Tom«, antwortete sie.
»Wo?« Annies Stimme stach in sie hinein wie ein Wursthölzchen, das ins Fleisch gebohrt wird.
»Das weiß ich noch nicht.« Marys Stimme klang gereizt.
»Dann denke ich, daß es allmählich Zeit wird, dir darüber Gedanken zu machen, wenn es wahr ist, daß du in einem Monat hier weg mußt.«
»Na, da habe ich ja noch einen Monat Zeit«, sagte Mary. »Ich werde schon einen Ort finden. Wenn nicht, werde ich die Möbel einstellen, das, was ich davon behalten will, und mich umsehen. Das heißt, nachdem ich Ferien gemacht habe, lange Ferien, vielleicht Reisen ... um die Welt. Warum nicht? Das habe ich mir schon seit Jahren versprochen.«
»Reisen! Allein?« Annies Stimme klang herablassend.
»Ja, ich bin übers Schulalter hinaus. Aber was rede ich da, Schulalter! Die jungen Leute reisen per Anhalter durch Europa, also wird ein Schiff oder ein Flugzeug vermutlich auch mich mitnehmen.«
»Ach, komm!« Annies Stimme ließ Tom langsam aus seinem Sessel aufstehen. Als er Mary ansah, lächelte er zärtlich und sagte: »Na, wenn du festsitzt, Mam, weißt du, wohin du kommen kannst.«
»Danke, Tom.«
Annie kam und stellte sich direkt vor ihr auf, ihr Mund war eine dünne Linie, sie wackelte mit dem Kopf hin und her, während sie sich die Tränen von den Augen blinzelte und sagte: »Ich werde dir nie verzeihen, Mam.«
»Das weiß ich, Liebes, das weiß ich. Aber im Grunde, Annie, was du willst und was ich will, was wir alle wollen, ist Pats Glück, und wenn sie mit Ben glücklich wird - und sie ist glücklich mit ihm, - dann sollten wir alle glücklich sein ... Und was du nicht weißt, sie ist schon seit Jahren in ihn verliebt, sie ist schon seit Jahren hinter ihm her.«
»Oh, Mam! Meine Pat hinter Ben her? Man stelle sich sowas bloß vor!«
»Ja, stell es dir vor. Jedenfalls, wie gesagt, solange sie glücklich ist, warum sollten wir einander die Augen auskratzen?«
»Es ist die Art, wie es geschah, heimlich.«
»Nun, wenn sie versucht hätten, es in aller Offenheit zu tun, hättest du ihnen Prügel zwischen die Beine geworfen und alles verdorben. Entschuldige, ent-

schuldige«, sie hob die Hand, »aber du kennst dich, du hättest es getan. Sei ehrlich.«
»Ich gehe.«
Mary beugte sich vor, küßte die angespannte Wange ihrer Tochter und sagte lächelnd: »Versuche, mich nicht zu sehr zu hassen. Und was mein Testament anbelangt, ich werde dir genug hinterlassen, daß du dir einen Krückstock kaufen kannst. Aber denke nicht, du bekommst es jetzt schon!« Sie puffte ihre Tochter in den Rücken und Annie flog herum und verließ das Zimmer.
Tom ging auf Mary zu und küßte sie zärtlich. »Sie wird's überstehen«, flüsterte er.
»Das weiß ich, Tom.«
»Sag Pat, ich bin froh, daß sie glücklich ist. «
Mary legte die Arme um den Nacken ihres Schweigersohnes und sagte mit nicht allzu leiser Stimme, so daß es zu ihrer Tochter durchdringen mußte: »Eines weiß ich, Tom, meine Tochter hatte verdammtes Glück, dich zu bekommen, und wenn sie schlau ist, wird sie sehr auf sich achten und zusehen, daß sie dich behält. Bei dem jetzt üblichen Selbstbedienungs-Scheidungsverfahren und den Frauen, die einem links, rechts und direkt vor der Nase die Kerle wegschnappen, sollte sie aufpassen.«
Sie schnitt eine Grimasse und deutete auf die offene Tür, und er ballte die Faust und drohte ihr, und sie beide unterdrückten ihr Lachen ... Als sie gegangen waren, setzte sich Mary langsam auf die Couch und blickte ins Feuer. Eine seltsame, weiche Stille lag über dem Haus, und sie schrieb sie einen Augenblick lang dem Schnee zu, der schon den ganzen Tag über fiel. Von der Straße herauf drang keinerlei Geräusch. Doch als sie in die Stille horchte, erkannte sie, daß es nicht an dem Schnee lag, sondem an der Abwesenheit von Menschen.
Zum ersten Mal in vierzig Jahren war sie allein in diesem Haus, und zum ersten Mal in vierzig Jahren war niemand da, der ihren Namen rief und die Aufmerksamkeit auf sich lenken wollte. Sie hatte das Stadium erreicht, wonach sie sich so lange gesehnt hatte, das Stadium der Freiheit. Die ganze Zukunft hatte sie für sich.
Sie beugte sich nach vorn, stützte die Unterarme auf die Knie und sah zu Boden. Endlich hatte sie bekommen, was sie wollte. - Aber was sollte sie damit anfangen? Sie hatte nicht gedacht, daß es so sein würde, sie hatte gedacht, es würde sie beflügeln. Sie hatte sich in den Laden hinuntereilen sehen, ein paar Koffer zusammenraffen und packen. Sie hatte sich mit einem Reisebüro telefonieren sehen, um sich nach dem nächsten Schiff nach Norwegen zu erkundigen oder nach dem nächsten Flugzeug nach New York. Sie hatte das viele Male in Gedanken durchgespielt.
Sie bewegte den Kopf und sah sich um. Sie tat nichts von all dem, was sie sich vorgenommen hatte. Sie saß einfach da und fühlte sich wie eine verlore-

ne alte Frau. Was sollte sie mit sich in Zukunft anfangen? Wie sollte sie die Zeit ausfüllen? Selbst heute abend, was konnte sie denn tun? Sie sah den Fernseher an. Sie konnte ihn einschalten. Sie sah das Bücherregal an. Sie konnte ein Buch lesen. Da war ihr Strickzeug, ein halbfertiger Pullover für Ben. Sie konnte die Morgenzeitung nehmen und die Aktienkurse studieren. Sie hatte zwei oder drei Tage nicht darauf geachtet. Aber sie wollte nichts als einfach dasitzen und heulen.

Nun, das würde sie nicht tun!

Sie würde anfangen zu packen, denn ob es ihr nun gefiel oder nicht, sie mußte innerhalb eines Monats von hier weg sein, und da war das ganze Zeug unten im Laden, das sie loswerden wollte. Welches Haus sie auch nehmen würde, sie wollte von vorne anfangen. Sie hatte nicht die Absicht, bündelweise Erinnerungen mitzunehmen, auch nicht in der Form von Möbelstücken. Sie hatte genug davon in ihrem Kopf, um für den Rest des Lebens versorgt zu sein. Ja, sie würde anfangen, ernsthaft auszusortieren, sie würde alles aufarbeiten. Das war ein guter Ausdruck, aufarbeiten.

Die ganze Woche arbeitete sie auf. Sie verbrannte Geschäftspapiere, die auf die Zeit zurückgingen, als Bens Vater den Laden übernommen hatte. Sie gab Schachteln und Regale und Gläser für Süßigkeiten und all das Zubehör, das zu einem Geschäft gehört, den Kindern und Handlangern aus der Umgebung und wies die Nachbarn an, sich die Dinge aus dem Laden zu nehmen, nachdem sie fort war.

Auf diese Weise verbrachte sie die ersten Tage ihrer Freiheit - trübsinnig. Jetzt war Freitag. Sie sehnte sich nach dem morgigen Tag, an dem Pat und Ben zurückkommen wollten.

Es war etwa fünf Uhr, als sie sich entschloß, es für diesen Tag gut sein zu lassen. Sie hatte gebadet, sich umgezogen, eine Tasse Tee bereitet, und wollte es sich gerade im Wohnzimmer gemütlich machen, als an die Hintertür gehämmert wurde und eine Kinderstimme rief: »Mrs. Tollett! Mrs. Tollett! Sind Sie da, Mrs. Tollett?«

Mary ging die Treppe hinunter und öffnete die Tür. Es war dunkel im Hof, aber im Licht des Treppenhauses erkannte sie einen kleinen Jungen, Mrs. McArthurs Enkel Freddie.

»Was ist, Freddie?«

»Dieser Mann, Mrs. Tollett, der hat nach Ihnen gefragt. Er hat gefragt, ob Sie noch immer hier herum wo wohnen, weil der Laden ganz mit Brettern zugemacht ist, und da hab ich gesagt, aye, und daß Sie um die Ecke rum sein werden. Und da sind Sie ja auch.«

Mary spähte über den Kopf des Jungen hinweg in die Dunkelheit. Dann hob sie die Hand, drehte das Hoflicht an und sah den Mann in der Mitte des schneebedeckten Hofes stehen. Es war ein großer Mann, breitschultrig, er

trug einen schweren Manfel mit einem Kragen aus Astrachan. Er hatte einen großen Schlapphut auf, den er jetzt abnahm. Langsam ging er auf sie zu, und als er nahe genug war, sah er auf sie hinunter und sagte in einem schleppenden, etwas undeutlichen Englisch, das den Amerikaner vermuten ließ: »Mary Walton? Ich meine, Mary Tollett?«
»Ja, ja.«
Sie starrte in das Gesicht, dann hob sie langsam beide Hände zum Mund und flüsterte: »Hu … Hughie Amesden!« Sie starrte ihn noch immer an, dann rief sie mit sich überschlagender Stimme: »So kommen Sie doch herein. Was stehen Sie da draußen in der Kälte? Oh, danke, Freddie, danke. Bis morgen früh.«
»Aye, Mrs. Tollett. Schon gut, Mrs. Tollett.«
Sie trat zur Seite, deutete mit ausgestrecktem Arm auf die Treppe und sagte: »Gehen Sie hinauf. Gehen Sie hinauf. Bitte, gehen Sie doch hinauf.« Sie schloß die untere Tür, rannte dann die Treppe hinauf, und in der Vorhalle standen sie beide und sahen einander an.
Hughie Amesden! Sie hätte ihn kaum wiedererkannt. Sie hätte auf der Straße direkt an ihm vorübergehen können. Er schien zweimal so breit zu sein als damals, als sie sich zum letzten Mal gesehen hatten. Aber die größte Veränderung war in seinem Gesicht vor sich gegangen. Seine Haut war zu einem rötlichen Braun verfärbt. Sie erinnerte sich, daß sie früher sehr hell gewesen war, eine wunderschöne Haut, ein wunderschönes Gesicht. Er war noch immer ein gutaussehender Mann, aber anders, rauher. Um seine Augen liefen Falten, und zwei tiefe Furchen führten von seiner Nase zu den Mundwinkeln. Aber es war Hughie Amesden.
»Sie haben sich überhaupt nicht verändert.« Er sah sie an.
»Oh, das ist dummes Zeug. All diese Jahre! Wie viele sind es, fünfundzwanzig? Achtundzwanzig? Aber kommen Sie doch herein. Wieso stehen wir hier herum?« Sie ging ihm voraus ins Wohnzimmer. »Ich war gerade dabei, Tee zu trinken; warten Sie, ich hole noch eine Tasse.«
Sie rannte beinahe aus dem Zimmer. Als sie zurückkam, stand er noch immer, und sie sagte: »Legen Sie doch den Mantel ab, bitte, und setzen Sie sich.«
»Danke.«
Sie nahm seinen Mantel und legte ihn über einen Stuhl; sie bemerkte, daß seine Kleider von sehr guter Qualität waren - sie hatte einen Blick für Kleidung, für Qualitätsware. Sie nahm die Teekanne, und als sie den Tee ausschenkte, sagte sie: »So etwas! Der letzte Mensch auf der Erde, den zu sehen ich erwartet hätte!«
»Es ist lange her.«
»Sind Sie in Ferien hier?«
»So ähnlich.«

»Sind Sie schon lange in England?«
»Nein, ich bin erst gestern angekommen. Um die Wahrheit zu sagen, ich bin erst vor kurzem aus dem Zug von London gestiegen.«
»Von London?« Sie hielt ein, die Teekanne wie erstarrt haltend. »Du meine Güte, Sie müssen ja am Verhungern sein, ich hole Ihnen etwas ...«
»Nein, nein, ich habe gut gegessen, um genau zu sein, sogar zweimal, im Zug. Sehr gut, wirklich sehr gut.« Die ganze Zeit, während er redete, löste er seine Blicke nicht von ihr.
»Nun, trinken Sie diese Tasse Tee.«
Er nippte am Tee, dann sagte er: »Tee ... das ist England in Reinkultur. Ich trinke jetzt meistens Kaffee.«
»Oh, ich mache Ihnen Kaffee, wenn Sie wollen.«
»Nein, nein, nein!« Er schüttelte den Kopf. »Ich liebe eine Tasse Tee.«
Sie setzte sich gegenüber der Couch, auf der er saß, in einen Sessel, biß sich auf die Lippen und sagte dann: »Ich kann es wirklich nicht glauben.«
»Ich auch nicht.«
»Und wissen Sie, es ist komisch, daß Sie gerade jetzt vorbeikommen, denn ich ... ich packe. Noch eine Woche oder so, und ich wäre weg gewesen.«
»Sie gehen weg von hier?« Er hob leicht die Augenbrauen.
»Ja; das ganze Viertel wird abgerissen.«
»Tatsächlich! Nun ja, ich bemerkte die Veränderung, als ich mit dem Taxi vom Bahnhof kam, selbst in der Dunkelheit und bei dem Schnee, die ganze Landschaft hat sich verändert.«
»Ja, es ist nicht mehr das alte Jarrow. In vieler Hinsicht ist es allerdings besser so, nehme ich an. Für viele Leute ist es besser geworden, obwohl manche noch immer murren und die alten Zeiten zurückhaben wollen ... man hält es nicht für möglich.«
»Und so gehen Sie also von hier fort?«
»Ja«, sie nickte; »mit Beginn des neuen Jahres.«
»Nun«, er legte den Kopf leicht zur Seite, »da bin ich ja gerade noch rechtzeitig gekommen. Hatte Glück, Sie zu finden. Ich ... ich hatte eigentlich nicht erwartet, Sie hier anzutreffen.«
»Nein?«
»Nein, ich dachte, Sie müßten ...«, er schürzte die Lippen, »Sie müßten wieder verheiratet sein.«
»O nein.« Sie schüttelte den Kopf. »Ich habe nie wieder geheiratet. Ich hatte überhaupt keine Zeit.« Sie lachte. »Verstehen Sie, da waren mein Vater und die Kusine meines Mannes, die ausgebombt war und hier wohnte; dann meine eigene Tochter Annie und mein Bruder und sein Kind - seine Frau starb«, sie sprach von Lally immer als von Jimmys Frau, »und mit all diesen Dingen hatte ich die Jahre über alle Hände voll zu tun, bis ... bis letzte Woche. Mein Vater starb gerade vor vierzehn Tagen.«

»Oh, das tut mir leid; er muß schon sehr alt gewesen sein.«
»Sechsundsiebzig. Und dann mein Neffe Ben, er ist der einzige Sohn meines Bruders Jimmy. Ich habe ihn aufgezogen, und nun, nun hat er vor einer Woche meine Enkelin geheiratet.«
»Ihr Neffe hat Ihre Enkelin geheiratet?«
»Ja; das ist recht kompliziert, aber so ist es nun mal. Meines Bruders Sohn hat die Tochter meiner Tochter geheiratet, wenn Sie das zusammenbringen.«
Er lächelte, schloß für einen Moment die Augen, dann schüttelte er den Kopf und sagte: »Gerade noch.«
»Und da war ich nun, ich meine, da bin ich nun mein eigener Herr nach all diesen Jahren.« Sie machte eine kleine Pause und sah ihn über den Raum hinweg an, der zwischen ihnen lag, dann fragte sie: »Ihre Frau, ist sie auch mit herüber gekommen?«
»Nein, sie starb vor einem Monat.«
»Oh, das tut mir leid.«
»Ich sollte sagen, mir auch, aber ich kann nicht; um ihretwillen bin ich froh, daß sie gestorben ist. Sie war während der letzten sechs Jahre in einem Sanatorium, und sie hat weder mich noch sonst jemand erkannt. Sie ... sie hat den Verlust unseres Mädchens nie überwunden; sie glaubte, es würde die Erinnerung auslöschen, wenn sie nach Amerika ginge, aber das war nicht der Fall.«
»Das tut mir sehr leid.« Er nickte lang mit dem Kopf.
»Wie gefällt es Ihnen in Amerika?« fragte sie dann.
»Oh, sehr gut, wirklich sehr gut. Ich muß sagen, in England hätte ich es nicht so weit gebracht. Wissen Sie, Renes Schwager war im Autogeschäft, und er nahm mich in seine Firma, und es ging immer mehr bergauf. Jetzt sind wir ein recht florierender Konzern, ziemlich weit verbreitet.«
»Ist das nicht seltsam? Mein Ben, ich meine, mein Neffe Ben, er ist auch im Autogeschäft, er hat seine eigene Garage.«
»Oh, das ist gut.«
Sie lächelten einander an; nach einer Weile legte er den Kopf schief und sagte: »Ich komme nicht darüber hinweg. Ich komme nicht darüber hinweg, Mary.«
»Worüber?«
»Daß Sie sich nicht verändert haben. Sie sind genauso, wie ich Sie mir die ganzen Jahre über vorgestellt habe. Und dies«, er klopfte mit beiden Händen neben sich auf die Couch, »dies habe ich mir auch so vorgestellt, daß ich hier sitze und mit Ihnen rede.«
Sie wurde still. Sie schluckte, während sie ihn unverwandt ansah. Keine lausige Zeile von ihm in zwanzig Jahren, nichts, seitdem sie diesen Brief von ihm bekommen hatte, in dem er ihr mitteilte, daß er nach Amerika gehe. Wenn er an sie gedacht hatte, warum hatte er ihr dann nicht geschrieben? Sie sagte jetzt mit einer leisen Spur von Koketterie: »Oh, hören Sie doch auf!

Wenn Sie sich so etwas vorgestellt haben, warum haben Sie mir dann keine Weihnachtskarte geschickt, um mich wissen zu lassen, daß Sie noch am Leben sind?« Eine volle Minute antwortete er nicht; dann sagte er langsam: »Es war nicht, weil ich nicht wollte, Mary, es war, weil ich mich davor gefürchtet habe. Von dem Moment an, als ich diese Küsten verließ, hatte ich Angst davor.« Wieder wurde sie still.

Sie rutschte unruhig auf ihrem Sessel hin und her, beugte sich zum Tisch hinüber und nahm das Tablett.

»Möchten Sie noch etwas Gebäck?« fragte sie laut.

»Nein, ich möchte kein Gebäck, Mary.« Seine Stimme hatte jetzt einen tiefen, vollen Klang. »Ich … ich möchte mit dir reden, dir etwas sagen. Und ich bin einen langen Weg gekommen, um es zu sagen. Ich kam aufs Geratewohl, aber ich mußte kommen. Ich hatte nicht vor, mich wie ein Elefant im Porzellanladen zu benehmen, aber schon nach zehn Minuten in deinem Haus …« er hielt inne und blickte sich um. »Weißt du was? Dies ist das erste Mal, daß ich in diesem Zimmer bin, aber die Nächte, die ich draußen auf der anderen Straßenseite vor Peels Tor stand und zu diesem Fenster mit den zugezogenen Vorhängen hinaufsah …« er deutete über seine Schulter, »nachdem du Ben Tollett geheiratet hattest - nun, die sind nicht zu zählen.«

Ihr Mund stand leicht offen. Fassungslos sagte sie: »Das hast du getan?«

»Ja.« Um seine Lippen spielte ein Lächeln. »Du mußt es doch gewußt haben.«

»Nein. Nein.« Leidenschaftlich schüttelte sie den Kopf. »Nein, das hätte ich mir nie träumen lassen. Versteh doch, du hast dir nie etwas anmerken lassen; in all jenen Jahren hast du nie mit mir gesprochen. Nur einmal hast du deinen Mund aufgemacht, und da sagtest du ein einziges Wort … Hallo. Das war alles, was du sagtest.«

»Na ja«, er lachte ein tiefes, weiches Lachen und hob eine Schulter, »ich war nie ein besonders gesprächiger Bursche, und ich war entsetzlich schüchtern. Ich ließ immer Paul - du erinnerst dich doch an Paul Connelly -, ich ließ immer ihn das Reden besorgen. Hast du jemals eine Karte von einem heimlichen Bewunderer erhalten?«

Sie legte die Hände ineinander und führte sie an ihre Brust. »Dann warst du es, der sie geschickt hat?« fragte sie leise.

»Ja, ich habe diese Karte geschickt. Ich bezahlte drei Pence dafür, und ich habe den Preis nicht ausradiert, denn es war damals eine Menge Geld für eine Postkarte.«

Sie senkte den Kopf und biß sich auf die Lippen.

»Und dann, als du Ben geheiratet hast«, fuhr er zärtlich fort, »war ich wie vor den Kopf geschlagen.«

»Aber Hughie« - dies war das erste Mal, daß sie ihn bei seinem Namen nannte - »du hättest mit mir reden können.«

»Ja, hätte ich können, aber es gab wohl einen echten Grund, weshalb ich es nicht tat - Angst.« Er drehte den Kopf zur Seite. »Siehst du, mein Vater zog mit einer Frau vom Ende unserer Straße herum, und ich schien alles ausbaden zu müssen. Meine Mutter redete endlose Stunden auf mich ein, und das Fazit war immer, daß sie mich beschwor, die Hände von den Mädchen zu lassen. ›Wenn ich dich erwische, daß du mit einer von denen gehst‹, sagte sie, ›dann werde ich …‹ Na ja« - er breitete die Hände aus - »du kennst ja den Jargon.« Wieder lachte er. »Jeder Junge in der Gegend machte irgendeiner den Hof, in den Hintergassen, drüben bei den Schrebergärten und den Schlackenhaufen; ich fiel buchstäblich über sie, aber ich wollte keiner anderen den Hof machen außer dir, Mary.« Er stand auf. »Deshalb kam ich herüber. Ich mußte kommen, selbst auf die Gefahr hin, dich verheiratet oder tot zu finden.«

Er streckte die Hände aus, nahm die ihren und zog sie zu sich empor. »Ich wußte, die Chance stand eins zu tausend, aber ich mußte es riskieren. Sie wird verheiratet sein, dachte ich, sie muß einfach verheiratet sein, so wie sie aussieht. Ich hatte keine Möglichkeit, das herauszufinden, denn wir haben keine Verbindung mehr zu Jarrow. Warum hast du nicht geheiratet, Mary?«

Sie zitterte von Kopf bis Fuß und sah ihn nicht an, als sie sagte: »Ich hatte zu viele Verpflichtungen, wie schon gesagt.« Dann fügte sie hinzu: »Dennoch hätte ich es beinahe getan, zweimal, dreimal, aber irgend etwas kam immer dazwischen.«

»Es ist wie ein Wunder. Du warst die einzige Liebe meines Lebens, Mary. Das klingt unwahrscheinlich, ich weiß, und sehr altmodisch, aber so ist es. Und jetzt komme ich und finde dich noch immer da, wo ich dich verlassen habe. Aber im Begriff, davonzufliegen. Darf … darf ich dich bitten, in meine Richtung zu fliegen, Mary?«

Sie hob den Kopf und sah ihm in die Augen. Es waren die gleichen Augen, von denen sie vor Jahren geträumt hatte; sie hatten sich nicht verändert; es waren die gleichen Augen, auf die sie einst zugegangen war und die sich in weißem Licht aufgelöst hatten. In weißem Licht, von dem sie jetzt wußte, daß es die Liebe in ihrer ersten Entfaltung gewesen war, die Liebe, so rein wie die Lilie im Tal. Die Liebe, ehe sie von einer Hand berührt oder vom Leben gezeichnet war. Es war eine geistige Erfahrung gewesen, dieser Weg ins Licht. Sie hatte in späteren Jahren erkannt, daß es ein großes Glück für sie gewesen war, auf diese Weise die Liebe gespürt zu haben, ehe Ben sie berührte.

Sie hatte Ben geliebt, aber es war eine andere Liebe gewesen, eine irdische Liebe, eine mit Selbstaufopferung verbundene Liebe von dem Tag an, an dem sie ihn aus dem Krankenhaus nach Hause gebracht hatte. Sie hatte den Tod der Romanze akzeptiert und das Leben genommen, wie es war, und war dankbar gewesen, von einem Mann wie ihm geliebt zu werden.

Aber jetzt schien es, als sei das weiße Licht, durch das sie vor vierzig Jahren gegangen war, der Anfang des Regenbogens gewesen, der die Jahre überspannt hatte.
Und hier stand sie nun am anderen Ende. Sie sah Hughie Amesden jetzt nicht durch ein weißes Licht; er war ein Mann, er stellte dar, was man einen erfolgreichen Mann von Welt nennen würde, aber darunter war er noch immer Hughie Amesden, der stille Bewunderer.
Er sagte: »Ich werde nicht über Liebe sprechen, dazu ist es jetzt noch zu früh; man kann ja geradezu die Minuten zählen, die wir beisammen waren. Aber ich weiß, wie ich fühle, wie ich immer für dich empfunden habe, Mary, und wenn du mich haben willst, werde ich alles in meiner Macht Stehende tun, um dich glücklich zu machen. Für mich wäre es, als würde ich da weitermachen, wo ich aufgehört habe, als ich auf der anderen Straßenseite stand … Nun, wie ist es, Mary?«
Ihr Herz raste. Sie blinzelte, schluckte, suchte nach Worten, als plötzlich von ferne das Geräusch eines Schlüssels zu hören war, der in der Treppentür umgedreht wurde.
Gleich darauf näherte sich das Gepolter von Füßen auf der Treppe. Sie kamen eilends über den Treppenabsatz, die Wohnzimmertür wurde aufgestoßen; und da waren Pat und Ben, schneebedeckt, strahlend, lachend. Sie blieben wie angewurzelt stehen.
Mary hatte sich nicht von Hughie gelöst und starrte sie einen Augenblick an. Dann ging sie übersprudelnd auf sie zu: »Oh! Oh! Ihr Lieben!« Sie nahm die Hände der beiden. »Ich bin … ich bin ja so froh, daß ihr gekommen seid. Oh, ihr seht so glücklich aus.«
»Wir … wir dachten, du würdest allein sein.« Sie sagten es miteinander; dann sahen sie den großen Mann an, der vor dem Feuer stand. »Nein, ich bin nicht allein. Dies«, sie zog sie zu Hughie hin, »dies ist Hughie. Wir kannten uns vor Jahren, als wir jung waren. Er … er ist den ganzen Weg von Amerika gekommen und« - sie schüttelte den Kopf. Plötzlich stürzten Tränen aus ihren Augen, und sie sagte mit gebrochener Stimme: »Ich, ich weiß nicht, wie ich es euch sagen soll, ich weiß es nicht, ich weiß es wirklich nicht, aber … aber ich gehe mit ihm zurück nach Amerika, wir werden … werden heiraten und …«
Sie beendete den Satz nicht. Sie wurde herumgerissen in die Arme des Mannes, und die beiden schauten mit offenen Mündern zu, wie er sie lang und heftig küßte.
Als er sie losließ und sie sich zu ihnen umwandte, sagte Ben, immer noch verblüfft, aber grinsend: »Na! Man weiß nie. Da redet man davon, daß es niemals regnet, dabei gießt es. Jedenfalls können wir euch zeigen, wie es geht, Mam; es braucht nur sieben Tage für eine Spezialerlaubnis.«
»Oh, meine Lieben! O Schätzchen!«

Sie begannen alle laut zu lachen, beinahe hysterisch. Dann hakten sie sich unter; Mary zog sie durch den Raum, Arm in Arm, die verschiedenen Generationen.
»Ich wußte es«, sprudelte sie heraus, »ich wußte, irgend etwas würde geschehen. Deshalb kümmerte ich mich nicht darum, einen anderen Platz zu finden. Ich hab es dir gesagt, Ben, nicht wahr? Ich hab dir gesagt, ich würde warten. O Hughie!« Sie lehnte ihren Kopf gegen die tweedbedeckte Schulter.
»Ich wünschte, mein Grandpa wäre hier«, sagte Ben plötzlich, »weißt du, was er gesagt hätte?«
Er begann sie im Zimmer herumzuwirbeln, als wären sie Kinder und spielten auf der Straße wie vor langer Zeit, und dabei sang er:

»Ich liebe ein Mädchen,
ein schönes, schönes Mädchen,
so rein wie die Lilie im Tal,
so süß wie die Heide,
die schöne, purpurne Heide,
Mary, meine schottische Glockenblume.«